民國文存

32

文學論

[日]夏目漱石 著　　張我軍 譯

知識產權出版社

本書從文學的內容出發，用近代西方的研究方法，對文學內容的分類、變化、特質以及文學內部各部分之間的相互關係進行分析。全書旨在借用西方的理論和研究方法，從完全不同於中國文學傳統觀念的角度，來說明文學是什麼、文學存在的意義以及文學發展的軌跡。全書語言平白如話、通俗易懂，適合文學研究者和普通大眾閱讀與參考。

責任編輯：文　茜　　　責任校對：董志英　　　動態排版：賀　天

特約編輯：吳杰華　　　責任出版：谷　洋

圖書在版編目 (CIP) 數據

文學論/[日]夏目漱石著；張我軍譯. —北京：知識產權出版社，2012.12

（民國文存）

ISBN978 - 7 - 5130 - 1777 - 0

Ⅰ. ①文… Ⅱ. ①夏…②張… Ⅲ. ①文學理論 Ⅳ. ①I0

中國版本圖書館 CIP 數據核字 (2012) 第 307250 號

文學論

Wenxue Lun

[日]夏目漱石　著　張我軍　譯

出版發行：知識產權出版社 有限責任公司

社　址：北京市海澱區馬甸南村 1 號　　　郵　編：100088

網　址：http://www.ipph.cn　　　郵　箱：bjb@cnipr.com

發行電話：010 - 82000860 轉 8101/8102　　　傳　真：010 - 82005070/82000893

責編電話：010 - 82000860 轉 8342　　　責編郵箱：wenqian@cnipr.com

印　刷：保定市中畫美凱印刷有限公司　　　經　銷：新華書店及相關銷售網站

開　本：720 mm×960mm 1/16　　　印　張：25.5

版　次：2014 年 5 月第一版　　　印　次：2014 年 5 月第一次印刷

字　數：316 千字　　　定　價：78.00 元

ISBN978 - 7 - 5130 - 1777 - 0

民國文存

（第一輯）

編輯委員會

出版前言

　　民國時期，社會動亂不息，內憂外患交加，但中國的學術界卻大放異彩，文人學者輩出，名著佳作迭現。在炮火連天的歲月，深受中國傳統文化浸潤的知識份子，承當著西方文化的衝擊，內心洋溢著對古今中外文化的熱愛，他們窮其一生，潛心研究，著書立說。歲月的流逝、現實的苦樂、深刻的思考、智慧的光芒均流淌於他們的字裡行間，也呈現於那些細緻翔實的圖表中。在書籍紛呈的今天，再次翻開他們的作品，我們仍能清晰地體悟到當年那些知識分子發自內心的真誠，蘊藏著對國家的憂慮，對知識的熱愛，對真理的追求，對人生幸福的嚮往。這些著作，可謂是中華歷史文化長河中的珍寶。

　　民國圖書，有不少在新中國成立前就經過了多次再版，備受時人稱道。許多觀點在近一百年後的今天，仍可說是真知灼見。眾作者在經、史、子、集諸方面的建樹成為中國學術研究的重要里程碑。蔡元培、章太炎、陳柱、呂思勉、謝無量、錢基博等人的學術研究今天仍為學者們津津樂道；魯迅、周作人、沈從文、丁玲、梁遇春、李健吾等人的文學創作以及傅抱石、豐子愷、徐悲鴻、陳從周等人的藝術創想，無一不是首屈一指的大家名作。然而這些凝結著汗水與心血的作品，有的已經罹於戰火，有的僅存數本，成為圖書館裡備受愛護的珍本，或成為古玩市場裡待價而沽的商品，讀者很少有隨手翻閱的機會。

鑑此，為整理保存中華民族文化瑰寶，本社從民國書海裡，精心挑出了一批集學術性與可讀性於一體的作品予以整理出版，以饗讀者。這些書，包括政治、經濟、法律、教育、文學、史學、哲學、藝術、科普、傳記十類，綜之為"民國文存"。每一類，首選大家名作，尤其是對一些自新中國成立以后沒有再版的名家著作投入了大量的精力，進行了整理。在版式方面有所權衡，基本採用化豎為橫、保持繁體的形式，標點符號則用現行的規範予以替換，一者考慮了民國繁體文字可以呈現當時的語言文字風貌，二者顧及今人從左至右的閱讀習慣，以方便讀者翻閱，使這些書能真正走入大眾。然而，由於所選書籍品種較多，涉及的學科頗為廣泛，限於編者的力量，不免有所脫誤遺漏及不妥當之處，望讀者予以指正。

目　錄

序

　　張我軍君把夏目漱石的《文學論》譯成漢文，叫我寫一篇小序。給《文學論》譯本寫序我是很願意的，但是，這裏邊我能說些什麼呢？實在，我于文學知道得太少了。不過夏目的文章是我素所喜歡的，我的讀日本文書也可以說是從夏目起手。一九〇六年我初到東京，夏目在雜誌 Hototogisu（此言《子規》）上發表的小說《我是貓》正很有名，其單行本上卷也就出版，接着他在大學的講義也陸續給書店要了來付印，卽這本《文學論》和講英國十八世紀文學的一冊《文學評論》。本來他是東京大學的教授，以教書爲業的，但是這兩年的工作似乎于他自己無甚興味，于社會更無甚影響，而爲了一頭貓的緣故，忽然以小說成名，出大學而進報館，定了他文學著作上的去向，可以說是很有趣味的事。夏目的小說，自《我是貓》《漾虛集》《鶉籠》以至《三四郎》和《門》，從前在赤羽橋邊的小樓上偷懶不去上課的時候，差不多都讀而且愛讀過，雖我所最愛的還是《貓》，但別的也都頗可喜，可喜的却並不一定是意思，有時便只爲文章覺得令人流連不忍放手。夏目而外這樣的似乎很少，後輩中只是志賀直哉有此風味，其次或者是佐藤春夫罷。那些文學論著，本不是爲出版而寫的東西，只是因爲創作上有了名，就連帶地有人願爲刊行，本人對於這方面似乎沒有多大興趣，所以後來雖然也寫《鷄頭》的序文這類文章，發表他的低徊趣味的主張，但是這種整冊的論著却不再寫了。話雖如此，到底夏目是文人、學者兩種氣質兼備的人，從他一生工作上看來似乎以創作爲主，這兩種論著只是一時職業上的成績，然而說這是代表他學術方面的恰好著作，亦未始不可，不但如此，正因他有着創作天才，所以更使得這些講義處處發現精彩的意見與文章。《文學評論》從前我甚愛好，覺得這博取約說，平易切實的說法，實在是給本國學生講外國文學的極好方法，小泉八雲的講義彷彿有相似處，不過小泉的老婆心似乎有時不免嘮叨一點罷了。我又感到這書不知怎地有點與安特路闌（Andrew Lang）的英國文學史相聯，覺得這三位作者頗有近似之點，其特別脾氣如略喜浪漫等也都是有的。《文學論》出版時我就買了一冊，可是說起來慚愧得很，至今還不曾好好地細讀一遍，雖然他的自序讀了還記得頗清楚。夏目說明他寫此書的目的是要知道文學到底是什麼東西，因爲他覺得現代的所謂文學，與東洋的，即以中國古來思想爲根據的所謂文學完全不是一樣。他說："餘乃蟄居寓中，將一切文學書收諸箱底，餘相信讀文學書以求知文學爲何物，是猶以血洗血的手段而已。餘誓欲心理地考察文學以有何必要而生於此世，而發達，而頽廢；余誓欲社會地究明文學以有何必要而存在，而隆興，而衰滅也。"他以這樣的大誓願而起手研究，其一部分的結果即是《文學論》。我平常覺得讀文學書好像喝茶，講文學的原理則是茶的研究。茶味究竟如何只得從茶碗裏去求，但是關於茶的種種研究，如植物學地講茶樹，化學地講茶精或其作用，都是不可少的事，很有益於茶的理解的。夏目的《文學論》或者可以說是茶的化學之類罷。中國近來對於文學的理論方面似很注重，張君把這部名著譯成漢文，這勢力是很值得感謝的，而況又是夏目的著作，故予雖于文學少所知，亦樂爲之序也。

民國二十年六月十八日，豈明于北平之苦雨齋

第一編

文學內容的分類

第一章　文學內容的形式

大凡文學內容之形式，須要〔F+f〕。F 代表焦點的印象或觀念，f 代表附隨那印象或觀念的情緒。然則上舉公式，可以說是表示印象和觀念的兩方面卽認識的要素〔F〕和情緒的要素〔f〕之結合的了。我們平常所經驗的印象和觀念，大別之有三種：

（一）有 F 而無 f 的時候，卽有智的要素而缺情的要素的，例如我們所有的三角形之觀念，並沒有附帶什麼情緒。

（二）隨着 F 發生 f 的時候，例如對於花、星等的觀念。

（三）僅有 f 而找不出與其相當的 F 的時候，卽如所謂 "fear of everything and fear of nothing"。沒有任何理由而感到的恐怖之類，都應該屬之。李播 (Ribot) 在其所著《情緒之心理》，將此種經驗大別爲四，又附記說："依據這樣的人體諸機能之合成的結果卽普通感覺的變化，可以在感情上發見毫不受智的活動之支配的一種純正，而且自治的方面。"

以上三種之中，可以成爲文學內容的是（二），卽具有〔F+f〕的。

再就（一）詳說之，其適當之例，如幾何學的公理，或牛頓的運動法則"物體，倘不自外向之作用，則靜止者始終靜止於其位置，在運動者，則以等速度直線地進行"似的文字，僅作用於我們的智力，絲毫不叫起我們的情緒。有人要問：像科學者當其有所發見或解決問題時，會感到最高度的情緒，這是什麼道理呢？不錯，這種情的要素，顯然是和發見等觀念相關聯的；但是這，絕不是必然的附屬物；像那些求法則於概括的事實，獲原理於實驗時的快感，這是成功所引起的喜悅，絕不是在性質上附隨其原理，法則的；換言之，不是科學智識本身具有引出情緒之元素，無非是我們對於適度使用了智識活動的意識，生起喜悅之感的；所以這一種，不能視爲文學的內容。

至於（三），因其沒有 F，故沒有介紹 f 的媒介觀念。倘使自謂能認識之，但其能否確然區別自別的 f，這頗有疑問。不過，這裏有一件事應該注目，即自古以來，抒情詩裏面，依據這種形式，將漫然之情發表出來的不少。試舉一例如下：

Out of the day and night

A joy has taken flight:

Fresh spring, and summer, and winter hoar,

Move my faint heart with grief, but with delight

No more—Oh, never more!" Shelley, *A Lamet.*

這首詩，對於悲哀的原因，完全沒有提到，我們不知其悲哀從何而來。他只吟詠其悲哀，爲戀愛呢，爲病呢，我們無由而知。這位詩人是依此，僅將悲哀之情傳出而已。大凡要賞鑑這種詩，自然而然有三種方法：（一）讀者先用想像補充之，將其改成［F+f］的形式；（二）想出悲哀的觀念，充分尋索其內容，然後傾之以我們的同感；（三）則將（一）（二）結合起來。這樣地（一）（二）都是能夠歸到［F+f］之形式的，其不同處只是在（一）是悲哀的原因+悲感，在（二）是悲哀的觀念+悲感。不過這種手續，是我們無意識地履行於日常賞鑑詩文之時的，如果須有意識地行之，則詩的賞鑑，就可以說是始終帶着一種痛苦的了。

　　我在前面說過，F 是焦點的印象或觀念，這裏，我認爲有就"焦點的"一語，加以說明的必要。而此項說明，又不得不上溯而出發自"意識"一語。意識是什麼，這是心理學上不易解決的問題，就如某專門家，甚至說是無論如何不能收在一個定義裏面——是這樣的，所以在並非心理學之研究的本講義，似不必對此難語，與以完全的定義。我以爲只要幾分能夠傳出所謂意識之概念就夠了。意識的說明，最便利的法子，是從"意識之浪"下手。關於此點，摩爾根 (Lloyd Morgan)在他的《比較心理學》，說得最明快，所以這裏，多半採用他的意見。

　　試先取出意識的一小部分即意識的一瞬時來檢驗，我們就可以知道那裏一定有許多次序，變化。摩爾根說："在意識的任意的瞬間，種種心的狀態不斷地出現着，不久即又消滅：牠的內容是這樣地一刻也不滯於同一地方。"我們很容易徵之事實來證明。

　　假定這裏有一個人，他站在聖保羅似的大伽藍之前，仰視那宏壯的建築，先從下部的柱子，逐漸移其視線於上部的欄干，終於達到那最高的半球塔的尖端。最初凝視柱子之時，能截然知覺的，只限於柱子的部分，其餘的部分，不過是漠然走入視界之中而已；而在將視線從柱子移到欄干的瞬間，柱子的知覺便開始淡薄起來，同時，欄干的知覺就逐漸明瞭起來了；而自欄干到半球塔之間的現象也一樣。誦讀那讀熟了的詩句，或聽那聽慣了的音樂時，也有這樣的現象。卽取出某意識狀態的連續內客，突將其一刻切斷，加以觀察時，就可以知道靠近其前端的心理狀態，逐漸淡薄起來，接近後端的部分，則反而逐漸明瞭起來了。這不單是我們在日常生活上如此感覺，並且是已經受了科學的實驗之保證的了。（詳細請參照 Scripture 氏所著《新心理學》第四章。）

　　意識的時時刻刻，成一個浪形，示之如下圖。這樣的浪形的頂點卽焦點，乃是意識最明確的部分，其部分，於前後具有所謂識末的部分。而我們的所謂意識的經驗，始終是這種心的浪形之連續。試依摩爾根式示此連續之狀如下：

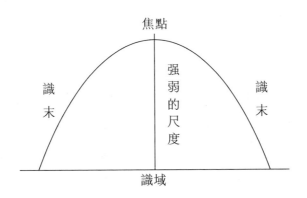

ABCDEF etc.

a' b' c' d' e' etc.

a' b' c' d' etc.

卽 A 這個焦點的意識移到 B 時，A 就變成 a 這個邊端的意識存在，B 再轉到 C 時，a 與 b 便都變成意識之浪的邊端了。那末我所說的所謂 F, 其在意識裏而所占位置如何，大約已是讀者所稍能理會的了。

從上述解剖的浪形說推論，將此法則之應用範圍擴大時，可以斷定一如在意識的一刻有 F 似的，在十刻、二十刻，以至一小時的意識之流，也一樣有可以稱爲 F 者。現在我們假定誦讀有趣味的詩歌一小時，這中間我們的意識，不斷地從 a 這句話移到 b 這句話，再及於 c, 這由於上述之理已經明白了；但是在一小時後，追想這樣地逐漸消失逐漸出現的許多小浪形時，不是有一種焦點的意識（對於此前後各一小時的意識），離開那集合起來的小 F 個個的意義，顯然存在於此一小時內嗎？半日也有這樣的 F, 一日亦然，推而廣之，也可以有亙乎一年十年的 F, 有時終生以一個 F 爲中心的事也不少見。猶之乎亘一個人的一生有一個 F, 一世一代也一樣有一個 F, 這是自明之理；試將這種廣義上的 F 分類起來，即如下：

（一）在一刻之意識的 F；

（二）在個人一生之一時期的 F；

（三）在社會進化之一時期的 F.

關於（一）無須再說明。（二），例如幼年時的 F, 是玩具、泥人等；少年時是格鬥，冒險，進而及青年即戀愛；中年的 F, 金錢、權勢是其重要的；到了老年，是衆生濟渡及其他關於來世的沈思等，不消說是舉不勝舉的。現在舉一例來證明，上述浪形說也一樣可以適用於這種時期的 F 的推移。假定有一個人，於某個時期之間，認眞愛讀漢詩，後來有幾年之間完全放棄，絕不再問津，但是偶然又拿出來讀。他在這個瞬間，雖充分能解釋其意義，但其印象，詩境，都漠然而缺少明瞭，從而所湧出來的興趣也很淡。然而暫時加以習讀，即詩中情景自然而然在腦裏整理起來，其感興終於達到極度，而若再連續下去，也許就要逐漸再傾向無味之域吧。這可以說是他對於漢詩的意識，逐漸由識末登到焦點，復由焦點降到識末而然的。（三）一世一代的 F, 就是普通所謂的時代思潮 (Zeitgeist), 用一句東洋式的名詞，就是 “勢”。古來問勢者何也，即答之以天，稱之以命。究竟是和用 x 解 y 一類相同的；但是這一個名詞，却充分能夠表出我所說的廣義的 F. 大凡古往今來的歷史，都不過是循着這種 “時代的 F” 的不斷的變遷走下來的。

取一個日本的近例來說，攘夷、佐幕、勤王的三觀念，是四十餘年前維新的 F, 即當代意識的焦點。那末，假使有超乎莎翁的名人生在其世，時代的 F 也大約是沒有容他的餘裕；或者有第二個阿諾德

(M. Arnold) 出來談說 Sweetness and Light（鼓吹文藝教育的著名論文）之理，在這樣的世上，恐怕是不能感動任何人的視聽吧。蓋因時代的意識不相容故也。就如所謂賢人、偉人也不能抗拒時勢，不過是呈示這種道理的。

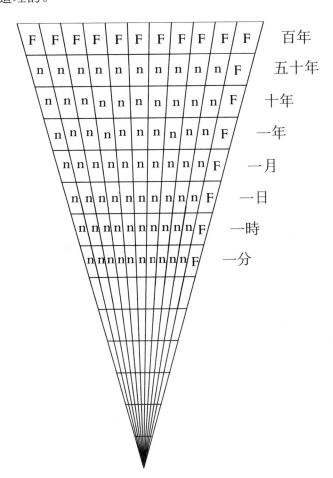

這樣的意識浪形之說和 F 的觀念，出發自微妙的意識單位，可以推而廣之，適用於貫乎一代的集合意識，這是顯然的，以圖示其大概如上。

豎的小格，是表示個人意識自一刻到百年的 F 之次序變化的；但不是從 F 變化到 F1，從 F1 變化到 F2 之意，不過是表示一刻的焦點的意識於 F, 表示一小時的焦點的意識於 F1 吧了。再如橫列之格，是同一時代的民衆的集合意識，例如把五十年的部分排列起來，可以認爲是在一代五十年間的 F 集合起來的，而此橫列的 F, 大概在某點是一致的，我們稱那一點爲其五十年的輿論，名之爲 Zeitgeist, 有時稱之以“勢”。

第二章　文學內容的基本成分

　　我在上章說過，文學內容須是〔F+f〕，這裏却要將其內容分類一下，以對那班往往把文學只當作高尚的智識娛樂，或提倡文學無道德分子之說的人們，舉示文學之範圍，並非如此偏狹的。

　　研究的第一步，應該從爲其基礎的簡單的感覺要素說起。當說起此事時，我想依據格羅斯 (Groos) 氏在《人之遊戲》裏面所排列的小兒娛樂的項目，逐條引例證明之。那末，既可以明白本能的傾向，在種種形式之下，潛存於純然的文學之中到什麼程度，而世上所謂"大人是上了年紀的小孩"這句俗語，也自然而然可以證明了。至於複雜的內容，不消說在格羅斯氏著作中，是沒有可以援例的，所以這裏不說。

　　（一）觸覺。格羅斯先舉觸，而記載小孩所好的遊戲中之屬於這種感覺者。我要依據他的分類，逐項引用文學裏面的例證。

Yet I' ll not shed her blood;

Nor scar that whiter skin of hers than snow,

And smooth as monumenta alabaster.

—Othello, Act V. sc, ii, ll, 3 - 5.

But O for the touch of a vanish' d haud,

　　And the sound of a voice that is still.

—Tennyson, Break, break, break.

11

這樣地可以發見，偶一看去，不合於文學內容者，反而具有意料之外的勢力。

（二）溫度。

St. Agnes' Eve—Ah. bitter chill it was!

The owl, for all his feathers, was a－cold;

The hare limp' d trembling through the frozen grass,

And silent was the flock in woolly fold:

—Keats, The Eve of St. Agens.

這不消說抓住複雜的景物，形容了寒冷的，所以不只是寒冷的感覺，直捷成為［F+f］放進去的；不過，其所以特地安排此等句子，為的是要喚起其感覺，這是無可疑的，可以認為溫度能夠作一種文學內容存在的一例。

（三）味覺。食意似的下等感覺，不得混入所謂高尚的文學——這種豫想，遇着下舉例之就要破了：

The board was spread with fruits and wine;

With grapes of gold, like those that shine

On Cosbian' s hills; —pomegranates full

　Of melting sweetness, and the pears.

And sunniest apples that canbul

　In all its thousand gardens bears; —

Plantains, the golden and the green,

Malaya' s nectar' d mangusteen;

Prunes of Bokara, and sweet nuts

　From the far groves of Samarcand,

Amd Basra dates, and apricots,

Seeds of the Sun, from Irans' land;

With rich conserve of Visna cherries,

Of orange flowers, and of those berries.

That, wild and fresh, the young gazelles

Feed on in Erac' s rocky dells.

—Moore, *Lalla Rookh, The Light of the Haram.*

此外如基茨 (Keats) 的 *The Eve of St. Agnes* (XXX)，甚至使溫徹斯特 (Winchester) 說道：“欲以一流的詩遇之，那基於劣等感覺的快樂的分子，却過於占勢力”。

（四）嗅覺。香之散見於文學上，不待說是舉不勝舉。在日本，對於“花香”有一定的語法，以此可推知其一般。

It was a chosen plott of fertile land,

Emongst wide waves sett, like a little nest,

As if it had by Natures cunning hand

Bene choycely picked out from all the rest,

And laid forth for ensample of the best:

No daintie flowre or herbe that growes on grownd,

No arborett with painted blossomes drest

And smelling sweete, but there it might be fownd

To bud out faire. and throwe her sweete smels throwe al arownd.

—Spenser, *The Faerie Queenc,*

Bk, II. can. vi' st.12.

關於嗅覺，沙翁❶的 *Macbeth,* 尚有適例。欲知詳細，請參照 *New Variornm Shakespeare* 裏面的 *Macbeth.* (P.257) 中的味普郎克 (Ver-

------

❶ “沙翁”，前文爲莎翁。——編者註

13

planck) 之説。

日靜重簾透　風清一縷長

由來中國的詩裏面，屢屢用香烟爲材料，這是大家所注意到的吧。

The morn is up again, the dewy morn

With breath all incense, and with cheek all bloom,

Laughing the clouds away with playful scorn,

And living as if earth contain' d no tomb, —

And glowing into day:

—Byron, *Childe Harold,* Can. iii. ll.914 - 8.

這雖是擬人法，但是香炷❶的香味能醉人，所以説："with breath all incense."

（五）聽覺。這種感覺占着美的快感的重要地位，此由於所謂音樂這種特殊的技術獨立地存在着，就可以明白。又如詩之重視音，崇尚韻，無非也是爲要利用這種感覺的。衣聲振振，落葉蕭蕭，又如風聲、雨聲、雷聲、濤音、鳥音：天下萬物之聲多至無限。有時甚至有人相信僅依聽覺，就可以構成咭咭蚪的文字。

Duke. If music be the food of love, play on;

Give me excess of it, that, surfeiting,

The appetite may sicken, and so die.

That strain again!; —it had a dying fall:

O, it come o' er my ear like the sweet sound

That breaths upon a bank of violets.

Stealing and giving odour.

—*Twelfth Night,* Act I, sc. I. sc. i ll.1 - 7.

---

❶ "炷" 疑爲 "烟"。——編者註

I chatter over stony ways,

    In little sharps and trebles

I bubble into eddying bays,

    I babble on the pebbles.

        —Tennyson, The Brook.

I heard the water lapping on the crag,

And the long ripple washing in the reeds

        —Tennyson, The passing of Arthur.

Or sweetest Shakespeare, Fancy's child,

Warble his native wood – notes wild.

        —Milton, L' Allegro, ll.133 - 4.

比莎翁爲鳥，而比其詩爲鳥之好音，這可以說就是世人珍重鳥聲的一證。

By this the storm grew loud apace,

The water – wraith was shrieking;

And in the scowl of heaven each face

Grew dark as they were speaking

        —Campbell, *Lord Ullin' s Daughter*

（六）視覺。如繪畫彫刻，亙乎古今東西，具有完全之歷史的藝術，也完全是置立腳地於此視覺的；下自單純的色彩，上至極複雜如人體骨格❶的組織，其間附帶 f 之 F, 其數多至數不清。

(a) 暉。

Sparkling and bright in liquid light

    Dose the wine our goblets gleam in;

---

❶ "骨格"，今作"骨骼"。——編者註

With hue as red as the rosy bed

Which a bee would choose to dream in.

　　　　　　　　　—Charles Hoffman (1806 - 84),

There shot a golden splendour far and wide,

　　　Spangling those million poutings of the brine

With Quivering ore.

　　　　　　　　　—Keats, Endymion. Bk. I. ll.350 - 2.

A viloet by a mossy stone

　　　Half－hidden from the eye!

Fair as. a star, when only one
Is shining in the sky.

　　　　　　　　　　　　—Wordsworth,

　　　　　She dwelt among the untrodden ways.

(b)　色。

I remember, I remember

The roses, red and white,

The violets, and the lily－cups—

Those flowers made of light!

The lilacs when the robin built,

And where my brother set

The laburnum on his birthday,　—

The tree is living yet

　　　　　　　　　—Hood, *Past and Present.*

　　這一節的印象，是怎樣地富於色，一讀之後就明白了（儘管沒有使用紅、白、綠等文字）。

　　The leaves dead

16

Are driven, like ghosts from an enchanter fleeing,

Yellow, and black, and pale, and hectic red,

Pestilence − stricken multitudes:

—Shelley, Ode to the West Wing. ll.2 - 5.

Within the shadow of the ship

　　I watched their rich attire:

Blue, glossy green, and velvet black,

They coil' d and swam; and every track

　　Was a flash of golden fire.

—Goleridge, Ancient Mariner. ll.277 - 81.

假使從詩除掉色的觀念，詩的大半也許不得不自滅，而其詩也許將索然無味吧。像中國的詩，可以說是在這方面大放異彩的。

紅燈、綠酒、白蘋、紅蓼、麥綠、菜黃、白雲、青山等語，始終被用入詩中，添了不可名狀的妙味。依溫德氏 (Wundt) 之說，"白色會想起華美，綠色會想起靜中樂趣，而紅色是表像勢力的"。而普通所謂的補色，在色學上大約也是重要的着眼點。

"試把紅墨水滴下一二滴於白紙上，凝視之，約過半分鐘，即將視線移到白的平面，那時你可以看見綠色斑點。其理由如下：在尋常的狀態之下，網膜受到完全的日光時，我們就受到白色的印象。然而日光，在多半的時候是不完全的，換言之，觸到我們的網膜的，往往只是牠的一部。這時候，日光是從帶色物體反射過來的，用一句普通的話來說，就是光線帶着色彩的。大凡色彩是這樣地發生的。在此刻所說的實驗，受到來自紅色斑點的日光的網膜之一部，跟着時間的經過，逐漸疲乏起來，終於再不會由紅色受到任何感應了。當此之時，來自白色物體的完全光線一映到網膜，因其疲乏的部分，對於紅色已在

17

無能爲的狀態，故終於從完全光線感受除掉紅色的顏色。然而在這時候，是綠色和紅色合而構成完全光線卽白色的，所以綠色卽是紅色的補色。"以下省略 (Baldwin Brown: *The Fine Arts*)

這種麻煩的理論且放下不說，大凡色之力，是怎樣能夠把萬物來美化的，下面一節，表白得非常的妙：

大凡在我們的感覺界，再沒有比色彩的感覺更能與我們以富於變化而且極多的快樂的了。上有蒼空，下有紫海，綠的牧野到處皆是。自小而言，卽有燦爛的花、秋日的紅葉、塗抹着華美之色的蝴蝶、背着磨亮的金衣的甲虫、身纏五彩之虹的孔雀、散嵌着瑠璃寶石的蜂雀，或依 Spectrum 瞬息之間出現的色之趣、胰子球、蛋白石的虹面，或倒映如鏡的湖水中的夕照之色等。其趣雖五花八門，但在其能喚起純潔的、沒利己心的喜悅之點却是一律。僅由感覺的刺戟❶，無論如何不能求得這樣的快感於別的事物了。色彩的快感，可以說是超然於占有的滿足之上，而達到高尚的美的平面的。

—G. Allen: *The Colour Sense*. P. 1

(c) 形。天地間一切物體，如其不是屬於抽象的，一定具有形狀，此正與色同。然則所謂形這個觀念，其與文學內容有密切的關係，這實在可以說是當然的。尤其是人體的形狀，在西洋文藝裏面是引起特殊之注意的東西，所以他們的詩人、小說家的作品裏面，始終用着精力於這方面，這是理所當然。從而以曲線爲主的裸體畫的專家也出現了。元來❷，關於統率美之形式的法則，自柏拉圖 (Plato)、畢達哥拉斯 (Pythagoras) 的古時代，已就異說紛紛，常引着學者的注意；有人說，"是基於可以用量來表現的數理原則的"，又有人主張以所謂 "截

---

❶ "刺戟"，今作 "刺激"。——編者註
❷ "元來"，今作 "原來"，下略。——編者註

金法"(Golden Cut) 爲美之比例。所謂截金法,是對於這事起的名稱:將一件物二分之時, 其短的部分對長的部分之比, 與其長的部分對全體之比相等。論者謂出現於人體, 高等動物的形狀, 植物的構造, 結晶體的形狀, 星界的配列、建築、彫刻、繪畫的傑作的比例, 音樂上最巧的調和, 大者如總括宇宙的自然界的比較科學的組織, 一概都適合於這種截金法。(依費希奈爾 Fechner 所說, 這種比例不足以重視其價值; 其比, 有時雖然也適中, 但不能以此爲充分的證據。)

> Not hiding up an apollonian curve
>
> Of neck and shoulder, nor the tenting swerve
>
> of knee from knee, nor ankles pointing light;
>
> But rather, giving them to the fill' d sight
>
> Officiously. Sideway his face reposed
>
> On one white arm, and tenderly unclosed,
>
> By tenderest pressure, a faint damask mouth
>
> To slumbery pout; just as the morning south
>
> Disparts a dew − lipp' d rose.
>
> —Keats, *Endymion,* Bk. II. ll.399 - 407.

這是所謂 Sleeping Youth 的畫。

> Of all God' s works which doe this worlde adorn,
>
> There is no one more faire, and excellent,
>
> Than is man' s body both for power and forme
>
> Whiles it is kept in sober government.
>
> But none than it more foul and indecent
>
> Distempered through misrule and passions face.
>
> —Spenser (Quoted by Ruskin: *Modern Painters.*
>
> Vol. II, pt. III, sec. I. chap. xiv.)

此外作例舉不勝舉，所以下面再舉一個超乎人體的壯大之例，餘者一概不舉。

……When they come to model heaven,

And calculate the stars; how they will wield

The might frame; how build, unbuild, contrive,

To save appearances, how gird the sphere

With Centric and eccentric scribbled o' er.

Cycle and epcycle, Orb in Orb.

—Milton, Paradise Lost, Bk. VIII. ll.79 - 84.

亞當 (Adam) 向天使拉斐爾 (Raphael) 問天之構造。天使答道，那是神的秘密，非可以窺探的，我們只消仰觀而嘆賞之就夠了，不必妄以井蛙之智揣摩臆測之。於是他說了天界的宏壯，最末二行，眞可以說是把形之美感說得痛快淋漓的了。我實在不易從天文學上得到 cycle, epicycle, centric 或 eccentric 的概念；但是其趣味，只消在腦裏想像一種壯大之形已充分足以領略了。情緒是隨着奔放的想像而來的，於其欣賞的程度，勝似一字一句的理會。

(d) 運動。其特長出現於舞蹈，又出現於演劇。此外是蜻蜓，白雲的蓬勃，落葉，或霏霏之雪，一概以此種運動之美爲性命，文學裏面，這種分子之多是不消說的。

Upon the margin of that moorish flood

Motionless as a cloud the old Man stood,

That heareth not the loud winds when they call;

And moveth all together, if it move at all.

—Wordsworth, The Leech - Gatherer. ll.74 - 7.

關於此項，有一件事應該注意一下，卽西洋人往往要特別寫出隨

着肉食鳥類 (Birds of Prey) 的飛翔發出的美感。達爾文曾經在他的著作 *The Voyage of the Beagle round the World* 這樣說：

禿鷹成羣，在某點畫一圓圈飛翔時，其形甚美。除起從地上飛上空中之時，沒有一隻鷹搖動着牠的翅膀。我曾經在利瑪近處，約有半小時不眨眼地凝視了數隻之羣。飛翔時描一大曲線，作一圓形飛上飛下，這其間絕不振翅。

讀者試將這段話和下舉一節比較比較：

Around, around, in ceaseless circles wheeling

With chang of wings and scream, the Eagle sailed

Incessantly—Sometimes on high concealing

Its lessening orbs, sometimes as if it failed,

Drooped thro' the air; and still it shrieked and wailed

And, casting back its eager head, with beak

And talon unremittingly assailed

The Wreath'd Serpent, who did ever seek

Upon his enemy's heart a mortal wound to wreak.

　　　　　　　　　　—Shelly, *Laon and Gythna*

　　　　　　　　　[*Revolt of Islam*], Can. I. st. x.

以上，已把基於感覺的經驗的作例約略示盡了。作例之中，也許有其 f 之因，不能說完全是基於感覺上的吧，但總之，感覺上之經驗，已經無疑是構成文學內容之重要項目的了。

我這裏是分成觸、溫、味、嗅、聽、視六種，而分別舉出作例的，但是綜合了這些簡單材料的，大體上也可以生出美感，這是不消說的。像下面所舉之例，真是光怪陸離，足以眩人耳目，使人心神恍惚！窈窕有如坐在 Drury Lane 戲院，觀看 Pantomine 之概。然其弊則在粉飾

21

過甚，過於華麗，而像嗅着強烈的香水，多少總要令人失神。

Fanthea.

And from the other opening in the wood

Rushes, with loud and whirlwind harmony,（運動，音）

A sphere, which is as many thousand spheres,（形）

Solid as crystal, yet through all its mass

Flow, as through empty space, music and light:（暉，音）

Ten thousand orbs involving and involved,（形）

Purple and azure, white, and green, and golden,（色）

Sphere within sphere; and every space between（形）

Peopled with unimaginable shapes,（形）

Such as ghosts dream dwell in the lampless deep

Yet each inter − transpicuous, and they whirl（運動，暉）

Over each other with a thousand motions（運動）

Upon a thousand sightless axles spinning,

And with the force of self − destroying swiftness,（運動）

Intensely, slowly, solemnly roll on,

Kindling with mingled sounds, and many tones,（音）

Intelligible words and music wild.

With mighty whirl the multitudinous orb（運動，色，暉）

Grinds the bright brook into an azure mist

Of elemental subtlety, like light;

And the wild odour of the forest flowers,（嗅）

The music of the living grass and air,（音）

The emerald light of leaf − entangled beams（暉，色）

Round its intense yet self－conflicting speed,（運動）

Seem kneaded into one aërial mass（運動）

Which drowns the sense. Within the orb itself,

Pillowed upon its alabaster arms,（觸覺）

Like to a child o' erwearied with sweet toil,

On its own folded wings, and wavy hair,

The Spirit of the Earth is laid asleep,

And you can see its little lips are moving,

Amid the changing light of their own smiles,

Like one who talks of what he loves in dream.

　　　　　　　　—Shelley, *Promet heus Unbound,*

　　　　　　　　　　　　　　Act IV, ll.236 - 268.

　　歷來我所列舉的 F, 都是純粹的，而且盡是引起簡單的情緒的，而其 f, 是指“由於某個線、體以及色、音等的複合而受者，即得自視覺、聽覺，或其他感覺的經驗的 f'; 但是這些，當實際上我們經驗之時，不消說也是含有多量的，由聯想及其他作用混入的第二 f. 我不過是主張，這種第一 f 即元本 f, 處於旁的副 f 的混入之間，依然不失其爲構成美感的一部分，並且是其重要的部分的。現在要舉例以示這種第一，第二 f 的混入狀態。

　　夏天某日，我旅行庇里尼斯山中，覺得非常疲乏，便向一個路上所邂逅的牧童，求他給我一杯牛奶喝。承他允諾即同到其所住小屋。其住家之下有小河，其中浸着牛奶瓶子。給我喝的一碗牛奶，其冷有甚於冰，當我在嘗那猶如集了全山香氣的這碗奶漿之間，我覺得有許多感覺——這感覺是不能僅以“痛快極了”一語說盡的——侵到全身。那正有如用嘴來欣賞的，牧野之合奏似的感覺。

　　　　　　　　　　　　　　　　　　　　—M Guyau.

這不只是要說奶的美味的，還含着一種意思，說那奶裏面帶着普通所望不到的美妙之感。不過我以爲那時候，奶其物固有的味道，也一定是占據 Guyau 的快感的一部，恐怕還是在一半以上。

以上是表示我們的單純地觸到感覺機能的經驗，是怎樣地可以做文學內容存在的。下面我想舉示多少實例，以證人類的內部心理作用之存在爲文學內容。大凡此種材料之跑入文學，有兩種方法。卽間接與直接兩法。也可以名之爲客觀的，主觀的。前者多行於劇，敍事詩，後者則多用於抒情詩。然而不能以此爲完全純粹的區別是不消說的；像小說，在其性質上往往雙關地使用此種方法。

這裏所說的間接或客觀的，意卽謂在喚起情緒的狀態之前，或記述其原因，或舉其肉體的朕兆❶，而將情緒其物省掉，一任讀者去想像。至於直接或主觀的方法，則最先敍述情其物，其所附帶之結果現象，則一任自己去傳播。所以這兩種方法，普通都錯綜混合而用，這是不得已的。這種詩學的分類，一見似乎是毫無用處的，不過這却可以用以使我在開章第一句所立的法式，卽文學內容始終須要〔F+f〕這個命題，於解釋不致發生錯誤。現在看一看間接法的內容，這裏有 F 沒有 f，而直接法則似有 f 而沒有 F. 所以我爲避免誤會起見，對於〔F+f〕這個形式，還想附加一句話。卽此法式，一共有三種：（一）是出現爲〔F+f〕；（二）是作者說出 f，使讀者去補充 F；（三）是作者担任 F，而 f 則使讀者負担。

出自北門，憂心殷殷。終窶且貧，莫知我難，已焉哉！天實爲之，謂之何哉！

這裏面，"憂心殷殷""已焉哉""謂之何哉"三句，是詩人的感情，"出自北門""終窶且貧""莫知我難""天實爲之"四句是 F. 而

---

❶ "朕兆"當爲"征兆"字，下同。——編者註

若只有後者，是（三），只有前者，是（二），合兩者卽成（一）。

現在，我要來查考情緒的精神狀態混入爲文學的內容時是什麼一個樣子；這我以爲依然像在感覺材料那裏似的，把情緒分類，逐次舉出作例，較爲適宜。李播把人類的情緒分爲單複二種；恐怖、怒、同情、自己觀念、男女的本能等是單，善惡、宗教感情等是複。現在試用此分類。

（一）恐怖。Hamlet 裏面的 Horatio，他親眼看見亡靈時的感慨如下：

A mote it is to trouble the mind's eye.

In the most high and palmy state of Rome,

A little ere the mightiest Julius fell,

The graves stood tenantless, and the sheeted dead

Did squeak and gibber in the Roman street.

—*Hamlet,* Act I, sc. ll.112 - 16.

I have almost forgot the taste of fears:

The time has been, my senses would have cool'd

To hear a night－shriek: and my fell of hair

Would at a dismal treatise rouse and stir

As life were in't: I have supp'd full with horrors.

—*Macbeth,* Act V, sc. v. ll.9 - 13.

這是 Macbeth 在將見滅亡之前，於城中與隨從談話之間，聽着女人的聲音時說的科白。此第一句是記載恐怖之朕兆的 F，第二句是含有 f 的主觀的分子。順便說一句，*Macbeth* 全篇，可以說是以恐怖的情緒爲骨子構成的。

（二）怒。

Achilles' wrath, to Greece the direful spring

Of woes unnumber' d, heavenly Goddess, sing!

That wrath which hurl' d to pluto' s gloomy reign

The souls mighty chiefs untimely slain:

—Pope; *The Iliad,*

　大家所知道，這是頗普的英譯《伊里亞特》卷頭的一句。是從最初就對着詩神，想詠出 Achilles 之憤怒的，換言之，無非是告白貫串此詩二十四卷的眼目，全在這位英雄的憤怒。有萬古不滅之稱的《伊里亞特》，可以說是成立自怒的情節的。

　其次，怒的情緒，發揮得淋漓盡致的，是聚集於所謂鬥爭這個名稱之下的人的動作。鬥爭，自古以來與文學的關係頗密切，古者如《伊里亞特》中的戰爭，下則《失樂園》的 Satan 對 Jehovah 的交戰，或司各脫 (Scott) 的《湖上夫人》五齣 Fitz - James 和 Roderick Dhu 的單打，或 Marmion 六齣的 Flodden 一役，都是著名的，都可以參考一下。

He spoke; and Rustum answer' d not, but hurl' d

His spear; down from the shoulder, down it came,

As on same partridge in the corn a hawk,

That long has tower' d in the airy clouds,

Drops like a plummet; Sohrab saw it come,

And Sprang aside, quick as a flash: the spear

Hiss' d, and went quivering down into the sand,

Which it sent flying wide: —Then Sohrab threw

In trrn, and full struck Rustum' s shield: sharp rang,

The iron plates rang sharp, but turn' d the spear.

—M. Arnold, *Sohrab and Rustum,* ll.398 - 407.

Then each at once his falchion drew,

Each on the ground his scabbard threw,

Each looked to sun, and stream, and plain,

As what they ne' er might see again;

Then foot, and point, and eye opposed,

In dubious strife they darkly closed.

　　　　　　　—Scott, *The Lady of the Lake,* Canto V. st. xiv.

　　怒的表白，雖應該有種種，但最能代表怒的，是戰爭、殺戮❶、破壞。雖然如此，表現怒時却能帶出一種快感，一如看的人也感着特殊的興奮似的（雖然怒之發生，其原因不消說是不快的，而受其怒的當事者，不消說也是不痛快的），所以古今文學者，樂得利用這種感情，則在文明的今日，其效力依然不滅。在古昔的詩歌有 *Chevy Chase*，在劇文學不消說是多至舉不勝舉，不過像莎翁的作品 *Coriolanus*,
Henry IV 裏面的 Talbot, *Richard III* 的末段 A horse! a horse! my king-dom for a hors!, 大約可以說是戰爭文學的薈粹了。尤其是最後這個例，卽李查特三世失馬，以獅子奮迅之勢召馬一句，把這種熱情的特色發揮無餘了。讀者可以拿來參考。這裏順便將 *Coriolanus* 裏面的鬥爭的部分，摘示於下爲最後的一例。

　　Mar. Sir, it is;

And I am constant. Titus Lartius, thou

Shalt see me once more strike at Tullus' face.

What, art thou stiff?

　　　　　　　　　　　　　　—Act I, sc. i. ll242 - 5.

這是 *Coriolanus* 冒頭的氣概，這其間對方的意氣又是怎麼樣呢？

---

　　❶ "殺戮" 當爲 "殺戮"。——編者註

If we and Caius Marcius chance to meet,

Tis sworn between us we shall ever strike

Till one can do more.

—Act I, sc. ll.34 - 6.

到了開始戰爭的時候，Coriolanus 罵自己的同志說：

You souls geese,

That bear the shapes of men, how have yor run

From slaves that apes would beat! Pluto and hell!

All hurt behind; backs red, and faces pale

With flight and agued fear! Mend and charge home,

Or, by the fires of heaven, I' ll leave the foe

And make my wars on you: look to' t: come on;

If you' ll stand fast, we' ll beat them to their wives,

As they us to our trenches followed.

—Act I, sc. iv. ll34 - 42.

當兩人決戰時的對話是：

Mar. I' ll fight with none but thee; for I do hate thee

　　Worse than a promise − breaker.

Auf. We hate alike:

　　Not afric owns a serpent I abhor

　　More than thy fame and envy. Fix thy foot.

Mar. Let the first budger die the other' s slave,

　　And the gods doom him after!

Auf. If I fly, Marcius,

　　Halloo me like a hare.

Mar. Within these three hours, Tullus,

Alone I fought on your Corioli walls.

And made what work I pleas' d, tis not my blood

Wherein thou seest me mask' d; for thy revenge

Wrench up thy power to the highest.

Auf. Wert thou the Hector

That was the whip of your bragg' d progeny,

Thou should' st not scape me here.

[*They fight, and certain volsces come in the aid of aufidius.*

Marcius fights till they be driven in breathless.

Officious, and not valiant, you have shamed me

In your condemned second.

[*Exeuut.*

—Act I. sc. viii. ll.1 - 15.

Coriolanus 之母親受寵若驚似地指着兒子受的傷：

Vol. He had, before this last expedition, twenty – five

wounds upon him"

—Act II. sc. i. ll.169 - 70.

由此看來，也足以證明格鬥（怒之發現），是怎樣地可以做文學內容而存在的了。

（三）同感。李播接着又舉了同感和柔情。固然這裏所謂 Sympathy 之意，並不是我們日常所用那種意義；這裏應該尋溯其字義，那就是 Sym＝together, Pathy＝feeling，即與他人同其感情之意。人怒我亦怒，人泣我亦泣，換言之即心理的結合；在這種意義，有時和模倣、感染同義。這種意義的話，當述說文藝之理論時，不消說是必要的。元來我

29

們之所以感興趣於文藝，可以說是由於模倣（內部的）或感染（托爾斯泰說）；從而這種本能，當欲欣賞文藝時，是一刻也不能缺少的。在這種意思的同感，乃是第一期，再進而入第二期時，已經不只是心理的結合，却是"心理的結合+情緒"了。可以用爲文學內容之 Sympathy，始終須要這種第二期的。換言之，使人覺得不過意或可憐，都是基於這種感情。

這裏應該注意一件事，就是這種本能，是完全和做着戀愛之根基的兩性本能獨立而存在的，而其所由來，是在同類相憐的天性，此正如一般心理學者所承認者。(Lloyd Morgan, *Animal Behaviour*, Chap. V; Thomson, *The Study of Animal Life*, pp.154 - 166; Ribot, *Psychology of Emotion*, p.237.)

現在要從英文學裏面，極簡單地舉出這種本能爲文學之內容的例證。

這個例，就是關於哥帶發 (Godiva) 的話。原是一件實事，至少也是口碑相傳的故事，其在近世英文學，曾被二大文豪採取做材料，遂大著其名。一個是蘭得 (Walter Savage Landor)，收在他的 *Imaginary Comversations* 裏面。愛里斯 (Havelock Ellis) 批評說："在許多會話裏面，自優美方面說，無出其右者。" 蘭得是用散文，在詩吟詠這件故事的，却是丁尼孫爵士 (Lord Tennyson)，卽 *Godiva* 是。

我們先看一看蘭得怎樣地處理着這材料。

(a) 蘭得的對話，開始於新婚的夫婦騎馬遠到利芬德里。哥帶發說："There is a dearth in the land, my sweet Leofric! Remember how many weeks of drought we have had, even in the deep pastures of Leicestershire." 。而且下民訴說慘狀說："Although we were accompanied by many brave spearmen and skilful archers, it was perilous to pass the creatures which the farm - yard dogs, driven from the hearth by the poverty of their masters, were tearing and devouring;……". 夫說："那麼,我也到城裏,住宿於 St. Michael's 寺院,徹夜祈神去吧",妻也說："我也去祈願吧,"並且說, "Would my own dear husband hear me, If I implored him for what is easier to accomplish, 一what he can do like God?" 而請其當此飢饉、旱魃之時,免掉他們的租稅。

Leofric 怒道: "They have omitted to send me my dues, established by my ancestors, well knowing of our nuptials, and of the charges and festivities they require, and that in a season of such skarcity my own lands are insufficlent."

那時,妻訴說道: "There are those among them who kissed me in my infancy, and who blessed me at the baptismal font. Leofric, Liofrio! The first old man I meet I shall think is one of these; and I shall think on the blessing he gave, and (ah me!) on the blessing I bring back to him. My heart will bleed, will burst; and he will weep at it! He will weep, poor soul, for the wife of a cruel lord who denounces vengeance on him, who carries death into his family!"

經過種種問答的結果,夫終於容妻的要求,且附帶條件說: Yea, Godiva, by the holy rood, will I pardon the city, when thou ridest naked at noontide, through the streets!

一個妙齡的深閨婦女,白天要裸體而且坐在馬上繞街,這在平常的人是忍受不了的;然若不忍受,則又不能拯救許多細民的疾苦: 卽不得不陷於介乎同感與面子之間的煩悶了。

最後,這位女士決心了——寧可失掉面子,也要使自己的同感滿足。她說: "But perhaps my innocence may save me from reproach; and how many as innocent are is fear and famine! No eye will open on me but fresh from tears. What a young mother for so large a family! Shall my youth harm me? Under God's hand it gives me courage. Ah! When will the morning come? Ah! When will the noon be over." 蘭得的會話，就在這裏結束。

(b) 丁尼孫就進一步，敍述到哥帶發裸體繞着街中的情形。他好容易突破了煩悶：

So left alone, the passions of her mind,

As winds from all compass shift and blow,

Made war upon each other for and hour,

Till pity won.

—*Godiva*.

於是使傳令使者傳令全市，到正午爲止，不準任何人出門外，不準任何人探視門外，都得關門閉戶伏在屋裏。這樣地哥帶發脫掉衣服，像屠場的羊似地出門，平安地繞完了大街。那時候有一個惷人，爲好奇心所驅從垣間窺伺，以致忽然瞎了眼睛。這是丁尼孫所寫的哥帶發內容之大概。

同感之例，多至不可勝舉，所以不必再引例；不過這裏有一篇饒有興趣的例，我想把她介紹出來。上面的例，是以對一般人民的所謂同情爲中心的，但是下面的例，完全是由橫亙於父子間的同情和優美的忍耐與克己方面描寫的。

這篇故事，也是出於蘭得的 *Imaginary Conversations*，是伊索 (Aesop) 與洛多皮 (Rhodopé) 的問答。就是少女洛多皮，將她幼少時被賣爲奴隸的顚末，談給同屬奴隸的伊索聽的一節。

洛多皮的父親，把米櫃裏所存最後的糧賣掉，買了一件滾着大紅邊的衣裳，憮然瞧着米櫃。一無所知的洛多皮，以爲米櫃之中是有什麼饒有趣味的東西，忙着趕去一看，却是空洞洞。父親把這件新衣給她穿上，她在童心裏面覺得異常快樂，自去採花戴在頭上，抱在胸口。然後一齊到了販市奴隸的市場。買的人們，雖極賞識洛多皮的華容，但因其體弱，無人肯照顧。"Many would have bought the chlamys, but there was something less saleable in the child and flowers" 雖不是沒有人來問價，可是沒有一個肯出她父親所希望的高價的人。這樣地一個去了一個來，但是她反覺得很有趣，每來一個人她就笑一次，只當這是一種賭戲。

父親對着顧客中的一位說："I think I know thee by name, a guest! Surely thou art Xanthus the Samian. Deliver this child from famine!" 但是洛多皮一味地笑。贊塔斯 (Xanthus) 憨然問她餓不餓，洛多皮剛吃過飯，因以爲這也只是鬧着玩（在長年貧苦之間，父親未曾使她餓過一次。贊塔斯從衣袋裏拿出小麥造的點心和蜂蜜給她，洛多皮先把蜜送到父親嘴上，父親接過來擲到地下，說 "seizing the bread, he began devour it ferociously." 但她還以爲這是鬧着玩。

一壁講價錢，父親一壁把女兒交給贊塔斯。其最後的話是 "The gods are ever with thee, O Xanthus! therefore to thee do I consign my child."

被買主抱着回頭一看，"Saw her father struggling on the ground, livid and speechless." 其次洛多皮自己的感想是："The more violent my cries, the more rapidly they hurried me away; and many were soon between us. Little was I suspicious that he had suffered the pangs of famine long before: alas! and he had suffered them for me." 伊索聽完長篇故事之後，心有所感說："It was sublime humanity: it was forbearance and self

- denial which even the immortal gods have never shown us. He could endure to perish by those torments which alone are both acute and slow; he could number the steps of death and miss not one; but he could never see thy tears, nor let thee see his. O Weakness above all fortitude! Glory to the man who rather bear a grief corroding his breast, than permits it to powl beyond, and to prey on the tender and compassionate! 洛多皮又叫起這件事發生前一夜的記憶接着說：那天晚上，我父親坐在床邊，檢拾那些散在架子上的碎面包，好像在嘆息其不夠吃。這其間我裝着睡覺，後來又裝着忽然醒了，求我父親唱歌給我聽。迫着他唱歌好讓我睡。那條歌最末的一節是："Thou shalt behold that fairest and that fondest one here after. But first thou must go unto the land of the lotos, where famine never cometh, and where alone the works of man are immortal."

我以爲這一篇，在英文學裏面，是表現了最切迫的情緒的，優美的小品文。而前前後後支持着這篇故事的興趣的，無非是父子的愛，卽廣義的所謂 Sympathy. 不消說除了同感之情以外，也有別種要素如童心的不分皂白處，以及被父親一手養育而成的淘氣樣等等，也足以使這一篇成其爲亙古及今的作品。欲知其詳，請參照原文。

（四）其次就是自己之情，卽關於 ego 的感情。這裏有積極與消極兩種。積極包含意氣、高傲、使勢、強行等，消極包含謙讓、細心、愼行等。

先拿積極方面的代表意氣來看，第一要想到的，是彌爾敦 (Milton) 所描寫的魔王。他的意氣，不是像孔雀張開尾巴那種虛榮的，是愈失敗，愈陷於困境，就愈發提高的。換言之，是和謙讓、失望、可以兩立的意氣。他曾爲欲奪回天界爲己有，聚集部下於地獄的穴裏討論軍略：

High on a throne of royal state, which far

Outshone the wealth of Ormus and of Ind,

…………

Satan exalted sat, by merit raised

To that bat eminence; and, from despair

Thus high uplifted beyond hope, aspires

Beyond thus high, insatiate to pursue

Vain war with Hieven; and, by success untaught,

His proud imaginations thus display' d:

　　　　　　　　—Milton. *Paradise Lost*, Bk. II. ll.1 - 10.

批評家說，彌爾敦的魔王，人格過於雄大，故易引起讀者的同感，反而有危險性。的確，對其雄壯的性格，誰能不起多少嘆賞之感呢？而其所賞，卽在他的意氣至死不磨的一點。

再引一例來說：科立奧雷那 (Coriolanus)，曾經反抗羅馬市民全體，欲堅持其所信仰去做；於是他們恨他，團結起來，想加害於他。他知道此事，昂然說：

Let them pull all about mine ears, present me

Death on the wheel or at wild horses heels,

Or pile ten hills on the Tarpeian rock,

That the precipitation might down stretch

Below the beam of sight, yet will I still

Be thus to them.

　　　　　　　　—Shakespeare, *Coriolanus,* Act III, sc. ii. ll.1 - 6

拿一句漢語來評，便可以說是“意氣凜然”的了。

以上是在自己感情的積極方面之中，取意氣做標本，指示其可以爲文學之內容的諸點的；下面要移到消極方面，說一說忍耐。

被收入文學裏面的忍耐，其最普通而最可憐的，是將想念人之心忍住的情。這在一方面，是與自覺之缺乏、細心、怕羞等自己感情的消極方面的諸性質相關的。英文學中的佳品的一種，便是守住這種強烈之忍耐的，戀愛的雅歌。

(a) 外奧拉 (Viola) 是個女子而男裝，做奧西諾公爵 (Duke Orsino) 的侍者，屢次替公爵送信給公爵的愛人奧力維亞 (Countess Olivia), 但是奧力維亞竟無情地始終不給回信。有一次公爵對着外奧拉，說起他和奧力維亞的戀愛，說在戀愛上頭，男女也各自不同，這樣說：

There is no woman sides

Can bide the beating of so strong a passion

As love doth give my heart; no woman' s heart

So big, to hold so much; they lack retention.

外奧拉聽而不聞，談到戀愛，便把自己的沒辦法的心情表明出來。公爵問道：

　　And what' s her history?

Viola. A blank, my lord: She never told her love,

　　But let concealment, like a worm, i' the bud,

　　Feed on her damask——cheek: she pin' d in thought,

　　And with a green and yellow melancholy,

　　She sat, like patience on a monument,

　　Smiling at grief was not this love indeed?

　　We men may say more, swear more: but indeed

　　Our shows are more than will; for still we prove

Much in our vows, but little in our love.

—*Twelfth Night,* Act ll.112 - 21.

這內容不消說不限於忍耐，但是可以說是巧妙地描寫忍耐與戀愛之混合的好例子。

(b) 前者是爲忍住戀愛的忍耐，這裏要介紹與此稍爲不同的忍恕之例。那是出現於妻對夫守柔順之德的；我所以特地在這裏選了這個例，爲的是要證明此情之得爲文學內容，同時並非沒有一兩種別的意思。在夫人崇拜的西洋，這種例子大有奇異之概，就如在近世英文學，欲求這種例是很難的。不消說妻對夫忍恕，這是世上常態，所以在任何時代，這種文學內容是很多的；不過像此地要說的例實在可以說是西洋文學中無與比倫的；所描寫的，是忍受近代的婦女絕忍受不了的苦楚。Patient Griselda（雖然也有 Maria Edgeworth 的小說中所謂 *Modern Griselda,* 但於其內容，並不是有多大的類似）的故事，自古以來爲三大文豪所處理：①是出於薄伽邱 (Boccacio) 的《十日記》裏面第十日之十；②佩脫拉克 (Petrach)，用拉丁語寫成小說，名之曰 *De Obedientia ac Fide Uxoria Mythologia;* ③在英國觸到邱塞 (Chaucer) 的彩筆，於其所著 *Ccnterbury Tales* 裏面，在 *The Clerkes Tales*（學生的故事）這個名目之下，永久留傳着做文學的寶什，但是邱塞之得其材料自佩脫拉克，這一如其楔子所說：

He is now dead and nayled in his cheste,

I prey to god so yeve his soule reste!

　　Frounceys Petrark, the laureat poete,

Highte this clerk, whos rethoryke sweete

Enlumined al Itaille of poetrye.

—ll.29 - 33.

格立則爾達 (Griselda) 故事。昔有一個少年侯爵名窩爾忒 Walter (Gualtieri)。係意大利薩盧索 (Saluzzo) 的太守。終日狩於山臘於野，完全未曾顧慮過爲妻爲子，以至爲自己身後繁榮計。於是衆臣僚頗爲之担憂，欲爲其薦一貞淑的妻室；但是他毫不理會，因爲他認爲同一個不明眞心的女子同過一生，是人生的極大不幸。然而他又不便隨便拒絕眞誠的忠告，終於有所計畫而娶了一個農家的姑娘。

Janicula (Giannicolo) men of that throp him calle.

A doghter hadde he, fair y − nogh to sighte,

And Grisildis (Griselda) this yonge mayden highte.

—ll.208 - 10

侯爵介紹他的新娘給僚臣時說：

This is my wyf' quod he, 'that standeth here.

Honoureth hir, and loveth hir, I preye,

Who − so me loveth; ther is na − more to seye.

—ll.369 - 71.

衆僚臣都嘆賞新娘，爲其求壽祈福，而覺得侯爵有知人之明。但是經過不久之後，侯爵不知何故，忽然想起要試一試夫人的忍耐的程度，便開始了：

（一）對着夫人說：你出身卑賤之家入此侯爵之門，衆僚臣面有怨色，而怨聲不絕於耳。

They seyn, to him it is greet shame and wo

For to be subgets and ben in servage

To thee, that born art of a smal village.

—ll.481 - 3.

但是夫人，一味聽着，自認其身分之低賤，唯有感謝現在的身分之過於高而已。

（二）第二次的試驗，稍異其方法。格立則爾達於結婚後產一女，侯爵便叫使者去說：“對不起，請你把小孩交給我；因爲這是侯爵的命令，沒有法子”。格立則爾達雖不是沒有顧慮小孩的前途，因爲這是丈夫的命令，她便也不哭，也不嘆息，把小孩就交出去了。

（三）第二個是生的男孩子。侯爵說：人民對你心理不服氣，故若從你的肚子裏產生的這個兒子，要承繼我的身後，則：

When Walter is agoon,

Then shal the blood of Jamicle succede

And been our lord, for other have we noon.

—ll.631 - 3.

卽吾家之斷絕，明如睹火，所以一定要她把這個孩子也交出來。格立則爾達毫無怨色，立將小孩交出去，而且她的話是如此柔順：

And ever in oon so patient was she,

That she no chere made of hevinesse,

But kiste her sone, and ofter gan it blesse;

Save this; she preyed him that, if he mighte,

Hir litel some he wolde in earthe grave,

His tendre limes, delicate to sighte,

Fro foules and fro bestes for to save.

—ll.677 - 83.

（四）對於這樣地被抱走兩個最愛的兒子❶的格立則爾達，進一步的試驗，便是她自己的離別了。不消說人民對於格立則爾達是非常的同情，可是柔順的她，却不恨那薄倖的夫，答應願意再囘到元來的貧民之家，快快活活地幫助父親做事去。

---

❶“兒子”當爲“孩子”。——編者註

'Naked out of my fadres hous,' quod she,

"I cam, and naked moot I trurne agayn."

—ll.871 - 2.

於是她回到故鄉了。

（五）殘忍的試驗尚不止於此。這次却是說侯爵要娶新娘，因爲她熟悉邸內的情形，故命她在那天晚上去照應一切，然而她還沒有怨色。

And she, the moste servisable of alle,

Hath every chambre arrayed and his halle.

—ll.979 - 80.

況且，新娘將要來到之時，侯爵笑着問她說：

"How lyketh thee my wyf and hir beautee?"

格立則爾達答道：

"'Right wel,' quod she, 'my lord; for, in good fey,

A fairer say I never noon than she.'"

到此，長久的試驗隨侯爵之意而止，其夫人的不易的貞節、忍耐，已是無可疑的了，侯爵遂將眞相吐露出來：

"'Now Knowe I, dere wyf. thy stedfastnesse.'"

這樣說着，"And hir in armes took and gan (began) hir kesse (to kiss her)."

—ll.1056 - 7.

話說回來，元來先前被抱去的兩個小孩，都立被送到波倫亞 (Bologna) 養育着，而此次雖的確有娶新娘的事，但其實是今年才十二歲的小女郎，卽格立則爾達的大姑娘，而弟弟也和她同道回來。這樣地母子重聚，往者之苦，成爲今者之樂，而幸福地終其天年。

這種忍耐，無論如何不是實際上所能有的，這事，談話的本人牛津大學的學生，也在後段説：

But o word, lordinges, herkneth er I go: —

It were ful hard to finde now a dayes

In al a toun Grisildes three or two;

For, if that they were put to swiche assayes,

The gold of hem hath now so badde alayes

With bras, that thogh the coyne be fair at yë;

I wolde rather breste a — two than plye.

—ll.1163 - 9.

（五）其次是兩性的本能，用上等的文字説，便是戀愛。兩性的本能，看來似是下賤，但是原是人類固有的本能的一種，所以是事實，你便是嫌牠下賤，也不能奈何牠。而所謂戀愛者，是以這種兩性的本能爲中心，綜合複雜的分子發達的結果，故無論如何不能從其性質，除掉這個基本的本能。得爾柏夫 (Delboeuf) 曾説道：“大凡少年男女之相傾慕，是隨着精子的意志，而不爲佢們所自覺的”。培因 (Bain) 也説：“觸是戀愛之始又是其終”。雖然是不大靠得住的話，然若赤裸裸地吐實話，事實却是這樣。單只是在主張戀愛即神聖的論者，覺得這話頗欠妥當吧了。倘若假定世上有所謂柏拉圖式戀愛，那裏面沒有混着劣情，這是自然的了，但其不能存在爲劇烈的情緒，也是自明之理。倘若一如詹姆士 (James) 所説，情緒是隨肉體的狀態的變化而生的，那麽，如果假定原因不在肉體的狀態之變化，就要達到這樣的結論了：不是因爲悲哀而哭，是爲哭而哭。詹姆士説：“議論此等下等情緒的自然的途徑，應該是先知覺某件事實，其結果便引起所謂情緒這種心的感情，這種狀態進一步，終於發現爲肉體的表白；但是我的意見，完全與此相反。我以爲肉體的變化是直捷接着興奮的事實的知覺，而這種變化旋即出現爲情緒了"(*Principles of Psychology*《心理學大綱》第二卷，四四九頁)。直捷要把這種議拿來應用於普通的戀愛上面，也許不甚妥當吧。然而普通一般的小說、戲曲裏面所表現的善男信女之徒，其戀愛的結末必定是結婚，不然則讀者、觀客便覺得不滿意：由此推之，也可以明白不能從所謂戀愛，除掉兩性的本能即肉感。

固然，一如上面所說，所謂戀愛也者之中，也依其社會、時代，有種種深淺單複之差，這是當然的事；像有教養的人，或所謂漂亮人的戀愛，不消說是相當複雜的。斯賓塞 (Spencer) 在他的心理學，解剖戀愛如下：

結合兩性之情，普通只當做一種單純感情似地論着，其實除此以外，再沒有如此複而且這樣勢力雄厚的了。何則？因爲除了其純生理的要素以外，不得不算上依據個人美的許多複合印象故也。而在其周圍，又附隨着種種快感；這些，在牠們本身，也許不是戀愛的吧，但結局於戀愛感，具有組織的關係，而且不能不承認所謂愛情這種複合感情，亦與此相結合着。大凡愛情，於同性之間也是很可以存立的，故應認爲一種獨立的感情；但是在這種時候，却是十分處在昇上之域，這是不可不知道的。還有賞讚、尊敬等等感情也混進去；這些本自強有力的諸勢力，在這種時候，是更其要大活動特活動的了。其次應該加入的，是可以謂之認定的要求；卽全世界上只有自己一個人，而又是受那個超乎萬人爲人們所賞讚的人之愛這種自覺，可以說是比一切過去的各種經驗，更能滿足認定之要求的。而且那裏面，還混着一種間接的快感，卽被第三者以公平的眼光，認識自己之成功的快感。這裏又要發生自重的情緒。卽發生獨占一個人格之愛，或於其上占有全權那種自覺。這種自然發出的自重心，一變就成爲一種自愛。並且還有“所有”的快感。大凡個人之間，都有難以互犯的障壁，彼此的行動，始終要有多少限制；但是愛人，是所謂一心兩體，一切障壁盡被撤掉，可以認爲自由活動的欲求，於此可以實行的。而又有同情的高昇，一切自己中心之快樂，由此同情而倍加，卽加愛人的快樂於自己的快樂。是這樣地以生理的感情爲中心，個人美的諸感情，蝟集到周圍，然後構成戀愛的；前者只成爲愛的因子，後者則爲尊敬，認定的要求、自重、所有、自由的要求、同情等的導因。而這些東西大行興起，其活動的作用互相呼應時，綜括一切這些心的現狀，名之曰“戀愛”。然而這些諸感情，在其本身已是含蓄意識的雜多方面的，故我們若陷於上述的狀態時，我們所具有的一切興奮作用，差不多悉數混而爲一團，所以所謂戀愛之力極大，這是毫不足怪的。

—Principle of Psychology

（《心理學大綱》第一卷，二一五節）

　　在開明的世上，應該是有如此複雜的現象的，但總之，戀愛之源發於兩性的本能一事已明，所以我就將這種情緒收在這裏。

　　而此基本情緒，究能成爲文學的內容不？關於這一層是任何人都不能不問的；但是不可不知道在社會維持的政策上，這裏有不能容許的部分。任是什麼所謂“純文藝派”之流，也不能不承認戀愛有不能入文學的方面。話雖如此，這種情緒之具有文學內容卽［F+f］的資格，這是無論如何不能否定的。我們在這裏要舉出在普通意義之戀愛的作例，這是我目前的義務。

　　這種情緒之被用於文學內容的分量，實在多至駭人，古今的文學，尤其是西洋文學的九成，可以說都爭着包含這種內容。若如小說、戲曲之類，沒有這種分子，可以說差不多不能存在。英國的小說家特

洛拉普 (Antony Trollope) 在他的自傳中說："大凡小說家的作品，大部分一定是要觸到年青❶的男女的關係的，除掉戀愛的分子，欲小說有興趣，而期其成功，不可不說是很困難的事。不消說世上雖然偶爾也不是沒有無戀愛的作品，但雖是這樣的作品，似乎也在處處放鬆着，常須加入這種優柔的戀愛的分子，以統全篇。甚至 *Pickuick* 尚有四組的情人，其戀戀的心情添上適度的軟味於此哩。我也曾經在 *Miss Mackensie*, 試行無戀愛的意趣，但是終於不得已使她成為情人了。執筆如此不斷地與此最適於打動青年之心的情緒接觸，不消說並非沒有多少危險，但自一面看去，不得不承認處理這種愛的必要，反而是有利的。所謂必要的理由非他：大凡此情，是打動一切人，或至少也曾經打動過的，所以任何人都沒有不解此情的。有的人是以前，有的是現在，或的是將來，一定在這方面有什麼經驗，這是顯然的；倘若有人想擯棄牠，他們的熱心是反而要將這種興味，弄成不朽的。"

是這樣的情形，所以所謂戀愛者之為文學內容的例證，是陳陳相因，多至無須引例的；故我以為拿沒有戀愛的作品，作為例外來論，反屬當然。不過為劃一形式起見，隨便介紹二三篇吧。

(a) 哥爾利治 (Coleridge) 的題名《戀愛》(*Love*) 之詩，一如諸君所知，是古來著名作品之一。其一節：

All thoughts, all passions, all delights,

Whatever stirs this mortal frame,

All are but ministers of Love,

And feed his sacred flame.

此詩是說，有一個人想念一個女性名仁未甫 (Genevieve) 者，在一個月夜，於古城址倚身古武士的石像，馳想那武士在世的昔日之戀

---

❶ "年青"，今作"年輕"。——編者註

愛，終於得了仁未甫。

And so I won my Genevieve,

My bright and beauteous Bride.

前面所引的，是其開章的一節，而據此節觀之，關於戀愛，可以得到兩種解釋。大凡動吾人之心，喚吾人的情緒，使吾人發生愉快之感者，卽此戀愛之力也，此其一。愛者神聖也，此其二。

(b) 勃勞寧 (Browning) 的 *Love among the Ruins* 的結末，有一句僅僅三字。卽僅以 "Love is best" 三字為一句。

有一個在昔極其繁華的都市，地點說不定在那裏。曾經是國富兵強的國家的首都，但滄桑之變，使這個都市變化，如今寂然拋棄於荒煙冷雨之中。藉其寂寞，寫前代的繁華，而以一脈戀情補綴兩者之間，這便是此時的生命。首先追懷古昔說：

Where a multitude of men breathed joy and woe

　　Long ago;

Lust of glory pricked their hearts up, dread of shame

　　Struck them tame;

And that glory and that shame alike, the gold

　　Bought and sold.

但是如今呢？

Now, —the single little turret that remains

　　On the plains,

By the caper overrooted, by the gourd

　　Overscored.

此間有說不出的荒寥寂寞之感。宛若所讀的是中國的懷古詩。在這個廢墟裏面，當暮色蒼然之時，有少女一人手扶古塔，等着愛人之來。一等不來，再等也不來，這中間心似火燒。在昔，是王公倚以眺覽天下的窗子，如今却交給無名的農家女兒，用以待人之處。一會兒，男人來了。女子把兩手放到肩膀，暫時之間無語。詩人乃吟道："戀愛爲最上"。

In one year they sent a million fighters forth

　　South and North,

And they built their gods a brazen pillar high

　　As the sky,

Yet reserved a thousand chariots in full frorce—

　　Gold, of course.

Oh heart! oh blood that freezes, blood that burns!

　　Earth's returns

For whole centuries of folly, noise and sin!

　　Shut them in,

With their triumphs and their glories and the rest!

　　Love is best.

意思是說，比黃金，比力量，比一切勝利更尊貴的，乃是戀愛。

以上兩詩人之外，像基茨 (Keats), 也在他的作品 *Endymion*, 說着一樣的感想。元來基茨之爲人頗浪漫怪誕，有時也頗有可笑的地方，但是這種關於戀愛的見解，並不能說是基茨的專利，恐怕是西洋諸家共通的。我在這裏不想加以攻擊。不過將戀愛的分子，是怎樣地做着文學內容，而其所謂戀愛，是怎樣地過於被西洋的文學者之流重視一事介紹出來，我的目的就完了。

What care, though owl did fly

About the great Athenian admiral's mast?

What care, though striding Alexander rast

The Indus with his Macedonian members?

Though old Ulysses tortured from his slumbers

The glutted Cyclops, what care?　—Juliet leaning

Amid her window－flower,　—sighing,　—weaning

Tenderly her fancy from its maiden snow,

Doth more avail than these: the silver flow

of Hero's tears, the swoon of Imogen,

Fair Pastorella in the bandit's den,

Are things to brood on with more ardency

Than the death－day of empires.

　　　　　　　—Keats: *Endymion*, Bk. II. ll.22 - 34

或在 Bk. IV 敍述 Phoebe 的戀愛說：

Ye deaf and senseless minutes of the day,

And thou, old forest, hold ye this for true,

There is no lightning, no authentic dew

But in the eye of love: there is not a sound.

Melodious howsoever, can confound

The heavens and earth in one to such a death

As doth the voice of love: there's not a breath

Will mingle kindly with the meadow air,

Till it has panted round, and stolen a share

Of passion from the heart!

　　　　　　　　　　　—ll.76 - 85.

不消說不能以此爲基茨自己之感。但這是在他的想像，認爲應該如此的結果，這是明顯的。

文學至於此步，也就帶上幾分危險了。如果有認眞把這種感情撒到世上的人，那是不得不說是害世的分子了；文學亡國論之起於一部學者之間，並非無理。試把蹯據我們東洋人心底的根本思想揭揚而暴露之吧。沒有受過教育的人且勿論，沒有接到前代之訓育的潮流的現代的少年亦姑置勿論，在尋常世上的人心，毫無顧忌地耽溺於戀愛，會感着快樂，同時又難免附帶一種觀念，認此快感爲一種罪惡。我們重視戀愛，同時也常想把牠壓住，如其壓不住時，便覺得好像不忠於自己所受的教育。倘若一任意馬心猿所欲做下去，必定隨帶一種罪惡之感。這實在可以說是東西兩洋思想的一大逕庭。西洋人以戀愛爲神聖，而以耽溺於戀愛爲得意，這種傾向已明於前例，而繞纏這種被重視之情緒的文學之多，也是勢所難免的吧。法國的學者基約 (Guyau)，論希臘、羅馬古代文學的妙處，是在其非浪漫的之點，又說："近世文學，往往過於'蠻的'，有時又過於高尚而缺乏調和，而且差不多始終有過於'熱情的'之嫌。卽 Pascal 之受所謂戀愛也者的侵略過甚。婦女是近世文學的神泉，若這樣放任下去，恐怕要在年少者的心，種上非男性的氣慨。"（《教育與遺傳》二三七頁）。

再引一個例來說，作家梅列笛斯 (Meredith) 吟詠 Weyburn 和 Aminta (Lord Ormont 的有名無實之妻）重會而再發生昔日之戀情的狀況說："An honourable conscience before the world has not the same certificate in love's pure realm. They are different kingdoms. A girl may be of both; a married woman, peering outside the narrow circle of her wedding - ring, should let her eyelids fall and the unseen fires consume her." —Chap. xx.

這恐怕就是眞理，而古往今來，這種女子大約是多得很。然而這種眞理，不單是要使我們陷於不快的眞理，並且是具有推翻現代之社會制度之傾向的眞理。有推翻現在之社會制度之傾向的眞理，如其沒有“必要”，還是不去招徠爲是。在西洋尚在如此，在東洋是更不待說的了。然則作家描寫如此違法的戀愛，甚至與以同情，這無論如何不能不和我們的封建精神衝突的了。我們一如處在父子君臣之關係似地，則在戀愛，也完全沒有自由。不，是認定欲獲得那種自由的心爲放肆，爲任意自專的。因此，認那些耽溺於這種自由的人，爲破壞社會秩序的敵人；而若有人描寫出來，便唯有以爲可惡而憎恨之而已。要之，這種文字之存在價值，是一決之於以此爲可惡而憎恨之之心，和以此爲有趣而樂之之心，成認爲優美的念頭的比例的；這個比例，始終是跟着社會的組織而推移的，故可知在這一點，現代的青年和封建時代的青年，已經大不相同了。世上有一種人，一味叫嚷着美生活，以爲只消得到美感的滿足，道德都可以不顧；然而道德也是一種感覺，美感也是一種感覺。裁決不得不俟之此兩者衝突的結果。

　　以上不過是依據格羅斯和李播的著作裏面的次序，用了引例，將“文學裏面有什麼感覺分子？”“情緒是否也混入而爲其內容？”等表示出來而已。不消說一如前面所說，觸、味等打動耳目視聽的感覺材料，被採用爲文學材料時，未必是依據純而且單的形式的，多半是隨帶種種複雜的聯想的，所以像其作例，也決不能說是單純的。關於下面所說的情緒，也是一樣。

　　以下要就稍爲複雜的材料論述。大凡具有複雜的腦髓和感情的人，隨着其複雜的程度，不消說是複雜的事物占勢力（但是進到某程度以上的複雜度時，興趣便要消失而成爲混雜吧，比如像小孩對哲學、小說之類）。現在假定這裏有一個人，敍述年青的男女，只從肉慾上面相傾悅的狀況；在其露骨而無興味之點，不爲有教養的人士之間所

49

容，這是不消說的，而在其單調無變化之點，也已經充分值得擯棄的了。便是在戀愛，也一如斯賓塞所指摘，有了許多複雜的分子，然後纔能夠痛快淋漓。

元來，我們人類是在比較地複雜的狀態，所以複雜的事物，比較極簡單的事物，其爲〔F+f〕，似乎更爲有力量。

關於這一點，雖尚有多少議論的餘地，不過這裏，目的只在列記文學內容的種類，所以直捷就要移到複雜情緒的引例。

一如前面所說，關於"單純的情緒，依據什麼樣的途徑發展到複雜情緒呢？"等等，五光十色容易不能一概而論，故不多說。例如斯賓塞所說的戀愛，有時是種種成分，毫不受阻當，相聚而構成一種情緒。有時如嫉妒，在一方面愛一個人，同時在另一方面，因爲得不到這個所愛的目的物，故思慕與憤怒併發，而生出一件情緒。有時又如崇高，具有對於偉大的物體而生的嘆賞與恐怖。有時又如宗教的感情，在一方面有懼怕神之感和尊敬神之感，另一方面又有愛神之感：此等一概相融合而生出來。如此千差萬別，舉不勝舉；如那普通關於人事的善惡的，就有仁惠、誠實、義務、正義、報恩等數不盡多；故欲一件件解剖附隨那些事物的感情的成分，而究其發展之跡，無論如何是辦不到的。這裏僅舉出一兩個例。

現在試從複雜情緒裏面，拿出最簡單的嫉妒來檢查，依李播之說："第一，是曾經所有，或受了拒絕的良好的對象物——卽具有興奮與索引的快樂的要素。第二，是來自失權、剝奪的觀念（例如姘夫之對姘婦的）卽失意之結果的苦惱的要素。第三，是自以爲握住了上舉失權，剝奪之原因（無論是事實或是想像）的觀念，卽須要有破壞的要素（怒、憎等）。"

一如讀者所知，古今文學史裏面，《奧舍羅》(Othelio) 一篇，完全是以這種情緒爲中心的作品，而且獲了異常的成功。在這篇作品，奧舍羅要對他的妻得茲得摩那 (Desdemona) 生起嫉妬的觀念，終於弄出悽慘的悲劇，第一，便先須有一種快感，卽生自"我已經獨占了得茲得摩那，不怕失掉她"的自覺的快感；其次至於不得不懷疑其愛，這是第二期，其感覺是不快、煩悶。於是冷靜地尋求所以致此的原因，推定之，而若在自己信以爲已經發見了這原因時，憤怒的熱情便風起雲湧起來，其情卽成爲猛烈的破壞力。混合以上三期之 f 的複合情緒，叫做嫉妬。

爲避免誤會起見，這裏要附帶說一句話，卽在前單純情緒之例如戀愛者，其成分之十分複雜是不消說的，然却編入單純之部，這是什麼緣故呢？因爲戀愛，不是像嫉妬那樣三種 f 合併而構成一件情緒，在其普通的時候，不過以兩性的本能爲中心，引起許多附帶物吧了。又如在忍耐、同情等例，這些絕不是始終表示純而且單的忍耐、同情的。就如忍耐，有時也可以成立於"意志＋愛"的形式；但總之，因其不能像嫉妬似的，用一語表現其複成物，故姑且作爲單純情緒來論。

再取忠義卽 loyalty，爲複雜情緒之例。古來在日本具有特別之強度的這種情緒，絕不是單純的東西。

（一）義務觀念+f.（二）尊敬觀念＋f.（三）忠實觀念+f.（四）犧牲觀念+f.（五）面子觀念+f.

忠就是賦與五種 f 的合成物的名稱，英文學裏面最發揮此情的，是 *RichardII* 裏面，約克侯爵 (Duke York) 看透他的兒子奧馬爾侯爵 (Duke of Aumerle) 的陰謀，持以告波令布魯克 (Bolingbroke, 後爲 Henry IV) 的一段。在這段尤其有意思的，是：約克侯爵甚至欲將兒子獻到國王跟前，反之，其夫人 Duchess of York，始終現出慈母氣慨，甚至屈曲理路也要庇護己子，走到極端的結果，兩口子却爭起來了。

理查二世失勢，被自己所放逐的波令布魯克，期限未到就回國，並且受了一般國民的歡迎，王遂不得不讓位了；約克侯爵就將當時的情形對夫人說。這時他的兒子奧馬爾恰從牛津回來，父子三人相聚時，父親不意於兒子胸前看見他所帶的圖章，有意無意地問道："What seal is that, that hangs without thy bosom?" 兒子被他突然一問，不期然失色。父親便嚴厲地追問其底細，母親却從旁插嘴爲其掩飾說，大約是爲此次的典禮，所以是要給裁縫舖寫借契的吧。父親氣得無可忍，不由分說地搶去之後，叫嚷說："Treason! foul treason! −Villiam! traitor! slave!" −Act V. sc. ii. l.72.

一面命令從人準備馬。又嚷着要長靴，要馬鞍，一味忙着要出門，也不管夫人的着急。他是打算立刻直訴於國王，以罰己子的罪。母親說："太無情了，不把兒子當兒子，實在太無情了。"侯爵置之不理，自去了。於是夫人帶着兒子趕到宮廷，打算在侯爵未到之前，向國王謝罪而請其恩赦，所以忙着趕去。

舞台換了一個，奧馬爾最先跑到溫則 (Windsor) 宮殿的王座近處。他請王到別室，下了鎖，謂有密事相告。父親馳❶一步趕到，這時大聲嚷道："喂，危，危險，謀反的人挨近御前了。"王打開門，問他何事如此叫嚷。侯爵於是呈上那件密書。國王極寬大地說：

And thy abundant goodness shall excuse

This deadly blot in thy digressing son.

　　　　　　　　　　　　　　　　　　　—Act V. sc. iii. ll.65 - 6.

但是侯爵不以爲惠，說：

Mine honour lives when his dishonour dies,

---

❶ "馳"當爲"遲"。——編者註

Or my sham' d life in his dishonour lies;

Thou kill' st me in his life; giving him breath,

The traitor lives, the true man' s put to death"

—ll.70 - 3.

意氣凜然。當此之時，夫人遲一步也趕到，剛走進屋裏，便破口大罵其夫：

O King, believe not this hard － hearted man!

Love loving not itself none other can.

—ll.87 - 8.

在母親之心，所有的只是兒子的安全。不管叛逆是眞或丈夫的言是老實的，或國王的命有危險，只要能保住兒子的生命，就心滿意足了。反之，夫是不管兒子的命不保，或妻要發狂，只要忠義之道立，卽其本意於斯已矣。因此，侯爵罵其妻說：

Thou frantic woman, what dost thou make here?

Shall thy old dugs once more a traitor rear?

—ll.89 - 90.

王爲兩人講和。母子跪下去，請其恩赦。父親不許：

Against them both my true joints bended be.

Ill mayst thou thrive, if thou grant any grace!

—ll.98 - 9.

妻想到說這種硬話的裏面，也一定有熱烘烘的眼淚，於是便說：

His eyes do drop no tears, his prayers are in jest;

His words come from his mouth, ours from our breast.

—ll.101 - 2.

她所慮者唯自己與兒子而已。王命兩人站起來，但是拒們不肯，須待赦免的恩旨下後才起來。王不得已終於說：

I pardon him, as God shall pardon me.

—1.131.

這時夫人的答語是：叩求的功效方才出現了！("O happy vantage of a kneeling knee!") 然而尚不知足，請其再說一遍"赦免"。王不得已乃說："With all my heart I pardon him"，於是夫人捧呈贊辭說："A god on earth thou art"。古往今來，所謂女性，便是這樣缺乏正義觀念的，她們往往發出普通識者看來是要笑出來的語言動作，而毫不以爲恥。這便是這個女性，充分與其夫對照，從裏面發揚忠義之眞面目的所以。

其他關於類似的複雜情緒，要一件一件舉出來，怕要徒陷於煩雜，所以這裏，要就其 F 稍屬異類者說一說。所謂異類的 F 無他：歷來所說內容，都是可以改成我所謂 [F+f] 的，不消說其 F 有時表露出來，有時又不表露同來，但是不可不知道這種 F, 一概都是具體的。對於白沙青松覺得美的時候那個 F, 不消說是具體的，而被人所打而發怒時，爲那個怒的 f 之原因的 F, 是 "被人所打" 這種可以描寫在心上的光景。此外，凡要能引起 f, 其 F 便須是具體的情景，或能改成具體的情景的。卽說到月，月的觀念固然必要，但是第一不可缺少的，是月的情景；只要有這件畫形，就容易生出 f 了。但若僅有抽象的觀念，不但很難生出 f, 有時並且往往要完全缺失 f.

梅德林 (Macterlinck) 的 *Sister Beatrice* 裏面，貝阿特立斯迷於戀愛，從廟裏逃出去，流浪幾年，備嘗艱難困苦，復回到廟裏，在衆尼姑跟談說自己的漂泊這一節裏面，有這樣的句子：

Ah! Heaven's angels! Ah!

Where are they, tell me, and what do they do?

Have I not told you? Why, I have not now

My children, for the three most lovely died

When I no more was lovely, and the last,

Lest it should suffer, being one night mad,

I killed. And there were others never born,

Although they cried for birth. And still the sun

Shone, and the stars returned, andJustice slept,

And only *the most evil* were happy and proud.

充滿着具體的光景，故很能夠打動讀者的情緒；然而 "Justice slept" 和 "the most evil"（這是指人而言，但是說法含糊，故可謂之抽象的）二句，因其爲抽象的，印象恐怕要大見減少。這個雖不算是極好的例子，但總算可以表示："附隨抽象的觀念的 f，比較地微弱。"

然而，在抽象的觀念裏面，也有喚起相當的 f 的。

（一）是對於自始卽非具體的、無形、無聲的 F，卽對於超自然的事物的情緒。

然而神鬼等，動不動就有人要加以具體的外形，所以這裏若要舉出最好的標本，卽如對於現今耶穌教徒所說似的神，莫名其妙，絕對無限而不可摸捉的東西的情緒。

（二）將數百或數千的單獨者概括起來，對此發起情緒。

卽指對於一般共通的眞理的情緒。既謂之一般共通，在眞理（一）不可不是單純的，（二）不可不是始終潛伏於常人的意識域下的眞理，（三）不得像科學者根據科學的研究的結果算出來似的，和普通一般的知識沒有相干的眞理，（四）不可不主爲關於人事的，（五）不可不是我們於日常處世時，能夠切實地應用的（須知因爲有這種趣味，故能觸動我們的心絃，而喚起情緒）。

超自然的事物。這裏面，耶穌教徒所有的這種情緒，在西洋文學占有極大的勢力，這是不庸贅言的了。聖書便是這種情緒的結晶。萬古的珍寶，其餘如 *The Confessions of Saint Augustine*（《聖奧古斯丁的懺悔錄》），是將自己的懺悔，直接向所謂神這個 F 告白的一種自傳體文學。或如日常人們所誦讀的 *Imitation of Christ*，也是以這種宗教的感想爲中心而成立的。其餘，在英文學裏面，泰羅 (Jeremy Talor) 的 *Holy Living and Holy Dying* 之類，也是著名的。又古者如中世的 Miracle Plays（宗教劇），近者如彌爾敦的《失樂園》，或班釀 (Bunyan) 的 "*Pilgrim's Progress*" 等以次，其餘散見於英文學裏面的數百卷作品，雖醇雜不一，却盡是在某種形式之下，含有一種觀念。也無須舉出多數的例，不過這裏就舉丁尼生的 *Memorian* 的序：

Strong Son of God, immortal Love,

> Whom we, that have not seen thy face,

> By faith, and faith alone, embrace,

Believing where we cannot prove;

自這第一節到：

Forgive these wild and wandering cries,

> Confusios of a wasted youth;

> Forgive them where they fail in truth,

And in thy wisdom make me wise.

可以說，不外是宗教的情緒。

又《聖奧古斯丁的懺悔錄》說：

Great art Thou O Lord, and greatly to be praised; great is Thy power, and Thy wisdom infinite. And Thee would man praise; man, but a particle of Thy creation; man, that bears about him his mortality, the witness of his sin, the witness that thou resistest the proud: yet would man praise Thee; he, but a particle of Thy creation. Thou awakest us to delight in Thy praise; for Thou madest us for Thyself, and our heart is restless, until it repose in Thee. Grant me, Lord, to know and understand which is first, to call on Thee or to praise thee? and again, to know Thee or to call on Thee? for who can call on Thee, not knowing thee? for he that knoweth Thee not, may call on Thee as other than Thou art.

—Bk. I.

假使不是在正確的意義的宗教感想，但總之，想像形而上哲學者所謂的 Mundane Spirit（世靈），或宇宙則神論者那種形而下的物體的漠然之靈，信其存在，而對此無聲無臭的東西，以此爲 F，而生出 f 來，這也是可以有的事。在詩人方面，華茨華斯 (Wordsworth) 卽其一例。其著名的 *Lincs composed a few miles above Tintern Abbey*，便是能夠發表這種 f 的。他想起少時初次遊此勝地而吟詠道：

When like a roe

I bounded o' er the mountains, by the sides

Of the deep rivers, and the lonely streams,

Wherever nature led: more like a man

Flying from something that he dreads, than one

Who sought the thing he loved.

—ll.67 - 72.

然而年老之後，挂着拐子重到此地一看，樹木和流水都不改舊態，只有自己却非昔日的自己，而自覺磅礴的一種活氣，不知不覺之間生於天地間，宇宙裏。

A motion and a spirit, that impels

All thinking things, all objiects of all thought,

And rolls through all things. Therefore am I still

A lover of the meadows and the woods,

And mountains; and of all that we behold

From this green earth; of all the mighty world

Of eye, and ear, —both what they half create,

And what perceive; well pleased to recognize

In nature and the language of the sense,

The anchor of my purest thoughts, the nurse,

The guide, the guardian of my heart, and soul

Of all my moral being.

—ll.100 - 11.

以上所詠，不單是看了自然而覺愉快，是介乎這個自然，得看出一種靈而覺愉快的，卽獲於形而上之 F 附帶 f 的一例。

概括的眞理。這種 F 之能喚起 f 者非常之多，已如上面所說的了；又其性質，上面也稍爲說明過，所以這裏不必多說。大凡此等 F 之中，最值得我們的注意的，是在各國固有的俚諺，或亦可求之於賢哲的格言。戒，於名流的小說、戲曲，有時是做作者自己的話，有時是做作中人物的話出現。而且這些，都是將直接於人生的利害有深刻之關係的經驗，總括於僅僅一句的話，或賢者將其一生的抱負，結晶於恰切的幾句話裏面的；試翻開那編集 epigram（詩銘）或諺語的書，我們也許不得不承認其富於名句，推而廣之，則不得不承認其合乎阿諾德 (M. Arnold) 的所謂 "人生之批評" 的目的吧。彌爾敦說：

Nor love thy life, nor hate; but what thou liv' st

Live well; how long or short, permit to Heaven.

—*Paradise Lost,* Bk. XI. ll.553 - 4.

他又說：

The mind is its own place, and in itself

Can make a Heaven of Hell, a Hell of Heaven.

—*Paradise Lost,* Bk. I. ll.254 - 5.

莎翁說：

We are such stuff

As dreams are made on, and our little life

Is rounded with a sleep.

—*Tempest,* Act IV. sc, i. ll.156 - 8.

這無非是一種訓言。像那 *Imitation of Christ,* 竟是通篇充滿着這種 F 的。試舉幾例於下：

We are all frail, but thou oughtest to esteem none more frail than thyself.

This ought to be our endeavour, to conquer ourselves and daily to wax stronger, and to make a further growth in holiness.

When a man humbleth himself for his faults, then he easily pacifieth others, and quickly satisfieth those that are offended with hair.

此外多不勝舉，其餘如法話、語錄、中國文學的一般以及說教等，這種 F 大約是最多的。此種例之不可忘掉的，是愛瑪孫 (Emerson) 的《論文集》，此等短篇論文，一如讀者所知道，大有如串珠般串了格言之感。又在軟文學裏面，像莎翁卽其榜樣。上面所舉 Prospero 的話，不過是許多例子中的一部吧了。

Uneasy lies the head that wears a crown.

—*Henly IV*, Act III, sc. i. l.31.

Princes have but their titles for their glories,

An outward honour for an inward toil.

—*Richard III*, Act I, sc. iv. ll.78 - 9.

Things sweet to taste prove in digestion sour.

—*Richard II*, Act I. sc. iii. l.236.

坡羅尼阿斯 (Polonius) 給雷厄提茲 (Laertes) 的忠告，也是老於世故的老人，概括其歷來之經驗的，足以喚起我們的情緒。

Beware

Of entrance to quarrel, but beeing in,

Bear' t that the opposed may beware of thee.

Give every man thine ear, but few thy voice;

Take each man' s censure, but reserve thy judgment.

Costly thy habit as thy purse can buy,

But not expressed in fancy; rich not gaudy;

For the apparel oft proclaims the man.

—*Hamlet*, Act I, sc. iii. ll.65 - 72.

亨利波令布魯克被理查二世放逐，與其父 John of Gaunt 訣別那一節，讀來令我們覺到人生一面的眞理，又躍然生動於紙上。

Gaunt. All places that the eye of heaven visits

Are to a wise man ports and happy havens.

Teach thy necessity to reason thus;

There is no virtue like necessity.

Think not the king did banish thee,

but thou the king. woe doth the heavier sit,

Where it perceives it is but faintly borne.

Go, say I sent thee forth to purchase honour

And not the king exil' d thee; or suppose

Devouring pestilence hangs in our air

And thou art flying to a fresher clime:

Look, what thy soul holds dear, imagine it

To lie that way thou go' st, not whence thou comest:

Suppose the singing birds musicians,

The grass whereon thou tread' st the presence strew' d,

The flowers fair ladies; and thy steps no more

Than a delightful measure or a dance;

For gnarling sorrow hath less power to bite

The man that mocks at it and sets it light.

　　　　　　　　—*RichardII,* Act I. sc. iii. ll.275 - 93.

波令布魯克對之說：

O, who can hold a fire in his hand

By thinking on the frosty Caucasus?

Or cloy the hungry edge of appetite

By hare imagination of a feast?

Or wallo naked in December snow

By thinking on fantastic summer' s heat?

O, no! The apprehension of the good

Gives but the greater feeling to the worse:

Fell sorrow' s tooth doth never rankle more

Than when he bites, but lanceth not the sore.

　　　　　　　　　　　—ll.294 - 303.

父親是個老成的人，而又有鼓舞其子的義務。兒子受了放逐的嚴命，正在失意之境。其所說者相反，這是當然而然。然在其相反之間，各自道破眞理的一面，這是任何人都可以承認的。

這裏應該注意的，就是這種 F，盡是抽象的，而且不易將其改成具體的繪畫。前面所舉莎翁的 *The Tempest* 裏面 Prospero 的述懷 "We are such stuff as dreams are made on"，或此刻所說 John of Gaunt 的 "There is no virtue like necessity"，都是抽象的，無非是一種概念。然則附隨這些 F 的 f，可以說是以概念爲基礎的 f 了。

然若以此推論，謂總括數百數千的各自獨立時的，是盡屬於抽象，這可就錯了。例如 "Honesty is the best policy" (*Don Quixote*, 三三章)，是抽象的。"Where ignorance is bliss, 'tis folly to be wise" (Gray: *On a Distant Prospect of Eton College*) 這裏的 F, 也是抽象的。其次，到了 "A kiss of the mouth often touches not the heart"，其抽象之意就減少了。又如 "A man often kisses the hand that he would fain see cut off"，雖一樣是概括的概念，但其抽象之度却是微弱的。最後，若使其帶上諺語似的形式時，此等概念就大多被具體化了。例如 "天有不測風雲" "禍起蕭牆" 卽其一例。而最多散見這種具體的一般眞理的，在世界文學中恐怕無出 "*Don Quixote*" 之右的了；其副主人翁散楚 (Sancho) 的話，就說一概是成立自這種格言，也沒有不可以的吧（至少，當我讀過之後，覺得是這樣 ）。試舉數例如下：

True it is, if ever the herfer is offered, the tether is at hand.

—Part II, Bk. IV, chap. x

Your worship describes it a very easy matter, but between Said and Done a long race may be run.

—Pt. II. Bk. IV chap. xii.

The hare starts where she is least expected.

—Pt. II.. Bk. II, chap. xiii.

The bed is filled, though it be with hay and straw.

　　　　　　　　　　　　　　　　—Pt. II, Bk. I. chap. iii.

Sleeves are good even after Easter.

　　　　　　　　　　　　　　　　—Pt. I, Ek. IV, chap. iv.

A bird in hand is worth two in the bush.

　　　　　　　　　　　　　　　　　　　—Ibid.

The king's crumb is worth the baron's batch.

　　　　　　　　　　　　　　　　—Pt. I, Bk. IV, chap. xii.

在現今英國小說家裏面，好混這種 F（雖不是具體的）於作品裏面的，應以梅列笛斯 (G. Meredith) 爲最。

Possession without obligation to the object possessed approaches fe-licity.

　　　　　　　　　　　　　　　　—*The Egoist*, chap. xv.

There is pain in the surrendering of that we are fain to relinquish.

　　　　　　　　　　　　　　　　　—*Egoist*.

看了上面的例，就可窺見其一端了。又在詩人裏面，像頗普 (Pope)，大有最致力於這方面之槪。

第三章　文學內容的分類
與其價值的等級

　　以上不過是極簡單地劃定可以爲文學內容的事物，卽可以附隨情緒的事物的範圍，而依據作例，指示這些內容，是盡可以配合於［F+f］之形式的。而且這些引例，不消說只是英文學中的九牛一毛，並且所引的例，有時還怕不大適當。但總之，我相信讀者大約已經明白，以上諸成分都具有做文學內容存在的價值，而其聚合物，也可用以爲文學內容的了。不消說，我並不是因其各自獨立而有資格，遂推論其合併起來，也當然可以有資格的。猶之乎魚、肉、靑菜、米、麥都可以爲我們的食物，然若合用這些食物的兩者時，有時却會弄到肚子痛拉痢似的，以上所說的內容，雖然是件件可以爲文學的內容，但若實行特別的合併，未必不會弄出意外的失敗。不過事實上，一概而論，此種聚合物，常是做哈哈的文學內容而被重視，猶之乎兼味之勝單味之菜。關於其配合的成功與否，卽關於調和法，在另一章裏面再論。

　　一如上面所說，情緒是文學的試金，是其始而又是其終。故在社會百態的F，凡是能附隨f的，我們都應該採用來做文學內容，不然，則不可不盡將其驅逐到文學王國之外。現在將可以爲文學的內容的一切事物，換言之可以改成［F+f］這個形式的事物，分類之如下：

　　（一）感覺F，（二）人事F，（三）超自然F，（四）知識F.

　　自然界是（一）的榜樣，（二）的榜樣是人的劇，即將善惡喜怒哀樂映在鏡內的，（三）的榜樣是宗教的 F,（四）以關於人生問題的觀念爲榜樣。

　　或者有人說，此外還有心理學者所謂的審美 F. 文學是一種藝術，然則我們對此的感情，不就是審美感想嗎？不把這個算上，是什麼道理呢？我的理由是這樣：我們對於文學所生的情緒，大都是審美的情緒，這雖是顯然的事實，但這，不過是隨着上面所舉的 F 而起的，並不是單獨地有着這麼一種情緒的。故若一定要用審美的情緒這個名目，便從上面所舉者取出，與以這樣的名稱吧了。這是我所以特地不置這個項目的緣故。然則關於那審美情緒的起源的諸說，例如席拉爾 (Schiller) 的“遊戲說”(Spieltheorie), 或格羅斯 (Groos) 的本能說等，我是不想說什麼的了。不過這裏有一句話不得不說，即所謂審美情緒，不過就是對於美的一種主觀的感情，這不消說是要被我歷來所說的 f 所包含的；而自“審美情緒，始終是一種快感”這一點說，不可不知道此情緒，有時是完全和 f 吻合，有時却完全不吻合。

　　上面四種文學內容，不消說都是附帶情緒的，但那裏面，何者最能喚起最強大的 f 呢？換言之，何者最適於爲文學內容呢？這是我還沒有論到的。

　　彌爾敦謂詩是應該最單純而屬感覺的，而且應該最富於熱情。別的姑置勿論，唯“感覺的”這種要素，實在應該注目，這種要素，用一個新式名詞便是具體的要素，在詩不待說，則在一般美文學，也是最必需的條件，這是不消再說的。現在拿第一種感覺的材料來看，因其有具體的特點，故應該認定這種材料之喚起我們的情緒，特別強大。大凡從純客觀和內顧的主觀兩方面，描寫同一物體時，何者於情緒的程度上占優，應是顯然的事實；凡是讀到朋斯 (Burns) 的詩歌的人，都要感到其詩句的銳利似燒，但是看到華茨華斯之欲捕捉一種抽象的靈體，雖其語言是怎樣地熱情的，其感興也難免遲鈍得很。前者直接，而其喚起讀者的情緒有如電光石火，或似響之應聲。而欲欣賞後者，讀者便先須和詩人同入思索的狀態，而瞑想的結果，總能夠感到趣味，所以來得遲鈍。次再看一看第二種人事的材料，隨着人而活動的實際劇，和切離自活人的人事上之議論，何者觸我們的心之力強大，這是無須再論的，千篇萬言的戀愛論，終於趕不上敍述青年男女互相一瞥之一刹那的小說一頁，這是顯而易見的。世上爲一美女所迷，苦悶之極遂尋短見的事雖不希奇，但是深考"愛"這個抽象的性質而至於發狂的人，古往今來未曾聽過。爲父母而淪落爲娼，或捨命於君侯的馬前，這並不是很難的事，因爲父母是具體的動物，而君侯是具有耳目而活動的一個人也。然而以身殉國，這其眞意頗有疑問。國於其具體之度，遠不及人。而獻之以一身，實在太漠然了。爲抽象的性質而眂一命，並非易易。有之，那就等於爲單獨角力所殺的了。故所謂爲國而死的人們，其實不是爲此抽象的情緒而死，一定在其背後樹立躍然的具體的目的物，而朝着那裏進行的。然而，並不能說沒有這種殺人的單獨角力的人們。所謂樂天命的君子之流，便是對於這種抽象的古怪物具有情緒的人們。所謂殉道，便是沒有意識道之爲何物，而加之以情緒的男子漢。那禪門的豪傑知者，割除諸緣，專門去究明一己的事，一向專誠，勇往猛進，於行住坐臥之間所求者何物？那是爲求他們未曾見聞的法，而又是終久捕不着的道。他們自無在未悟入之前有法之理，也沒有行其道之理。然而他們，爲此不可思議之法與道，拋其一生而不顧，眞可謂之龍頷虎頭的怪物，不是尋常一般的人。既非尋常一般的人，我們何妨以例外遇之呢？所以 f 與 F 的具體之度正比例的事實，依然是事實。這樣論起來，上面四種內容裏面，比較地缺少 F 之明瞭，而抽象的分量多的，是第三與第四。不消說以概念爲榜樣的第四種的內容，原也是從具體的事物逐漸抽象化的，故無論在什麼時候，都沒有完全缺乏 f 似的事，但是與味與情緒，是附隨其體之度，這是無可疑的。

這裏有一例：頗普的 *Sappho to Phaon*，是蛻化自奧維特 (Ovid) 的；其 Sappho 向 Phaon 吟詠，叫他渡海回來的末段有：

O launch thy bark, secure of prosp' rous gales;

Cupid for thee shall spread the swelling sails.

—ll.252 - 3.

這兩句雖不像怎樣地抽象，但是波爾茲 (Bowles) 却評之說："倘若頗普有算錯的地方，那是在其概括的傾向過於強大。尤其是在原文，整然的具體的印象具備時，這更是不得不過問的癖氣了。'Cupid for thee shall spread thee swelling sails.' 試查一查相當於上面一行的原文，Cupid 做舵工，自己駛船，用其軟弱的手張帆，這裏不是有明瞭的印象，一件一件送給讀者嗎？"我們只有說，評者的話說得是的一法。

又華茨華斯的 *Ode to Duty* 第一節：

Stern Daughter of the Voice of God!

O Duty! if that name thou love

Who art a light to guide, a rod

To check the erring, and reprove;

Thou, who art victory and law

When empty terrors overawe;

From vain temptations dost set free,

And calm' st the weary strife of frail humanity!

—ll.1 - 8.

你瞧，這是多麼乾燥無味呵（西洋人覺得怎樣我不知道，我却是覺得這樣）。試再想一想理由:（一）全詩,抽象的文字非常之多,（二）毫無繪畫的分子，缺乏色彩（他爲避免此事，或者是爲保存 Ode 的體裁,適用了一種擬人法,但是這種擬人，沒有生出任何影響）。只有 "A light to guide, a rod to check", 可以說是具體的。阿諾德責備這位詩人，說他往往有陷於排道理之弊，又說:"Excursion" 因爲富於哲理,遂博得名聲於所謂崇拜家 (Wordsworthians) 之間，而這又是公平的批評家所不能容的名聲。這篇大作裏面，他吟道: "Duty, exists," 又說:

—immutably survive,

For our support, the measures and the forms,

Which an abstract Intelligence supplies;

Whose kingdom is, where time and space are not.

—Bk. IV. ll.73 - 6.

崇拜之者，激賞之說，哲學與詩的融洽，於此現實了；但自公平的批評說，此數句是不能步出其所欲解的命題一步的，失敗之作。卽不過是隔離詩之本質的，高尚的抽象文字之集合。

此說極正當，任何人也不以爲無理。像這裏所論的 "To Duty", 大約也難免受一樣的攻擊。此詩全篇之中，最屬詩的，是下面幾行:

Flowers laugh before thee on their beds,

And fragrance in thy footing treads;

Thou dost preserve the stars from wrong;

And the most ancient heavens, through Thee, are fresh and strong.

—ll.45 - 8.

理由只是這幾行比較地具體。

以上對於詩所說的，對於文也可以照樣說。倘若具體的成分減少而至於極時，便要像康得的論文、黑格爾的哲學講義，或如歐幾里得 (Euclid) 的幾何學似的，將至不能引起我們的感興毫末吧。不消說這些文字，在一如柏拉圖所說 "自混沌之間樹立規則，自荒漠之間取出物體，於沒有境之物劃境，與沒有形之物以形，冠觀念於事物" 之點，並非不會打動我們的情緒，但是不可不知道這種時候，其內容本身，是和情緒絕無關係的。又卽便不是哲學者、科學者的專門論文，而屬於我們可以採用爲文學內容的第四種的文字，如其沒有觸到人生的重大事件時，其興趣是要大見減少的，僅僅能買讀者微笑，一如微風吹過水面，生出瞬間的漣漪似的。下面舉出一二適當的例子來：

This was the shadowy sentiment that made the wall of division between them. There was no other. Lord Ormont had struck to fragments that barrier of the conventional oath and ceremonial union. He was unjust he was Inujstice. The weak may be wedded, they cannot be married, to Injustice. And if we have the world for the buttress of injustice, then is Nature the flaring rebel; there is no fixed order possible. Laws are necessary instuments of the majority; but when they grind the sane human being to dust for their maintenance, their enthronement is the rule of the savage's old deity, sniffing blood – sacrifice. There cannot be a based society upon such conditions. An immolation of the naturally – constituted individual arrests the general expansion to which we step, decivilizes more, and is more impious to the God in man, than temporary revelries of a licence that Nature soon checks.

—Meredith, *Lord Ormont and His Aminta*, chap. xxiv.

這並不是沒有趣味。不過只有智育高的人，或老於世故的人，通讀一過，漂然浮到心底的趣味兒吧了。不是熱情的愉快。不是電光般愉快。不是爽直的愉快。是較之這幾種，屬於沈着的，情不專的，冷淡的愉快。

"Oh! you may shake your head, but I would rather hear a *rough truth* than the most complimentary evasion."

"how would you define a *rough truth*, Dr. Middleton?" said Mrs. Mountstuart.

Like the trained warrior who is ready at all hours for the trumpet to arms, Dr. Middleton wakened up for judicial allocution in a trice.

"*A rough truth*, madam, I should define to be that description of truth which is not imparted to mankind without a powerful impregnation of the roughness of the teller."

"It is a *rough truth*, ma' am, that the world is composed of fools, and that the exceptions are knaves," Professor Brooklyn furnished the example avoided by the Rev. Doctor.

"Not to precipitate myself into the jaws of the first definition, which strikes me as being as happy as Jonah' s whale, that could carry probably the most learned man of his time inside without the necessity of digesting him," said De Crage, 'a *rough truth* is a rather strong charge of universal nature for the firing off of a modicum of personal fact.'

"It is a *rough truth* that Plato is Moses atticizing," said Vernon to Dr. Middleton, to keep the diversion alive.

"And that Aristotle had the globe under his cranium," rejoined the Rev. Doctor.

"And that the Moderns live on the Ancients."

"And that not one in ten thousand can refer to the particular treasury he filches."

"The Art of our days is a revel of *rough truth*," remarked professor crooklyn.

"And the literature has laboriously mastered the adjictive, wherever it may be in relation to the noun," Dr. Middleton added.

"Orson' s, first appearance at Court was in the figure of a *rough truth*, causing the Maids of Honour, accustomed to Tapestry Adams, astonishment and terror," said De Craye.

That he might not be left out of the sprightly play, Sir Willoughby levelled a lance at the quintain, smiling on Laetitia: "In fine, caricature is arough truth."

She said: "Is one end of it, and realistio directness is the other."

He bowed: "The palm is yours."

—Meredith, The Egoist, chap. xxxvi.

我們讀過這一節所感到的，就是過於矯揉造作。集到這裏的六七個男女，沒有一個不伶俐，不精幹，而且都具有智識的修養，捷才。我們日常所接觸的人，並不是不能在百千人之中遇見一二個，但是偶然集到一個地方的人，盡是這一類的人，而且各自搬弄其辯才，怎樣說是在智育昌盛的西洋，也不能沒有多少不自然的痕跡。然則這些男女，自然不令人覺得是眞能說出這樣漂亮的話的，但覺得著者本身，抓住一個 "Rough truth"，大逞其才的手段可以佩服。不過這種佩服，是止於佩服，不會引起任何一般的情緒。總之，不過是 "不是那樣"，"也不是這樣" 這種 "無可無不可" 的廢話而已。不過是遊戲文字，和第三流的通人，和娼婦或女招待之流鬥舌頭而得意洋洋者是一樣的；在旁人看來，唯有啞然不知所措吧了。這樣地和我們的主要感情或處世

71

問題，沒有多大關係，故附隨這一節的中心 F 的 f, 是極其薄弱的。

元來智的 F 之不甚適於做文學內容，此由於以上諸例，大約已經明白了。但是專門的科學者，對於這種書之激動激烈的感情，有時却要出人意料。

Descuret 在他的著作熱情的療法裏面，插入 Mentelli 這個匈牙利人的略傳。這個人是語言學者，又是數學者，據說他並無一定的目的，一味求着學問的快樂，爲充滿其知識慾望，將他的一生獻給學業。他寄居於巴黎市內一個下等公寓，據說這還是慈善的人借給他住的。他非常節省費用，除了絕對必需之物以外，一概不花錢。所以除了買書的錢不算外，他的生活費，每天只用七［蘇］；其中三蘇用於食物，四蘇用於電燈費。他天天接連讀二十個鐘頭的書，一星期之間教一小時數學，依此獲得他那微少的生活費。他所需要的，是水，山藥蛋（據說這是在洋油燈上煮的），油和粗糙的棕色面包四樣。他把一個裝貨大箱放在屋裏，白天用氈子或稻草包着脚，放到這箱裏，夜裏就在這裏面睡。除了破舊的靠椅，飯桌，瓶子，錫壺和東膐一塊西凸一塊的錫片——有時用以爲燈器——之外，沒有任何家具。又爲省節洗衣工錢起見，他不穿一切襯衣；他的衣類，統共只有從軍隊裏買來的古軍衣，南京布製的褲子，皮帽子，以及巨大的木靴。一八一四年，聯合軍的砲彈落到他的住居附近，但是一點不能驚動他。據說霍亂開始續發於巴黎時，要求他暫時中止讀書，以實行清潔法令於他那個不潔的屋子，但是他無論如何不聽命，終於用武力執行了。這樣地專心一意，毫無不平地，一日不病，生存了幸福的三十年。一八三六年十二月二十二日，照例到塞納河去取水，不知何故，脚沒有踏穩，恰巧河水增漲，就落入水中完結一生了。Mentelli 沒有刊行其著作，其多年研究的結果，終於和他一起消失了。

—Letourneau *Psychologie des Passions*

（《感情的生理》二三頁）

這樣的例，是不成例的例，卽例外。普通的學者，似乎是以彌爾敦所謂的"在完全的人格，也是最難免的弱點"的名譽爲對象，加上一種情緒進行其研究的；至於出乎此例的好漢則不然，趣味完全在研究其物。

統而言之，與此等例外無關，第四種的文學內容，大都是不附隨強大的情緒，這是顯然的。

再說第三種內容，卽超自然的要素被用爲文學之材料時。這一種內容，有時取那些比第四種更爲抽象的事物，以此爲 F 而附隨 f，此與第四種同；但其 f 的強度，遠超乎第四種之上。宗教的淸緒之強烈，爲古今東西所共通的不可爭的事實，讀者如其欲窺見其一般，最好是去看一看宗教史或高僧傳。在對於宗教冷淡，而不知神爲何物的日本人，無論如何不能夢想其猛烈的程度。然則爲什麼同屬帶抽象的性質的 F，其所附帶的 f，更會因類之不同而生出這樣強弱之差，實在是饒有興趣的宿題，所以後面也許要詳細地說。

（參考書可用 Lombroso 的 *Men of Genius*; James 的 *Religious Experience; Lives of Saints*.）

而此種情緒之及於精神和肉體的影響，叫做 Vision, 叫做 Ecstasy, 叫做 Rapture, 叫做 Catalepsy. 這又是非常地生理的，由此也可知其力是怎樣猛烈了。近世名家拉斯金 (Ruskin), 置美之本源於神的屬性，這無非也是因其 f 之強烈。試舉其說的大要於下：

（一）他以無限的美，爲出自神的不可解性。

他述說他對於天地相接處那個廣大的地平線所生的感想說："此情，較之受自海其物的感覺，純粹得多。昔時，我會經從磯的不大很高的丘下來，眺覽那接着空際的一條地平線，感到了超乎對於海洋的喜悅；到了後年，還不能忘掉此時的悅樂。然而與其超乎此的美感，爲萬人所共瞻仰者，乃是朝暉，夕映，以至在蒼空裾下燃燒的狼火似的，深紅色的片霞。並不是說此情銳於前者。但是在其深度超乎前者自不待言，而其富於隔離了塵界的非肉體的希望，也是無可疑的。此情不單是會感動嚴肅的人，任是漫不在乎的人，對此也沒有不受截然的印象之理。"(*Modern Painiters*, Vol. II Pt. III sec. I, chap. v.)

（二）他以統一的美，爲出自神之可解性。

他說："大凡聯合，同胞的現象，都是要附帶正當而且快樂的感情的，我們可以由這聯合和同胞的觀念，窺見那屬於神之屬性的統一。"又說："大凡人類之力，是產生自協同集結，其快樂，存於好意的互相交換，而一切關係，又聚到所謂創世主這個中心，與其完成完全的合同。"(Chap. vi.)

（三）他以靜止的美，爲出自神之永遠性。

反乎熱情，變化，充滿，努力等，休止是永遠的心與力的特色。這就是創造者的 "I am" 以與被創造者的 "I become" 相對抗的。(Chap. vii.)

（四）他以均齊的美，爲出自神之正義，不偏性。

他引用聖書的句子說："神是光亮，沒有黑暗的地方。神是光，而其光，又是具有美之普遍性之光。而且其美之存在，不是在一點一點，是在流布的無限的狀態。而又靜而不囂，不會變化，而又純而不淆，不會被壓。所以這種美，可謂之適中而能發揮神性者。"(Chap. ix.)

（五）他以適度的美，爲出自以法統之之神性。

他謂事物之有自制的自由，實爲愉快的現象；又說："神雖然無論在怎樣地獨斷而且矛盾的方法，也具有成就事體的能力，但是始終還在其全能的自由置一種制禦，而依我們所謂的法這種調和的手段行動。"

　　我不想在這裏議論此說的是非，也不想討論其是否完全。我只是覺得他們基督教徒，賦所謂神以屬性，而謂具有這種屬性的自然物也是美的這種主旨，頗有意思。固然他所列舉的不可解性，可解性，永遠性，不偏性等的性質，儘管是抽象的東西，但都是我們所具有多少的，從而並不是不能附帶多少情緒。然而試冠之以"神"(Divine) 這個名詞吧，那時候便立刻變成"馬耳東風"的性質了。神是抽象之極；然而竟欲拿這個極端的抽象體，而以其屬性之有無，秤定自然物體之美的分量，這若以我們冷靜的批判，實在難以明其意之所在。然而却欲以此屬性爲標準，決定自然界物象的美的價值。僅此一事，也可以知道宗教情緒，是怎樣強烈地支配一般人心了。

　　超自然的 F 是如此之強，智的 F 又是如彼之弱，然而彼此的 F，又一樣是有着抽象的傾向，這實在難免有多少奇異之感。如果不就此疑義有所說明，則似乎把我前此所定的概則（文學的內容，愈是具體的，便愈易引起情緒）打破了。這裏要稍加辯明。

　　心理的發展，原是始於反射運動，這是學者的定論。反射運動是盲目的，絕無有意識的目的之理。然其所謂盲目的反射運動之自然而然適應於生存的目的，則自彼之正在生存一件事實考之，也充分可以證明。然則這種反射運動，是向着一種無意識的目的作用的，而對於境遇以及其他種種條件，毫不介意。跟着這種反射運動而來的，便是本能，這又是很帶機械的性質。而且在進到一定程度的生存體，這種本能的活動儘管要歸於不需，但其運動，却依然機械地持續下去。統而言之，上述反射運動，本能行爲，都是生自我們的構造的，而其"機械的"，和不通融之點，可以說是兩者共通的性質。而後者乃是綜合前者的結果，所以也可以名之曰複反射運動。然而跟着生存逐漸複雜起來，這些機械的作用便要遭遇許多障礙和不順利，故若沒有什麼，有意識地指導之，則在生存的目的上，顯然是要弄到自滅的。而應此種必要而出現的，就是智力，這無非是經過許多經驗得來的適應手段。世上所謂的習慣即此。再進一步明晰地意識行動與其結果而處置之者，叫做實用的判斷力，於"合理的"一點，其效力超乎習慣。照這樣的次序論下來，即應該置在最後的能力，就是所謂普遍的判斷力；這是綜合過去許多經驗而考究出來的，可以認爲未來的指南針。

　　反射運動是不走上意識的，故姑置勿論，至於第二的本能作用，是對於固有於我們的構造的刺激之反動，故其力之強大，自不待說了。至於習慣，不是像前者那樣遺傳地被刻入我們的構造的，故其猛烈之度，無論如何不及本能；唯若較之第四的實用的批判，可以說還要強些。而實用的判斷，其力又勝於普遍的判斷。這樣地試探尋我們人類的"心的發展"，便可以明白其非俟本能之自然的變遷而進步的；完全是智力利用經驗，擺脫本能其物的發達區域，一直往前進行的了。而本能的 F 具有最強的 f，習慣的 F 次之，實用的判斷又次之，普遍的 F 的 f 最弱，這是事實。取一個近例來說，同情或同類相憐的真理，恐怕是生物界共通的本能，即在同族相食，門爭殺人一日不停的這個修羅的浮世，也還有事實很可以證明人類的聚合性，如母親爲其兒子不顧生命，便是這種事實。附隨本能的 f，始終是如此的強大。而那可以稱之爲實用的判斷之一例的"親切"又如何？這雖然無非是任何人都承認而正在實行的普通一般的道義，但是有時，却是意識着一種結果，爲那個目的而施於一個人，即含有做一種手段之意；故其力無論如何不及本能之純而且粹。最後再看一看普遍的判斷，例如大義名分或正義之類吧。普天之下一見似是爲此兩義所支配着，但其實，正義常爲情實所壓服，這是古往今來歷史所教給我們的；這只是做一種高尚的主義存在，其所附帶的 f，微弱得着實可驚。記得是康德的話，說："世上不少親切之情，但是正義却是絕無僅有"。歷來在缺少判斷力的女性，甚至終生不識正義爲何物者，爲數非常之多，這也是理所當然。再則，像所謂學者之流的倫理說，雖然顯係基於那時代的最高判斷的，但無論如何不能照樣實行，這也是事實所證明的。這大約是因爲雖然明知其於理論上是合理的，但因其離開我們的心卽情的中心過遠，以致不能隨之而進行的吧。（參照 HobBouse, *Nind in Evolution* 全部。）

現在囘頭過來看一看所謂宗教的 F；現代的西洋人所謂的神，乃是一種最高概念，而名之曰無限，或曰絕對。然則附隨這種 F 的 f，絕不會有強大之理，可是宗教的 f，却又是最強大之一，這一見似乎很奇怪。我們只有求其理由於宗教的 F 的性質和發達之中，始能了然吧。

此刻所謂的神，一方面似是出發自智的渴望，使一切現象的原因集合到這裏（我們不必在智識上問其是否合理）；然在另一方面，神是從固有於人的情緒湧出來的，這似乎也沒有疑問的餘地。由來人類的行爲的究極目的，於其根底始終是存於人生其物，這是顯然的。而因爲人生其物是根本目的，故無論是在天然界的物體，或是在同種的人類，總之是喜歡有所貢獻於人生者，而憎惡賊害人生者，這是人類的一種共有性。而這種可恨的破壞力偉大而不許我們與其抵抗時，這種憎惡就一變而成恐怖；恐怖有時又變成崇拜，將自己之力的不及告白出來，謹愼着唯恐獲罪於牠。一如孔德所說，在智力尙幼稚之世，人有一種性癖，要把和自己一樣的意志，賦給異乎自己的無生物。再進一步，就賦給自己的同類，英雄之被崇拜卽爲此。而再進一步，就將其賦給超乎自己的神。而若自覺歷來的神，不能使正在發達的他們的智力發達時，終於就拉出完全和自己不同的全智全能的無形物，而與以一樣的待遇。他們既出發自猛烈的生死的源頭，又把烈這猛的情緒賦給自然物，賦給人，賦給偶像，賦給無形的小神，最後乃賦給全智全能的神。雖然跟着被賦給者的智力之發達而抽象化，但是情緒其物，依然是出發自生死源頭的，猛烈的世襲的情緒。因此，當此之時的人的情緒，是眞摯而且重大，而相信永久的生死卽繫乎此。與此一樣，假若自己具有此等大力量，便不知要怎樣地得意，怎樣地快樂——這樣想，接着就成了嘆賞，渴望之情，彼此相合，終於出現爲一種異樣的，勢力強大的情緒。

試看，我們如其發見了我們欲爲而不能爲的力量於自然界，我們爲嘆賞此力就讚美自然界爲神了。再則，我們如其找出我們欲爲而不能爲的力量於同胞裏面，我們就由於嘆賞同胞之念而稱那同胞爲神。這樣地發見我們所不能有的力於所謂神，我們由於嘆賞之念，遂信之以爲所謂神了。依此徑路考之，草木之神不過是暫時把我們的性質拿去賦給牠的，故其性質，豈非完全和我們一樣的嗎？對於英雄之神，雖不必拿出我們去，但其性質，依然還是我們的性質。然則所謂神也者的屬性，也無非是把我們的性質拿去頂替的，單只是誇大之而將不可能改成可能吧了。我們的性質是有限，有限就是有境界；然而物之有限，非我們所希望的，我們是日以繼夜在渴望無限之境的。現在，試將宿在我們腦裏的無限性抓出來，拋到空中去，於是我們就造出神之無限性了。再則，我們雖然希望常在，希望全能，但欲遂此願而乏其術，故若將這種希望放射到蒼空時，便創造神之常在與全能了。我們又抱着一種理想，希望是方而兼是圓，三角而兼六角。把這種理想吹到天上時，瞬息之間，神的絕對性就成立了。

神，就是把英雄擴大到無限的，英雄，無非是神的縮畫。再，農民的神掌五穀而協農民的理想，軍神是掌武事而顯揚武士的理想的。這樣地神的性格合乎當代英雄的性格，而英雄的性格，又是取型於當時社會所好的主義的。(關於性格，可參照 Crozier: *Civilization and Progress* 三二五頁以下。)

總之，這樣的神，無非是我們欲爲而不能爲的理想之集合體。然則聖書所說神是人的原型，這應該改成人是神的原型。與此相同，所謂極樂世界，也就是我們爲不能滿意現實世界，又想滿足在這個現實世界所不能得的慾望，而將這些渴望之念，理想，放射出去而建設的。換言之，不過是將對於自然界的慾望之極致結晶起來的。然則極樂世界的形狀，是跟着慾望的變遷，逐漸異其趣的了。情死者的極樂觀，是一蓮托生之世，而酒仙的極樂，也許就是酒井之出現吧。柏拉圖的極樂，是"理想共和國"，莫爾 (More) 的極樂是烏托邦 (Utopia)。坦丁 (Dante) 的極樂是 *Paradise*, 洛塞諦 (Rossetti) 的極樂，大約就是那個 *Blessed Damozel* 所住的地方。再則，彌爾敦的極樂，也許就是《失樂園》卷四所描寫的 Eden 的花園吧。

這樣地所謂神，所謂極樂，都是我們人所想出來的。卡萊爾 (Carlyle) 也在他的著作說着類似的意見說："大凡我們人對於神的敬意，和對於英雄的敬意，在質上也一樣"。又關於偶像教說："我們在此刻，殆無法理解這種偶像教。假使這種東西之存在是可能的，我們也只有覺得駭異，而終不能相信。凡是具有兩雙眼睛的人，除了狂人以外，是不能信仰這種愚昧的教理，以渡人生的"。的確，自以神爲實在，而信服這種無形之物的現今的基督教徒看去，異教不消說是不合理而且無法瞭解的。可是在不懂得神的我們看去，兩者似乎沒有多大不同。固然，卡萊爾也在下面幾句，多少露出此間消息："然而人，始終有黑暗的一部，無法照耀之。此事古與今無異"。將來若不跑出第二個卡萊爾，將基督教也算入這黑暗而無法照耀的部分之中，就是僥倖的了。

79

　　總之，依據上面的理由，我們對於神的情緒，是直接和我們的第一目的卽人生其物，有着密切的關係的，故卽在智力發達，神的屬性廣而深起來，而終至於漠然失掉了意義的今日，也還能保存其強烈的多少。以圖表示之卽如下：

$$\frac{自然界物象（F）}{f}；$$

$$\frac{英雄（F'）}{f}；$$

$$\frac{偶像教之神（F''）}{f}；$$

$$\frac{基督教之神（F'''）}{f}；$$

　　神的觀念，是這樣地跟着智識的發達而推移的，這其間，f 是始終不變地附隨下來的。但是反之，至於第四種的智識 F，因其不像這樣密切地與人生有關係，故其 f 也就不能像第三種的 f 那樣強大了。故第四種 F，其 f 是隨着抽象的程度提高而大行減少的。甚至在具有最強大之宗教的 F 的基督教，一看見唯在無形無臭的神，效力意外之弱，就有了一個時代拉出屬於人的聖母；及至看見這在智識上又無能爲，於是又以人與神的媒介者而又爲其合流者的耶蘇，爲其眞髓了。耶蘇，正是被供於從有限之世進入無限之世的過渡之用的。一概無非都是爲謀把事物具體化，而將其所附隨的情緒放大的。

　　上面我選出宗教的要素，爲第三種材料卽所謂超自然的事物的代表，而大略說明其所以附帶強大的情緒的理由了。宗教的材料之爲此類的重要代表是不待說的，可是不能以此爲覆蔽第三種材料之全體的。因爲我所謂的超自然的材料裏面，不單包含宗教的，信仰的材料，還包括一切超自然的要素，卽反自然的法則者，或自然的法則所不能解釋者。例如：(一)古來用爲詩歌小說的材料的鬼。《哈姆勒特》的鬼,《馬克伯斯》(Macbeth) 的鬼,《理查三世》的鬼,*The Brid of Lammermoor* 裏面 Alice 的鬼等;(二)《馬克伯斯》中的女巫,洛塞諦的 *King's Tragedy* 中的女巫;(三)變化,妖怪,窩爾坡爾 (Horace Walpols) 的 *The Castle of Otranto*,拉得克裏夫夫人 (Mrs. Radcliffe) 的 *The Mysteries of Udolpho* 等;(四)或如哥爾利治的 *Ghristabcl* 和 *Thrce Gravcs*,又如基茨的 *Lamia*,如丁尼孫的 *Lady of Shalott*,或如近代著名的小說 *Aylwin* 中的不可思議分子,或如耶茨 (Yeats) 詩中的神祕的分子;(五)或發生於埃爾 (Jane Eyre) 和羅徹斯得 (Rochester) 之間的,可以稱之爲人之感應者,或如裏德 (Charles Reade) 的 *The Cloister and the Hearth* 裏面的,發生於機剌德與馬加勒特之間的一樣的關係,或比較明瞭而少陰淒氣味的,莎士比亞的 *A Midsummcr Night's Drcams*,*The Tempcs*,傅愷 (Fou qué) 的 *Undine*,梅列笛斯 (Meredith) 的 *The Shaving of Shagpat*,都應該算入我所謂的超自然的材料。故一如上面所說,單取出一種宗教的要素來看時,固能謂已經拿住一種代表,却不能謂已道盡其全盤。

而且此種超自然的現象之足以引起強烈的情緒,此由於開明的今日,此等尚完全能做文學內容存在的一事,就可以明白了。固然,用智力判斷之,這些現象的或者,不消說是完全不合理。然而由智的方面的觀察,未必始終與由情緒的方面的觀察併行,這是一如前面所說的了。以爲除了得自冷靜的判斷的事項,任何事物都沒有容身於我們腦裏的資格,這是誤以爲我們是單以道理感覺而行動的愚人之愚見。以爲除了冷靜地凝思而成的思想以外,決不能放入文學,這不可不說是根本地不知文學爲何物的人。文學,一如前面所說,是以感情爲主腦而成立的,所以任是伏着什麼雋理,如其不附帶感興,則在文學上顯然是死文字,連半文錢都不值。道學者視文學者所作所爲,評之謂爲煙花雪月的閑文字；但自治文學的我們來評他們的所作所爲，眞只有說是合理的勃窣的閑文學的一條路。所謂閑文字，並不是說眼前無用處的文字，及是指沒有動人之力的文字。而詩歌文章的價値，與其論其合理與不合理，不如論其是否抓住了足以引起情緒的事物或境遇。因合理故引起感興，因生出感興故有作爲文學的材料的資格：這樣說是可以的。至於說，因不合理故不會引起感興，這可以說是太把事實寃枉的了。至若謂雖有感興而不合理，故在開明的今日，沒有做文學的一種要素的價値，這是將科學與文學兩者混同的話。這是把"我們對於文學的頭一個要求，不是理性，是在感情"這件事忘掉的，正如欲拿尺來最液體之類。就是現在此地所論的問題，便是我們也不是不承認其不合理，但是同時却又不能不承認其具有引起感興的要素。而且其引起感興之眞切，我相信其很足以補償不合理的一面。是卽雖在開明的今日，此等不合理的現象，也還足以占文學的內容之一角，就是爲此。

我們本來具有種種能力。而若我們，把此等能力活用得適宜時，便會帶出一種快感；像那智力，也是人之能力的重要分子，故若使其適當地滿足，不消說也是可以愉快的。就如科學者的研究所獲的愉快的一部分，正不過是這個。第四種的智的材料之所以有做文學內容的價値，其一部分卽在乎此。然則以爲合理的材料不足爲文學的，這是容易引起誤會的話，要在應依所能引起的情緒之多少，以定其爲文學內容的地位。

像那浪漫派的特色，實在也就在這裏。他們舉其全力，以冀引起情緒，末了終於沒有他顧的餘力了。反之，像十八世紀的文人，橫行闊步於平坦路上，毫不經營鬼窟裏的生計，這雖說是時勢使然，而其地位雖不能埋沒，但只有一件事却不能不責備他們，就是他們爲引起情緒，不能越合理的雷池一步。愛迭孫 (Addison) 批評斯賓塞的話裏面有這樣一段：

Old Spenser next, warmed with poetic rage,

In ancient tales amused a barb' rous age;

…………

But now the mystic tale, that pleased of yore,

Can charm an understanding age no more.

這可以說是忘了這件事——理解力只對於文學的一部分有效力，而所輕視爲所謂 "Mystic" 者，勢力遠超乎理解力——的評語。

對於超自然的材料的辯護的話，大體上已經說完了，就在這裏擱筆吧。總之，我在上面說過，別的神祕的現象，也和我所舉爲第三種內容的主要項目的宗教的 F 之富於 f 一樣，於 f 方面勝過第四種智的內容；但是所以然的理由，不必多說，因爲我相信上面所詳述的關於宗教的 F 的議論，可以照樣適用。

若在黑暗時代而智識幼稚的人或者就說不定，然而在理致之學大開，人們分得淸可思議與不可思議的今日，文學者尤其是浪漫派作家之使用此等材料，絕不是爲訴之智力，使人相信架空的妄說，這是不消說的，而且也不是當作話題進行之上所不能缺少的東西。然而所以用之者，爲的無非是要讀者叫起強烈的情緒於心中，而用爲使讀者墮於作者術中的手段。我們儘管能夠識破他們的滑頭手段，却不能不罹其手段；不但如此，並且自願爲其所愚弄，爲其所愚還要受寵若驚。恰如醉鬼，雖明知妄受人的款待是危險，可是酒杯一送到跟前，終於把辭却的意志消滅，而明知墮身於危險之境，却舉大白而滿引。摩爾頓 (Moulton) 在他的近著 *Moral System of Shakespcare*, 有 *Supernatural Agency in the Moral World of Shakespeare* 一章。據著者所說，莎翁所描寫的超自然的動作，一點也不與篇中人物的發展以什麼大影響。換言之，《哈姆勒德》的鬼，《馬克伯斯》的女巫，不是依其力量支配馬克伯斯，哈姆勒德的，不過是出現到在前所備好的地方，弄出言行來觸動這些人們的了心絃吧了。他們雖然不消說是從所謂超自然現象，受到多少影響，但其本因或其大原因，並不在此。"或者有人要問：超自然力所賦得的權能既如此之微，那末採之以入作品的效果究在那裏呢？然而在莎翁劇，超自然力的職務絕不是爲作中人物而設的，完全只是爲聽衆而特備的。欲把劇的效果放大，所必需者莫若'豫知'。甚至在那平鋪直敍的散文史，於平平凡凡的事實的羅列之後，若繼之指示以伏在全篇的一種原則時，還會湧出躍然的興趣，而況在最需要效果的劇文學，詩人用了超乎歷史的手段，充分借用超自然力，於事件的進行中與以未來的閃光，這實在可以說是至當的事。而介乎這樣地被豫知的未來之光看過去的時候，自然而整然的事件也因之而帶上一種奇異的色彩。這叫做神祕的色彩。"（三〇九頁）

不錯，此說確有一面之理。可是他以爲超自然力的效果，是在用舞臺的表示法，說明劇的原則，換言之，是以爲只爲與以劇一篇的豫知，這我却以爲有多少不能首肯的地方。依摩爾頓的意思，似是因有此豫知，故使讀者看見神祕的色彩。神祕的色彩，是來自豫知，這就使是別無可駁回，但他以神祕的色彩爲系屬的東西，反以豫知爲其眼目，這一層却難免令人有顛倒本末之感。依我所見，是詩人爲引起此神祕的感情，豫先借自然力的口舌，把豫知灌入讀者心裏的；卽只爲使讀者知道所謂豫知——不，不如說是超自然力的投機。實際上注目劇的進行如何時，其安排，自然地而且像明晰地，與超自然力毫無關係似地發展，而超自然力的投機，終於一步一步實現；所以我們，爲此超自然力的魔力所驅，承認其優勢而又激起一種不可思議的感情，終於完全一任催眠術之排布了。這就是超自然力所以在文學上被承認其價值的理由，至於所謂豫知之類，並無須乎特地拿出來說。若單謂預知（不消說是在劇方面），乃是智的作用，於情的方面決沒有多大影響。倘若豫知在劇是重要的條件，而與之者必俟超自然之力，那末一切劇，爲使讀者備有這種必須的豫知，不是必非採此超自然力不可嗎？然而事實並不然，具有豫知而看的劇，和不具此而看的劇，於感興的程度，並不覺得有什麼不同。即可以知道：超自然力的效果，不僅爲與以智的豫知，無非是拉出一種勢力超乎人者，將其種入那伏在我們心底的弱點，藉以突入這個部位，壓迫我們的。我們不得不在一超自然力跟前叩頭，一如在神的跟前儸伏似的。牠們知道我們的未來，又掌着我們的命運。牠們非眼睛所能見，故亦無法避之，牠們不容捉摸，也無法將其壓碎。牠們來去無跡，我們是怎樣也不能奈何牠的。在牠跟前，不得不搖尾乞憐，不得不屏息吞聲，不得不肅然悚然：一言以蔽之，不得不以巨大的情緒甘爲其所催眠。莎翁所用的超自然力，無非是爲施此種催眠術於我們的策略。使我們受此催眠術，就等於使我們以純一無雜之念對其劇的滑頭手段。那末，我們看完《馬克伯斯》，看完《哈姆勒德》回來時，也許就要自己懷疑起來，爲什麼這種愚昧的鬼，女巫占有勢力的這些劇，竟會如此引起我們的興趣？這就是其所以爲催眠術，所以爲滑頭手段。

　　單只是這裏有一件事應該注意。人生不是文學，至少，人生不是浪漫派文學，而實際，又不是浪漫的詩歌。浪漫派文學的通弊，就是在其僅以激烈的情緒爲主，以致少年們往往誤要一如文學所說實行於現世。這是錯誤。人生其物，未必是以情緒爲主的，而又不能以情緒爲主過日子的。如若沒有覺到這一層，實爲可怕的事。關於超自然現象亦然。詩是詩，人生是人生。欲將詩的感興，強行推廣到人生，這眞可謂之侮辱我們天賦之智的能力的舉動；這種智慧，於我們人生的目的，是怎樣地不可缺少，這只消考之這個世上的智慧發達之跡，就可以明白吧。感情，不消說是文學所特別尊重的，然而欲將此文學觀直捷拿來適用於人生這種圖謀，會使社會顚倒或退步下去。我嗜愛浪漫派的詩歌。然而愛之者只愛其詩，決不是爲將其適用於人生而愛之。世上之論文學之弊的人，未必沒有把文學者之弊和讀者之弊混淆的。

第二編　文學內容的
"數量的變化"

以上是將文學的四種材料分類，分別論其特質，且說明互相的關係。以下要把主眼稍移一移，說明這四種材料，在數量上是在什麼樣的原則之下推移着。卽欲查考此等材料，於全量上是會增進的，或是會減退，或者是應該在靜止狀態的？

未入本問題之前，有囘頭過來，把文學內容之爲物，稍爲仔細地詮議一番的必要。我在本講義的起頭說過，一切文學材料，都要可以改成 ［F+f］ 這個形式的。而現在要論文學材料的增減如何，自然而然不得不考究那屬於 ［F+f］ 的一個要素的 F 的增減如何了。如果這個 F 竟是具有增減性的，那末下面就應該討論隨着這個增減的 F, f 是怎樣地推移下去的呢？這樣地把此兩者的性質明瞭地決定之後，我們纔能夠就文學材料的 "數量的變化" 有所議論。

第一章　F的變化

　　F 怎樣地變化呢？現在試觀察一個人的一生，從嬰孩時到幼年，少年，青年時代，我們的認識力的變化，可以約成兩樣特性。第一是認識力的發達，第二是識別的事物之增加。不單是一個人的一生如此，我相信人類發達的悠遠的歷史，也是要受這樣的影響的。所謂識別力之發達，意即在個人的幼時，或人文未開之世，以爲是同一 F 的事物，跟着時期的經過，經驗的積聚，逐漸發見其爲兩個以上的 F；換言之，跟着識別力的發達，終於能把一個 F，分歧成爲 F' F'' F'''。自這一點說，F 是跟着時間而增，這是無可疑的了。再所謂識別的事物之增加，意即人多活一天一小時，便多接觸些新的事物，至少，也間接地多些見聞的機會。幼年時代的見聞和不惑之年的見聞，無論如何不能比較；又草昧時代的生民的 F，和開明的今日的人民之 F，其間於數量上大有徑庭，這是沒有懷疑的餘地。現就這裏所說的文學材料，分別檢查其 F 的增加如何，即：

　　（一）感覺的材料。(a) 初夏，草的綠和松樹的綠，有人以爲其綠無二致，然若稍爲注意一下，就可知其間有非常的差異吧。又如酒，如香烟，或如香水，如沉香，盡是這樣。若將這種道理適用於個人的一生，即幼時缺少識別力，漸漸堆積經驗，這種能力就漸漸發達，於是感覺的材料大見增加。以此推之，多積聚了幾十世紀之經驗的此刻的人，較之文化未進的古代人，於感覺的材料占勝是不消說的了。(b) 關於見聞之事物的增加，不必多說。美洲的沙漠，美洲的深林的狀況，希馬拉耶連山的莊嚴，黃河的汎濫等，在昔只是接觸於極狹小的一地方的天地自然，然而到了二十世紀的今日，在地球上無論是天涯海角所發生的自然現象，人們都一如目睹。

（二）人事的材料。(a) 在昔時，一切憤怒都可以用"怒"一字包辦。可是現在，怒也有幾種階級，爲表現這些怒，所用的文字就有好幾種，這可以說是識別力增進的結果。如怨恨，義憤，激怒等舉不勝舉。(b) 我們由於識別力的發達，遂採取解剖的手段，前此所認爲一樣的人事人情，也終於發見五光十色的差別；而且一方面，上代所不能經驗的事項（人事的），到現代而知覺者甚多。或者地球的某部分所不能感到的事，爲同時生存的另一部分，却容容易易地知覺的事也多；例如野蠻的國民，對於自然界僅起簡單的恐怖之情，而開明的國民，却以複雜的高尚感想臨之。而此所謂高尚者，無非是跟着人之能力的漸進，從新被加進去的。

（三）（四）都照上述二項那樣發展。

第二章　f的變化

我們的知覺力，於識別之點，又於其附加的範圍，如此不斷地在增加 F, 這其間，附隨牠的 f 如何呢？這在或種意思，也無疑是在增加。現在且就 f 的增加說一說。我以爲 f 的增加，似乎是爲三種法則所支配的。卽：(1) 感情轉置法，(2) 感情的擴大，(3) 感情的固執。

（一）先就第一的感情轉置法說明吧。在心理學最有興趣的事實之一，是所謂 "情緒之轉置" 這種現象。這是指這種現象：這裏有一物名 A，例定隨 A 這個 F 而引起某 f 時，這個 f, 由於或種原因，也附隨於他物 B 這個 F. 卽發生於 F 與 f 之間的一種聯想。取一個卑近的例來說，假如雛鷄發見毛蟲，啄之而駭然逃走了。後來這個雛鷄再遇到一樣的事情時，絕不會走一樣的路，而且還要達到一樣的終點。卽：

$$\left.\begin{array}{c}\text{視之}\\\text{啄之}\\\text{不快}\end{array}\right\} - \text{逃走}$$

這個徑路，就一變而成 $\left.\begin{array}{c}\text{視之}\\\text{不快}\end{array}\right\} - $逃走。這樣地雛鷄不但將啄與不快連絡起來，並且把視之和不快也連絡起來。這就是將不快的感情，從啄之轉置到視覺的。人，得充滿慾望然後生起滿足之感，然而把這種滿足之念，從充慾轉置而及於金錢，得到錢，滿足之念立生，這顯然是轉置法的一例。“Cockney”是加於倫敦市下層人民所使用的語言的名稱；但是元來，“Cockney”其物，自無隨帶上等下等之感的道理，單只是我們把對於下層人民所生的嫌惡之念，轉置到他們的語言，於是聽到“Cockney”其物，便生出不快之念了。亡母的遺物，結婚的戒指等，都具有基於這種原則的情緒。貴不在其物本身，只是因爲將對物之主的情緒轉置的緣故。現在我講的是文學，所以要舉出兩三個文學上的例。像薄伽邱的《十日記》第三日五所記載 Isabella 的悲劇，很能說明這種法則。基茨後年將其改造成詩，題名 *pot of Basil.* 這是 Isabella 這個佳人，和她的薄命的愛人 Lorenzo 的故事。Isabella 原生於名門之家，和兩個兄弟過着快樂的日子，但是這個少女，有一個愛人叫做 Lorenzo. 相戀相愛的兩人，希望着早日同居。男的希望這種日子之來到，在心裏想：

> To – morrow will I bow to my delight,
>
> To – morrow will I ask my lady' s boon.

—St. iv.

女的也非常地焦急：

> Until sweet Isabella' s untouch' d check
>
> Fell sick within the rose' s just domain.

—St. v.

然而 Isabella 的兄弟，是個壞心兒的人，不願意把妹妹嫁給 Lorenzo, 用盡離間之策；但因知道不是尋常一樣的方法，所能打消兩人的愛情的，終於把男的誘入深林之中，人不知鬼不覺地把他殺了，而騙他妹妹說男的到外國去了。然而說也奇怪，被殺害的 Lorenzo 竟站在 Isabella 的枕畔託夢告以：

> I am a shadow now, alas! alas!

—St. xxxiv.

　　於是 Isabella 明白爲兄所欺，第二天早晨就和老奶媽同找入夢中
所見之林，找着了愛人被埋着的地方，再將其挖出來，砍了死屍的
頭，帶囘家裏，用黃金之櫛梳其髮，復用濃香撲鼻的布包起來，埋在
花盆裏面，在那上面種了羅勒 (basil) 的樹。

And the forgot the stars, the moon, and sun,

　　And she forgot the blue above the trees,

And she florgot the dells where waters run,

　　And she forgot the chilly autumn breeze;

She had no knowledge when the day was done,

　　And the new morn she saw not: but in peace

Hung over her sweet Basil evermore,

　　And moisten' d it with tears unto the core.

—St. liii.

（順便說一句，英國的 "Preraphaelite" 畫家 Holman Hunt, 有一幅
描寫這位可憐的 Isabella 倚身花盆的畫。）

這時候情緒轉置的路徑是這樣：

$$(1)\ \frac{\text{Lorenz}}{f}\ ;\ (2)\ \frac{\text{人頭}}{f}\ ;\ (3)\ \frac{\text{花盆}}{f}\ 。$$

再引一例來說，即如頗普的 Eloisa to Abelard 中下面所舉一
節。Eloisa 對 Abelard 說道：

Soon as thy letters trembling I unclose

That well－known name awakens all my woes.

Oh name for ever sad! for ever dear!

Still breathed in sighs, still usher' d with a tear.

—ll.29 - 32.

F 既比前遞漸增加，而 f 又可以由此轉置法自甲而乙，自乙而丙這樣無限地推移下去，卽［F+f］這個文學材料，顯然是始終要增加的了。

（二）的法則，姑稱之爲感情擴大之法。意卽不是 f 的推移，乃是附隨新的 f 於從新成立的 F，其結果使文學的內容豐富。我前在論智的材料的特性曾經說過，智的材料，其性質屬於抽象，故於我們的日常生活少直接關係，從而難以引起多量的情緒。就是說，像科學者的法則或概念至少於人事一般，少日常直接的利害關係，故其結果，往往不能引起 f. 然若難懂的理論，漸漸灌入人的腦髓（卽使那不是支配我們的生命的），將其通俗化到普通一般的智識時，這個 F 也可以得到新的 f, 而終於在文學裏面獲得一席的權利。例如：

So careful of the type she seems,

So careless of the single life.

—Tennyson: In Memoriam, St. lv.

這是將進化論者的言論約言的，十七世紀的人沒有這種 F, 故無由將其改成［F+f］。十八世紀亦然。而且便是十九世紀的人，進化論也是纔出世，只爲一部學者所認識，而尙未普及於一般，所以在這時候，此說也似乎只有 F, 沒有 f. 然而到現在，這種新 F, 逐漸爲普通一般人所認識，不知不覺之間便附隨一種 f 了。

Gossip must often have been likened to the winged insect bearing pollen to the flowers; it fertilizes many a vacuous reverie.

—Meredith: Lord Ormont and
His Aminta, Chap. vii.

這種植物學上的智識，爲一般所認識而普通化之後，才成爲文學的材料，到文學界來湊熱鬧。又如下面的例，也是一樣的：

Man is that noble endogenous plant which grows, like the palm, from within, outward.

—Emerson: Representative Men.

　　上面的話，不僅能就智的材料說的。死是我們最厭惡的。我們爲活得長而勞苦，爲活得久而齷齪。我們所作所爲，都是爲要活。所以死這 F, 始終附隨着不快，恐怖等的 f, 這似乎是萬人共通之性，但是世上變遷而至於今日這樣，就有一種人反而希望死，卽對於死發生快感。換言之，有時候會於所謂死，附隨與前完全相反的 f. 以爲生是苦事而喜歡死的，以生爲恥而就死的，無生趣而希望死的：樣樣都有。詩人斯文本 (Swinburne), 曾賦這種 f 於所謂死，吟詠一詩，法人巴爾紮克 (Balzac) 也曾於一樣題目之下，作了短篇小說，其題是 *Doomed to Live.* 因爲有辱武門之名，故大家爭先恐後就死，只有一個人不得不留着照料先死者，卽遭遇了生的末運——因爲是描寫此種心情的苦惱，故題名如此。這不過是複述日本昔日歌舞伎劇的，極平常的情節。

　　這些，決不是轉置，不過是 f 追隨新的一種 F 而來的。故名之曰擴大法。

　　（三）不是轉置，也不是擴大，姑名之曰情緒的固執法。意卽 (a) 或 F 其物消滅, (b) 或雖沒有附隨 F 共物以 f 的必要，但由於因襲的結果，習慣上附以向來的 f.

　　(a) 例如約束。生自約束的感情，本來可以跟着約束的對方之死而消滅。然而我們，依然是以生前死後沒有兩樣的感情對待約束。據傳說，昔日季子與人約以贈劍，囘來之其人已不在；於是掛劍此人墓上而去。掛劍墓上，自無何等效力，但是他的情緒，使他實行約束——雖在此人死後，猶如生前——所以他有這樣的舉動。再舉一例來說，例如烈女不事二夫。凡是夫死，妻的貞操的義務當然消滅，這是明白的事，然而世人使婦女不事二夫，而婦女亦以不事二夫爲得意，爲名譽。這完全是因爲持續其情緒的。我的所謂 “情緒的固執”，就是這種意思。

　　關於貞操，這裏有一個好例。塔刻立 (Thackeray) 所著 *Vanity Fair* 的女主角阿米立亞 (Amelia)，在她的丈夫奧茲本 (George Osborne) 死後，堅守其貞節，以致大爲讀者所同情，這是大家所知道的。這時候，有名多賓者認眞想要她，但是阿米立亞却執意不答應："It is you who are cruel now," Amelia said with some spirit. "George is my husband, here and in heaven. How could I love any other but him? I am his now as when you first saw me, dear Wm." (Chap. lix) 這話似頗能感動我們。然而後來，却不過多賓之情，終於再嫁，我們到此不由得感到興味索然。正當地想，夫死十年之後再嫁他人，毫不足怪；世上普通的女子，不是孀居未上半年一載，就進行後夫的選定的嗎？我們雖居常眼看着這樣的事實，看到此段却不由得感到虎頭蛇尾，這無非是因爲貞操的內容這個 F 消失之後，尚深刻地僅固執 f 的緣故。

　　(b) F 其物沒有消滅，唯無須再附之以向來似的情緒，這時候還很多依舊固執着 f. 例如現在之所謂遺臣，叩頭拜跪於舊藩侯之前，不改從前的封建舊態；或如前囬屢次所論的超自然力，以理智之力檢點之毫無對此引起情緒之理，然而一旦用之於文學材料之時，歷來所附隨的頑強的情緒，終於無法將其切斷；像這都屬於這種現象。

　　但是反乎這種固執之法，像那跟着 F 之老舊下去，昔日附隨牠的 f 逐漸減少下去，這也應該認爲一種法則。通觀長久的時間，這種例何止於一兩個？在文學著作中，前此之引起古人之感興者，也有難以引起今人之感興的（一如有一種 F，雖能引起西洋人的 f，却不能引起我們的 f）。就如流行小調，一時雖有強烈的 f，但是經過一定的時期之後，便完全失掉 f，所以任何人也不再去唱牠。然而這種失却 f 的，比較固執 f 的，其數少得很，所以 [F+f]，可以說依然是走向增大方面。

據上面所論，情緒（附於 F 的）於數量上會增加，而 F 其物也會增加，故［F+f］這個文學材料，在性質上顯然是要增加的了。示之於表如下：

1	a				
2	a	a ' b			
3	a	a ' b	ab ' c		
4	a	a ' b	ab ' c	abc ' d	
5	a	a ' b	ab ' c	abc ' d	…e
6	a	a ' b	ab ' c	abc ' d	…e	…f

圖中豎者示固執。卽 a 這個情緒，若自第一期固執到第六期，［F+f］這個材料，便是始終一貫而存在的。這個a，到第二期由於轉置法，變成［F' +a'］，同時由於擴大法，生出［F" +b］這個要素。逐漸這樣下去，到了第六期，其可以爲文學材料的，便是集了上圖不定形的最下諸室的內容。(Waldstein 有一小著 *Lecture on the Extension of Ar*, 最好是順便看一看。)

第三章　附隨於 f 的幻惑

歷來僅漠然論了 f 其物，f 之爲文學所不能缺的必需要素，大體上雖然說過，但是關於 f 其物的性質，却還未論及其全盤。

第一應該考慮的，就是文學的 f 不能一概而言，尙須分成三種：(1) 讀者對於作品發生的 f，(2) 作者對其材料發生的 f，以及當處理其材料發生的 f，最後，作品完成時發生的 f，(3) 做著作者的材料的人，鳥獸的 f（假定無生物沒有 f）。

第二，不可不這樣區別：在人事界或天然界直接經驗時的 f，以及間接經驗時的 f，卽隨着記憶想像的 F 而生的 f，或對於記事敍景的詩文而起的 f.

第一這裏不說。關於第二，這裏要說幾句，作爲諸君的參考。何則？因爲從直接經驗發生的 f，和從間接經驗發生的 f，於其強弱以及性質不同，固不待論故也。但是因爲有這種不同，所以在普通的人事或天然界所沒有留意，或不堪留意，不堪聽，不堪住的境遇等，若將其轉變一下，改成間接經驗時，也反而會生出快感吧。卽普通不以爲美的，或於肉體上，精神上應該斥棄的，若一旦爲大學中之 f 出現時，我們也就不但不以爲怪，有時還要歡迎之。不單是病態的人，或病態的社會，任何時代，任何國度，在文學上，有時也不把這樣的 f 看做病態的。我現在要就這個有趣的問題說一說。

　　我們現在試想一想所以發生這種差異的原因到底在那裏，就可以知道有二原因。而且，除了此二原因，再不能發見第三個了。二者之一，是作者自己對於所賦得的材料的態度，卽在這裏，那被考慮的 F，實際上不是與以愉快的，甯可以說是與以不快的；這個，視作者如何處理，如何觀察，如何表現，有時便非差異不可。我稱這個，叫做"表出的方法"。二是欣賞這種敍述詩文的批評家，或一般讀者，對於經這位作家提給他的材料的態度，卽指讀到在實際經驗毫不生趣，或雖有趣而實際上是希望避開，或者一遭遇之卽想逃跑似的事物於作品上時，又非常地感着興趣，忘掉一切去讚美的態度。換言之，就是指在直接經驗變成間接經驗的一瞬，黑立刻看做白，圓立化成方。我稱這個叫做"讀者的幻惑"。第一的表出的方法，自大而言是作家對於文學內容的態度，再擴大之，就成了作家的世界觀，人生觀似的重大問題。這樣爲避免混雜起見，這種大問題姑置勿論，我這裏只想說一說，作家怎樣地處理醜惡不快的材料，而與我們以一種幻惑 (Illusion)?

　　(I) 感覺的材料。（一）由聯想的作用，將醜化成美的表出法。

　　這種時候，物象其物在實際經驗雖是不愉快的，然和由於聯想被連結一起的觀念一齊表現出來的時候，若其觀念是美的，我們對此所生的 f 也就美了。例如：

He read, how Arius to his friend complain' d,

A fatal Tree was growing in his land,

On which three wives successively had twin' d

A sliding noose, and waver' d in the wind.

—Pope, The Wife of Bath, ll.393 - 6.

　　這段的意思，不消說是在三個妻女相繼縊死於樹上，着實可以說是不愉快極了的事件。但是應該注意這首詩所包含的事實，不但足以償其不快之念，甚至不由得要生出優美的感覺。這是因爲不直接點出

所謂 "縊"，而用 "把 Sliding noose 來 twine" 這個令人聯想比較地間接而且圓滑之感的語言，而又使用 waver' d in the wind 這個令人聯想到藤蘿花，葛蔓等等之搖曳風裏的狀況的字句，所以我們雖明白其意為縊首，關於縊首的醜惡的光景，却不浮到我們眼前。頗普這首詩的原文是 "Canterbury Tales"，邱塞 (Chaucer) 在那裏所說是：

Than tolde he me, how oon Latumius

Compleyned to his felawe Arrius,

That in his gardin growed swich a tree,

On which, he seyde, how that his wyves three

Hanged hem − self for herte despitous.

　　　　　　　　—Chaucer. The Wyf of Bath, ll.757 -' 61.

這是多麼露骨呵！他不過是大膽地說出 hanged hem - self 吧了。我決不是主張 hang 這個字為文學所不容的。單只是唯其表現明瞭，直接，也就少能減少 f 的不快了。

（二）事物本身雖醜惡，唯其寫法巧妙，不期然為其生龍活虎般形狀所動的時候。

如斯賓塞在他的大作 "Faerie Queene" 極力寫出 Duessa (虛偽) 的醜形之類：

Then when they had despoiled her tire and caul,

Such as she was, their eyes might her behold,

That her misshapëd parts did them appal;

A loathly, wrinkled hag, ill − favour' d, old,

Whose secret filth good manners biddeth not be told.

Her crafty head was altogether bold,

And, as in hate of honourable eld,

Was overgrown with scurf and filthy scald;

Her teeth out of her rotten gums were fell' d,

And her sour breath abominably smell' d,

Her drïëd, dugs, like bladders lacking wind,

Hung down, and filthy matter from them well' d;

Her wrizzled skin, as rough as maple rind,

So crabby was, that would have lotn' d all womankind.

Her nether parts, the shame of all her kind,

My chaster Muse for shame doth blush to write;

But at her rump she growing had behind

A fox' s tail, with dung all foully dight:

And eke her feet most monstrous were in sight;

For one of them was like an eagle' s claw,

With griping talons arm' d to greedy fight;

The other like a bear' s uneven paw:

More ugly shape yet never living creature saw.

—Spenser: The Faerie Queene,

Bk. I. can. viii. st.46 - 8.

"太凡生物，其醜未有甚於此者"——一如詩人自己所說，這是多麼穢污的描寫呵！倘使我們在光天化日之下看見這個奇形怪狀的妖女，我們不知要怎樣惡心哩。這大約是因爲這位詩人深惡痛恨 "虛僞" 的結果，遂使其與 Una（誠實）對照，這樣極力描寫其醜穢的吧。讀者雖不是不感到反映之妙，但是反映稍爲過於極端，難以叫人視其爲言由於衷的敍述吧。然則我們此時所感到的 f，就不得不歸到醜態的描寫本身的技巧了。"眞是說得痛快淋漓" "不愧名家"——感興無非就生於這一讀三嘆處。一言以蔽之，這種感興是附隨詩人之技巧的，其關於內容者不多，這是顯然的。

一樣的例，尚可以在基茨的 *Endymion* 卷三 (*Aldine Edition* 一五七頁) Circe 一族的敘述，和雪萊 (Shelley) 的 *Laon and Cythna* 的瘟疫的慘狀之描寫。

（三）有時，假使所描寫的 F 本身，因其醜故，若實際上遇見時，立刻就要發生嫌惡之念，但又因爲佩服那個 F 的奇警，當間接經驗時，也會興會勃然。試想一想馬克伯斯的女巫在鍋裏煮的"取自蟾蜍之汗的毒。住在池沼裏的蛇的肉，蛙的趾，蝙蝠的毛，狗的舌頭，毒蛇舌，梟的翅膀，龍鱗，狼齒，女巫的木乃伊，鱗魚之胃，在黑夜裏掘出的毒人蔘的根，猶太人的肝，山羊的膽汁，因月蝕而裂的水松，土耳其人的鼻，韃韃人的唇，娼婦產在溝裏而絞殺的嬰孩的指頭，虎的腸了，猩猩的血，一時吃盡了九雙小豬的牝豬之血，絞殺殺人犯之絞台的脂膏"吧。既不美，又不快。不過爲一種興趣所支配，能不像直接經驗時那樣惡心吧。而若試分析此時支配我們的興趣，就非歸到下面三點不可：（Ⅰ）由於那種能把同種類的 F 重複如此之多的手段而生的興趣，（Ⅱ）由覺得那是奇驚，超拔的 F 這種感覺而起的興趣，（Ⅲ）來自女巫這個 F 和此等 F 的調和的興趣。

（四）當描寫醜怪之物時，僅檢集介乎其醜惡的諸特質之中的某一部分（卽美的部分）描寫，其餘則一概除之不顧，這時會與讀者以一種興趣，這是不用費許多口舌來說明的吧。試舉一例，雪萊的蛇之敘述如下：

The Snake:

The pele snake, that with eager breath

Creeps here his noontide thirst to slake,

Is beaming with many a mingled hue,

Shed from you dome's eternal blue,

When he floats on that dark and lucid flood

In the light of his own loveliness.

　　　　　　　—Shelley: Rosalind and Helen, ll.113 - 19.

最初二句，與其說是美，不如說有點招人惡心，所以這裏不必說；後面四行，一讀之下便可以發見漂亮之感籠罩全節。而且試解剖之，無非是因爲從蝮蛇所具有的特點，僅列舉其美點，一切醜都爲那些美而隱蔽了。這樣地螫人，齧人，噴毒，鼓舌的可怕與醜形，不知不覺之間被推到背景的暗處，故當誦讀之時，在未作用不快的聯想之前，便先爲其美的敍記喫一棒了。

（Ⅱ）人事 F.（一）上述規則，也可以應用於此種 F. 不單是可以應用，並且可以比上面所說的，更強有力地以善爲惡，以惡爲善。大凡在自然界的事物，如其不依靠上述的一種把戲，非常難以指鷺爲鳥的；就如美醜，雖依時代，依個人而遷移轉變，但是八十老婦之不美於十八女郎是明顯的，故欲顚倒這種區別，困難極了。然而至於人事上的材料，並非有如此截然的區別；一見像是截然的，其實也包含十分曖昧的分子；若加以複雜的區別，或行精密的議論，固是無限的；然若取普通所謂的德操來檢驗時，也許可以發見正相反的性質，同時以同樣的資格爲人所欲吧。大凡普通人所希望具有的道德性質，大都可以分配成爲二例，而可以發見其被配的兩面，各爲相反的性質吧。現在試述其發達的歷史——這雖不是我的職務——，我們的道德性質的所依據，的確是進化的結果，是社會的組織上不得不如此的；但是一方面似乎是爲自己的保存，而又以他人的保存爲目的而發生的。自從往日耶蘇出，爲人子而被釘在十字架以來，世人終於以爲除了謙讓，親切，仁惠以外，再無可以稱爲道德的了；但是那裏知道這只是爲他人的道德，至於爲自己的道德，我們雖行於起居坐臥之間，人們却置之高閣而不顧呢？到十九世紀時，有一位叫做尼采 (Nietsche) 這個人，最初把君主的道德和奴隸的道德區別；他說耶穌教徒的道德乃是奴隸的道德，故應該將這棄掉，另行樹立君主的道德。他所說的，因爲外面披着奇妙的皮，而又突然出現世上，遂轟動一世，但其實是毫不足怪的事。他所謂的君主的道德和奴隸的道德，不過是自有社會以來，並駕齊驅進下來的，單只是君主的道德，沒有什麼提倡的必要，遂不知不覺之間置之等閒吧了。現在我爲示之以事實，故要列舉我們的精神作用的對偶的一部。意氣對謙讓，大膽對小心，獨立與服從對立，勇敢對溫厚，主張對恭順。這些，都是俗衆一律賞揚的性質，而那對偶之一，又全與另一是完全相反的。一是以自己爲中心建立的道德，另一是以自己以外爲中心發達的道德。借一句尼采的話來說，卽一爲君主的道德，另一爲奴隸的道德。

從而所謂道德，都容許兩樣的解釋。現在我們假定來描寫耶穌，我們很容易把他造成具有“人打你的右頰，你須再拿出左頰來，人打你的左頰，你須再拿出右頰”這種修養的，虛懷讓讓，絲毫不抵抗的無上有德的人物。然而我們又可以將其寫成沒有熱情，優柔卑鄙，至死不悟一味學着女人家求神之救的軟骨漢。耶穌是耶穌。耶穌是一而非二。然而由於觀察這個耶穌的立場之異，解釋耶穌的見識自不限於一種，所以我們可以與他以絕對相反的道德批判。我並不是說爲曲護事實，排列虛妄以左右敍述，然後才這樣的。我是說，只消列舉事物本身，就應該如此的。

何則？因爲他所具有的謙遜，溫厚等性質，一方面固是值得我們的讚賞，另一方又是我們所最輕侮的性質故也。暫時不說耶穌。現在我們假定來寫一篇科立奧拉那 (Coriolanus) 似的，氣宇軒昂而不知屈就他人的英雄的傳記吧。我們又不曲屈其實傳，直寫事實其物，而且容易不使失其爲有名譽的英雄的地位。我們也可以說：他爲人剛傲，尊

大，不遜，固執，沒理性而好事，一旦發怒則不知抑其怒以全其身的
傻子，不懂得向人討好的頑瞑不悟的武夫，既不懂得變通，又不曉得
通融，一旦生氣則棄母拋妻，投降敵國的輕佻之流。不錯，事實的確
也是這樣。爲他的性行之中心者是意氣和勇敢，此二事的相反就是順
從，溫厚；如果此等性質，也與意氣和勇敢一樣具有吸人心的魔力，絕
世的英雄，也可以由我們一枝禿筆，從他們數百年來所占的紀念臺上
把他們趕下來，這是不可不知道的。因此，著者一點不必用不正當的
手段，依據堂堂春秋筆法，便有使同一人或被尊敬，或被嘲笑，或被
輕侮的威力。故對篇中人物，猶如專制獨裁的帝王，握有生殺予奪的
大權。所以我說，人事 F 的區別，並不十分整然。

　　文學中這種適例，爲數決不少。試看一看丁尼孫的亞塔爾 (Arthur)
對其妻金湼微耳 (Guinevere) 的所作所爲吧。他做一個丈夫，是一個
毫無毛病的所謂紳士的榜樣。金湼微耳犯了罪，恥而逃入 Almesbury
的尼姑庵時，他從後面追去，親叩那隔絕人世的僧罪，見了負罪的
妻。此時，王的語調不但絲毫不亂，並且似乎含着無限的親切和客
氣。他連一髮都不忍傷那負罪之妻，所以 ("lest but a hair of this low
head be harm") 和她約束，要與她以終生護衛之兵，並且說：

> I cannot touch thy lips, they are not mine,
>
> But Lancelot's: nap, they never were the King's.
>
> I cannot take thy hand; that too is flesh,
>
> And in the flesh thou hast siun'd; and my own flesh.
>
> Here looking down on thine polluted, cries
>
> 'I loathe thee:'
>
> —Guinevere, ll.551 - 6.

若謂君子惡其罪不惡其人，則亞塔爾是世界上最高級的君子
了。這位詩人，起初把金湼微耳和蘭折洛特 (Lancelot) 的戀愛理想

化，而此刻又在這裏，於寺院之中將這位失了貞操的王妃作爲深知謹
愼的可憐的罪人。我並不是說不該如此。單只是從反對方面看去，這
個皇后是個要不得的婦女，是不容赦的罪人，是值不起亞塔爾那種優
雅的話的人物。便是亞塔爾也一樣。走到這樣的田地，還庇護這樣不
貞之女到這步，不得不令人謂其呆氣，若以某一種人的見解說，他便
是所謂大傻子。那末，假使把這位詩人的態度反過來，從其相反之點
描寫同一事件，寫亞塔爾毫不容情，懲罰其妻的不貞的狀況，照理也
依然可以看見具有一種咭咭叫的人格的亞塔爾的。不消說要是這麼
辦，便要失掉君子的資格而難躋上品之列，可是他却成爲不迷於女色
的男子漢，不爲女子看透肺腑的人出現了。元來所謂紳士，所謂君
子。都是表面的通語，其背後一定是包含着多少傻氣，愚蠢等的意
思。同時，所謂伶俐的人，所謂痛快的人，依然是表面的通語，其背
後一定蓄着奸滑，厲害之義。故以亞塔爾對金涅微耳的態度爲題時，我
們要把國王寫成呆子或寫成聰明人，權利都在作者手上。從爲我的利
害來打算，君子便是愚者的異名，從爲他的見地說，犀利銳俊，便是
欺詐偷竊的權化了。總之，人事 F 在 F 裏頭是屬於最曖昧的。

　　（二）有時由於躍如的描寫，引起讀者的興味，此與感覺的材料
的時候是一樣的。便是沒價值的不快的人事，若描寫得巧妙，讀者便
置其內容不問，先爲作家的技術所感動。例如塔刻立的 Beatrice, 或如
迭更司 (Dickence) 的 Pecksniff, Mrs. Gamp. 再舉長而整部的作例，即
如雪萊的 Cenci. 此劇的內容，在其根本是以起於暴戾無道之父與可憐
的姑娘之間的道德煩悶，所以我們實在難以決定究竟這樣的材料，能
否成功爲文學作品的。然而我在英國時，曾經與人談起此劇，那時他
說，這是一點也不覺得痛苦的。總之，天下既有這樣的讀者，即此推
之，這種不快的材料，視詩人的表出法如何，也多少可以將其美化的。

（三）這是作者將不快的，令人嫌惡的，或於自己不便的部分刪除，於敍述上與以快感的，和 (1) 的時候，並非沒有類似的地方。其不同處，即 (1) 描寫 A 而能使讀者任意想作 B 也可，想作 C 也可；這裏是描寫 A 時，僅寫其半面，其餘一概不管，因此，A 既可以使讀者當作 A，也可以當作 A. 試示 (1) 的例，假定有一個人，在旅館裏把錢包隨便放在桌子上就去洗澡，以致錢包裏的錢被偷了。寫這件事時，要褒這個人，要責這個人，或說他是傻子，說他是聖人，這都是隨作家之便，理由是隨便可以湊的。可是在 (3) 就不然了，因爲這是只從人情，人事的複合體，取出便於進行的事來陳列。現在假定這裏有一個人，從那個人的生產當時到死之間，僅檢集他害病時的事項而列舉之。那末，他雖然是過得相當健康的生活，但是你也許以爲他却是爲害病而生到世上的吧。這是因爲作者的安排，把這個人化成病人的。而若僅搜集這個人的失敗來陳列，這個人立刻又要獲得失敗家的定評吧。囂俄 (Hugo) 的 Les Miserables 的主人翁發爾戎 (Valjean) 的半面，是慈善家，博愛的君子，但試看他的黑暗的一面，他却是殺人的兇手，破獄的大盜。囂俄把這相反的兩面結合，寫得好像這兩性可以集於一身似的；然若假定世上有像發爾戎這樣的人，而僅寫其好的一面，他也許將變成爲人所好的道德上善人；再若僅取其黑暗方面時，他也許將變成最可惡的道德上醜穢的人物吧。

試舉一例來說。這裏有一個少女，自幼即爲叔父所撫養，此刻尙在其監督之下；這一家有一位家庭教師，他和她十分地相愛，但是這位少女有巨富可承繼，而這位教師却是一貧如洗的書生，所以這段婚事，怎樣也免不了不合宜。佢們兩人知道，若爲叔父所知則事不能成，所以偸結夫婦之盟，這樣地結盟之後，佢們就把各人的心事告知叔父：這樣假定。

　　先以常識假定之，叔父認爲佢們的行爲是看不起他，侮辱他而生氣，這是理所當然。我們相信，普天之下，任何人看了上面的情節，一定沒有不責備佢們的胡鬧，而憐叔父的心情的。然而我們接到作品時，却看見作者使我們不得不反乎事實，而從衷心同情這兩個不法的少年少女，這便怎麼樣？下面所引一節，是記述 Louis Moore 和 Shirley 訂婚之後，到叔父屋裏去告白的情形的：

"Good morning, un le," said she, addressing that personage; who paused on the threshold in a state of petrifaction.

"Have you been long downstairs, Miss Keeldar, and alone with Mr. Moore?"

"Yes, a very long time. we b th came down early; it was scarcely light."

"The proceeding is improper――"

"It was at first: I was rather cross, and not civil; but you will perceive that we are now friends."

"I perceive more than you would wish me to perceive."

"Hardly, sir," said I: "we have no disguises. Will you permit me to intimate that any further obser ations you have to make may as well be ad-dressed to me? Hence - forward, I stand between Miss Keeldar and all an-noyance."

"*You*! What haveyouto do with Miss Keeldar?"

"To propect, watch over, serve her."

"You, sir? ――You, the tutor?"

"Not one word of insult, sir," interposed she: "not one syllable of dis-respect to Mr. Moore, in this house."

"Do you take his part?"

"Hispart? Oh yes!"

She turned to me with a sudden, fond movement, which I met by circling her with my arms. She and I both rose.

"Good Get!" was the cry from the morning – gown standing qaivering at the door. Ged, I think, must be the cognomen of Mr. Sympson's Lares: when hard preseed, he always invokes this idol.

'Come forward, uncle: you shall hear all. Tell him all, Louis.

"I dare him to speak! The beggar! the knave! the specious hypocrite! the vile, insinuating, infamous menial! Stand apart from my niece, sir: let her go!"

She clung to me with energy. "I am near my future husband," she said: "who dares touch him or me?"

"Her husband!" he raised and spread his hands; he dropped into a seat.

"A while ago, you wanted much to know whom I meant to marry: my intention was then formed, but not mature for communication; now it is ripe, sunmellowed, perfect: take the crimson – peach – take Louis Moore!"

"But" (savagely) "you *shall* not have him – he *shall not* have you!"

"I would die before I would have another. I would die if I might not have him."

He uttered words with which this page shall never be polluted.
—Ch. Bronte: Shirley, Chap. xxxvi.

讀了全篇的人不消說，便只讀了這一節，任何都要讚助這一對年青的夫妻，而對於頑迷不懂戀愛爲何物的寡情的叔叔，不能有任何同情吧。不，也許要覺得這位叔叔，遇了天外飛來的意外事，心裏不甘而焦急那種心情爲痛快的事，而眼看着他受青年男女的抵抗，招人侮辱，丟了長輩之臉，而覺有趣吧。但是退一步想，叔叔的處置與其憤怒，果值得這樣爲我們所嘲笑的嗎？再想一想，這兩個青年人所做的事，果值得引起我們的同情嗎？他們對於應敬之如父的叔父的言行，果於禮無缺嗎？現在試離開這段會話，站在局外冷靜地來斟酌這三個人——至少不見於此——的半面吧。叔父是一個明白而且思前顧後的人。絕不是像拉馬車的馬似的不懂得戀愛的人，而且是很能判斷利害得失的人。然而作者，却故意把這一面除掉了。反之，這一對男女的動作，無非是盲動於戀愛之熱，是在不難跳入火中水裏的情形中；佢們眼中沒有叔父是不待言，並且是不分皂白，不顧前後的。這樣的缺點，在上面所舉會話裏面，雖然也表明得明顯，但其大半，還是被作者的蒙混手段所隱蔽着。於是我們的同情，僅傾於好色的男女身上，而認眞的老人，竟被葬於意外的嘲笑之中了。

附記：此例不是特地爲說明（三）的，有時也可以用之於（一）。卽雖不把被開除的半面的性質表現出來，只這些會話，若加以多少潤色，就可以不改變其意，而將生自結果的情緒顛倒過來。換言之，欲使讀者覺得叔父是個咭咭叫的人，而把這一對男女當作放逸之徒，只消筆下一翻，並非難事。我希望讀者不要拘泥於（一）（二）（三）等分類，致陷於混亂。

(III) 超自然的 F.（一）宗教的 F，其中 F 是隨時隨國而異，這是不消說的；但附隨地的 f, 却大都相同。這也是由於表現的筆而有強弱之差吧，但是不像前面那些似的發生性質的變化。不過像往昔希臘似的，以八百萬神爲朋友之領袖的 f, 和猶太人似的，對於森嚴的神的恐怖分子多的 f, 其間有多少 f 的差異，這是應該承認的。

（二）關於宗教以外的超自然的 F, 例如妖怪，變化，妖精，女巫其餘類似的 F, 其 f 也是各有其獨自的特色，但是這裏沒有詳述的篇幅。元來這方面，和所謂浪漫派文學關係極深，故值得注意一下。

　　總之，此第三種文學內容，也和 (I) (II) 一樣，可以由表出法加以左右的，但是太煩雜，故略之不詳述。

　　(IV) 智的 F. 便是這個，也不是非特別討論不可的。這裏就止於隨便摘示兩三點。

　　（一）爲表示抽象的眞理時，有時可以使其與具體的事物聯想，而將這具體事物的 f, 照樣轉置於抽象眞理。這種聯想，大都是取隱喻，直喻的形狀出現。

Tis with our judgments as our watches, none

Go just alike, yet each believes his own.

　　　　　　　　　　　　—Pope: Essay on Criticism. ll, 9 - 10.

　　這時候，若沒有這個 "鍾錶" 的譬喻，這件抽象的理論大約就不過要與人以漠然的，摸觸不着的印象；散漫無味，令人覺得如飲白湯似的吧。

　　（二）內容雖是抽象的，却因其整理得好，說得巧妙，遂神往而起情緒。此例，頗普尤其多：

Man never Is, but always To be blest.

　　　　　　　　　　　　—Essay on Man, Ep. i.1.196.

An honest man's the nob' est work of God.

　　　　　　　　　　　　—Ibid, Ep. iv.1.248.

True wit is nature to advantage dress' d,

What oft was thought, but never so well express' d.

　　　　　　　　　　　　—Essay on Critirism, ll.297 - 8.

　　（三）此種 F 也常常被除去其半面。一個人加以任意的概括，另一人又加以任意的概括，此時兩者雖然完全相反，但是兩者，往往可以以同一勢力主張其眞理。

　　關於這個 "因數之除去" 的說明，諺語最爲方便。所謂諺語，往往與意義相反者併立兩存。"執大義者不拘小節"的一邊，又有"不矜細行終累大德"的格言。而此兩者，並且都是有理的話，單只是各自把便於各自的概括起來，所以會生出這樣的矛盾。既有"謀事在人，成事在天"，也就有"人力勝天功"。我們真是弄得不知何所適從。這樣地相反的格言兩不被廢，並駕齊驅任人適用於便於己時，這可以說是奇怪極了。現在試抄一點西洋的諺言於下：

(1) Women are as fickle as April weathor.

(2) An ugly woman dreads the mirror.

    There never was a looking glass that told a woman she was ugly.

(3) Revenge is sweet.

    To forgive is divine.

(4) Worthless is the advice of fools.

    A wise man may learn of a fool.

(5) True friendship is imperi hable.

    What is friendship but a name… ?

(6) Out of sight ont of mind.

    Absence makes the heart grow fonder.

(7) Honesty is praised and starves.

    Honesty is the best policy.

以上不過是從克立斯替 (Christy) 的諺集選出來的，如果加以有秩序的調查，相反與矛盾的，大約是多得很。這樣地多半的事物，隨便作者之意，都可以說黑說白；舉一個極端的例說，也可以說："教師者爲學生所教者也"，"醫師者，殺人者也"。

以下進而討論讀者方面，是具有什麼樣的心理現象，而受什麼樣的幻惑 (illusion)?

當欣賞文學作品時，關於讀者的態度有二事應該注意。換言之，直接經驗變化成間接經驗時，會發生兩個重要的現象。

（I）我們接到文學時，不消說是要受一種感動的，這時候若沒有這種感動，便是沒有我屢次所說文學的主要成分卽情緒，故這件文學不可不說是失其爲文學的資格了。然則這樣爲文學所必需之要素的情緒，其強弱之度，與實地經驗時一樣不一樣？換言之，所謂"情緒的再現"與實地的情緒，有多少不同呢？這是值得研究的問題。例如這種議論：我們看了月亮而生的感興，和讀了詠月而生的感興，何者於分量上佔勝呢？這不消說一來是隨着個人各自的性狀，二來隨著作者的表出法的巧拙而變化的，故不能一概而論；然若姑把我們的性質，作者的表出法視爲一律時，我是相信老生常談的"百聞不如一見"這句話，不但可適用於智識方面，卽在情緒方面也是眞理。着了一大驚時，我們嚷道 "My heart thumped upon my ribs"，可謂之十分恰切的語法，大有生龍活虎之概；然而，任是怎樣活躍，其結果依然是智的再現，無論如何是不能迫近實際經驗時的感覺。然若由這個 F，會生出實際經驗時那種 f，那末文學就成了不是爲娛人，反而要苦人的東西，無論如何也讀不下去。被舉一兩個例，如郎 (A. Lang) 的 *Drcams and Ghosts*（九三頁），有一節十分叫人起慄。

The streets and squares were deserted, the morning bright and calm, my health excellent, nor did I suffer from anxiety or fatigue. A man saddenly appeared, striding up Tavistock Place, coming towards me, and going in a direction opposite to mine. When first seen he was standing exactly in front of my own door. Young and ghastly pale, he was dressed in evening clothes, evidently made by a foreign tailor. Tall and slim, he walked with long measured strides noiselessly. A tall white hat, covered thickly with black crape, and an eye － glass, completed the costume of this strange form. The moonbeams falling on the corpse － like features revealed a face well known to me, that of a friend and relative. The sole and only person in the street beyond myself and this being was the woman already alluded to. She stopped abruptly, as if spell － bound, then rushing towards the man, she gazed intently and with horror unmistakable on his face, which was now upturned to the heavens and smiling ghastly. She indulged in her strange contemplation but during very few seconds, then with extraordinary and unexpected speed for her weight and age she ran away with a terrific shriek and yell.

　　這是一八七八年一個秋曉的事，敍述此事的人，正在看望了病友，囘到家去的路上，記事中的婦人，是一個中年看護婦似的人。據說此事發生之後一星期，他就接到朋友的訃音。而且據說埋葬時所穿的衣服，和這個人所遇見的是一樣；再則，據說這個人不在家之間，他還住過這個人此刻所住那個屋子。

　　現在假定我們實際遇見這種不寒而慄的事吧，其感覺和讀了這段記事時的感覺，應有多少差別呢？如果有人主張實際與讀書，其感情的強弱之度平均，那末，他便是不會享受文學的人了。若以等於實際的感動，接觸這種文學時，文學便絕不是有趣的了；反而是可怕的，討厭的，不能接近的東西吧。

　　再看一看下面所引的寒中敍景吧。這一節描寫霜月時候的寒景，寫得好像就在眼前，然而像在眼前的感覺，和親眼看見時的感覺不同，故 F 的再現，並不能說就是 f 的再現。

The ground was hard as iron, the frost still rigorous; as he brushed among the hollies, icicles jingled and glittered in their fall; and wherever he went, a volley of eager sparrows followed him.

> —Stevenson: The Misadventures of John Nichol-
> son, chap. vi.

言雖簡，其印象却相當明瞭，實在有如直接經驗，看來眞覺得冷氣襲人。但是不可不知道"冷氣"之感與"冷"之感，其間有截然的區別。如果有人讀之而事實覺到冷氣而打戰的人，他要讀書，便先須備好防寒之具了。

元來所謂情緒的再現，是隨人而異的，多半的時候，情緒的記憶是屬於殆不可能的事。取一個極簡單的例來說，假如有人問："去年夏天和今年夏天，那一年熱些呢？"倘若有人老老實實地答這一個問，那一定是先再現其智的部分，用想像的方法加之以情緒的適量，胡亂瞎說一下的。

有一個產婦，當其要臨蓐時，對着她的丈夫懇求，叫他殺了她以便使她脫免自這個痛苦，而她的懇願，又是認眞而且帶着眼淚說的。然而，安然渡過難產之關以後，當時那種使叫嚷欲捨命以免之的痛苦，究竟是什麼一個樣子，她完全記不清了。這個滑稽談，是某心理學者在他的書中引爲例子的。

這方面的專門家李播，經過種種研究之後，下了這樣的斷案：

(1) 情緒的記憶，在大部分的人們是虛無。(2) 有些人，具有半屬智的半屬情緒的記憶，卽其情緒的分子，借智的狀態的聯想力，僅能想起其一部分。(3) 又有極少數的人們，具有眞正完全的情緒的記憶。(《情緒之心理》第十一章。李播蒐集了種種有趣之例，所以第十一章爲參考起見，值得一讀。)

據李播的研究，一如上述，大概的人，據說殆都沒有所謂情緒的再現。元來，沒有這種情緒之再現的人，與文學都是無緣的人，世上頗多這種人。謂文學那裏有什麼意思而一笑置之的人，具有編入所謂

(1) 部的資格，他們是根本地無緣的衆生，所以無妨將其逐出文學國的境外。

可以編入 (3) 的，在數目上不消說是很少吧。這些人們，其感情的記憶又是容易再現到實際元元本本的，所以他們也不能輕易挨近文學。讀了戀愛小說而起肝火，耽於厭世文學，第二日就跑到黃浦江要跳水之流，都是這一部的部員。自文學者說，總覺得這班人太聽話，有點麻煩。

然而上面的 (1) (3) 是例外，眞正具有享受文學之資格的，是屬於 (2)。卽從文學書中的 F，再現自己的 f 的一部分的人們，而再現這一部分的 f，這就恰好可以欣賞文學的程度。卽直接經驗和間接經驗之差在其 f 的強弱，而此間接經驗，於其強度劣於直接經驗，這件事實是使文學不至永遠絕跡於人世的一件大原因。一言以蔽之，我們讀文學書而感到興趣，其主要原因是在元來的情緒，多少希薄地出現；換言之，其刺激既不至於受不起，而又不是不關痛癢一如嚼蠟喝冷水那樣的；就在這中間，不太冷，又不過熱，就是與我們以情緒的溫水，這便是文學書之所以爲文學書。固然，文學的嗜癮深大的人們之中，也不是沒有位於 (3) 的人，因此，可惜那文學，反而要成爲意外之災的原因。據說雪萊最初聽到科爾利治的 *Christabel* 的朗讀時，聽到最可怕的淒涼的一段時，突然暈倒不省人事；這是因爲他的 f 不是出現一部分，是出現了眞正全部的 f. 遇到這種人物，*Christabel* 也就成了一種危險詩了，頗普曾經對他的朋友說起荷馬的事，他說："Priam 王哭 Hector 之死，四顧自己的兒子和奴隸們，欲洩其失望的嘆息這一節，實在是不賠眼淚讀不下去的名文。"而且據說，他朗讀其一節，讀到半截時爲淚所阻終於讀不完。再舉一例來說，理查孫 (Richardson) 的作品中，克拉立薩 (Clarissa) 被拉甫雷斯 (Lovelace) 千方百計所苦，終於受辱而至於死時，許多人們都自衷心掛念這個架空的女性的命運。著名的伶人息柏 (Cibber)，看了克拉立薩的草稿，大爲所動，這寫了這樣的信給作者："What a piteous, d - d, disgraceful pickle you have placed her in! For God' s sake send me the sequel, or - I don' t know what to say!……My girls are all on fire and fright to know what can possibly have becme of her." 是但克拉立薩的命運，終於非死不可——他聽到這話，據說又非常地興奮，寫了這樣的話寄給作者："God d - n him, if she should!"。

再如名伶息頓夫人 (Mrs. Siddons) 研究 Lady Macheth 這個角色而感的恐怖，她自己這樣寫着："我每日把家務整理完畢之後，纔練習劇中人物的動作，並且習以爲常。我初次要扮演馬克伯斯夫人的前夜，一如往日關在一室之中，練習這個大角色，但因爲並非甚長的職務，所以十分容易，況且我那時候正是二十青春，所以只消把科白記清，其餘的方面，便無須什麼準備，故對其關於性格的發展等等微妙的工夫，殆沒有什麼預備。是夜四鄰寂無聲息的深更，我平心靜氣地，一場又一場進行練習，但是到了刺殺一場，這時恐怖之念俄然而生，已是寸步難行的了；於是忙着拿了燈，駭得神魄蕩然般走出室外，當登上樓梯時，衣聲一響也覺得有什麼從後面趕來似的，好容易回到臥室。臥室裏，夫熟睡着，但是我已沒有息燈的勇氣，顧不得脫衣服就躺下去了。"

不消說我們的情緒的再現，其程度是按次變化的，決不像李播所說可以截然分做三部。有的也許在一部與二部之間，有的也許在二部與三部之間彷徨吧。上面所舉諸例，都是極端的例外，尤其是雪萊的例，可以說是極端之極，絕非普通讀者所能步其後塵的。據說十九世紀初在法國排演 *Othello*，剛演到殺妻一場時，突然由聽眾之中，有一個人叫嚷道："不許把這樣美人叫黑奴給殺了！"，並且拿起手槍朝着主人翁就打 (Beers 著《十九世紀的浪漫主義》)。其情緒之強度，稍爲類似雪萊之例。

例外先不說，在賞鑑精通文學的我們，直接經驗與間接經驗之間，感情在量的方面有差異，這大約是任何人都不懷疑的事實；有此差異，故文學能生出一種適當的刺激，與讀者以快感。

(II) 然而直接，間接經驗的差異，不僅如上面所說在數量上，自性質上看去，也可以發見顯着的現象。元來我們的欣賞文學，即是同意於作者的表出法的。但其表出法，一如上述故意或無意識地開除許多實際的因子而行文，故對這樣的一種刪除法的結果出現的文學作品，我們所發生的 f, 和對其實物所感的情緒，在質方面有異是不消說的吧。然而我們，讀到文學作品而若加以欣賞，即大多是爲作者所愚；至少，在手上拿着書而覺得饒有興趣之間，便是完全把自己委之作者的掌握裏的了。

現在要稍爲就讀者當欣賞文學時實行的刪除法說一說。

（一）第一應該想的，就是"自己關係"的抽除。意卽一向不在心裏生起自己的利害得失之念，故能悉數把起自自己觀念的 f（不可不知道這種 f 是非常強有力的）刪除抽出，以對作中的事物。文藝裏而有"沒自己"之性，雖非新說，但是我這裏特別要注意的，是在下面這種現象：由於這種自己觀念的一部分或全部的抽除，我們可以生出和事實完全相反的 f.

Now is the winter of our discontent

Made glorious summer by this sun of york;

And all the clouds that lour' d upon our house

In the deep bosom of the ocean buried.

…………

But I, that am not shap' d for sportive tricks,

Nor made to court an amorous looking – glass;

I, that am rudely stamp' d, and want love' s majesty

To strut before a wanton ambling nymph; ——

I, that am curtail' d of this fair proportion,

Cheated of feature by dissembling nature,

Deform' d, unfinished, sent before my time

Into this breating world, scarce half made up,

And that so lamely and unfashionable

That dogs bark at me as I halt by them;

Why, I, in this weak piping time of peace,

Have no delight to pass away the time,

Unless to spy my shadow in the sun

And descant on mine own deformity:

And therefore, since I cannot prove a lover,

To entertain these fair well – spoken days,

I am determined to prove a villain

And hate the idle pleasures of these days.

　　　　　　　—Shakespeare, Richard III, Act I. sc. i. ll.1 - 31.

　　上面所引，是格羅斯達侯爵 (Duke of Gloster) 的感慨。讀者讀完
之後，覺得怎麼樣呢？他先慨天下太平，四海波靜的今日，沒有他顯
出手段的餘地；繼嘆自己容貌矮醜，不適於同婦女們共太平的戲遊。他
自悲其恰像孤立日中，形影相憐的不遇，而不平其終於爲路傍之狗所
吠，覺悟這種治平之世，終不能與自己調和，於是決計要想出一件大
動亂，把天下來翻覆。其字句之妙，譬喻之巧，反映照應的明快等，不

是我此刻所要說的；我只是要問讀者，對於這種感慨，這怪物的容貌，意志，情緒，有什麼感想呢？讀者裏面，也許有人要說，這是一個惡漢，可厭的人吧，不過視這樣的人物爲無味，愚物，毫不足以動我們的感興的人，也許很少吧。不但如此，我們一方面雖覺得他是一個不能大意的壞人而生不快之感，同時還要湧起嘆賞這位剛毅的，不屈不撓的，小丈夫吞天之膽的念頭，而先前的不快之感，反要被拉到背後去，這是無可疑的。我要自白，我賞識他的念頭，是反而幾倍於嫌惡他的。現在假定這種感覺是共通的，那末，這裏還有一件事要問讀者。假定我們在實際的世上相與的朋友之中，有這樣的不倫不類的醜男子；不但其心術之不正，又是要害人亂世，而又具有超羣拔類之才；那末，我們對於這種人物的感想如何？我們之間，也許有人要嘆賞他，說他是異乎凡人吧；但是這個嘆賞之念，不會爲另一方面的畏怖，嫌惡之念所壓迫，而終於爲其壓到一隅嗎？現在進一步，假若我們以這種三分像人七分像鬼的動物爲對手兩立於此世，那末，我們不會覺得不自在嗎？不會因畏怖之極而戰慄嗎？別的人我不知道，像我這種膽小的人，我相信一定是有這樣的感覺的。

那麼，對於莎翁所寫的格羅斯達，和對於實際的格羅斯達的情緒之間，何以有如此之差異呢？這絕無可疑，是對於紙上的格羅斯達和朋友中的格羅斯達的情緒之差。紙上的奸人，不會跟我們做對敵，我們也無須敬而遠之，卽是和我們的自己觀念沒有關係的人物，所以不必自我們的利害問題去打算。這樣地在實際時要爲恐怖的分子所制而痛苦的感念，因了這個自己觀念的抽除，反而帶出嘆賞的快感，這是當誦讀文學時不能不留意的事實。

（二）其次應該考慮的，是道德要素的抽除。這不是說讀者一定要這樣，只是說可以如此。從而不能如上述，斷言實際誦讀之間。會完全生出相反的結果。例如藤村操氏躍身沈入華嚴瀧之淵，或如昔日恩拍多克利 (Empedocles)，跳入噴火口似的。這些事實，一方面我們聽到或讀到這種事實時，儘管會生出相當壯烈之感，然若我們站在華嚴瀧的傍邊，或坐在挨得納 (Atna) 山頂，而遇到他們要就死，我們是應該拱手從容傍觀其死，以獲壯烈美的滿足呢？或應狂呼，馳而救之呢？如其救之，我們便是爲道義之情所驅的了。爲道義之情所驅的我們，便是委壯大，雄俊的情緒爲犧牲的了。換言之，在直接經驗難以擺脫道義心，但是一換到間接經驗，便完全可以把這抽除，所以發生這樣的差異。然而現在，假定有一個時髦青年，坐着腳踏車，揚揚得意地走着，這其間忽而翻車摔倒了。我們是要笑着傍觀呢？是要馳而扶之呢？我想大半的人是一定付之一笑而當作一件滑稽的。在這種時候，直接經驗時也和間接經驗時一樣，可以抽除道義心，所以才和火山，瀑布時達到相反的結果。不消說道義心是因人而異其強弱之度，故難免因人而發生多少不同。像那尼祿 (Nero)，無論如何是不能以普通一般的心理去論那麼極端之例。他始終羨慕普賴安 (Priam) 。問其故，則不過是因爲他當走特類 (Troy) 城時，獲得遇見那宏壯的宮殿燒得無跡無痕的偉觀，於是他終於把他的首都羅馬付之一炬，實現其宿願：據說是這樣。說到這樣的大美術家，實在只有當作例外的一法了。(Renan 在他的著作 *Antichrist* 否定此事，以爲這不過是誇大的傳說而已。尚有小說 *Quo Vadis* 可參照。

在文學所賞上欲完全除掉這種要素，勢必須歸到所謂 "Art for art" 派（純藝述派）之說了。問此派之人何以要寫這種東西，即答以只爲覺得有趣，並且說，藝術家的職務已盡於此。愛讀者也除了說覺得這樣有趣之外，不能加以任何理由。道德家與藝術家的糾紛，便從此不斷了。

　　一如歷來所說，文學的內容是以情緒爲主的，有牠故文學得成立。而道德也不過是一種感情。因此，倘若追尋道德派對藝術派的衝突而窮其源時，便要歸到這種議論了：要解釋文學時，應以道德的情緒呢？或應以其他情緒呢？其以何者解釋爲是，這不消說是一決於作者的手段與讀者的傾向的；但是無論依從何者，都是文學的解釋，而且是正當的文學的解釋，此由於上面所說的話，就可以明白了。像那班生以道德，死以道德，顛沛流離之時也非道德不能過日子的道學者，我們不必去論。不是道學者而主張一切文藝不得沒有道德要素的論者，不可不消說當賞鑑文藝時，失落了自己的心的狀態的人。他們是不能夠憶起過去許多經驗──對於應該混入重大的道德要素的作品，也不知不覺地忘掉這種要素，而且恬然無知──之徒。不，他們是忘掉了他們在攻擊純藝術派之前，自己已經是其實行者的健忘者。反之，此刻還天下奇事般鼓吹爲藝術而藝術說的人，不過是不曉得這種現象，一貫前後幾百年的文學，公然存在的瞎子之流吧了。至於主張說，文藝與道德無關，所以無論要寫什麽樣的作品，在這方面也無須一顧；這是不懂得道德要素之爲文學的要素，不明白道德之爲情緒的人。情緒是文學的中心，道德是一種情緒。然而却謂道德爲文學所不需，這是強要在當然應該寬廣的地面，築上不自然的圍牆，自願跼促於掌大的天地的了。

　　我在這裏要斷言，道德觀念的拔除，是於文學的某部分的欣賞所不可缺的條件。我把這分成兩種：(1) 應該名之曰非人情，這種文學裏面，沒有容道德分子混入的餘地。例如 "李白一斗詩百篇，長安市上酒家眠"，這怎麼樣呢？的確是墮落的事，然而却似乎不能說這是不道德。"我醉欲眠君且去，明朝有意抱琴來"，這或者是失禮的話吧，但却不是不道德的，卽自始就超乎善惡之外的。或如詩人顧伯

(Cowper) 的《約翰・吉爾品》(*John Gilpin*)，不過是把吉爾品這個人所鬧的笑話，寫得津津有味而已，和道德完全沒有關係，或如朋斯 (Burns) 的 *Tom o' Shanter*，不過也是托穆 (Tom) 騎馬欲過刻克 (Kirk) 的傍邊時，妖怪從背後追着他這一點滑稽趣味而已，這也和道德沒有任何關係。其餘如拉味 (Lover) 的 *Handy Andy*，也是這種筆墨。關於人事問題的文學尚且如此，何況在與人事不大有關的，吟詠不與人情的自然現象的詩歌，其富於這種非人情的，沒道德的趣味，本不足怪。由來東洋文學裏面，這種趣味似乎很濃，日本的俳文學尤爲甚。(2) 是指儘管是當然要混入道德要素的問題，讀者却把道德方面忘掉去欣賞的。姑名之曰不道德的文學。人或者要說，非人情，沒道德，我瞭其意，至若不道德，我難以同情，這種文學不能存在，倘能存在，那是在末世始然。誠然，但是這種不道德文學，原是自世上有文學以來就存在，而且文學存在一日，她便一日不滅亡的。換言之，我們在實際上雖是道德的，但是僅在文學上或欣賞文學時，有時也不道德，至少對於道德問題，是可以忘掉其道德要素的；沒有這種性質的人，是處於不能完全理會文學的奇怪的地位的。現在要略分節，說明這種道德的拔除。

(a) 我們有時爲作者的表出法所眩惑，竟顛倒善惡的標準，同情於同情不得的人物，或將這種同情偏與一方，而置另一方於完全不顧。自己觀念的拔除，結果不消說是一定帶出公平的，但是這個公平，只在"不雜自己觀念"一層有效，其對於篇中人物，很多時候要缺少道德的公平。試取布綸忒 (Brontë) 的 *Jane Eyre* 爲一例吧。羅徹斯特 (Rochester) 和眞亞耳 (Jane Eyre) 相思的情形，實在是浪漫派一流的戀愛，其逸出普通的圈外雖遠，但是關於這一層，我們却沒有任何異議。不但如此，他們相愛之情進一步，我們的同情也就進一步，這裏特別有意思。這樣地我們的同情隨着佢們的愛而增加，而當我們的精情達到極端緊張時，佢們的結婚準備也成功了。故若花燭之禮不成，則失志者非唯本人，我們讀者也有不滿足之感吧。然而到了結婚將實行時，不意這位羅徹斯特竟成了沒有娶此愛人的資格的了。他是結過婚的人。他的妻雖是狂人，却安然活着。其妻既生存着，要想娶其所愛，便須犯重婚罪。

自初卽爲作者所鉤引的我們的同情，至此究竟會跟着這個障礙而猝然中斷嗎？所謂功虧一簣的俗語，不僅能適用於現實世界。對於戲作家所創造的虛構的人物，也不得沒有一樣的感覺。情事進行到這一步，竟爲了這樣的障礙而難以成立，實在可惜，實在可憐──這是自然而然要起於一般讀者腦裏之情。既是自然之情，便不足以斥之爲那麼不道德的人；但此情緒之中，却已經有了失却公平的不道德了。這時候，我們就等於拉馬車的馬。我們也許要爲之設想道：前妻要死也可以，社會要亂也可以，只要兩人的戀愛能夠成功！當此我們爲其設想，這場結婚終於弄到沒有辦法，而可憐佢們，竟不得不分離了。讀到這裏，我們的同情，又向不道德方面進一步。就是想要把這個瘋婦殺掉，使佢們成功相思之情。

最後這個瘋婦放火燒房子把自己燒死──到了這一段，拍手稱快的大約也不只是眞亞耳吧。這就叫做不道德的頂點。眞亞耳述說當時的事說："He (Rochester) Went up to the attics when all was burning above and below, and got the servants out of their beds and helped them down himself—and went back to get his mad wife out of her cell. And then they called out to him that she was on the roof; where she was standing, woving her arms, above the battlements, and shouting out till they could hear her a mile off. I saw her and heard her with my own eyes. She was a big woman, and had long, black hair; we could see it streaming against the flames as she stood. I witnessed, and several more witnessed, Mr. Rochester ascend through the skylight on to the roof: we heard him call' Bertha!' We saw him approach her; and then, ma' am, she yelled, and gave a spring, and the next minute she lay smashed on the pavement." ——Chap. xxxvi.

這一節眞是極端悲慘的描寫，任何人對之亦不能沒有悽然之感。然而在自頭看下這篇作品的讀者的心裏，也許要得到一種慰安，而欣然於防礙其達希望之途的唯一障礙之完全被除掉的吧。這樣地我們有時爲作者的筆所迷，不能同情於值得同情者，不能攻擊應該攻擊者。被葬於火堆裏的妻雖然是一個瘋婦，但她還是正妻，我們對她的態度，絕不能說是得其當的。

我們當欣賞文學時，往往要在這樣的意思犯了不道德的，所謂瞭解健全之趣味的作者與讀者，都終於免不掉這種偏頗。因此，那些健全派的人們，安然實行這種不道德，一方面却極力排斥純文藝派，這總算是難免五十步笑百步的議論；他們不過是誤以爲支配作品的道德觀念，墮落到某程度以下時，便要認爲有害的文學而斥之，而若墮落的程度未至此步，卽使包含多少不道德的分子，也是健全而毫不足怪的。故強人同情通姦，使人嘆賞殺人的純文藝派，和具有淑德的眞亞耳的作者，於其不道德之點，可以說是無所異的了。單只是世人以一方面爲不能容許的，而認另一方爲健全而嘆賞，也許只是決於這個不道德分子的程度的吧。

(b) 前節所說，是讀者的道德標準失却正鵠，其同情的分配不均的時候。但是這裏所要說的，是讀者對於文學作品，全部擺脫其道德的情緒，卽評家所謂的崇高，滑稽，純美感等。

（甲）先就崇高說，凡對於超乎自己的勢力——精神的或肉體的——所生的感情，都可以總括於這個名稱之下；若此力處於潛伏的狀態，那末牠一旦活動起來，一面自是創造的，但其背後，一定包含破壞的態度。試舉創造的方面的一例，如彌爾敦的《失樂園》，天使拉斐爾應亞當之請而述天地創造這由來一項。再若其處於潛伏態者，可以舉出古代希臘的彫刻，或基茨的 *Hyperion* 之類吧。所謂活動的崇高之一面的破壞力，是指着例如大海嘯，大地震，或大火災等，把人畜財帑掃蕩無餘的慘劇說的；直接經驗這些事時，我們便出而呼籲賑災，要求散放食物，然若在間接經驗而刪除自己觀念時，這種道德的 f 便消滅，而僅有莊嚴，只見猛烈。

英國的文學者戴昆西 (De Quincey) 所遺留的《詩人哥爾利治的觀火記》，可以說是說着了個中消息的了。這一節是在他的 *On Murder, considered as one of the Fine Arts* 裏面的，被他供爲“可以視殺人爲一種美術”的主義的說明材料，因有通讀的價值，故引其全章。

To begin with S. T. C. One night, many years ago, I was drinking tea with him in Berners Street... Ohters were there besides myself; and, amidst some carnal considerations of tea and toast, we were all imbibing a dissertation on Plotinus from the Attic lips of S. T. C. Suddenly a cry arose of "*Fire – fire!*" upon which all of us, master and disciples, Plato andοlπε‐plτor Πλάτwva, rushed out, eager for spectacle. The fire was in Oxford Street, at a pianoforte – maker' s; and, as it promised to be a conflagration of merit, I was sorry that my engagements forced me away from Mr. Colerige' s party, before matters had come to a crisis. Same days after, meeting with my Platonic host, Ireminded him of the case, and begged to know how that very promising exhibition had terminated. "Oh, Sir," said he, "it turned out so ill that we damned it unanimously."

　　跑去觀火的哥爾利治，嘆息火勢不如他所希望那樣蔓延，這雖然像是沒道德的無賴，但是當這樣的時候，凡不是無賴的人，都不過是沒有這種壯烈的趣味的沒風流的漢子吧了。戴昆西爲他辯解說："也許是因爲哥爾利治過於胖，胖得當這樣的時候，在道德上無法活動的結果也未可知。但是他，的的確確是基督教信者。這個良善的哥爾利治，誰也不能假定他是放火犯人。他對於風琴製造家和風琴，祈願其發生凶事，這是任何人都不難想像的。不，我敢斷言。如果他認爲必要時，他也許會挺出行動不便的肥體去轉運消火機吧。然而，試看這樣的時候如何？道義非所需。跟着消火機的來到，道德不是落到保險公司頭上了嗎？所以他可以滿足他的趣味，這是當然的權利。他已經放下茶杯走到半路上了。他難道可以不獲得任何權利嗎？"戴昆西的話，似乎說得中肯。

　　大約是他認爲這種問題，火災是最卑近的例，所以又引一個火災的例爲其著作的附記。他也不是不同情罹災者，故下筆先說：

after we have paid our tribute of regret to the affair. considered as a calamity, inevitably, and without restraint, we go on to consider it as a stage spectacle, Exclamations of—How grand! how magnificent! arise in a sort of rapture from the crowd. For instance, when Drury Lane was burned down in the first decennium of this century, the fallng in of the roof was signalised by a mimic suicide of the proteoting Apollo that surmounted and crested the centre of this roof. The god was stationary with his lyre, and seemed looking down upon the fiery ruins that were so rapidly approaching him. Suddenly the supporting timbers below him gave way: a convulsive heave of the billowing flames seemed for a moment to raise the statue; and then, as if on some impulse of despair, the presiding deity appeared not to fall, but to throw himself into fiery deluge, for he went down head foremost; and in all respects, the descent had the air of a voluntary act. What followed? From every one of the bridges over the river, and from other open areas which commanded the spectacle, there arose a sustained uproar of admiration and sympathy. Some few years before this event, a prodigious fire occurred at Liverpool; the *Goree*, a vast pile of warehouses close to one of the docks, was burned to the ground. The huge edifice, eight or nine storeys high, and laden with most combustible goods, many thousand bales of cotton, wheat and oats in thousands of quarters, tar, turpentine, rum, gunpowder, etc., continued through many hours of darkness to feed this tremendous fire. To aggravate the calamity, it blew a regular gale of wind; luckily for the ship-ping, it blew inland, that is, to the east; and all the way down to Warrington, eighteen miles distant to the eastward, the whole air was illuminated by flakes of cotton, often saturated with rum, and by what seemed absolute worlds of blazing sparks, that lighted up all the upper chambers of the air. All the cattle lying abroad in the fields through a breadth of eighteen miles, were thrown into terror and agitation. Men, of course, read in this hurrying overhead of scintillating and blazing vortices, the annunciation of some gi-gantic calamity going on in Liverpool; and the lamentation on that account was universal. But that mood of public sympathy did not at all interfere to suppress or even to check the momentary bursts of rapturous admiration, as this arrowy sleet of many — coloured fire rode on the wings of hurricane, alternately through open depths of air, or through dark clouds overhead.

　　讀了此記的人，可以知道我們在破壞的崇高之前，是怎樣地爲這種情緒所支配的了——把道德的 f 埋沒，片刻也好，不得不樂其偉觀。卽在這樣的時候，應該解釋做道德 f 當然應該占的地位，爲審美的 f 所攫取的。

（乙）其次，有時文學的不道德分子，和滑稽趣味相勾結而存在。至於心理學上關於滑稽趣味的定義，霍布斯 (Hobbes) 以後有種種說法，不過這裏沒有詳述的必要；這裏只想說明這種趣味，始終實行着"道德的拔除"一事。這種趣味之中如落語（落語是日本文學中的一種文體），多半是因爲能實行這種拔除，始能有其價值；例如卑猥而不能入士君子之耳的逛窰姐的小話之類，若表現得好，女色其物也可以有 f，能夠藉此以達其目的，卽巧妙地使生出滑稽趣味。然則一見像是有害風教的作品，其實却是比普通的戀愛小說更爲健全的了。試從著名的文學拿一個例來說，如《頓‧歧和忒》(Dan Quixote) 的主人翁，從窗戶要扒進去找他所想的女人，終於被窗戶的麻繩縛住手，在那裏空過一夜；或如 Gil Blas 的好色男，因爲要去找他所想的女子，想了一個法子，裝出貓聲——不是雞——，想把守關的人騙過去，不料被誤做眞是個野貓，吃了一頓石頭：這些都是屬於這一類。或在英文學中，如邱塞 (Chaucer) 在他的《故事》裏面，使一個巴斯產的人妻，滔滔大談其前後使五個丈夫爲其所苦的情形；或如同書裏面的《商人故事》，其內容看來很多卑猥的事，但是通讀之時，唯有禁不住大笑而已。又如 Vice Versa 裏面的小孩，依藉護符之力，和他父親換形，想把平生爲父所苛待的積憤，洩於一時，也完全是這種例。我在這裏要藉這個機會，談一談被滑稽化的盜賊文學吧。

莎翁所創造的劇中人物裏面，最富於滑稽趣味，而又兼有大不德的分子的，是他在《亨利四世》(Henry IV, Part I and II)，馳騁其八面玲瓏之靈筆產生出來的，沒義悖德漢福爾斯塔夫 (Sir John Falstaff)。

他絕無可疑，是一個怪物，其言語動作似乎會喚起獨特的 f. 他具有貪婪不知飽足的慾性，嗜酒如命，泥醉不分晝夜，又是最愛吹牛，未會把所謂信用放在眼中，日以脅人爲事；儘管以壓人的威風爲唯一武器，其實却是胆子最小的人，說聲打，立刻就求饒。他沒有普通人類所共有的第二天性——卽“面子”的觀念。況且他又是一個賊人。截路行刼，刼到錢財便供於酒色之用，而且引以爲得意。而且善於說謊，沒有被盜，沒有被刼，他也說是被盜，被刼。假使我們日常相與的朋友之中，有這種人物，我們將何以處之呢？凡是具有普通的道義心的人，無論如何是不能容恕他的吧。然而這種人物，一旦上了莎翁的靈筆時，事實完全生出相反的結果，讀者終不能恨他，也不能排斥他。自道義方面恨他斥他的觀念，受了滑稽美感的壓迫，終於無機可乘，似乎除了希望他安然多多活動於舞臺上之外，再也無暇顧及其他了。

他在天下的大道威迫行人說："Strike; down with them; cut the villains' throats; ah! whoreson caterpillars! bacon - fed knaves! they hate us youth: down with them." (1*Heney IV*, Act II, sc. ii.) 。這種吞天的盛燄背後，不是有一種說不出的妙趣嗎？到了知命的老人，却以 Youth 自任，這可以說是罕有的事。這樣地福爾斯塔夫的威迫成功，居然刼得了行人的財物；就在這個當兒，他的酒黨皇太子和坡印茲 (Poins)——他們事前已經商量好——裝着強盜，突然從路傍出現，把個怕得戰慄的福爾斯塔夫，不由分說地威迫起來，將其刼來的財物悉數沒收，逃脫無蹤了。"Falstaff sweats to death"，這是皇太子事後囘想當時的情形的話，故足以推知這位老頭兒的狼狽到什麽田地了。

好容易收了場的福爾斯塔夫，又好容易囘到照例的 "Boar's Head" 這個酒店。刼了他的皇太子，若無其事般坐在這裏等着他。他俄然一變適才的態度，向皇太子咆哮起來。他罵道："你不參加今天的工作，你眞是個懦夫，眞是個懦夫！"（讀者若翻開莎翁的書，數一數此時福爾斯塔夫所用的 Coward 這個名詞的數目，一定是要駭然於其多吧。原是一個懦夫的榜樣的他，加於皇太子的 Coward, 實在多至十一個。參照 Act ll. sc. iv.) 於是他向皇太子談說當時的鬥爭，先說敵方無慮百餘人，被皇太子一反問，却又答道只是兩人，一會兒又訂正爲七人，或說是四個人，一忽又變成十一個人，到末了，終於不得要領。不單是敵方的人數，時候也說是黑漆漆地分不出黑白，然而又說敵人穿着綠色衣……這樣說得驢頭不對馬嘴，而且似乎不以爲奇。不是因爲聽者姑妄聽之，故不在意；他是被駁詰也不在意的。被駁詰時，他就說："Give you a reason on compulsion! if reasons were as plentiful as blackberries, I would give no man a reason upon compulsion!" 人若至於這步，已是滑稽到家了。

皇太子聽到這裏，便開口說："今兒早晨搶你的不是別人，是我和坡印茲，所以你想瞎說八道騙人也不濟。你此刻說得意氣衝天，但是你當時爲什麼一刃不交就棄甲曳戈而逃呢？"水迂廻而不逆物，而且一定在一方面開出活路。福爾斯塔夫無論在什麼時候，也沒有束過手。他漫不在乎地答道："By the Lord, I knew ye as well as he that made ye. Why hear ye, masters: was it for me to kill the heir apparent? Should I turn upon the true prince? Why, thou knowest I am as valiant as Heroules: bat beware in tinct; the lion will not touch the true prince. Instinct is a great matter; I was coward on instinct. I shall think the better of myself and thee during my life; I for a valiant lion, and thou for a true prince." —ll.295 - 304.

我們陷於窮境時，試究其原因，不消說是五花八門。有時是由於智識不足，有時是因爲意志薄弱。然而通盤看去，過半是爲努力要維持自己的面目。如果能把那些所謂老實，體面，品格，廉恥，禮法之類棄之如草芥，橫亘於我們生活路上的窮愁困苦的大半，便已經消散了。而福爾斯塔夫是最不吝於放棄這些的。不，他是自始即沒有可以放棄那些事物的良心的，所以未嘗窘過。所謂詞塞色變，是屬於常人的心理作用。他不是常人，故不知這種心理作用。他是殘廢人。是殘廢人，故其隨適方圓之器而毫無梗礙有如冷水，任情套演圓轉滑脫之妙態而無所忌憚。換言之，他的道德的無神經，未始不是他的寶貝——流動性——的重因。以竊盜爲事如彼，弄詭辯如彼。懦怯又如彼，而且悠哉遊哉又如彼，眞是在天下無雙的活寶。官金搶刼的事件暴露，捕吏闖入 "Boar's Head" 找他，幸得皇太子的庇護，使其藏在幕帳之後，免於一髮千鈞的危機；但是捕吏去後，呼之而他不應。掀幕一看，却是："Fast asleep behind the arras, and snorting like a horse"。

這麼一個人，所以自無可以有絲毫所謂面子的觀念的道理了，但這正是福爾斯塔夫之所以爲福爾斯塔夫。他嘴裏始終說着 "Honour" 一語。

"T (death) is not due yet; I would be loath to pay him before his day. What neet I be so forward with him that calls not on me?" Well, it is no matter; honour pricks me on. Yea, but how if honour prick me off when I come on? how then? Can honour set to a leg? no: or arm? no: or take away the grief of a wound? no. Honour hath no skill in surgery, then? no. What is honour? a word. What is in that word honour? air. A trim reckoning! — Who hath it? he that died o' Wednesday. Doth he feel it? no. Doth he hear it? no.' Tis insensible, then? Yea, to the dead. But will it not live with the living? no. Why? Detraction will not suffer it. Therefore I'll none of it.

131

honour is a mere scutcheon: and so ends my catechism.

—Act V. sc. i. ll.128 - 44.

這是他不得已而到戰場上去的述懷。其理路之亂而沒頭沒腦之間，自有一種飄逸之致，似乎是爲此而淡泊鄙賤他的懦怯之念。

最滑稽的，是他在戰爭中的舉動。他和蘇國大將答格剌士 (Douglas) 交鋒，未經受創即裝死躺在地上。皇太子偶爾來到此地，看見他的屍身，說着 "Poor Jack, arewell" 去了；他跟着就慢慢地爬起來，看見傍邊臥着 Hotspur 的屍身，大喜以爲奇貨可居；但他以這個屍身若同他一樣會再活起來，可就麻煩了。於是先在屍腹近處加一刀，決定的確是眞的屍身之後，纔把牠背起來囘到營盤去。他說："Zounds, I am afraid of this gunpowder Percy, though he be dead: how, if he should counterfeit too and rise? by my faith, I am afraid he would prove the better counterfeit. Therefore, I' ll make him sure; yea, and I' ll swear I kill' d him. Why may not he rise as well as I?" 這樣地就囘到營盤。對於原以爲是戰死了的福爾斯塔夫的囘來，皇太子以次，全都着了一驚，並且還背着敵將的屍身；再聽說，這原是他的本事，聽的人都啞然了。後來漸漸被詰，但是福爾斯塔夫始終能發揮其死中求活的本事。他從容不迫地說："倒臥在那裏是事實，但是並非被殺死的；我是因爲激戰過長，喘不過氣，着實難受，故爲暫時逃脫痛苦計而然。對方 Percy 亦然。經過少時之後，他和我一齊起來 "and fought a long hour by Shrewsbury clock"。"自是以後，Shrewsbury 的功名，遂成爲他的一件口頭禪。

這個奇怪的人物的性格，由於上面所說，大約已經可以明白了。我們如其在現實的世界，親眼看見這一路的人，大約是要爲道義的觀念所迫而絕不能容他的吧。卽使是筆墨所介紹，若其表出法不得其宜，也難保其不至於不得不去加以擯斥的。然而對着莎翁所寫的福爾斯塔夫時，任何人都會發見，暫時離開沈悶的道德情緒的支配，浸淫於天眞的滑稽情緒，才是最自然的吧。這眞可謂之道德觀念拔除的適例。

（丙）第三便是純美感，這個無須取例於文學。幾年前在日本成了議論之中心的裸體畫問題，便是適當的例。記得當時，大塚保治氏曾寫一篇論文，秩序整然地講述了裸體畫的成分。我不想在這裏加以一樣的考究，不過要就裸體畫全般說一說。裸體畫者美術也：若這樣一言道破，自無什麼可說的，然若想到這種美術的性質如何時，我們就不得不駭然於其特徵之昭著。因爲具有開化的道德的人，而能欣賞這種類的美術，這是普通所不能想像的事呵。所謂赤背且勿論，在婦人跟前是連脚指頭都不許露出——在這樣的西洋各國，赤條條的裸體畫却大發達特發達而至於今，這雖有種種原因，但還是不能不說是矛盾到極點的。試想一想，任是怎樣信服裸體畫之美的人，難道他會把自己的女兒脫光着身帶到跳舞會去嗎？再則，任是怎樣說自己的妻美如仙女，難道他會將她的衣服脫光，向公衆誇耀嗎？在現實世界，風化的制裁是如此之嚴。在現實世界，制裁雖如此之嚴，任何畫館，任何展覽會，這種當然要亂風化的裸體畫，却是滿滿陳列着，這不是奇異的現像是什麼？尤其是所謂上流的紳士淑女之流，不但是恬然出入場中，並且盛行加以批評而毫無顧忌。這顯然是矛盾。但是這種矛盾，不是來自理論上的矛盾，乃是來自對於同一 F 而生的 f 之“質的差異”的矛盾。我們在現實的社會，把裸體當作一種道德的 F 觀察，從而敢於斥之爲醜者；反之，自繪畫上看去的時候，只遇之以感覺的 F，故能恬然發見藝術賞鑑的餘地。然則拿我的話來說，裸體畫的賞鑑，無非也是一種道德分子拔除。如果不能實行除去道德分子，使開化的國民公然站在裸體畫之前，他們是要在一瞥之下就赧然愧死的了。成長於西洋的嚴格的社會的民衆，一旦步入畫馆，在這一瞬之間能夠立刻除去這種道德情緒，雖說是習慣的結果，實在也可以說是不可思議的現象。而且試問這種不可思議的現象之由來，則無非是因爲道德心與美感截然分別着，從一個世界移入另一個世界時，立刻就把道德心忘失的緣故。若有一個社會，那個社會不能一切截斷此兩者，則生存於這個社會的人，對於裸體畫便不能不抱一種不安之念了。現在的日本，多少與此類似。總之，裸體畫對風教的問題，其情緒的價值，是依道德心壓住美感，或美感壓住道德心的差異而決定問題，所以我以爲在這裏提出來做道德拔除的例子是很適當的。

（三）其次要說的，是智的分子的拔除。我在本講議的第一編，把那些做着文學內容的 F 分成四類，置智的 F 於第四項，而謂關於人生問題的種種概念，或諺語，格言之類，是其榜樣。換言之，前此我所謂的智的 F, 和阿諾德的 "moral idea"，沒有多少分別。但是這裏要用的智的材料，範圍廣些，是泛指使我們的智識滿足的材料。卽屬於判斷力，如謂這是事實可以有的，不會有的，或可以合乎論理的，不能合乎論理的……等，要想精細地去討論，便須費掉許多口舌。我們非經過許多議論，如我們應如何解釋世上的事物呢，我們能滿足於寫實表出法嗎，或如眞正的寫實是什麼，文學和科學的態度是怎樣不同呢，便不能希望這些間的題決定了。這幾點裏面，有的在下編要說，所以這裏僅論其一二。

基茨的詩句有 "Truth is beauty, beauty is truth" 。基茨所指的眞是什麼，雖不得而知，然若以普通的意思來解，美未必是眞，眞未必是美。批評家也認眞說着文學不能缺少眞。他們說，大凡不含着眞的作品，生命不會長。而若問其何所謂眞，則說得胡裏胡塗，有時還難免貽誤讀者。試考之莎翁的作品，他所造的人都是生龍活虎般。批評說，“這是因爲對於自然‘眞’的緣故”。我也不反對這話。但是試看他所造的人語言，當時的英國人大約決不是拿這樣的語言來做日常應接用語的。不但如此，亘乎全英國的歷史，大約決不會有事實上用這種語言的時代。在這種意思，莎翁的人物的語言是僞物，是離開眞的了。再舉一例來說，十五六世紀時的宗教畫家例如 Giovani Bellini 一派的作品。有些聖者，在腦蓋骨上被釘入半邊的鉈，這要是凡人，早是一命嗚呼了，然而他却安然微笑着。其餘如殉教徒，全身中矢如刺蝟，但還是滿面春風，好像一點也不覺得痛。固然這些作品，目的是在表現宗教的安心立命，超然存在於形體上的痛苦之外；然若翻過來，從生理學的見地批評之，便難免有極其滑稽之感。只是充分體諒作者的熱情，置我們之心於其信仰的內部時，上述似的智識上的議論，纔會與熱爐上的雪同消於須臾之間。然則我們對於這種繪畫，浮出種種智的分子來，謂其爲僞，爲愚，從各方面來防礙賞鑑，這便是我們的宗教情緒，沒有汪然興起的證據。一言以蔽之，當我們讀莎翁的作品，或看古代名畫時，我們若愈覺有趣，便愈是在不知不覺之間實行智的分子之除去的了。

　　這是最極端的例。現在我們來看一看那些稍近乎眞的作品，我們對之也實行着智的分子的除去之例。批評家關於作品的結構，人物的性格等，似乎動輒攻擊所謂不自然而絲毫不假借。然而名爲文學者，並不是沒有包含他們所謂的眞以外的分子。不但如此，這些批評家所認爲眞的作品裏，反而有極端不眞的分子。有時竟與批評家以攻擊之餘地者，是因爲缺少足以使其除去智的分子的別種特長的緣故。倘若另有什麼足以補足這種缺點時，決不至於受眞正的批評家加以攻擊。眞正的批評，不過是將誦讀之時直捷理會的，退而加以解剖吧了。倘能把批評家的心誘到別處，使其於直捷理會之時跑入智的分子，那末，任是怎樣不合理，也始終不會爲批評家所攻擊。而且文學，滿滿是這種作品，這也似乎是絕無可疑的。

至於實行着這種拔除的文學的類別，這裏沒有詳述的餘白。像日本的俳文學，眞可以說是傳出個中消息至無遺憾的了。俗人謂其難用智識來解釋。所以無味。然而有些俳句，可以說是因其無法解釋，所以有價值。

現在從外國文學中舉出一兩個例。聖書《創造紀》**❶**第一章的開頭說：

In the beginning God created the heaven and the earth. And the earth was waste and void; and darkness was upon the face of the deep: and the spirit of God moved upon the face of the waters. And God said, Let there be light: and there was light. And God saw the light, that it was good: and God divided the light from the darkness. And God called the light day, and the darkness he called Night. And there was evening and there was morning, one day.

—Revised Vcrsion.

讀了這一節的人，無論是信徒，或不是信徒。都自然而然要爲壯大之感所動，不期然而正襟肅然起來吧。像我，也是不信者的一人。甚至哲學地想出來的神，我也不承認其存在，何況是這種不合理的神。在我面前的，只是神力之偉大的敘述；而感動我的，只是偉大的情緒。離智絕識，只想這段敘述爲莊嚴。那時候宇宙混沌，天水未分。在昏天黑地裏，天自動，地也自動，萬象一概依照神命出現。想見其威力，髣髴其周遭時，崇高之念自然而然使我的血充溢全身。但是一旦離開情海，蹈入智界時，創世之說，便從頭至尾是虛偽，是荒誕，是無稽。單

---

❶ 當加書名號。——編者註

只是忘掉此僞，遺失此荒誕與無稽，而握住崇高之念時，便看見雲川
漫漫然，海水蕩蕩然了。終於不懂理智之爲何物。後世文學者之襲用
此法者，固舉不勝舉，但其最成功者是彌爾敦 (Milton)。

> On heavenly ground they stood, and from the shore
>
> They view'd the vast immeasurable abyss,
>
> Outrageous as a sea, dark, wasteful, wild,
>
> Up from the bottom turn'd by furious winds
>
> And surging waves, as mountains, to assault
>
> Heaven's highth, and with the centre mix the pole.
>
> "Silence, ye troubled waves, and, thou Deep, peace!"
>
> Said then the omnific Word: "your discord end!"
>
> Nor stay'd; but, on the wings of cherubim
>
> Uplifted, in paternal glory rode
>
> Far into chos and the world unborn;
>
> For chaos heard his voice. Him all his train
>
> Follow'd in bright procession, to behold
>
> Creation, and the wonders of his might.
>
> Then stay'd the fervid wheels, and in his hand
>
> He took the golden compasses, prepared
>
> In God's eternal store, to circumscribe
>
> This Universe, and all created things.
>
> One foot he cent ed, and the other turn'd
>
> Round through the vast profundity obscure,
>
> And said, "Thus far extend, thus far thy bounds;
>
> This be thy just circumference, O World!"
>
> —Paradise Lost, Bk. Ⅶ. ll.210 - 31.

137

　　所描寫的，是壯大之景，對此只消生起壯大之感就夠了。其爲眞
與不眞，完全屬於另一問題。甚至自始即住在智的領域而讀此數行的
人，也會自知其於誦讀之間，自己的意識的頂點爲崇高的情緒所占，而
智的分子則完全被斥到識域之下。或僅在識末保存其命脈而已。如謂
不然，便是這個人是文學上的殘廢人，不然就是彌爾敦的技術，還沒
有高到足以感動此人的了。

　　讀者的享受力暫時不說。總之，在這種筆墨，其將成功或將失
敗，是一決於智的分子是微弱或是優勢的。筆勢淋漓，一氣奪掉智力
之膽，永使其屏息吞聲於識域之下時，充滿讀者周身的，是純崇高之
感，而且除了純崇高之感以外，沒有容混入任何物的餘地。試從這種
見地，取上舉之例，評其所與我們的崇高 f 的強弱。聖書的一節，有
如用巨人之斧，一氣呵成，自是雄渾而毫無求巧之痕。至於《失樂
園》，雖瑰麗足以娛人之眼，但總帶多少戲味。敍述明快而理路整然，但
同時似乎把崇高之感削弱了。從而其價值（只言崇高的價值），對於
聖書，不無遜色。

第四章　對悲劇的時候

　　當時討論讀者的 f 時，我們第一先查其數量上的差異，次考其性質上的差異；現在，最後要敍述其特別的方面，既讀者或觀客的，對於舞臺上痛苦所表出的 f 之特性。意卽那附隨悲劇的 f. 悲劇文學，自古以來卽占着巍然的大勢力，就如在日本，說到戲曲，便都是指悲劇。而且所謂悲劇，是以所謂大團圓爲中心而成立的。所以，爲什麼我們從這種痛苦的表出，能得到快感，這無疑也就是悲劇的根本問題之一。換言之，在實際生活上我們所儘量地迴避，只想逃脫的活劇，一移到書本上或舞臺上，便會覺到興趣，這是爲什麼？想到這件事，我們就覺得好像除了上面所說明者外，又碰到一個新的問題了。我們可以提出來的理由，直接，間接經驗之差，自己觀念的拔除等，不消說是要算在裏頭的；然而此外，似另有一種特別的根底在；而若不說到這個根底，則我在前章所說明的理論，似乎尚不能支配文學的全體。是故特設此章，以充其缺。

　　未入本題之前，我們要先查一查事實上人是否有喜好痛苦的時候。人是活動的動物。在或種意思，是我們的生命的目的。我們始終希望適度地使用自己所賦得的能力。不是要使用做手段，是要使用爲目的。所以不能得到這種適度的活動的機會時，便會感到一種說不出的不快。心理學者所謂的 Inhibition（活動禁止）卽此。活動禁止的狀態若達於極度，我們就徒有生之名而無其實了。人生的根本問題，是在生其物，而其生之內容存乎這個活動，故若這個活動，爲周遭的事情所壓迫，或完全消滅，那時我們就不能沒有被奪了生其物的保證之感了。然則囚人最怕的，不是苦役，不是勞動，也不是看守的鞭打，只在暗室禁錮。他端坐於暗室之中，正可以悠哉遊哉，然而却以此爲超乎一切苦楚的苦楚，這完全是因爲做着生命之內容的活動的意識，絕對被禁止。拜倫 (Byron) 在 *Prisoncr of Chillon* 裏面，顯然說着這種心理。

> What next befell me then and there
>
>   I know not well—I never knew: —
>
> First came the loss of light, and air,
>
>   And then of darkness too.
>
> I had no thought, no feeling—none
>
> Among the stones I stood a stone,
>
> And was, scarce conscious what I wist,
>
> As shrubless crags within the mist,
>
> For all was blank, and bleak, and grey,
>
> It was not night—it was not day;
>
> It was not even the dungeon – light,
>
> So hateful to my heavy sight,
>
> But vacancy absorbing space,
>
> And fixedness—without a place:
>
> There were no stars, —no earth, —no time,
>
> No check, —no change, —no good, —no crime,
>
> But silence, and a stirless breath

140

Which neither was of life nor death;

A sea of stagnant idleness,

Blind, boundless, mute, motionless!

—St. ix.

假使我們和這個囚人站在一個地位便如何？我們第一就希望知道我們的生死，而首先檢點自己的意識的內容，看有沒有伏着什麼。尋找之後，得不到任何物時，將茫然自失吧。茫然自失之後，又希望要顯然意識什麼吧。望之而切的時候，也許要這樣想吧：若終能意識，雖痛苦也不辭。痛苦固是痛苦，單只是這痛苦會判然浮到自己的意識，這一方面便是自己之非死物的證據。因此，與其爲無日無夜，無時間無空間，只像一塊石頭，甯可自覺痛苦，獲得判然的生命之確證，這是人之常情。

生死不明時，爲握住自己的生命之確證，甚至純粹的痛苦，也不辭去嘗。至於在普通狀態的人，因爲顯然自覺自己的生存，所以似不需要這種刺激。無事而拿刀自傷，揮鞭自抽，這雖然自是病態，但是常人尚有望這種刺激的，這眞是出人意外。無事太平而生存的人，自覺降到一定的水平線下時，一味求着什麼活動是不消說的，但是說也奇怪，其所選擇，往往是痛苦多的活動。依我的意見，痛苦是人最忌諱的，故最能堅固存在的自覺－似乎是由於這種 Paradox. 德國列新格 (Lessing) 曾經在給孟特爾遜 (Mendelssohn) 的信裏說：“大凡熱情，不是熾烈的願望，便是熾烈的嫌惡。而我們，是由此熾烈的願望嫌惡，提高自己實在之意識的，故此意識之附隨快感是無可疑的了。然則熱情，無論是怎樣地使自己受苦的，也因其爲熱情，故有快感。”其所說，和我所說的雖異，但其於確證吾說，自是有力。

141

演劇是人生的再現，而且是比人生更強的再現。因其縮寫人生 ❶ 集注意於狹小的舞臺，故任何演劇，都使我們——僅有傍觀之活動的我們——於超乎普通的程度，明瞭地意識人生的實在。而在悲劇，其功效尤顯。悲劇所關，乃是死生的大問題。死生的大問題，會於最強烈的程度，把我們的實在，反射到我們的腦裏。而且死生的大問題，又沒有不是痛苦的。不過其痛苦，乃是假的痛苦，不是在我內部實驗的痛苦，只是伶人假裝的痛苦。因其爲假裝，故有一個大放心。因爲假裝而有欺真之技，故能煽烈我們的存在的意識。這也許就是我們愛好悲劇的第一個理由吧。

其次，人是冒險性的動物。莎翁說過："The blood more stirs to rouse a lion than to start a hare." 叫起獅子，是危險的事，大者有失生命之虞。打驚兔子，不過是一舉手的易事。若想到人生的目是在生命，則遠無害於生而趨危，一見似乎是矛盾。矛盾不矛盾姑勿論，從事實說，有危險性的事業又有相當的快感，這是我們在日常的經驗上一再目睹的。雪中攀越阿爾不山，和三伏之天攀登箱根山，難易固不一。須待十年的經營始成的企業，和一日的勞力所築成的事業，於苦樂之度有天淵之別。然而我們的志望如何？（卽使只是志望）那反而是在前者而不在後者吧。而所以選擇前者，只是因其爲困難，因其爲痛苦。總之，是因其危險之量多。不過退一步想時，這種矛盾是表面的矛盾，在其根底可以發見一理的橫貫。我以爲我們並不是愛好危險其物的，不是以危險其物爲目的而活動的，大約是希望打勝這種危險時，克過這種困難時，自覺自己之力，而張大那隨之而生的快感的。

倘若我所說的話無誤，那末，我們便不是爲痛苦而求痛苦的了。不過是爲張大克勝這痛苦時的快感，故趨難冒險，而迎之於事前的。如

---

❶ "生"字後或漏一字或漏標點。——編者註

此痛苦和如此快樂，勢必成正比例，故我們求儘量多的痛苦，爲最大快樂的必要條件，這在心理上是必然的結束。

痛苦不是目的，目的是在痛苦去後的快樂。所以自願進而受的痛苦，非儘量地趕快過去不可。於是他們的精神狀態一變，而全身緊張。而痛苦之最甚，是在碰到生死關頭之時。從而投身於生死問題的痛苦時，他們便自覺神經的最強烈的緊張。當此之時的他們，滿身都是眼睛。倘若半途而自滅則當別論，不然，他們就以異常的勢力，想衝過這個痛苦的難關。因此，這種時候他們的精神狀態，便有如走在鐵軌上的火車，或如爲磁石所吸的鐵片。片刻不鬆地，一瞬不間的，兇兇然盲進了。

自己畫了痛苦的圈，自願跳進去，爲的不是要永住於此，反而是爲脫出，所以這種人，無異欲得自縛而自解的悅樂；而且縛之之繩愈強，他們的悅樂便愈大了。斯蒂芬孫 (Stevenson) 在其所著 *New Arabian Night* 裏面，有一篇題名《自殺黨》，巧妙地說明瞭這種心理。

Listen, this is the age of conveniences, and I have to tell you of the last perfection of the sort. We have affairs in different places; and hence railways were invented. Railways separated us infallibly from our friends; and so telegraphs were made that we might communicate speedily at great distances. Even in hotels we have lifts to spare us a climb of some hundred steps. Now, we know that life is only a stage to play the fool upon as long as the part amuses us. There was one more convenience lacking to modern comfort; a decent, easy way to quit that stage; the back stair to liberty; or, as I said this moment, Death's private door…

在萬般方便已經完備的今日，獨沒有擺脫人生以入自由之途，這實在是一件憾事，於是出現了自殺黨，這可謂之方便的產物。自殺的方法如下：黨員夜夜集到俱樂部，玩弄骨牌。這時，會長按次分配各黨員一張片子。若黨員得了 "Spade" 之一，他便入了當夜的死闢。領到，"Club" 之一時，他便負有做劊子手的義務。却說這黨員之中，有一個老頭兒叫做馬爾薩斯，他並沒有想死，但是不知何故，却出入於這種可怕的地方。問其故，他說他的目的，不過是要貪圖那免掉死闢的危險，嘆一口放心之氣的一瞬的快樂。他只爲貪圖這一點快感，竟毫無顧惜地把生命這件寶貴的東西供爲犧牲了。他封 Geraldine 說了這樣的話："Why, my dear sir, this club is the temple of intoxication. If my enfeebled health could support the excitement more often, you may depend upon it I should be more often here. It requires all the sense of duty engendered by a long habit of ill - health and careful regimen to keep me from excess in this, which is, I may say, my last dissipation. I have tried them all without exception, and I declare to you, upon my honour, there is not one of them that has not been grossly and untruthfully overrated. People trifle with love. Now, I deny that love is a strong passion. Fear is the strong passion; it is with fear that you must trifle, if you wish to taste the intensest joys of living. Envy me—envy me, sir, I am a coward!"

他的話，是把我們的赤裸裸的心理，無客氣地吐露出來的。他也和我們一樣怕死。但是他居常出入於生死之界，渴望那生自恐怖之刺激的快感。舞弄得恐怖，始能嘗到人生的快樂，這是他的名言。然而自覺了生自這種恐怖的痛苦背後，沒有任何逃脫之路時，我們的心理狀態是要俄然一變的；先前大吐其名言而得意的馬爾薩斯，終於不得不遇到這種心機一轉之時了。他一如他的自白，是個怯者，是個怯者，故樂得舞弄恐怖。"我是個怯者，請你羨慕吧"，這是他告訴 Geraldine 的話。像他這種怯者，就是在預料入其最怕的死地，而又再出生路的快感。卽爲其能想起生死之際不能明白的痛苦煩悶。斯蒂芬孫敍述一個晚上，瞧着會長所交給他的片子那一瞬說：

"A horrible noise, like that of something breaking, issued from his mouth; and he rose from his seat and sat down again with no sign of his paralysis. It was the ace of spades. The honorary member had trifled once too often with his terrors." 這一節寫這種石火之變，似頗中肯。

由是觀之，我們是爲逃脫痛苦而愛痛苦的了。然而爲逃脫起見，一經投入痛苦的渦中時，不管能不能逃脫，都不能迴避而退却自痛苦其物。一經以痛苦的因果繫縛自己，便不知不覺之間被痛苦釘住了。

悲劇在某種意思，是痛苦的發展。目睹這種痛苦的我們，不但揢一把汗瞧着主人翁如何去解決，甚至沒有餘力去疑一疑那痛苦於我是快或不快，只爲眼前的痛苦釘住，終於目不能轉睛。悲劇大約是因爲會於觀客上面，喚起這種強烈的注意力，故能在戲曲中占取優越的權力吧。

上述之外，尚有一種人，好痛苦，愛困難，但是也不能名之以病態，所以我姑名之曰痛苦的享樂者，或怪物。這些享樂者所求的痛苦，絕不是深刻的，超過一定之度，立刻就想逃脫了。有路可走，却自願陷於難境，自願閉於憂鬱界而得意洋洋的，都是這種享樂者；是愛好所謂 "pleasure of melancholy" "luxury of grief", 或 "慷慨淋漓" "pensive" "sad" 等文字的人。這裏應該注意的，是此等享樂者的大部分，一定是屬於社會之中層以上的人，在所謂匹夫匹婦之間，不能發見這種享樂。何以故？我的解釋如下：中流以上的人士，於其一般的修養，較之下層民衆勝過很多，至少也自覺其勝過。而且跟着這種自覺，一方面往往要混入多少歷史觀念，換言之，要混入英雄或古人崇拜的分子。卽某人是高德之士，但是他過一生於困苦之中；又某人是一世碩學，但是他嘗盡了窮愁——這些歷史的 F, 有時也許將與敬慕崇拜的 f 聯結，往來於他們胸中吧。從而他在一方面的自己卓越的自覺，便引誘他們進而求古人的半面那個痛苦。然則此等苦惱，不是必然的，不過是他們任意選擇的。有了這種痛苦的分子，古人和他們的連鎖始能成立，而且卓越的自覺會大見增加，故他們絕不願於擺脫之。不單是不願擺脫，並且益發耽於悲觀，沈於淒思，遂主於大唱 "nothing is so dainty sweet as lovely melancholy" "to be sat as nighet only for wantonness" 而與致淋漓。眞可以說是舞弄無因無由的痛苦奢侈者。

其次，如對悲劇灑淚的人，也有編入這個部類的資格。何則？他們所灑的淚，是奢侈的淚，是飽和了卓越之意的。自背後說，也可以解做愛其善，惡其惡。憐憫不幸，同情逆境之情切，以其流於雙頰之間的熱淚證明着。世上絕不少這種奢侈者，甚至一般人，走入劇場對着舞臺之間，這也是限於一定時間加入這種奢侈者之羣的。

這種奢侈者有二類：一是智識上的，二是道德上的。一的好例，可以見之於那位著名的叔本華 (Schopenhauer)。他的厭世主義，其實並不是眞意的；批評家菲西耶 (Kuno Fischer) 斷言道，這完全是奢侈的厭世觀。"叔本華關於人世，抱着眞心的悲觀雖是事實，但其悲觀，究竟不過是一種觀念，光景，繪畫。譬如演一齣以浮生爲題的悲劇於舞臺上，他便是帶着細配合度的眼鏡，坐在舒適的褥椅上的觀客的一個。這樣的時候，普通觀客是要爲那亂鬨鬨的場面的亂，反而將其眞情節卽此世的悲劇看漏的，可是他，却集一切注意於此，不看漏其一舉一動。這樣地他深深地感動，同時在他的胸中獲得滿足，囘到家去，將其所見的記下來。"

至於道德的奢侈者，其數殆舉不勝舉。大半的詩人，小說家，美術家，都演着道德的戲曲，咽着隨喜之淚。由來文學的批評家，動不動就要說到作品之需要誠實 (Sincerity)，但是我們試通讀丁尼孫的 *In Memoriam* 時，在他的悲哀，怨恨，慰藉的背後，可以發見其包含亡友哈蘭以外的什麼吧。我們終於不得不認爲這是詩人藉悼亡，任意把悲哀，愁傷戲曲化的了。又如 *Sentinental Journey* 裏面，有斯騰 (Sterne) 描寫死驢的飼主的悲哀的一節，然若他實際上對他的母親非常地不忠實這個傳說是實，那末，在他的一生是否能抱這樣的柔情，頗有疑問。這一節恐怕是"戲的"吧；唯其是戲，所以他能一躍而成爲同情到禽獸的君子吧。

詩人又吟道：

There' s naught in this life sweet,

If man were wise to see' t,

　　But only melancholy;

　　O Sweetest melancholy!

　　　　　　—Fletcher, The Nice Valour, Act Ⅲ , sc. ⅲ.

Go! you may call it madness, folly;

　　You shall not chase my gloom away.

There' s such a charm in melancholy,

　　I would not, if I could, by gay.

Oh, if you knew the pensive pleasure

　　That fills my bosom when I sigh,

You would not rob me of a treasure

　　Monarchs are too poor to buy!

　　　　　　　　　　　　　—Rogers, To

這些都是奢侈者的悲哀，並非真有斷腸之思。其憮然得意的樣子，正與撫着苦夏的瘦頰而得意者，沒有多大分別。我並不是說他們說謊，他們所說，也許是事實，單只是解剖其事實一看，那裏混着許多快樂的分子吧了。至於如拜倫，以放蕩，驕傲，俏皮，犯罪，爲自己的奢侈的材料，逸出普通道德平面之外，翻着白眼睥睨世界，凡不適吾意者，盡引以爲己敵。一見雖像非常猛勇。然若再想一想，此時的憤怒的 f, 和眞正的痛苦沒有多大關係，完全可以編到奢侈部去。說一個比方，就類於俠客拔劍無故去砍柱子。大凡這種慷慨的背後，一定有豪傑之流的自負心。文學上也是這樣，像拜倫之類，完全可以說是這種俠客詩人吧。而文學者或詩人的多數，在這種意思，具有或種不誠實的分子。

　　一方面有一種批評家，以誠實爲文學的最重要的本質，而我，在另一方面使這樣的異說成立。理由如下：我們的感情激烈時，自然而然要求漏洩之途，或蹈其足舞其手，或成爲言語迸到舌頭。言語在這時候不是辦事之具，僅以遣悶爲目的。遣悶的言語，以其離開辦事之點，已經是"詩的"了。然而缺乏技巧。性質上雖是"詩的"，但因爲缺少技巧，故不具詩之體，"O world! O Life! O Time!" 像這樣的漏洩語不消說是"時的"，但是止於此，不能說是詩。做一首詩的價值，是加一種技巧於這種感情語而推敲之，然後才會生出來的。因此，詩人的感情，不可沒有推敲安排的餘地。換言之，不可沒有分別斟酌其取捨的餘裕。從而詩人所吟的實際的感情，比較出現於其詩的，是意外地弱，這是無可爭辯的事實；倘若我們，爲強烈的感情所支配，找不出這感情以外的隻影於意識的頂點時，除了叫嚷幾聲嗚呼，吁唏以外，便沒有任何詩人的資格了。從而儘管具有詩人的資格，却不能發揮做一個詩人的自己，而且永不會爲他人所認識。具有詩人之資格的人，如其欲做一個眞正的詩人立世。便須將銳利的儘緒經驗，先推到過去的一角之後，回復到比較地冷靜的態度，借記憶的帮助，再用技巧把這過去的經驗推敲，斟酌。便是不能適用所謂過去二字的"此刻的感情"，理論也是照樣可以應用的。如其欲將此刻的感情詩化，便須求一個能夠詩化的立場，而從此立場客觀地觀察感情。爲感情所充滿的意識之焦點，當欲將此感情詩化時，忽然推移而變成推敲的焦點。倘若感情占勢力而至於沒有造出這種推敲的焦點的餘地時，此感情便終於難得詩化了。在這種意思，詩人的吟詠，不是誠實，總有多少虛僞。然而詩人，在別的方面不可不誠實；即對於他的技巧的"文藝的推敲"，不可不誠實。丁尼孫在這種意思得其誠，而拜倫也獲其實。這樣說下來，就可以明白。我所謂的不誠實一語，絕不是和古來的評家所套襲的誠實主義相矛盾的了。此外。雖然也有病態地愛好痛苦其物的人，但那是屬於病理研究的範圍，所以這裏不說。而上面所說奢侈者，爲滿足其奢侈的痛苦而自尋悲痛，這已在上面插說，所以不另說。

　　我相信上面的話，約略已經說明瞭這個問題了：人對於痛苦，有着什麼樣的關係？而又視痛苦文藝的悲劇爲何物？

　　我們在任何時所，都要求與奮的刺激，故自這方面說，第一種是我們欣賞悲劇的重要條件。我們又是臨危險以受催眠的魔力的，所以第二種，也是悲劇賞鑑的一個大要件。我們多有耽於奢侈的痛苦的傾向，所以第三種，也引我們的興趣於悲劇。

第三編
文學内容的特質

　　我在本講義的開端，說明意識的意義，檢驗一個人一瞬間的意識，發見其波動的性質，而且表示一刻的意識，有最敏銳的頂點，說道，若從其敏銳的頂點降下。則減其明暗強弱之度，變成所謂識末，而終於移到微細的識域以下的意識。而且相信，我們的一世，無非是此一刻的連續，故其内容，也是包含於無限的一刻一刻的連續中的意識頂點之集合。

　　以上不消說是就自己一個人的意識立論，但是對於個人可以說的事，對於與這個人相等的別的人也可以說（至少是可以這樣假定的），而且和這個人同時生存的人，其數多至幾萬萬，所以爲我們一代之内容的焦點的意識之集合，可以說就是一世之集合意識的一部分。而此一部分的個人意識之中，大半是止於漫然的自覺，或者當新陳代謝之時，甚至屬於主人翁的本人，也沒有顧到牠就一任其消失了；故其化成語言，被供爲溝通互相的意志之具的焦點的意識之量，比較地少得很（任是怎樣多話的人）。而況是遺影於筆墨之上的呢？這樣地被表示於文學上的意識，是極其省略的，所以任是怎樣短時間的心的狀態，欲將其一刻一刻的推移，用文字聯續地描寫得一無遺漏，這不是人力所做得到的；就如所謂寫實主義，在嚴正的意義也是完全無意義的東西。依門外漢的意思，欲將浮到我們心上的意識，原原本本寫在紙上，好像不大困難似的；然而試靜坐而究尋那些浮到我們腦裏的事物時，也許要爲其意外之煩雜而駭然吧。那些宗教家之倡無念、無想，都是知盡了這個妄念雜想的世界，然後纔倡得出來的話。欲於走馬燈似的迴轉推移，非常的速度之中，將構成我們的意識的連鎖的成分，一點一滴盡寫出來，這決不是人所能做的；不信你試把那些僅僅在幾分鐘之間，漠然發生於你的意識的內容的事物，一概記載下來吧，你大約是終於要擲筆的。

因此，語言的能力（從小的說是文章之力），是在有意識地或無意識地在這個無限的意識連鎖之中，這裏走一走，那裏溜一溜，做着我們的思想的傳接機。換言之，不是把我們的心的曲線的不斷的流波，翻譯於與其相當的符號的，是斷片地掇拾此長波的一部分的——這樣說較爲適當。

再說我們的意識內容，一定有某種類的 F（單數或複數的）在內稱霸，卽或人，A 這個 F 比別的 F 占勢力，始終站在其意識的頂點；而在某人，B 這個 F, 又是高高站在別的 F 之上。說到其原因，不消說是五光十色無法約言，不過，個人的遺傳的傾向卽組織狀態，或個人的性質，或教育、習慣、職業，以及其生活的境遇等，是其主要原因吧。這樣地在個人，是特別的 F 厭住別的 F 而把持主權的，而這種 F, 不能像別的 F 那樣被埋沒於冥冥之間；從而這些 F, 比較別的 F, 多多被表現於語言、文章。

　　其次，有時同一現象，也以異常的迥庭，被表現於不同的國民之間。而其原因，不消說是在如上所說的組織狀態、習慣等。就如同一語言，有時竟不代表同一 F, 這不過也是這種差異的一例吧了。我稱這個叫做 "解釋的差異"。那些圍繞我們周圍的森羅萬象，是推移旋行有如秋風之捲落葉的，其間變化極多，且其變化是不斷而且始終在流動的狀態。我們所寫到紙上的，是捉住此無數的變化的一件現象，將其印在腦裏的，所以甲關於某物所捉的一件現象，和乙自同一現象所捉之點，大不相同；猶之乎 a 和 o 兩母音之間，有着無限的中間母音，而使甲乙二人任意選擇其中間之音時，此兩者極少一致的時候。於是，甲所謂的國家和乙所謂的國家，其內容、範圍，可以有差異；而 a 對於 "人" 的解釋，和 b 的解釋有時大不相同。我自我的過去的因果解釋一物，而他，或者要由他的業障加以另一樣的解釋。馬雷博士 (Dr Murray) 正在從歷史的觀點編作一部大英語字典，這是大家所知道的；這種著作，能夠做文界的一事業而存在，正可以證明語言之 "歷史的推移" 非同小可的。僅僅古今之異，卽在歷史上處於同一開化潮流的配下的國民，尚有如此多樣的變化，然則在東西文化完全異樣的日本與西洋，其間不待說是一定有大大不相同的解釋了。再嚴格地說起來，個人之間也有一樣的差異，這是自明之理，婦女所謂的 "漂亮的人" 和男子所謂的 "漂亮的人"，應該是不一致的時候居多；而青年的所謂 "女人" 和老人的所謂 "女人"，大約是各異其趣的。這些差異，是隨着語言的抽象的程度而進步的，在那抽象之極如哲學之類，甚至僅僅關於一個用語的意義，便有浩瀚大着來討論牠。

　　約而言之，爲我們之意識內容的 F, 因人因時，於性質、於數量不同，而其原因是基於遺傳、性格、社會、習慣，等等，這是不消說的，故可以斷言如下吧：同一境遇、歷史，而從事於同一職業者，是同種的 F 做着主宰，這是最普通的現象。

　　從而所謂文學者，也有一定的 F 在做主宰是不消說的了。然則文學者的 F 是什麼？這是在這種講義不可不查考的事。然而文學者的 F，已是出現為文學其物的 F，而我既然論過文學其物的內容，又要說文學者的 F，這似乎是重複；不過這裏的觀點不同，所以想加以一番說明。

　　如果文學者或具有文學的傾向的人，是形成社會的一階級的，那麼當要討論那些人們的心地或觀察法時，自然是將此階級與別的階級比較，觀其類似、差異，最為方便。普通是拿科學來對文學，所以姑就文學者對科學者（包含哲學者）論一論。

第一章　文學的F和科學的F的比較

　　科學的目的，是在敘述，不在說明，這由於科學者的自白可以明白。換句話說，科學雖能解釋 "How" 的疑問，却不能答應 "Why"，不但如此，這還是牠自認沒有答應之權利的。卽只消能說出其所賦得的現像是怎樣地發生，科學者的權能於是就告一段落了。爲應 "How" 這個質問，便非尋究其所賦得的現象所由生的途徑不可了。所以科學者的研究，勢不能擺脫 "時" 的觀念。

　　文學也不是沒有這個 "How" 的分子。其異於科學的地方，是文學不必在其一切文面，提出 "How" 這個問題的必要。"How" 這個字，不能離開時間，這是一如上面所說的了。而文學的一部，的確是離開不了時間。文學的這一部，於答應 "How" 一層，與科學毫無所異。一切小說、稗史、敘事詩、戲曲等，都含有時間，如一個事件生出一個事件，波瀾又生波瀾，或主人翁的命運，由於五花八門的境遇，發展而成五花八門的性格，一概都要歸到 "How" 的問題。但是在文學，不必像科學那樣，不斷地置這個 "How" 於其念頭。存於世上的物象之形相，一概是動的，沒有靜止的。攜着畫具到郊外去的人，便知道同是一棵樹，同是一片野，同是一個天，是怎樣地隨着陽光的作用而千變萬化的呵。僅僅用 "How" 的眼光，去觀察這樣地始終在變化、動搖的事物，正如卷無限的線，終無止境吧。然而文藝家却有一種權利，可以隨意截取這個無限的連鎖，表現得像是"永久的"的。卽有一種特權，可以任意將那爲無限無窮的發展所支配的人事、自然的局部截斷，描出無關於"時"的斷面。像畫家、彫刻家所捉的問題，始終是這種沒有"時"的斷面，而且不能超乎此，這是顯然的。而且文學在可以含有"時"的一層，範圍雖然大於彫刻，可是在一方面，在不顧"時"的一時的敍述，或卽席的抒情詩的發動等，與畫、彫刻是同類的，所以文學者的 F, 不像科學者的 F 那樣始終爲 "How" 這個好奇心所追隨糾纏的。例如朋斯 (Burns) 的：

Tho' cruel Fate should bid u; part,

　　As far' s the Pole and Line;

Her dear idea round my heart

　　Should tenderly entwine.

Tho' mountains frown and deserts howl,

　　And oceans roar between;

Yet, dearer than my deathless soul,

　　I still would love my Jean.

—Tho' Cruel Fate.

這完全是一時的感情的流露，故只能看做是有時始終有間的事件的斷面。又如赫立克 (Herrick) 的：

Upon Julia' s Haire Filled with Dew.

Dew wate on *Julia' s* haire.

And spangled too,

Like Leaves that laden are

　　With trembling dew:

Or ghittered to my sight,

As when the Beames

Have their reflected light,

Daunc' t by the Streames.

這眞可以說是簡單而率眞的詩。所詠的，不過是滴在 Julia 頭上的露水，至於這露水從何而來，Julia 在那裏，而與自己的關係如何，等等，一概沒有提到。卽此詩，與前面所引朋斯的詩之爲主觀的斷面一樣，是客觀的斷面。

也許有人要說：文學裏面不消說是有不包含時間的，然而大凡可以稱爲文學之最高傑作的作品，不是都沒有不觸到這個 "How" 的問題的嗎？試看敍事詩，試看戲曲，或試看小說，不是以這個 "How" 爲中心，而構成讀者對作品的興趣的大部分的嗎？這話雖有一面之理，但是其所包含的時間之長，絕不是可以定其作品之價值的，這是明顯的事，要在欣賞者的態度如何而決定的。捕捉一時的，容易消失的現象而感快的人，卽在文學者也近於畫家、彫刻家。像日本的和歌＼俳句，或中國詩的大部分，無非都是這種斷面的文學。所以僅以其簡單而少實質故，而定其文學的價值，這可以說是輕率的舉動。

其次，是文學者與科學者之間的差異在其態度。科學者對事物的態度是解剖的。元來我們，大都拿通俗的見解，信以爲天下的事物悉以其全形存在。卽以爲人是人，馬是馬。然而科學者決不能僅看着這個人或馬的全形，這樣就滿足的，必分解其成分，窮究各自的性質然後已。換言之，科學者之對一物的態度是破壞的，其於自然界，非把那以完全形存在之物切成細片而至於極不能已。僅以肉眼的分解尚不滿意，必欲利用百倍以至千倍的顯微鏡以達目的。分成複合體猶不甘心，尚要還成元素，分成原子。這樣地分解的結果，遂往往置那成立自主要成分的全形於不顧，而且可以說，有時在事實上也沒有顧慮的

157

必要。例如他們把水分解成 H$_2$O 的時候，他們所要的是 H 與 O，不是成立自 H$_2$O 的水其物。然則文學者所用的解剖如何？小說家解剖性格，而描寫事象者則列舉其特長。假如文學者沒有這樣的態度，當着需要選擇去取事物時，他就不能夠把文學上所必要的部分提高，而使不必要的部分退到後台吧。換言之，他就敘述事物而不能使其生動了。然而文學者的解剖之異於科學者的地方，在前者的態度是肉眼的而非顯微鏡的，而且依據觀察不用實驗。例如試看一看物理學者所謂的 "Conceptual Discontinuity of Bodies"（物體之概念的中斷性）的議論吧。其理由是：凡物體都有彈力，卽如空氣，亦可以放入圓牆而壓搾之，故可以假定"這是證明一切物體之質，在精密的意思不是不斷的"的。這樣的事，不是文學者所關知的事。或如費希奈爾 (Fechner)由實驗的結果，發見所謂 "Golden Cut"（截金法）這種審美的截斷法，也是科學者的事業，文學者則大都不致意。不消說不是說組織一物的直線，圓形的甄別，不是文學者所要。然而進一步去問自然界的線，於幾何學上是否有效，這是非其所知的。他們只由感覺的印象，決定眞偽，所以進一步去考勘的科學上的眞，有時反而成了偽。在他們，日頭是出於東沒於西的，並不是地球在旋繞太陽。珊瑚是備有赤色與堅質的優美的枝，並不是成立自 Polypus 的蟲巢。詩人洛塞諦 (Rossetti) 說過，太陽繞地球也吧，地球繞太陽也吧，我都管不着。基茨又說：

Do not all charms fly

At the mere touch of cold philosophy?

There was an awful rainbow once in heaven:

We know her woof, her texture; she is given

In the dull catalogue of common things.

Philosophy will clip an angels' wings,

Conquer all mysteries by rule and line,

Empty the haunted air, and gnomed mine—

Unweave a rainbow, as it erewhile made

The tender – person' d Lamia melt into a shade.

—Lamia, Pt, II. ll.229 - 38.

丁尼孫也在 Maud 裏面這樣說：

I.

See what a lovely shell,

Small and pure as a pearl,

Lying close to my foot,

Frail, but work divine,

Made so fairily well

With delicate spire and whorl.

How exquisitely minute,

A miracle of design!

II.

What it is? a learned man

Could give it a clumsy name.

Let him name it who can,

The beauty would be the same.

—Pt. II. ii.

這樣地文學者所做的解剖，始終是以全盤的活動爲目的，像自各部去吟味各部，這是須有幫助這個目的效果，然後有存在的餘地。通讀易蔔生 (Ibsen) 劇時，我們雖然要駭然於他那種以非凡的技術，把

159

個人的性格分別寫得唯微唯細的，明晰的解剖力，但這不過也是要用那得自解剖的各部的智識，把全體的性格組織得完全的。任是怎樣精巧的解剖，如其無關於全盤的印象，或有妨礙全盤的印象之傾向的，無論如何在文學上得不到與勞力相當的效果。愛略脫 (George Eliot) 在西洋小說家之中，占着第一流的地位，特別是在智識的方面，殆可謂無出其右者；故其作品中，於性格的解剖，沒有像迭更司 (Dickens) 那樣的不自然，也沒有像司各脫 (Scott) 那樣散漫的地方；無奈他的理論，有時過於細微，有時小說單成了作者的機器，那裏面的人物，大有成其傀儡之概；即其一舉一動，盡追隨著作者的理論，往往要失掉活潑潑的自由的氣概。這不是爲了什麼，只是因爲他雖然把精刻的解剖推進到極度，但是被解剖的要素止於被解剖，並沒有組織地訴之我們的注意。

像性格之描寫似的複雜的問題姑置勿論，則當敍述一事一物，使其躍然動於我們的腦裏似的小問題，理論也依然是一樣的。過於微細的句子，其效果反多不及簡潔的勁句，這是無可爭辯的事實；就是小說中女性的容貌，鼻怎麼樣，眼又怎麼樣，這樣一件件精而細地敍述起來的結果，留在我們腦裏的，多只是朦朧的影子。這就是爲圖各部的成功，而置全局於不顧的毛病。試讀下舉一節：

She was indeed sweetly fair, and would have been held fair among rival damsels. On a magic shore, and to a youth educated by a System, strung like an arrow drawn to the head, he, it might be guessed, could fly fast and far with her. The soft rose in her cheeks, the clearness of her eyes, bore witness to the body's virtue; and health and happy blood were in her bearing. Had she stood before Sir Austin among reval damsels, that Scientific Humanist, for the consummation of his System, would have thrown her the hankerchief for his son. The wide summer − hat, nodding over her forehead to her brows, seened to flow with the flowing heavy curls, and those fire − threaded mellow curls, only half − curls, waves of hair call them, rippling at the ends, went like a sunny red − veind torrent down her back almost to her waist: a glorious vision to the youth, who embraced it as a flower of beauty, and read not a feature. There were curious features of colour in her face for him to have read. Her brows, thick and brownish against a soft skin showing the action of the blood, met in the bend of a bow, extending to the temples long and level: you saw that she was fashioned to peruse the sights of earth, and by the pliability of her brows that the wonderful creature used her faculty, and was not gong to be a statue to the gazer. Under the dark thick brows and arch of lashes shot out, giving a wealth of darkness to the full frank blue eyes, a mystery of meaning − more than brain was ever meant to fathom: richer, henceforth, than all mortal wisdom to Prince Ferdinand. For when nature turns artist, and produces contrasts of colour on a fair face, where is the Sage, or what the Oracle, shall match the depth of its lightest look?

　　這是梅列笛斯 (Meredith) 之作 The Ordeal of Richard Feverel 裏面的，Lucy 的描寫，那裏面不消說不是沒有作者獨特的妙味，但是一讀之後，那個女性的面容，不會一時電光般顯然映入腦裏，這是任何人都不能否定的吧。

　　莎翁之作 Tempest 的米蘭大看了斐迪南一眼之後,問他的父親說：

What is' t? a spirit?

Lord, how it looks about! Believe me, sir,

It carries a brave form. But' tis a spirit.

　　　　　　　　　　　　　　　　—Act I; sc ii ll.409 - 11.

161

父親答道，那是失掉船，與朋友分離而在彷徨的人，並不是鬼靈；於是米蘭大只說了這麼一句：

I might call him

A thing divine, for nothing natural

I ever saw so noble.

—ll.417 - 9.

這個簡單極了。因為過於簡單，遂不能使人恍見斐迪南的面影。雖有盡全體之形容於一語的手段，但其一語，漠然而不能捉住任何具象，在這一點一點反而有輸梅列笛斯一籌之概。然而結果的優劣，只能歸到作家的手腕。自其方法的好壞說，莎翁那種以一語總描全體的風姿，反而是正當吧。單只是依這樣正當的方法，獲不到預期的全盤的效果時，或依部分的解剖，不能與讀者以綜合的印象時，作家便托之身邊的比喻，使全景活動於一幅之中。在筵席上看上了 Juliet 時 Romeo 說的話即是：

O, she doth teach the torches to burn bright!

It seems she hangs upon the cheek of night

Like a rich jewel in an Ethiope' s ear;

Beauty too rich for use, for earth too dear!

So shows a snowy dove trooping with crows,

As yonder lady o' er her fellows shows.

—*Romeo and Juliel, Act, I, sc. v.* ll.46 - 50.

在精緻的敘述之中最著名，而又終於最失敗的，是阿利渥斯妥 (Ariosto) 的 *Or lando Furioso* (Canto VII, st. xi - xv) 描寫阿爾奇那之美的一節。列新格在他的著作 *Laokoon* 裏面，舉出這一節為失敗之例，這是大家所知道的，不過這裏為參考起見，要請讀者讀一遍。

Her shape is of such perfect symmetry,

As best to feighn the industrious painter knows,

With long and knotted tresses; to the eye

Not yellow gold with brighter lustre glows.

Upon her tender cheek the mingled dye

Is scattered, of the lily and the rose.

Like ivory smooth, the forehead gay and round

Fills up the space, and forms a fitting bound.

Two black and slender arches rise above

Two clear black eyes, say suns of radiant light;

Which ever softly beam and slowly move;

Round these appears to sport in frolic flight,

Hence scattering all his shafts, the little Love,

And seems to plunder hearts in open sight.

Thence, through mid visage, does the rose descend,

Where Envy finds not blemish to amend.

As if between two vales, which softly curl,

The mouth with vermeil tint is seen to glow:

Within are strung two rows of orient pearl,

Which her delicious lips shut up or show.

Of force to melt the heart of any churl,

However rude, hence courteous accents flow;

And here that gentle smile receives its birth,

Which opes at will a paradise on earth.

Like milk the bosom, and the neck of snow;

Round is the neck, and full and large the breast;

Where, fresh and firm, two ivory apples grow,

Which rise and fall, as, to the margin pressed

By pleasant breeze, the billows come and go.

Not prying Argus could discern the rest.

Yet might the observing eye of things concealed

Conjicture safely, from the charms revealed.

To all her arms a just proportion bear,

And a white hand is oftentimes descried,

Which narrow is, and somedeal long; and where

No knot appears, nor vein is signified.

For finish of that stately shape and rare,

A foot, neat, short and round, beneath is spied.

Angelic visions, creatures of the sky,

Concealed beneath no covering veil can lie.

這樣地從頭頂寫到腳跟，寫得十全的手腕，也可以嘆賞說，那是整然毫末不亂的；無奈他的目的卽美人全部的印象，却難免曖昧。荷馬所用的簡潔的描寫法，例如 "Nereus was beautiful; Achilles still more so; Helen possessed godlike beauty." 這反而能喚起前面那種微細的描寫所想喚起而終於失敗的印象到或程度。又如日本的俳句，生存於僅僅十七字的限制之中，然其在描寫方面能收文學的效果，這的確是因其所用的手段，始終很乾脆，如"美的""艷麗的人"等，而絕不包含細微的科學的分解。

因此，文學者的解剖，是以解剖爲手段，以綜合爲目的。沒有達到綜合之目的時，細巧的解剖也殆歸於無效。遂使一部分人們，出而提倡單純的記述之有力。有力或者有力，然而在複雜的觀察發達的今日，一味要置重單純的記述，這不可不說是不達時務之甚的了。Ballads 是率眞是單純，從而很能動人，因此，一切記述，都須學 Ballads; 這就正如主張道，豆腐是淡泊而有味，故其他食物非盡棄之不可。上代的著作，似乎都是單純而不經解剖的記述。Ballads 不消說，Chaucer 如此，Arthur 故事如此，《左傳》如此，西鶴亦如此。著名的前人，其所以如此就成功，這除了證明他們的方法之不誤正鵠，並無可以斷定其他方面一定要歸於失敗之理。他們描寫一事物，概用三言兩語掩蔽全局。但是這三言兩語，只能做出粗大的作用，適乎他們的粗大的觀察；其功力不能超乎此。在描出全部方面，雖似得其當，然欲其寫盡那成自精細的觀察的一物全部，不消說不可不說是不充分的。有人說："西鶴是文章家，一筆而能使情景活躍。"不錯，也許正如尊意。但是不可不知道，西鶴是沒有超乎以一筆描寫全部的，精緻的觀察力的人。這不消說是時勢的關係，不是西鶴之罪。使西鶴生於今世，他也許將舞弄今世相富的筆致，使同一事物更其活動的吧。不獨西鶴如此，則 Chaucer, Malory, 亦無二致。他們因爲缺乏解剖的觀察力故不解剖，這是他們成功的原因。我們因爲有解剖的觀察力，故非於解剖一層成功不可。非儘量地把全部解開，然後將這些被解開的各部綜合，而使其映到讀者的綱膜不可。這就叫做古今時勢之異，又叫做古今作家之異。我們唯在或種特殊的時候，不辭探取我們的祖先所不得不選的態度。同時，我們須能寫出不和我們的精細的觀察力——這是爲我們生存上、賞鑑上必要的條件，養成下來的——乖離這個程度的記述，始能顯出我們的本領。亨利‧詹姆士當寫 "Charlotte Stant" 的一瞬，所費殆千餘字（參照 *The Golden Bowl.* Chap. iii）。梅列笛斯 (George Meredith) 解剖一個人在倫敦橋旁滑倒這樣一件瑣末的心理狀態，殆占了一篇（參照 *One of our Conquerors*, Chap. i）。佩忒 (Pater) 評 *La Gioconda* 的話有這麼一段：

The presence that thus rose so strangely beside the waters, is expressive of what in the ways of a thousand years men had come to desire. Here is the head upon which all "the ends of the world are come", and the eyelids are a little weary. It is a beauty wrought out from within upon the flesh, the deposit, little cell by cell, of strange thoughts and fantastic reveries and exquisite passions. Set it for a moment beside one of those white Greek goddesses or beautiful women of antiquity, and how would they be troubled by this beauty, into which the soul with all its maladies has passed! All the thoughts and experience of the world have etched and moulded there, in that which they have of power to refine and make expressive the outward form, the animalism of Greece, the lust of Rome, the reverie of the middle age with its spiritual ambition and imaginative loves, the return of the Pagan world, the sins of the Borgias. She is older than the rocks among which she sits; like the vampire, she has been dead many times, and learned the secrets of the grave; and has been a diver in deep seas, and keeps their fallen day about her; and trafficked for strange webs with Eastern merchants: and, as Leda, was the mother of Helen of Troy, and, as Saint Anne, the mother of Mary; and all this has been to her but as the sound of lyres and flutes, and lives only in the delicacy with which it has moulded the changing lineaments, and tinged the eyelids and the hands. The fancy of a perpetual life, sweeping together ten thousand experiences, is an old one; and modern thought has conceived the idea of humanity as wrought upon by, and summing up in itself, all modes of thought and life. Certainly Lady Lisa might stand as the embodiment of the old fancy, the symbol of the modren idea.

—*The Renaissance.*

這樣的解剖的記述，便在複雜的今日也容易見不着。這樣綜合地與我們以一種完整的情緒的記述，大約也罕見其儔。最後應該知道，這樣精巧的記述，便有一百個馬羅立、一千個西鶴，也終於追不上的。而且現代的觀察力，以及表現其觀察力之術，終於驅使我們非駢列這樣的語言不可了。所以我說，文學者必須解剖。但是不可止於解剖。而在解剖的諸項之下，須示一芥之微，其微者又須合而爲一團的全精神，闖入腦裏。

關於解剖，科學者與文學者的差異約略如此，但是這裏還要說一句，卽科學者，有時也想描寫事物的全局，例如說明科學，立某物體的定義而欲正確地敍述之。然則這種時候的科學者的態度，和文學者普通所取的態度是否一樣？下面想稍加說明。

同是要描寫事物的全盤，科學者欲傳概念，文學者則欲繪畫。換言之，前者正捕捉物之形與“機械的組織”，後者則欲捕捉物之生命與情意。其次，科學者的定義，爲供分類之具；文學者的敍述，則爲活物之用。科學者循着類似以樹系統，對於每個物體，沒有多大興趣；至於科學者，其目標不在物之“秩序的配置”，是在物之本質；然則物之本性被發揮無餘而至於包含一種情緒時，卽是文學者的成功之時。從而文學者所力求表現的，乃是物之幻惑，他的本事就在這寫得躍然有如生。科學者的生產，是特性的目錄，而不在成立自這目錄的物體活動的實況。現在試就菫草言，字典說：

Viola. A large genus of usually small plants of the violet family, having alternate leaves and axillary peduncles bearing1 or2 irregular flowers, a lower petal being prolonged into a spur or sac.

這顯然是缺少生動的文字。再看華茨華斯的詩句：

A violet by a mossy stone

  Half − hidden from the eye!

      —Fair as a star, when only one

Is shining in the sky.

     —*she dwelt among the untrodden ways.*

我們在這裏可以看出董的風貌躍然生動。再看這位詩人的 *To the Daisy*:

Thee Winter in the garland wears

That thinly decks his few grey hairs;

Spring parts the clouds with sofest airs,

   That she may sun thee;

Whole Summer − fields are thine by right;

And Autumn, melancholy Wight!

Doth in the crimson head delight

   When rains are on thee.

In shoals and bands, a morrice train,

Thou greet' st the traveller in the lane;

Pleased at his greeting thee again,

   Yet nothing daunted,

Nor grieved if thou be set at naught:

And oft alone, in nooks remote,

We meet thee, like a pleasant thought,

　　When such are wanted.

詩人所吟詠的，是雛菊對於自然界的“情的態度”，所欲描寫的，是其生命。赫立克 (Herrick)《詠薔薇詩》❶說：

Under a Lawne, then skyes more cleare,

Some ruffled Rosses nestling were:

And snugging there they scemed to lye

As in a flowrie Nunnery:

They blush' d, and look' d more fresh then flowers

Quickened of late by Pearly showers;

And all, because they were possest

But of the heat of *Julia*' s breast:

Which as a warme, and moistned spring,

Gave them their ever flourishing.

所謂 ruffled, 所謂 nestling, 都是直接會引起情緒的字，故藉其手段所表出的薔薇，絕不是死的薔薇，乃是有靈魂的薔薇；一經受過這樣的幻惑，花瓣的大小，枝幹的長短，便毫不足以介意了。

以上關於文學的和科學的敍述，溫徹斯特 (Winchester) 的 *Principles Criticism*（五二頁以下）有類似的議論，應該參照。

其次，科學者的希望，是在概括，是在綜合一個一個的，而發見其統一之之❷主義法則。因此，沒有彩色，沒有音響，也沒有感情。反之，文學者不能以此等冷冰冰的主義法則就滿足，並且要賦之以肉與血，而廣示之於世。然則科學者與文學者，在這一層類似理學者對工

---

❶ 當加書名號。——編者註

❷ 原稿亦有兩個“之”，當去其一。——編者註

學者的關係了。"女人的一念"，這是民俗的概括的文句，其中自無科學價值，然若這樣說：

And o' er the hills, and far away

　　Beyond their utmost purple rim,

Beyond the night, across the day,

Thro' all the world she follow' d him.

　　　　　　　　　　　　　　　　　—*The Day Dream*.

便有如何強烈的感覺呵，而況是在科學者的抽象的概括？

其次應該注意的，是科學者尤其是物理學者，是要把物質界的現象，換成時間與空間的關係的；爲方便起見，他們使用自家獨有的語言，而其語言之重要者，乃是所謂數字這種符號。他們把映到我們眼中的色彩，跑入我們耳裏的音響，改成這種語言，說這是 Ether 或空氣的振動；他們敍述寒暖時，又用這種語言說，列氏幾度，華氏幾度。文學者有時也使用類似的語法。然而文學者所用的數字，爲的不是要將有臭有味的東西，化成無味無臭的，也不是將有熱有光的東西，弄成冷靜而空洞；無非是要化無爲有、化暗爲明的手段；而文學者常依這種手段，欲於亮處摩察難以摸捉之物。試看畫家窩次 (Watts) 的傑作《希望》❶，他將無形無影、漠然的抽象的 "希望" 捉住，巧妙地將其具體化。至於畫家所用的是什麼方法？不過是加了這種符號的形狀吧了。文學也一樣，或爲表現難以捕捉的 "戀愛" 而用 Myrtle，或用 Hawthorn 於看不見的 "希望"。這些，無非都是象徵手段，與科學者用數字，於性質上無異。下面要就文學者爲活物而用的象徵法說一說。

自我的嗜好說，我是不喜歡所謂象徵的，不過我承認這種主義之可以存在於世上的文學爲一種勢力，是有道理的。

---

❶ 爲畫作名，當用書名號。——編者註

　　象徵法上面的符號，許多時候，是通過思索的關門，然後纔能夠捉住的。換言之，符號很少能夠喚起其所代表的事物，掬水而冷暖自知似的引起興趣，所以有些地方，頗像與聽到俏皮話而感不到，須待其說明然後悟其意者無異。具有神秘的風味的詩人勃萊克 (Blake)，於象徵似有特殊的興趣，遂使斯文本 (Swinburne) 批評他的作品 *Cabinet*，用了下面的話：

　　Cabinet, 就是指熱情熾烈或詩趣豐饒的幻夢。是形而上的寶貝。這動不動就要一變而成爲形而上的束縛。人被囚在這裏面。雖有鎖匙，但於難免於做楚囚。造此牢者，無非是愛情，又無非是藝術。坐其中而遠望之，則美妙之景、和怡之樂，月光露色，一概都是清新的天地，足以安吾身，足以悅吾目。然而終於縹渺然不可捕捉，影似的不可追。我們一經墜入此中，現世的悅樂與威力就倍而又倍之。單只是人所求者過多，故欲變形而上者爲形而下時，欲將不堪五指之把握的深邃的一物，把握於火燄似的手時，欲譯永劫無窮爲有爲轉變時，欲譯老家爲假寓時，欲譯在爲附存時，原是應與吾人之生命共長久的結構，也就忽而破滅，放置我們有如無氣力，發昏而號泣不已的嬰兒了。因此，最初欣然雀躍於冥漠之境，滿是輕快的自然的悅樂的嬰兒般，動物似的我們，一旦化成不幸憂鬱的嬰孩了。不但如此，還不得不歸復到嬰孩的昔日。因爲超過了焦慮苦悶之度，以致儘有偌大的幻夢也終於捉不着，舊歡已去，而新樂未至。而且我們那靈性的聖母的愛情和藝術，也將與諳然消魂的吾人一齊徒吞暗淚而衰微下去。繞着我們吹的，只是失掉了幻夢的赫然的精神和氣魄的，荒涼的悲風。

—*Swinburne, William Blake, a Critical Essay*

（一七六～一七七頁）

The Grystal Gabinet.

The maiden caught me in the wild,

    Where I was dancing merrily;

She put me into her cabinet,

    And locked me up with a golden key.

This cabinet is formed of gold,

    And pearl and crystal shining bright,

And within it opens into a world

    And a little lovely moony night.

Another England there I saw,

    Another London with its Tower,

Another Thames and other hills,

    And another pleasant Surrey bower.

Another maiden like herself,

    Translucent, lovely, shining clear,

Threefold, each in the other closed, —

    Oh what a pleasant trembling fear!

Oh what a smile! A threefold smile

    Filled me that like a flame I burned;

I bent to kiss the lovely maid,

    And found a threefold kiss returned.

I strove to seize the inmost form

With ardour fierce and hands of flame,

But burst the crystal cabinet,

And like a weeping babe became;

A weeping babe upon the wild,

And weeping woman pale reclined,

And in the outward air again

I filled with woes the passing wind.

若讀者吟詠此詩，而能體會斯文本所說的寓意於一瞬之間，則象徵詩的功效也可以說是偉大的了。然而事實正與此相反。欲介乎象徵的語言剔抉那潛伏在牠背後的事物者，就等於欲介乎人的耳目，以捉精神的。雖非沒有足以使人髣髴一喜一憂無形之靈的地方，但是以一舉一動揣人的意志，事實上往往要發見其誤。況且是想考察眼鼻的狀態，依據思索之力推斷腦裏的生活呢！卽使猜中，也已經離開文學的賞鑑，而況拈一個朦朧難以捕捉的象徵，強欲探個中消息於掌中呢！我讀了 *Cabinet* 所得的感想，和讀了列仙傳所得的感想一樣。我的感想，不求超乎此，而且也終於不能超乎此。

回頭看看東洋的詩歌，也似乎是贊成此種象徵法的。特別應該注意的，是在其解釋，他們弄成了非常的惡習，却自以爲得意。例如謂芭蕉的“古池呀……”一句有禪理，而附人事道德的意義於“說話唇冷，好個秋風”之類比比皆是。寒山是枯淡的禪徒，後人集其詩，名《寒山詩》，白隱爲之注解，名爲《闡提記聞》，這是大家所知道的。《寒山詩》有一聯曰“泣露千般草，吟風一樣松”，白隱的解曰：“此一聯乃寒山一區之佳境，是寒山九虎之險關，此卽趙州之所謂易見難透者，若是透得過，大約是很難見的吧”。往往作了風光之看，作了實相之會，作了崑崙之會，作了陀羅尼之判，特不知隔着天涯。我不知

173

道芭蕉或寒山，他們作俳句，作詩，究竟是不是抱着解釋所說那樣的意思，不過我只消這樣說一句就夠了：倘若他們由這種意思去作詩，那便證明他們不是真正的詩人。元來象徵法，目的並不是在使讀者思索其符號所代表的意義，而求其結果，而是在輕易地自然而然將其引出來的；不是在使人窮搜究索去推論，是在由感情使人聯想的。世上有一種不知趣的人，當欣賞這種文學詩，濫用那不加以什麼講解則無法理會的記錄，而批評家又用了一種買彩票的意思，求其道理，結果便大吹道，真理在這裏了，這實在可笑！元來在文學，所謂高遠，所謂幽微，也不外是被包含於感興汪汪然湧出之間的高遠或幽微之意。使感興較難興起的哲理學說於其背後，而謂文學的深遠處即在此，這不過是想棄掉文學的本領，冀為理智的奴隸之言吧了。文學者無妨把哲學來詩化。至於把詩來哲學化，這何異倒戈向自己的主人？

現在回到前段，將我所論的話約言之如下：文學者添香於無香者，賦形於無形者。反之，科學者奪有形者之形，去有香者之香。在這一點，可以說文藝家和科學者是朝着相反的方向把事物翻譯的，分為左右，各盡其所分担的義務。從而文學者，是為表現感覺或情緒而用象徵法，科學者則欲依其與感覺或情緒完全無關的獨特的符號，來記述事物。所以我們，即使懂得科學者的符號語言，為回到其符號所表出的物本身時，便須費一番或二番的手續。而且其路徑，又始終是間接，不是直接。若說 C 的 100 ℉的 212° ，雖似簡單而明瞭，至於要想與我們以強有力的印象，却萬不及下面這段文學的記述。

Thirty years ago, Marseilles lay burning in the sun one day. A blazing sun upon a fierce August day was no greater rarity in southern France then, than at any other time, before or since. Everything in Marseilles, and about Marseilles, had stared at the fervid sky, and been stared at in return, until a staring habit had become universal there... Bilnds, shutters, curtaims, swnings, were all closed and drawn to keep out the stare. Grant it but a chink or keyhole, and it shot in like a white — hot arrow. The churches were the freest from it. To come out of the twilight of pillars and arches — dreamily dotted with winking lamps, dreamily peopled with ugly old shadows piously dozing, spitting, and begging — was to plunge into a fiery river, and swim for life to the nearest strip of shade. So, with people lounging and lying wherever shade was, with but little bum of tongues or barking of dogs, with occassional jangling of discordant church bells, and ratting of vicious drums, Marseilles, a fact to be strongly smelt and tasted, lay boilling in the sun one day.

—*Dickens: Little Dorrit.* chap. i.

這裏要附帶說一句，就是文學有時也使用數字。不但有時，寧可說他們是使用數字爲有力的方便手段的。其數字，和科學者的數字，於其爲數字一層自無二致，但不可不知道其使用的目的，兩者大不相同。文學者所用的數字，決不是翻譯式的，其作用與科學者所期者完全相反。有附帶於物而使其顯着者，那正如添味之藥。有人批評南洲的詩，稱爲數學式詩；大約是因爲他多用了些數字如七寸鞋、三尺劍、千絲髮等；然而這種時候的數字，是爲使此等諸物的性質更其明顯起見用的器具，故稱之爲數學式，實在不對。往昔中國詩人所愛用的一劍、半夜、千里或四海等，盡屬此類。下面試舉西洋的例：

And the Lord said unto him, Therefore whosoever slayeth Cain, vengeance shall be taken on him sevenfold.

—*Genesis*, v.15.

"The tithe of a hair was never lost in my house before."

—*Shakespeare: 1 Henry IV, Act III, sc. iii. l.66.*

She took me to her elfin grot,

    And there she wept and sigh' d full sore,

And there I shut her wild wild eyes

With kisses four.

—Keats: La Belle Dame sans Merci.

Cairbar thrice threw his spear on earth. Thrice he stroked his beard.

—Ossian: Temora, Bk. I.

Seven of my sweet loves thy knife

Hath bereaved of their life:

Their marble tombs I built with tears

And with cold and shadowy fears.

Seven more loves weep night and day

Round the tombs where my loves lay,

And seven more loves attend at night

Around my couch with torches bright.

And seven more loves in my bed

Crown with vine my mournful head;

Pitying and forgiving all

The transgressions, great and small.

—Blake: Broken Love.

　勃萊克在這篇詩，大用特用"七"這個數字；這個數字，自其傳達智識方面看去。顯然是完全沒有意義的；單只是因爲有這個字，這篇神祕不可思議的詩，便不定在那裏加了精確的心情。

O, that the slave had forty thousand lives!

One is too poor, too weak for my revenge.

> —*Othello*, Act III sc. iii. ll.442 - 3.

Nine － and － twenty knights of fame

Hung their shields in Branksome Hall;

Nine － and － twenty squires of name

Brought them their steeds to bower from stall;

Nine － and － twenty yeomen tall

Waited duteous, no them all.

> —Scott: *The Lay of the Last Minstrel*,
>
> Canto I. ll.16 - 21.

現在試放下上面所舉那種例，看一看下面所舉一例：

Prim Doctor of Philosophy

> From academic Heidelberg!

Your sum of vital energy

> Is not the millionth of an erg.

Your liveliest motion might be reckoned

> At one － tenth metre in a second.

這是近世物理學者馬克斯維耳 (James Clerk Maxwell) 的戲作，詩中所用數字，是純粹的科學符號。說者謂 erg 就是 "The energy communicated by a dyne, acting through a centimeter"，而 tenth - metre，卽是 1metre × 10 - 10. 從而普通的讀者，通讀之時不會興起任何感興。然若在科學上明瞭這個數字時，依然可以收其文學的效果，這是應該明白的。

在科學者，數字殆爲其唯一的語言。自文學者說，不至於爲唯一那麼重要的武器。但是一如以上的作例所示，自古以來的詩人，似乎多使用數字於某個地方，某種意思，藉以添加一種感興。同一數字，被用於方向不同的兩者之間，這就等於同一頭巾，於傴僂的老者和二八佳人都有相當用處。我們只消知道一個是爲防寒而帶，一個是爲吸人視線而帶，即在目的上有異，這就夠了。文學者說"三"。這不過是即三棵櫻樹，即三個人，即三餐，以明三的意義吧了。倘若離開櫻樹，離開人，離開餐，需要一個眞正抽象的"三"爲"三"的時候，文學的"三"便一變而成科學的"三"了。數字不過是一種符號，然而由其用法如何的說明，還不失爲區別文學者與科學者之態度的好例子。

第二章　文藝上的眞和科學上的眞

元來文學者所置重的眞，乃是文藝上的眞，不是科學上的眞，故遇有必要時，文學者便與科學上的眞背道而馳，這本不足怪。文藝上的眞，不過是說所描寫的事物，直接要叫你看來覺得非是眞不可似的。一代天才彌列 (Millet) 的作品，有一幅農夫刈草的畫。據說一個農夫看了之後評道，這種姿勢，那裏能刈草？固然，事實上也許是不能刈草的骨格罷。然而，儘管畫着不能刈草的骨格，若毫無不自然地令看者只能覺得那是在刈草，這時畫家的技術，可以說是已經描寫了藝術的眞了。而若能描出了藝述的眞，則其是否能發揮科學的眞，這問題已是不足煩觀者之慮了。今世的畫家，認眞在研究人體的組織日以繼夜。他們是要使他們的作品，儘量地接近科學的眞的，在這一層無疑是抱着可嘉的志望。然若一味馳於這方面，而置藝術上之眞於不學，那麼他的作品，便終於要失敗的了。文藝上的眞和科學上的眞，其間雖有微妙的關係，但是文藝的作家，應以文藝上的眞爲第一義；有時爲達此文藝上之眞，就把科學上的眞犧牲，也似乎沒有不可。文藝上的眞而違背科學上的眞的作例不一而足。試舉一二爲其例證。

誇大法。"Lliad" 卷五說：

Next Diomedes of the loud war－cry attacked with spear of bronze; and Pallas Athene drave it home against Ares' nethermost belly, where his taslets were girt about him. There smote him and wounded him, rending through his fair skin, and plucked forth the spear again. Then brazen Ares bellowed loud as nine thousand warriors or ten thousand cry in battle as they join in strife and fray. Thereat trembling gat hold of Achaians and Trojans for fear, so mightily bellowed Ases insatiate of battle.

—A. Lang, W. Leaf &. E. Myers,
TheIliad of Homer, p.108.

這是神的戰爭。既是神的戰爭，九千人的大音響，一萬人的怒號，也只是藉以使人易於像想而已，而且也只有認這種說爲眞。荷馬在這一層是否成了功，這且勿論，然若爲使想像成爲眞而誇大事實，又因爲誇大而能賦與描寫以生命，則在這種時候猶拘於科學上的眞，這可以說，不過是要把文藝聯結於科學智識，而妨礙其活潑的作用的了。

(2) 省略選擇法。一如歷來所說，元來我們的意識內容，在嚴正的意義，是不能一概改成語言文字的，所以文學者往往選擇物的一面一部，依此將其所欲傳達若悉數發揮出來。這便是文學者置科學上的眞於不顧的第二件。理由參照前篇自明，故不深論。如欲舉例，比比皆是，故亦略之。

(3) 組織。這是指詩人畫家的想像的創作物。卽他們具有綜合那些搜得自現實世界的材料，描寫世上所無之物的手段。Milton 的 Satan, Swift 的 Yahoo, 或莎翁的 *A Midsunmmer Night's Dream* 裏面的 Oberon, Titania, *Tempest* 的 Caliban 等，都是在這個世上所求不到的，故自科學的立腳點檢之，自然是不合理的；然而我們從這些所受的感情感覺，既有生命而又不僞，故知其有文藝上的眞。本來文藝的要素以感覺爲最，故欲傳此感覺給讀者而能傳到時，我們就不遲疑地賦之以文藝上的眞了。試看忒湼 (Turner) 晚年的作品吧。他所畫的海，燦然有如翻了畫色箱似的海。他描寫在雨中行走的火車，便濛然有如在帶色彩的水上行走的火車。此海此陸，都是在自然界所看不到的東西，却又充分具有文藝上的眞，能使我們滿足超乎對自然之要求的要求，換言之，我們在這裏可以看出確然的生命，所以他的畫，在科學上雖不是眞，在文藝上却可以說是道地的眞。

但是不可不知道這個所謂文藝上的眞，是隨着時代而推移的。文學的作品，今日被認爲眞，明日忽又被認爲非眞者非常之多，這是我們平常所目睹的現象。這都是因爲所謂"眞"者，時時刻刻在變轉的緣故。

幾年前的雜誌 *Academy and Literature* 上面，有人投了這樣的稿：

你們近來，大以一般社會對高級文學之冷淡爲憂，我却以爲這種現象的理由，是在近年來大見進步的科學思想與其研究。我相信這個解釋，也一樣可以適用於高級藝術。碩學斯寶塞於其大著，視科學爲最高至大之力，擬之以爲我們精神界的女王，而謂世之藝術文學，一概是以獲其賞讚爲目的而隸屬於她的侍女；自是以來，我的意見自不待言，世上多數人的意向，也似乎因之而大受根本的變化。我曾經也是褒賞 "Quoitthrower"（拋鐵輪的人）的一人，但是自從斯寶塞指示其重力之誤謬以來，對之卽禁不住很大的不快之感。其次，我也曾經愛聽了 "Messiah" 之曲，但是自從聽說這是包含不合理的一種神學的援助的意味，便再不能對之以昔日那種興趣了。又如 "Madonna diSan Sisto"，我看了之後擊節不置；但是自從我明白哺乳動物肩上帶翼之非科學的，我的態度便一變了。再則，我一時雖然也相信莎翁爲世界的大詩人，但是他說 Eohemia 有海，又看他藉女巫使活動於舞臺之上那種手段，就摸不清這個作家有什麼能力；又如 Othello 和 Desdemona 的結婚，是與綜合哲學的生物說相背的，所以我們無論如何不能傾注任何同情於其結果——悲劇。其次，我年來顧信以爲 "Lycidas" 是世界文學的珍品，但其爲滅亡了的世上的神而傾耳，或向沒有生的花招呼之類，眞是無視“第一原因”之理之甚者，所以我終於懷疑其價值。……我相信，世上許多讀者，也是由於一樣的道理，失掉了對於高級文學之興趣的。(一九〇四年三月五日)

拿我們的眼光看去，此文中所舉而攻擊者，大多殆不值得攻擊的，不過在這位投書家，的確是認眞覺得如此的，卽他是認爲我們所承認文藝上之眞者爲不眞，而加以攻擊。往後若世上的趣味一變，民衆的大部分舉而具有這種意向，那末，現今世上的文藝上的眞也許將完全異樣，而莎翁也許永爲世人所忘掉吧？

第四編
文學內容的互相關係

　　我相信，由於前篇所論，稍能使文學者的覺悟分明了。約而言之，科學者是要訴之理性以爭黑白，文學者則欲制感情——生命之源泉——的死命而攄之。科學者一如法庭之裁判，與以冷靜的宣告。文學者一如慈母之心，超脫理智之境，於不知不覺之間動吾人之心。其方法不是表面的，不是公然的，其處理是裏面的消息和內部的生活。

　　這些內部的機密，依靠種種特別的手段給表現出來，善用此等手段達其目的時，我們就能喚起一種幻惑，於是發揮文藝上的眞。

　　我既然論了文藝上的眞，勢不得不再說傳出此眞的手段了。本來講論這種手段，有所謂修辭學。然而行於坊間的通俗的修辭學，徒致力於獨斷的分類，而有置其根本主意於不顧的傾向，故其效力極微。

　　依我的意思，元來發揮文藝上之眞的許多手段的大部分，不過是利用一種"觀念之聯想"吧了。以下所說（第一、二、三、四、五、六章），無非都是以這個主張爲根本組成的。

第一章　射出語法

"文藝上的眞"的效力，是在作品感動讀者的情緒，這已如上面所說的了。若然，則文學者之致力於使用動情的語法，乃是必然的事，毫不足怪。而在語言上最富於情的，自應附隨於最有情的我們人類，如笑，如怒，都有表現情的活動物之本質的資格，故用這些語言所寫出來的東西，顯會生出躍然的情緒，而且自然要叫起有活氣的狀態，這也是無可疑的了。況且當解釋宇宙萬象時，爲其標準者乃是自己卽人，紛繞自己周圍的事體，一概被拉攏到這個中心，爲自己的情緒所處決；換言之，我們有一種傾向，動輒要移自己的情緒去理會他物。這個，我現在姑名之曰射出語法 (Projictive language)，意卽把自己射出 (project)，說明外界的手段，所謂擬人法或 Prosopopoeia 等，都應該包含在這裏面。

我們日常無意中所用慣的語言裏面，可以爲此語法之適例者意外地多。如"雨脚渡江""木葉的私語""抽屜的把"，在歐語如"縫眼""鐘舌"等，都是道地的射出語法。

現在舉出稍爲顯着而簡單的例如下：

Grim - visaged war.

—*Richard III*, Act. I. sc. i. l.9.

Loud - *throated* war.

—Wordsworth, *Address to Kilchurn Gastle.*

Make all our trumpets speak; give them all breath,

Those clamorousharbingers of blood and death.

—Macbcth, Act V. sc. vill.9 - 10.

Scylla wept,

And chid her barking waves into attention.

—Milton, Comus, ll.257 - 8.

此外複雜的例多不勝舉，不過這裏僅將眼前想到的，舉出三四個來。哈代 (Hardy) 的傑作 Tess of the D' Urbervilles 的女主人翁向克雷耳 (Clare) 懺悔已身之罪這一節，描寫無生的器物，在提斯 (Tess) 看來也覺其無情的情況，這完全是適用此種語法，而且是成功的。

But the complexion even of external things seemed to suffer transmu- tation as her announcement progressed. The fire in the grate looked impish —demonically funny, as if it did not care in the least about her strait. The fender grinned idly, as if it too did not care. The light from the water - bottle was merely engaged in a chromatic problem. All material objects around announced their irresponsibility with terrible iteraiton.

—Thomas Hardy, Tess of the
D' Urbervilles, chap. xxxv.

再舉其移新婚之樂於花而吟詠者：

Godiva. This is the month of rosses: I find them everywhere since my blessed marriage. They, and all other sweet herbs, I know not why, seem to greet me wherever I look at them, as though they knew and expected me.

—Landor, Imaginary Gonversations
(Leofric and Godiva).

也有寄情素聲之花，以歎一經染色的己身之汙的少女：

If through the garden' s flowery tribes I stray,

Where bloom the jasmines that could once allure,

"Hope not to find delight in us," they say,

"For we are spotless, Jessy: we are pure."

—Shenstone, *Elegy*, xxvi.

然而上舉似的射出的解釋，都是與解釋的當事者那時的心情相呼應，纔會生出價值的，若獨立地對之，則頗覺其沒意義了。永遠獨立的 "文藝上的眞"，是捉住物本身的永久的特性而加以解釋，始能有望，例如：

The God of War is drunk with blood;

    The earth doth faint and fail;

The stench of blood makes sick the heav' ns;

    Ghosts glut the throat of hell!"

—Blake, *Gwin, King of Norway*, ll.93 - 6.

要吟味此詩句，雖然也需要 "戰爭" 這個特別的觀念，但是這裏所用的 "戰爭" 的特性，殆爲普遍的事物，從而這個射出語法，較之以前諸例，其獨立性稍大。進而至於如下面所舉一例，其妙不妙姑置勿論，但因其描出花的永遠特性，與異常的心的態度毫無關係，故其效果獨立而無須與旁的事物相呼應，從而其價值少有變化。

…daffodils,

That come before the swallow dares, and take

The winds of March with beauty; violets dim,

But seecter than the lids of Juno' s eyes

Or cytherea' s breath; pale pimroses,

That die unmarried, are they can behold

Bright Phoebus in his strength,…

—The *Winter' s Tale*, Act IV. sc. iv. ll.118 - 24.

The musk－rose, and the well－attired woodbine,

With cowslips wan that hang the pensive head,

And every flower that sad embroidery wears.

　　　　　　　　　　—Milton, Lycidas, ll.146 - 8.

在以上的例，受了"射出的解釋"者，都限於具體的物體；若推而及於抽象的事物時，究能收得多少效果呢？這頗值得研究一下。元來，我每次接到所謂抽象的事物的擬人法，因其多半的時候都像故意安排，故頗感不快，從而終於斷定這種語法盡屬可厭的了。但是翻過來從理論上考察這種語法之存在時，知其決非可怪的，反而承認其爲文學者非接觸不可的重要的傾向。何以厭惡使用此法而又承認此法之存在呢？以下要略述此兩面的要旨。

元來此種擬人的射出法的價值，是在把抽象的事物具體化；但是一方面，並不是沒有無理地再把無形之質或觀念——特地用抽出的方法，從具體的事物造出來的——，倒拉回去的傾向。然則在這一層，無論如何免不了"人工的"之譏。這就正等於一個鄉下人，在城市積了多年修養之後，又被拉回鄉間，強其暫時囘復十年前的氣概，不自然莫甚於此！如果需要鄉下人，何以不就採用鄉下人？爲什麼必欲強那田臭已失的人囘復昔日的狀態？香水也有造自薔薇花的，然而化成液體的香水，已是沒有花之形的了。取無形的香水，而欲使人相信那裏有紅的花瓣、黃的花蕊，這不是容易的事。元來我們的觀念，起初是起自具體的物體，逐漸跟着人文的發達，終至於獲得抽象的概念；故若需具體的物體時，用具體的物體就夠了，爲什麼偏要將一旦被抽象的物體再倒拉回來呢？況且抽象的語言，卽使施之以擬人法，其具體之度，終不及將本來的具體的語言擬人，這是明顯的事。譬如說"天哭"，人看見下雨就可以首肯；又如說"花憂"，人就先馳思於爲雨風

187

爲雨所苦的花的情態吧。然若說 "Pity cries" 便如何？所謂可憐之情，既無形，又無色，只在吾人心裏有一種觀念而已。故吾人不得不以"哭"這個屬於具體的物體的動作，以結合此觀念，其連結之不充分，自不待說。試將這種語法，指示給腦筋尚未發達的年少者吧，他們的大部分是不能瞭解的，這便是一件證據。這是因爲他們的智力的程度，尚未達到足以明瞭這種不自然的連絡的。元來射出語法，是釋物使歸於己的技術，其路徑是由抽象物經過具體物進到自己的；然而像這樣缺少中間的連鎖，而欲結合其兩極，無論何如不能不說是牽強的了。

不過適用此語法於抽象的物體，也有不覺厭惡者，如下所舉：

（一）別無好法子時，（二）其解釋令人覺得十分適切時，例如下面新引數行，一讀之後，毫不覺其可厭；其去彫蟲細技甚遠，其聯想是必然的，能使讀者相信欲形容"靜"這件事，再沒有超乎此的手段；這樣的手段，唯有嘆賞其成功而已，故有十分的效果。

The clouds were pure and white as flocks new shorn,

And fresh from the clear brook; sweetly they slept

On the blue fields of heaven, and then there crept

A little noiseless noise among the leaves,

Born of the very sigh that silence heaves.

—Keats, I stood tip -

toe upon a little hill, ll.8 - 12.

O welcome, pure – eyed Faith, white – handed Hope.

—Milton, Comus, l.213.

下面要再舉出幾個所謂巧妙的射出語法數例，以結此章。元來，愛好抽象的觀念，喜談道理，未有甚於十八世紀文學者的。他們明知其所愛的思想是抽象的，而且頗不利於爲文學的材料，但是又捨不得棄掉，於是便想出一種把抽象的語言具體化的手段，卽冠大寫字於那些語言，令人一見像是固有名詞。然其技巧，恰似鍊金師之致力於化鐵爲金，絕談不到所謂豫定的成功。把小寫字改成大寫字，只憑指頭的作用，你便是用大寫字寫，無形的語言，也永遠是無形、抽象。正如沐猴而冠，也難以頂替人也。

In these deep solitudes and awlful cells,

Where heavenly − pensive Contemplation dwells,

And ever − musing Melancholy reigns;

What means this tumult in a Vestal's veins?

　　　　　　　　　—Pope, Eloisa to Abelard, ll.1 - 4.

But o'er the twilight groves and dusky caves,

Long − sounding aisles, and intermingled graves,

BIack Melancholy sits, and round her throws

A death − like silence, and a dread repos. e

　　　　　　　　　—*Ibid*, II.163 - 6.

　　試考之上面二例，第二例在文學的價值，似優於第一例。第一例的"深沈的冥想""沈思之愁"等，反覺其爲贅物。因爲這些形容詞，其抽象的程度，與其所形容的名詞殆相等故也。反之如第二例，"黑色的愁"，"黑"傳出比名詞"愁"更其具體的性質，在使"愁"活動一層，優於前者幾倍；尤其是與"twilight"或"dusky"等字相呼應，遂使我們受到並不十分無理的感興了。

Stillness, with Silence at her back, entered the solitary parlour, and drew their gaurzy mantle over my Uncle Joby's head; and Listlessness, with her lax fibre and undirected eye, sat quietly down beside him in his arm − chair.

　　　　　　　　　—L. Sterne, *Tristram Shandy*, Vol. VI. chap. xxxv.

189

　　至於這樣的例，比較頗普的例更沒有什麼口實可憑的了。只消說室內靜悄悄，Toby 開始打瞌睡就夠了，他却偏要加以無用的細心，而又於其印象沒有任何貢獻，這可以說完全是徒旁。總之，無論是成功或不成功，十八世紀文士之浸淫於這種技術，由於下面的例子可以明白：

> Gigantic Pride, pale Terror, gloomy Care,
>
> And mad Ambition, shall attend her there:
>
> There purple Vengeance bathed in gore retires,
>
> Her weapons blunted, and extinct her fires:
>
> There hateful Envy her own snakes shall feel,
>
> And Persecution mourn her broken wheel:
>
> There Faction roar, Rebellion bite her chain,
>
> And grasping Furies thirst for blood in vain.
>
> —Pope, *Windsor Forest*, ll.415 - 22.

　　居然能把這樣同出一轍的句子，羅列得如此之多！固然用 "purple"（血色）於"復讐"，決不是不調和，然其可厭，反而是在這過於當然的地方；猶之乎敷衍，表面看來像是親切，其實是有所作爲。

　　元來射出語法的開章明義，是在指示適切的類似於物體與自己之間，而其類似，又須是永久的而且是一目瞭然的。試把下面所舉具體物之擬人法文例：

> The pale stars are gone!
>
> For the sun, their swift shephered,
>
> To their folds them compelling,
>
> In the depths of the down.
>
> —Shelley, *Promethews Unbound*, Act IV II1 - 4.

And multitudes of dense white fleecy clouds

Were wandering in thick flocks along the mountains

Shephered by the slow, unwilling wind.

—Ibid II. Act ll. sc.145 - 7.

這是由同一人的同一篇劇選出來的，但是前者，不過是用了一種平凡的平行的比較而已。固然可以叫人點頭，但是無論如何沒有引起興趣饒然的感興的妙味。至於後例，雲彩重疊的樣子，其色彩，件件能發揮適切的類似，故自所謂“文藝上的真”看去，可以說是頗有價值的。

一九〇四年發行的 *The Quarterly Review* 第三九八號所載味綸·利 (Vernon Lee) 的《最近的美學》這篇論文之中，有關於“自己的射出”的記述，茲譯之於下以供參照：

射出我們的內部經驗，適用於日常目睹的實在物體之作用的議論，完全是近世美學所發見的。不消說，古來多少心理學者，詩人，並非沒有偶爾多少注意及此者；但是在這方面實行確然的議論，而能樹立適當的命題的，應以陸宰 (Lotze) 為第一人。他在約略五十年前，於其名著 Mikrokosmos 說：“大凡在世上一切事物，依靠我們的想像力，盡可以和我們保持多少接觸，我們由是而能窺知此等物體的本質。而且使自己進入他物的範圍，不必限於經營着和我們類似的生活狀態之物，如於軟體動物，也可以生出一樣的現象。有時，將枝之生於樹的狀況比喻自己，有時，將建築的某部分配合人體的某部分，這就是射出自己于樹木，射出於建築物的實例。”（第五卷第二章）

應該知道，我們所以以這種態度對付外界，完全是出自我們的深遠的性癖的。從而窮其範圍，明其由來，終不得不歸到一條哲理。而所以承認這種傾向於文學上，樹立上面似的議論於此傾向之上，這不

是因爲難以應用於文學以外；不過是說，文學上也可以承認這種趨勢
的一端吧了。依我的卑見，孔德 (Comte) 之敍述對於神的人類觀念的
發達，也終要歸到同型的論法。他以爲自然界的法則不明白時，我們
可以把我們的意志附於外部的活力，以窮究其原因。意志，是自己的
一部分，將其附於外界，卽無異把自己的一部分射出之意。單只是他
爲要打破神的觀念，又爲說明其觀念之屬自然，故所說的只是觀念的
一面。然而在意志方面可以說的，於情方面也可以說，於情可說的，於
智方面也當然有幾分可以說。世之論修辭學的人，徒止於立擬人法之
目，而不論其是怎樣地深基於我們的心理的性癖。所以在這裏附帶說
了幾句。

第二章　射入語法

　　本章所要說的，和所謂射出語法完全異途，即以物解釋自己這類的聯想。這樣地將如此正相反的兩者，同時併置爲文學的手段，也許要使人懷疑吧。我猶之乎相信射出語法爲文學的手段，也主張射入語法爲文學的手段，所以要敍述此兩者雖然南轅北轍，其目的却是一致的理由，以釋讀者之疑。

　　射出法就是將自己射出，附在他物，這一如上面所說的了。若說把自己射出，便不得不接這樣的質問：把自己的什麼射出呢？情呢？意呢？智呢？徵之前章所舉諸例，或汎考之古今文例，最多的似是“天哭”之類。次之者似是“星星眨眼”之類。哭，是近乎我們的情的語言。眨眼是近似我們的動作之語。若用前篇所論述的“文學的材料”的用語來翻譯，哭，就是人事的材料。眨眼，自視我們的動作爲動作之點看去，便是感覺的材料。從而射出語法，意即以人事的或感覺的材料，說明旁的材料。再自狹義說，即雖然同是人事的感覺的，而求同類的材料之足以多多動人者，說明前者。再狹義地說，稱那用最能動我之情即人事的材料，說明一切其他材料者爲射出語法，似乎也沒有大錯。故若以得了正確的形式爲標本來論，射出語法可以認爲人事的材料對第一、第三、第四材料的聯想法，利用之而爲添加文學的勢力於如第四種似的比較薄弱的材料之具。然而感覺的材料之優勢，一如前篇所說的了。有時候竟能超人事的材料而過之。倘若甚至人事的材料，也於與旁的材料連結使其成爲"文學的"上面有力量，那末在感覺的材料裏面，不消說也是很多有一樣作用的了。從而我們，選取生自人事的材料對旁的材料的聯想裏面的一部分，承認其爲"文學的"，與以射出語法的名稱；同時我也不得不以感覺的材料爲本位，配之以旁的材料，而許前者以說明後者的方便。許之而綜爲一種形式的，卽是射入語法。因此，此兩者於其歸趨，雖像是相背不相容，但一樣都是"文學的"，而不能不一律承認共存在的價值。而兩者應擇何者，這除了說一任時所之便以外，似無加以任何商量的餘地。但是有種作家，却固執自己的性癖，喜歡棄掉一種而專取一種。這是例外。總之根本要義是在以優勢的材料補救微弱的旁的材料，所以最好是隨處適用兩者，一如戰爭那樣吧；戰爭的上策，是或以騎兵掩護砲兵，或以砲兵掩護騎兵，不可拘於一方。只有第四種材料，其性質上可比於輜重部，兵站部，所以始終受人掩護而不會掩護他人的。如果懷疑我的話，便須讀一讀下面的一節：

God is present by His essence; which because it is infinite, cannot be contained within the limits of any place; and because He is of an essential purity and spiritual nature, He cannot be undervalued by being supposed present in the places of unnatural uncleanniss.

　　　　　　　　　　　　—Jeremy Taylor, *Holy Living*, chap. i.

視這一節爲仿傚超自然的材料，或爲智的材料都可以。總之，除了有猛烈的宗教心的人以外，諷誦一過之後，所感得者極其稀薄吧。然而讀到次節——

God is everywhere present by Hs power, He rolls the orbs of heaven with His hand; He fixes the earth with His foot; He guides all the creatures with His eye, and refreshess them with His influence; He makes the powers of hell to shake with His terrors, and binds the devils with His word, and throws them out with His command; and sends the angels on embassies with His decrees.

—Ibid.

看了這幾行，纔明白一樣的材料，由於射出語法的掩護，大得勢力。我想，耶穌教徒之附神以人格，使基督代表神，而以一見像對與我們類似的生物的口氣，執行祈禱之禮，爲的都只是要發揮“詩的眞”。我不消說不是要論其教義之合理不合理；不過是要說，他們的手段，無論是故意或偶然，却和詩的目的一致。若以這種意義爲本位視之，宗教也不過是一種詩而已。基督教由於宗教改革，多少失掉其詩的光彩了。所以宗教改革，可以認爲開化的趨勢上，詩投降科學的第一段落；往後跟着宗教之更與哲學結合，更接近科學，所謂“文藝上之眞”將接近“科學上之眞”，而至於詩之滅亡也未可料。

我這裏所謂的射入語法，究竟是指爲使人類的行爲狀態的印象明晰，而把外物射入之意；實爲與用人事的材料以解外物的射出法爭強般重要的手段，此由於上面所說，約略已經明白了。試舉射入語法數例於下：

They that stand high have many blasts to shake them.
—Richard III, Act I. sc. iii. l.259.

這是將人苦悶的狀況，解成喬木之爲風所苦的，如其欲單以人事的材料表現之，無論如何生不出這樣的感興，而且也不能如此簡潔。

And as a willow keeps

A patient watch over the stream that creeps

Windingly by it, so the quiet maid

195

Held her in peace.

—*Keats, Endymion*, Bk. I. ll.446 - 9.

欲寫心之平靜，又無形無色，故藉這樣的感覺的材料，然後才會生出這樣的印象。尤其是像要寫婦女的容貌時，敍述長了就不能齊整，強欲齊整，便難以生出所需的印象，所以詩人爲解釋佳人而用恰巧的感覺的材料，或比於花，比於月，或一切美的外物，這就是射入法。

Parting they seem' d to tread upon the air,

Twin roses by the zephyr blown apart

Only to meet again more Cose, and share

The inward fragrance of each other' s heart.

—*Keats, Isabclla*, st. x.

There was a Woman, beautiful as morning.

—*Shelley, Laon and Cpthna*, Can. I. st. xvi.

Be she fairer then the Day

Or. the flowery meads in May;

If She be not so to me,

What care I how fair she be!

—George *Wither, Fair Vertue*, Sor net iv.

"Morning" "Day" 是極其漠然的字，於明瞭，精緻，纖細方面，遠不如基茨的作例。然而在形容美人全體於一字這層，不失其爲雄大的射入法。雖非沒有單純不盡委曲之憾，然若較之詳說而流於散漫，縷述而陷於支離，則勝過不知多少哩，而況 "Day" 以至 "Morning"，雖說是陳腐，其實却能把明眸皓齒的嬋娟之感，說得淋漓盡致呢！（關於單純的敍法與複雜的筆致之長短，已於前篇論文學者與科學者的態度時解說，故這裏不多說。）

He was a lovely Youth! I guess

The panther in the wilderness

Was not so fair as he;

And, when he chose to spart and play,

No dolphin ever was so gay

Upon the tropic see.

—Wordsworth, *Ruth*.

青年和豹，海猪的聯想，不算很妥當吧。在東洋稱武人爲貔貅，不是說其優美的外形，只是象其勇猛的氣性，故不能與此併論。西洋人覺得怎樣我不曉得，我們却不能認這個射入法爲成功的。

Why, thou *globe of sinful continents*, what a life dost thou lead!

—*2 Henry IV*, Act II. sc. iv ll.309 - 10.

這是皇太子哈立對於福爾斯塔夫所說的話，其形容福爾斯塔夫的大腹便便似鼓，不可不謂極巧盡妙。如下面一句，其誇大的聯想，也令人不覺大笑：

A highly respectable man as a German,

Who smoked *like a chemney*, and drank like a Merman.

—*Ingoldsby Legende, The Lay of st. Odille.*

最後要舉出持續的射入語法——雖多少有過於長之嫌——之例，以結此章。

A man is a bubble (said the Greek proverb), which Lucian represent with advantages and its proper circumstances, to this purpose, saying: All the world is a storm, and men rise up in their several generations like bubbles descending from God and the dew of heaven, from a tear and a drop of man, from nature and Providence; and some of these iustatly sink into the deluge

197

of their first parent, and are hidden in a sheet of water, having had no other business in the world but to be born, toat they might be able to die; others float up and down two or three turns, and suddenly disappear and give their place to other: and they that live longest upon the face of the waters are in perpetual motion, restless and uneasy, and, being crushed with the great drop of a cloud, sink into flatness and froth; the change not being great, it being hardly possible it should be more a nothing than it was before. （以下省略）

—Jeremy Taylor, *Holy Dying*, chap. i.

第三章　與自己隔離的聯想

　　此章所要說的，既不是以拿自己解釋他物爲主腦的射出語法，也不是以拿他物適應自己爲眼目的射入語法，是完全離了自己的外物間的聯想。所以此聯想爲一團，特設一章來論說，是因其效力之顯著，不是因其爲獨立的活動而與前兩者完全無關。試以這種聯想爲例，依據文學的四種材料來說明，用感覺的材料解釋感覺的材料者爲正式的形樣。從而不過是在同種的材料中，發見彼我的類似的功夫而已；故其聯想比較地容易，唯其如此，其效果也不如前兩者之昭著。自這一層看去，雖似有多少不利之點，至於用得適當的，實爲方便的文學手段，終於爲作家所不能不顧。不單是於作家有利，我們於日常交通之時，也大顯其活用的效力，這是不可不知道的。例如要對生於沒有柿子的國度的西洋人，不依實物而欲說明柿子，與其徒與他們以植物學上煩雜的記述，不如指出色彩酷似的 "Tomato"，把兩者帶到聯想的圈內，似乎較易達到說明的目的。至於異乎日常會話的古今詩文，這方面的聯想，意外地豐富，且多適切的，這實在要使我們駭然。欲使用這種以外界的一物說明外界的一物之手段，而且要用得妙，便須看住那些粉飛於周圍的現象，而深察其異同。觀察之後，便須將其積聚起來，分類之，秩序整然地收入腦裏的一個庫內。觀察自然的現象不深者，終不能辨別其異同。接到宇宙間事象不多者，要窮於比較的材料。寫文章的人，往往孤坐書齋裏面，漫然涉獵陳籍，而以爲學得古文成句，學者的能事已盡者似乎不少。這樣做下去，就止於蹈襲前人的聯想，甚至一個新詞也造不出來了。借一句漢學者流的口氣說，山川河岳是地之文，日月星辰是天之文。我們的文章，須活躍於大自然之間。從而所謂文章的素養，不是說識字，拾句，記章，無非是指從這個大自然的庫房，巧妙地採集材料，將其溶化成爲自家藥籠中之物的手段。據說丁尼孫每到郊外，便帶一本册子，不分朝夕，寫記目所觸的自然的變化，以供他日之用。據說斯蒂芬孫 (R. L. Stevenson) 有一種習慣，卽每次出門，都記斷片的寫生於紙片。他們這樣地得來的文學，不是毛臭的陳句，乃是生龍活虎般自然的面影。這樣地由於周密的注意和人不知鬼不覺的苦心集到的豐富的材料，旋卽拿去裝飾他們的作品；因爲有時用這種聯想法表現，所以丁尼孫的詩，一如大家所知道以聯想之美著名，而斯蒂芬孫之文，富於感動讀者的警句，都不是沒有理由的。

關於這種聯想語法最應該注意的，第一須說明材料比被說明材料更爲具體而明瞭；第二，於兩者的結合，絲毫不能有不自然的痕跡。試分節例證如下：

(1) Was I deceived, or did a sable cloud

Turn forth her silver lining on the night?

—Milton, *Comus*, ll.221 - 2.

這種聯想，不是出於自然的直接研究的，不過是依靠智識任意樹立比較吧了。第一，把黑雲當做一件衣裳，是不自然的一種約束。面子是黑色，裏子是銀色，這是同意於第一個約束之後始能了然的第二約束。而以其銀色表示月光，這是"我要表現月光，故你須明白是月光"的第三約束。因爲是出自約束的約束，所以讀者沒有由於這種聯想法，因了這個比喻，更其恰切地感到月光從暗中閃出的光景之理。這種結合，是基於四角四面的論法的，除了稱其爲巧妙的技巧以外，不能加以任何讚辭。由來日本的和歌，坊間的俳諧，頗尊重這種聯想法，世人也似乎多以此爲詩人的本領。試取前例和下面一比較，妍醜自然分明吧：

And so the tempest scowled away,　—and soon

Timidly shining through its skirts of jet,

We saw the rim of the pacific moon,

Like a bright fish entangled in a net,

Flashing its silver sides.

這一節是從呼得 (Hood) 的 *A Storm at Hastings* 引用的。自比較之得當說，文學的價值可以說幾倍於前者。"鳥羽王之裳"雖與"銀色之裏"一樣，近於求聯想於衣服的，但其主眼不在此，故不論之。"timidly"是射出語法，和蓼太的"連綿春雨，一夜倏窺松梢月"差不多是同格，所以這也不必論其是非。我所欲與前例定其優劣的，是畫着橫線的二行。把那露洩雲縫的月影，喻爲潑剌的銀鱗閃鑠於漁綱，這眞可以說是上例所沒有的手腕。漁夫手上所曳的漁綱正欲離開水際時，鮮魚一躍，浴銀彩於其細鱗的狀況，實在與皓月滑出雲端，露洩冷光於下界有酷似的地方。換言之，是綱中魚這件感覺材料，幫助月光這件感覺的材料，能將其印象弄成更其明顯地客觀化，其切實處，實非那些理智的假設的聯想所可比擬的。

(2) 在文學的評論之下殆沒有價值，但做一種學者表示其學問的手段，於某一派人占有勢力的；例如：

Except they meant to bathe in reeking wounds,

Or memorize another Golgotha,

I cannot tell.

—Macbeth, Act I. sc. ii. ll.39 - 41.

　　說到 Golgotha 是西洋人視爲金科玉律的聖書中的故事，故在這一層，讀者也許都歡迎，而作者使用之也覺戀戀吧。然而試問，地積"屍山"的情形，果然會由於這個聯想，躍然映到任何一人眼裏嗎？這大約是容易難以卽答的吧。像這個猶可以恕之。單只是事事尊重古典故事的結果，竟不問其聯想是否適當，一味引用（卽一種聯想法）以示自家的博學，這斷斷非斥之不可。世上有人看見滿篇盡是這種語法的文章，便擊案嘆絕說："是眞文學者！堪稱才人！"這正與看見魚舖裏米面堆積如山而嘆賞道"好個大魚舖！"是一樣的，這旣不是褒者之明見，也不是被褒者的高手。日本有些通於西洋文學的人，往往把不適宜的西洋的故事嵌在文中，以爲潤飾之具。潤飾的確是潤飾，單只是這不過是學者的潤飾，詩人文士不會因此而放出任何光彩。這正與金錶雖足以示帶者之闊氣，却不足以證其時之準確是一樣的道理。

　　(3) 有文學上的價值，而又是適當的形容，唯因其複雜，以致力量薄弱的。

And as a spray of honeysuckle flowers

Brushes across a tired traveller' s face

Who shuffles through the deep dew − moistened dust,

On a May evening, in the darkened lanes,

And starts him, that he thinks a ghost went by—

So Hoder prushed by Hermod' s side.

—Matthew Arnold, Balder Dead, I. ll.230 - 5.

　　這是用忍冬花云云的感覺材料，說明兩人相左的情形的。不但聯想得恰切，材料也頗富於詩味，所以大體上不可不說是上乘的成功。若論其缺點，卽在說明的材料比被說明的材料過於長。至少在日本人——不，在日本人的一人的我看來，似覺其顛倒主客。這樣的例，評者也不難加以"頭大尾小，稍欠沈着"的斷案。可是西洋的詩人，大約沒有懷抱這種偏見，所以這種語法，似乎始終散見其作品。我想這或者是承傳統自古代希臘的文格，爲所謂 "Hmeric Simile" 的遺物，生存於現代的吧。試從伊裏雅特 (*Iliad*) 舉出一例：

As when on the echoing beach the sea — wave lifteth up itself in close array before the driving of the west wind; out on the deep doth it first raise its head, and then breaketh upon the land and belloweth aloud and goeth with arching crest about the promontories, and speweth the foaming brine afar; even so in close array moved the battalions of the Danaans without pause to battle.

—A. Lang, W Leaf & E. Myers,

The Iliab of Homer, p.77.

　　元來用感覺的材料說明各種材料，其主旨無非在事物的具體化——這是文學的原理。所以說明材料的詳密，一見似要使被說明材料的印象明瞭，然若超過一定的程度，便要弄到不能綜合於一眼之下了。卽使能夠綜合，那綜合起來的印象也是說明材料的印象；這種印象愈明顯，爲主的被說明材料的印象便愈被壓下去，而將至於消滅吧。阿諾德大約是尤其嗜好這種語法，所以在 *Balder Dead* 第二巡遊下界裏面，Hermod 騎着 Odin 的名馬 Sleipner，繞了九日九夜的山谿之間，來到地獄的 Giall 河時，橋上有一個女人站着擋住去路——他在這一節，用了下面似的複雜的感覺材料爲說明之具：

But, as when cowherds in October drive

Their kine across a snowy mountain pass

To winter pasture on the Southern side,

203

And on the bridge a waggon chokes the way,

Wedged in the snow; then painfully the hinds

With goad and shouting urge their cattle past,

Plunging through deep untrodden banks of snow

To right and left, and warm Steam fills the air—

So on the bridge that damsel block' d the way,

And question' d Hermod as he came, and said:

—*Balder Dead*, II. ll.91 - 100.

　　本文僅僅二行，而比喻却多至八行。從而不得不使人疑心這段比喻，是爲比喻而比喻，不是爲說明而比喻。若單當作獨立的敍述，想見牧牛人的情形，並非沒有趣味。然若附隨本文來讀，便不可不說是宂漫的了。宂漫就是說濫用不需要的材料於比喻裏面。將女人擋住橋上之路，比之車道爲雪所掩，這是可以的。至於牧牛人揮鞭嘶聲喝牛，却不明其說明本文的那一部分了。因爲說明的材料多而且詳，被說明的材料又是單純而不相稱，故在對比兩者的讀者腦裏，反有生出混雜之虞。同人的 *Sohrab and Rustum* 裏面，也有一樣的例：

As when some hunter in the spring hath found

A breeding eagle sitting on her nest,

Upon the craggy isle of a hill − lake,

And pierced her with an arrow as she rose,

And followed her to find her where she fell

Far off; —anon her mate comes winging back

From hunting, and a great way off descries

His huddling young left sole; at that, he checks

His pinion, and with short uneasy sweeps

Circles above his eyry, with loud screams

Chiding his mate back to her nest; but she

Lies dying, with the arrow in her side;

In some far stony gorge out of his ken,

A heap of fluttering feathers: never more

Shall the lake glass her, plying over it;

Never the black and dripping preipices

Echo her stormy scream as she sails by: ─

As that poor bird flies home, nor knows his loss, ─

So Restum knew not his own loss, but stood

Over his dying son, and knew him not.

─ll556 - 75.

　　Rustum 是 Sohrab 的父親。單身舞劍，刺斃己子而尚不知其爲己子。鷲鳥云云十八行，是形容無意識地殺了己子的 Rustum（從而可以說是用感覺的材料，說明人事的射入法）。聯想，固然適切。然而我所加於前例的攻擊，照樣可以應用於此是不消說的；而事件這樣切迫，達到感情的高潮時，忽而拐入歧路，悠遊於大比喻，這種大國民的胸襟，不是我們日本人所有的。即使退一步說這段比喻的全部都必要，但其複雜，終非日本人所趕得上。謠曲《攝待》有佐藤的母親，悲嘆己子之死而不歸說：

　　"飛出故里的小鶴，不歸松巢呵，多寂寞！"

　　我們覺得這個鶴的比喻，反覺印象之深。總之，像 Rustum 與鷲的比較，不過是在失掉所愛的目的物這個共通之點，兩者互相接觸。然而竟取出不接觸的諸點，而且以非常精緻的筆形容之，總要令人覺得多此一舉。讀者若懷疑我的話，請看下面一例，和前面的例比較比較看。

A rascal bragging slave! the rogue fled from me *like guicksilver*.
　　　　　　　　　　　　—2 *Henry IV*, Act II. sc. iv. ll.247 - 8.

語數雖然至少而極簡，但其圓滑而示其難以捕捉的形狀如在眼前，使其如生龍似活虎的本事，有如在舌尖點了一點薄荷似的。順便說一句，這是 Falstaff 在酒館內和 Pistol 打架時的科白。

(4) 最後要舉出幾個大約是在自然界經過實地研究的例，以示其所與的興趣特別昭著而鮮明：

He and his brother are like plum － trees that grow crooked over standing pools; they are rich and o' er － laden with fruit, but none but crows, Pies and caterpillars feed on them.
　　　　　　　　—Webster, *The Duchess of malfi*, Act I. sc. i.

這是壞人 Bosola 對 Ferdinand 和 Cardinal 的評語。他一味想着把這兩個兄弟的不少的財產，弄到自己手上，但是始終想不出妙計，然而要想就這樣置之，又恐被他人着先鞭——是把這種情形，聯想到枝橫池上而結實的梅樹來形容的。使讀者一讀之後，立刻歷然想起說者的位置境遇，和兄弟倆的地位等；這種手腕，完全是自然直傳的所賜吧了。

As a green brand, that is burning at one end, at the other brops, and hisses with the wind which is escaping:

so from that broken splint, words and blood came forth together: whereat I let fall the top, and stood like one who is afraid.
　　　　　　　　—Dante, *Divinc Comedy Inferno*,
　　　　　　　　　　Can. xiii. ll.40 - 5.

這雖是離得很遠的例，但究竟還是切實的聯想法。若單說會由樹幹發出聲音來，本是容易沒有人肯信，但是他拿出眼前的感覺的材料說那樹幹說話的樣子是如此這般，而使兩者結合，故不由得叫人點首稱是。燃燒生木頭時，會從其一端噴出澀沫似的東西而發出一種悲哀的聲音，這是大家日常目睹的事，故用這樣近似的材料，形容樹幹發出人聲這種難以髣髴的作爲，而效果也就大了。

原來歷來所說的各種聯想語法，不過是文學的技術的一部，自不待言，然而棄置之，則文學決不能存在。大凡文學的材料，使用之把印象的力量弄成更其敏銳，增進具體之度，至此其效愈著。試舉一例，如"花眼""濕眼"，都不是沒有文學的資格，然欲簡單而且明瞭地說明眼怎樣花，怎樣濕，便只有依靠聯想法的一條路。

You cannot see his eyes.　—they are two wells

Of liquid love.

　　　　　　　　　　　　—Shelley, Rosalind and Helen, ll.1268 - 9.

These eyes, like lamps whose Wasting oil is spent,

Wax dim, as drawing to their exigent.

　　　　　　　　　　　　—1 *Henry IV*, Act II. sc. c. ll.8 - 9.

等都是。或如：

Yet nought but single darkness do I find.

　　　　　　　　　　　　—Mitlton. *comus*, 1.204.

其趣味就在於附 Single 這個具體的形容詞，於"黑暗"這件漠然的東西。《理查三世》裏面，安之悲其爲理查的后妃之語有：

I would to God that the inclusive verge

Of golden metal that must round my brow

Where red－hot steel, to sear me to the brain!

Anointed let me be with deadly venom,

And die, ere men can say, God save the queen!

　　　　　　　　　　　　—Act IV. sc. i. ll.59 - 63.

這雖然不過是將黃金的王冠和熱火的鐵聯想，把卽位的聖油和猛烈的毒藥連結的，但因其說明材料的具體度，超過被說明材料，故能將其印象提強一級。或如波令布魯克遣使到佛林德城，威脅理查二世，說你若不取消對於我的宣告——

I'll use the advantage of my power

And lay the summer's dust with showers of blood.

　　　　　　　　　　　　—*Rich. II*, Act III, sc. iii. ll.42 - 3.

這是以 "lay the summer's dust… " 云云的具體的剃刀，代替兵亂或殺傷似的漠然的鈍刀的。或者如只消說沈靜之日，洗靜之畫就完事的話，改說如下如何？——

It was so calm, that scarce the feathery weed

Sown by some eagle on the topmost stone

Swayed in the air.

　　　　　　　　—Shelley, *Laon and Cythna*, Can. II. st. xvi.

Not so mush life as on a summer's day

Robs not one light seed from the feather'd grass,

But where the dead leaf fell, there did it rest.

　　　　　　　　　　—Keats, *Hyperion*, Bk. I. ll.8 - 10.

或小人國的參議員 (Lilliputian Committee) 檢閱格裏佛 (Gulliver) 的懷中時，形容其手巾說："one great piece of coarse cloth, large enough to be a foot - cloth for your Majesy's choef room of state"；又評他的錢包說："a net, almost large enough for a fisherman, containing several massy pieces of yellow metal, which, if thoy be real gold, must be of immense value"；這都是利用適當的聯想，將不明瞭的事物變成十分明瞭的。

　　聯想，有時也有些頗背常識的。走到極端時，便與狂人的囈語無
所異了。據說昔日有一個人，戲問當時的碩學某科學者說："你知道
本生 (Bunsen) 的近著 *Malleability of Light* 嗎"？那個人慚愧地答
道："尚未!"Light 大約是指日光，Malleability 是把金屬物打成長條
之意。所以此兩者之間自然不會有任何合理的連結之理了。從而本生
自無著述這種書的道理。然而人的聯想，有着頗縱逸的性質，所以這
樣大胆的綜合，居然也瞞過了斯道的大家。心理學者詹姆士教授 (Prof.
James) 說："成立自同一國語，而若無文法上的錯誤時，完全無意義
的文字，也往往被承認而不受斥。"聯想的範圍，實在是如此之漠然。近
時出版的 *Literary Guillotine* 這本書裏面，有一件滑稽的漫評，是擬召
喚近代作家到法庭對質的。Hall Caine, Mary Corelli 等，關於他們的
弱點，都受到推事的判決。其中 Henry James (Prof. J. 的老弟)，對於
他的獨家經理的 "Sententia obscura"（晦澀句法）的特權侵害，提出
了訴訟，其辯論的一節，有這樣難解的文字的陳列："My aim shall be
to achieve the centrum of perspicuity with the missile of speach, propelled,
as in the case of truth's greatest protagonists, by the dynamic force of
exegetical insistience, eventuating in unobfuscated concepts"。其聯想
之突兀，唯有令人驚異！嚴密地說，在這裏引這個例雖然不大妥當，不
過我只是附帶說一句，聯想有時也會求其對象於意外之境，而且所謂
晦澀的文體，歸根結蒂起來，其要素之一，必是基於聯想法脫出常
規的。

209

第四章　滑稽的聯想

　　本章所要論的，主爲成爲滑稽的趣味出現於文學的，其範圍與前三者毫無異趣；唯上述那樣聯結兩件材料，道破於兩者之間可得而豫料的共通性時，便生出文學的價值，而這一種則不然。這是依靠意外的共通，生出突兀的綜合時，始發揚其特性的。然則前三章的各種聯想法，是以互相結合共通性的作用爲主眼，這裏所說的聯想，目的却是在利用多少的共通性的結果，介乎此，將意想不到的兩者，掇合得完全的手段。所以這種聯想，往往不深究其共通性的適不適，多半只注意其非共通性，這只能說是自然的結果吧。因此，在前三者，務須兩者的類似深遠而且永久，在此種則只消表面淺薄的類似就夠了；不但如此，有時只消文字上的連鎖，就可以喚起多少興趣了。試用作例比較射入語法和此種語法，一見就可以明白我的話之不僞：

I was about to tell thee: —when my heart,

As *wedged with a sigh*, would rive in twain.

Lest Hector or my father should percieve me,

I have, *as when the sun doth light a storm*,

Buried this sigh in wrinkle of a smile:

But sorrow that is couch' d in seeming gladness,

Is like that mirth fate turns to sudden sadness.

　　　　　　　　　　—*Troilus and Cressida*, Act I. sc. i. ll.34 - 40.

像這，其妙完全是在成立自類似性的巧妙的聯想，這是很明顯；至於 *Gaunt* am I for *the grave, gaunt* as a grave,

Whose hollow womb inherits nought but bones.

          —*Richard II*, Act II. sc. i. ll.82 - 3.

可知其聯想，完全異乎前者了。Gaunt 是人名。Gaunt 意爲憔悴。Gaunt 這個人名和憔悴，除了發音以外，沒有任何類似性。這裏却欲利用這個薄弱的連鎖，將 Gaunt 這個人物和墳墓結合。人們不得不駭然於其淺薄。爲其淺薄而駭然之後，一經明白其雖淺薄，兩者之間依然有多少因緣，而其關係終於不能否定，驚異之念便不得不一變而成滑稽趣味了。（順便說一句，這裏所引用的句子，是 John of Gaunt 臨終之語，所以莎翁決不是將其使用爲滑稽的。將其解釋做滑稽，這不過是我的意見。我說此句帶有滑稽的臭味，就等於說，自其爲認眞的句子說是失敗的。）

第一節　雙關趣語

這種聯想裏面，最簡單的，普通稱之曰雙關趣語，英語則叫做 "Pun"。其性質，比較地易爲普通人所用，故稍爲喜歡滑稽趣味之徒，日常談天之時，總要搬弄出來得意一番，這是我們屢屢目睹的。拍息 (percy) 爲逸活集❶裏面《何甲斯 (Hogarth) 的小話》❷之類，便是此種之上乘者。《小話》說：

"何甲斯對於有趣的戲談，極有興趣，他這種癖氣，甚至表現於日常瑣事。有一次他寄了一張晚餐的請帖給一個朋友，這便是很好的證據。紙面畫一圓圈，用肉叉和小刀爲圓圈的支柱，在圈內寫上請飯的話，於其中心畫一塊肉饅頭。請飯的話寫完，未後記了'η, β, π'三個字。這是用希臘文三字爲雙關趣語的材料的，'eta, beta, pi' 即'Eat a bit of pie!' 之意。"

有人以爲這種聯想，沒有文學的價值。我也不以此爲最高的技巧。然而一筆勾消之，謂其沒有文學的價值，我想這是因其易做，遂侮蔑之於實價以下的。元來一切聯想，必須一方面有甲，另一方面有乙，而中間有丙。現在，試看謂雙關趣語爲下品的意見，似乎多是置其非難於中間的丙。即不滿意其表現共通性的要素之淺薄而類似兒戲者比比皆是。但是依我的意思，在滑稽的聯想爲重要者，不是中間的丙，反而是在兩端的甲乙。這層就和前章所論的聯想法大不相同。在前者最重要的，不是說明材料，也不是被說明材料，是在兩者合於一

---

❶ 當爲《逸活集》。——編者註
❷ 同上。——編者註

路牢然不易的一點。是在比較之切實，而任何人也不能否定之。換言之，是在能否說明得妙。是爲表示共通性的丙的要素，牢然而自在。滑稽的聯想則不然。不是爲說明甲而用乙的。不是爲代表甲而搬出易感的乙的。從而其生命，少受“將被說明的甲和當說明之衝的乙相一致的丙的狀態如何”的支配，反而是視甲與乙的性質如何而定其價值。卽其趣味在甲與乙相距得殆無法設想處，連結此兩者的丙的性質如何，這並不很重要。從而丙的性質頗薄弱的雙關趣語，也不應因其丙薄弱故而輕視之。莎翁是雙關趣語的健將。適當的時候不消說，便是不適當時也濫用之。上面所舉 Gaunt 之例卽其一。*Punch* 爲高尚的滑稽雜誌受一般人的歡迎。試檢之，少有一句不帶雙關趣語的。

> I like your chocolate, good Mistress Fry!
>
> I like your cookery in every way;
>
> I like your shrove – tide service and supply;
>
> I like to hear your sweet pandeans play;
>
> I like the pity in your full – brimmed eye;
>
> I like your carriage, and your silken grey,
>
> your dove – like habits and your silent preaching;
>
> But I don't like *your Newgtory teaching*!
>
> —Hood, To *Mrs. Fry*, st. xiii.

此例的結句，純係俏皮話，正式可以屬這種聯想。所以特地舉出來，除了牠的價值以外，又因其有著名的歷史的緣故。略述其大要如下：一八二五年倫敦所出版的書，有無名氏的詩集一卷。內收十五篇詩，題名 *Odes and Addresses to Great People.* 一如題名所示，是吟詠當時的大家的作品。不消說這些大家之中，也有當時風行的乘汽球的人和講書家。然而忝爲這位無名氏的詩題的一人，名叫 Mrs Fry，是一

位 "Quqker 宗" 的慈善家。這位女子，創設學校於倫敦的 Newgate
（古監牢），教授那些受不到一般教育的利益的不幸的孩子們，所以無
名氏做了這篇詩，訓其事業之無益（不過這裏所引用的，只是其一
節）。當時的文豪哥爾利治 (Coleridge)，得到此詩集，讀此詩到
Newgatory teaching 兩字時，擊案嘆息，想道，能夠這樣地弄出滑稽
的本事的，除了他的朋友 C. Lamb，再不應有第二個人，當卽以無名
氏爲 Lamb，立刻寫了一封信給他說：

Thusday night, 10 *o' clock*—No! Charles, it is *you*! I have read them
over gagin, and I understand why you have *anoned* the book. The puns are
nine in ten good—many excellent, —the *Newgatory*, transcendent! And
then the *exemplum sine exemploof* a volume of personalities and contem-
poraneities without a single line that could inflict the infinitesimal of an
unpleasance on any man in his senses—saving and except, perhaps, in the
envy addled brain of the despiser of your *Lays*. If not a triumph over him, it
is, at least, an *Ovation*. Then moreover and besides (to speak with becom-
ing modesty), excepting my own self, who is there but you who could write
the musical lines and stanzas that are intermixed?

Lamb 的回信說：

The Odes are, four－fifths, done by Hood—a silentish young man
you met at Islington one day, an invalid. The rest are Reynold's, whose
sister Hood has lately married. I have not had a broken finger in them…
Hood will be gratified, as much as I am, by your mistake.

試問這件歷史上著名的俏皮之所以以爲俏皮，就只歸到 Newgate
一字。Newgate 的形詞是 Newgatory，他就是要從這個形詞使人聯想
到同音的 nugatory（無益）的。從而兩者的共通物是一定的字音，依

此所聯結的是絕無關係的"監牢"與"無益"兩事，故會引起一種興味。

C. Lanb❶甚至被誤認爲這裏所引的詩的作者，所以在這方面，大約他是特別有興致的；他常在文中搬弄這種聯想。記得 *Essays of Elia*（？）裏面，有這樣一句 "Prithee, friend, is that thy own hair or a wig?" 是一個人攜着兔子 (hare) 走過去時，有人把他叫住的話。這也是依共通音，使人聯想 hare 和 hair，這不待說明也可以明白。

Falstaff 和 Prince Henry 問答說：

Falstaff. And, I prithee, sweet wag, when thou art king, as, God save thy *grace*, —majesty I should say, for *grace* thou wilt have none, —

Prince. What! none?

Falstaff. No, by my troth, not so much as will serve to be prologue to an egg and butter.

—*Henry* IV, Act I. sc. ii. ll.17 - 23.

尊稱也叫做 your grace, 神惠也說 grace, 食前的禱詞也用 grace. 依字音的媒介，將這三個 grace 結合，便是這段會話之所以別緻。其與前者不同處，不在俏皮其物的性質或優劣，這個是說話者的性格。普通浸淫於這種聯想的，都不過自覺其爲俏皮而搬弄其才而已。我們聽了這種話而覺其滑稽，不是因爲視說這話的人爲滑稽，不過是賞鑑俏皮其物吧了。從而我們對於俏皮的感覺，和對於說這種俏皮話的人的感覺，多半是完全獨立不相侵犯的。然而假定有一個人，因了或種原因（無識或誤會等），不覺其俏皮話爲俏皮而當作正經話說，我們對俏皮的滑稽感立刻就落到那個人物身上，故不得不比僅自語言的趣味得到的感覺活動幾倍了。何則？因爲此時的滑稽感的目的物，已不是死板板的一句，乃是有血有肉的具體的活物故也。他嘴裏跑出來的滑

---

❶ "C. Lanb" 當爲 "C. Lamb."。——編者註

稽，附在他的人格而不能離開，他的滑稽可以斷定爲他的人格的一部分，而且介乎這個特別的滑稽的小窗，可以豫想那伏在裏面的，活跳跳的大滑稽，所以一句的滑稽，不會止於爲一句滑稽而煙消霧散。忽然脫却人工，變成天籟的妙音，終於像畫龍得水，一躍而登天界。像 Falstaff 的滑稽，多少近乎此。

Measure for Measure 裏面，獄吏 Abhorson 和 Clown（丑角）一起去找囚人 Barnardine 促其最後的覺悟，那裏有一段如下的滑稽問答：

Barnardine. 〔*Withjin*〕A pox o' your throats! Who makes that noise there?

What are you?

Clown. Your friends, sir; the hangman. You must be so good, sir, to rise

and be put to death.

Barnar. 〔*Within*〕Away, you rogue, away! I am sleepy.

Abhor. Tell him he must awake, and that quickly too.

Clown. Pray, Master Barnardine, *awake till you are executed, and sleep*

afterwards.

…………

Bornar. You rogue, I have been drinking all night; I am not fitted for' t.

Clown. O, the better, sir; for he that drinks all night and is hanged betimes in the morning may sleep the sounder all the next day.

—ActⅣ. sc. iii. 1126 - 50

216

　　這不消說不是尋常的雙關趣語。主要的興趣，不是在僅由字音的共通性，結合了意義不同的兩個 Sleep. 應用那一般可以通用的眞理於不能通用的特別的時候而不顧，是這種滑稽的眞髓。"你要睡覺那自可以敬隨尊便，不過你要睡覺，還是把事情辦完再睡，纔睡得舒服吧"，這是任何人都可以通用而且沒有錯的眞理。單只是這裏的事情，不是普通的事情，乃是上刑場被斬首的事情。若是別的事情，說是怕擱在心理，所以先辦完了好放心去睡，這也有道理。然而叫他先辦完了被斬首再去睡，這是說這種話的人，把被斬首的大事件，當作普通的事情而不以爲奇的。所以這種滑稽，就在於把普通的事和斬首的事，一括於"事情"這個共有性之下的天眞爛漫，或胡裏胡塗處。而此連鎖，不單是文字上的技巧，也可以認爲一種智的要素，所以我在這裏舉出這個例，爲的並不是說牠當然要被分配於這種類別之下，反而是附隨於前例，以示生於有意識或無意識的俏皮之間的趣味之不同。一如在說 Falstaff 之例時所說，這種滑稽的價值，是隨着 Clown 其人的性格如何而大有變化的。若以有意識解之，則感興不過生於語言之上吧了。反之，若因 Clown 的腦筋幼稚，而眞誠說這種話而以爲合理，則我人的滑稽感不單落到文字之上，並且是對於他這個人，油然而生滑稽感，其結果，他便化成一個滑稽的，有趣味的人物了。

　　薛立敦所描寫的馬拉普洛普夫人 (Mrs Malaprop)，是以所謂"無學的識者"著名的，所以始終無意識地說着這種雙關趣語，以解讀者之頤。旁人指示她的語言甚多誤字，她便生氣說：

There, sir, an attack upon my language! What do you think of that? —an aspersion upon my parts of speech! Was ever such a brute! Sure, if I *reprehend* anything in this world it is the use of my oracular tougue, and a nice *derangement of epitaphs*!

—Sheridan, the Rivals, ActⅢ. Sc iii.

　　大約 "Reprehend" 是 "represent", "derangement" 是 "arrange-
ment", "epitaph" 是 "epithet" 之意吧。但是這種誤謬，完全出於無意
識，從而興趣饒然。不過這種誤謬有點不自然，因爲讀者總要疑問，這
種誤謬卽使是無意識的，然而能說這種深奧的話的人，爲什麼居然也
弄出這些誤謬？因此，一方面得來的滑稽感，似要在另一方面爲這不
自然打消。我們也常常在下等理髮館，聽到沒教育的人的認眞而且自
然的這種滑稽。

　　雙關趣語未必在聯想的形式一致。

Chief Justice. Well, God send *the prince a better companion*!

Falstaff. God send *the companion a better prince*!

　　　　　　　　　　　　　—2Henry IV, Act I , sc. ii. ll.223 - 5.

　　像這，便是稍爲複雜的。例如 Falstaff 的法庭辯論的一節，其趣
味便在一見是具有同一構造的二行，於意義上完全相反。卽是能使同
一材料，僅以其次序不同，就包含意外地大不相同的思想。這時的連
鎖，是句之構造以及爲其內容的文字，故較普通的雙關趣語爲複雜。這
樣追逐複雜之度，而將此種聯想擴大，我們就可以達到一種
Parody 吧。

　　關於雙關趣語 (Pun), 有一句話要說。一如上面所說，這種語
法，始終是依據些少的共通性，綜合異種的材料的，故若以此些少的
共通性爲主，而欲使其湧出興趣來，便往往要完全失敗。像日本歷來
的雙關趣語卽此。雙關趣語不利用屬於這種聯想之本領的滑稽趣
味，反而強用其最不拿手的性質，以代前三種諸聯想。介乎 "Kami" 這
個共通的字音，連結神與紙（譯者註：神與紙日語都叫做 Kami) 時，其
興味不在兩者的相似，反而在其差別。然而考之雙關趣語的作例，似
乎反而是要利用這種脆弱的共通性，認眞來說神與紙的類似。其不自

然而可嫌，自是不消說的了。有一句"這是誰脫掉的籐袴"。名叫籐袴這種草花，和我們所穿的袴，其間只有一個字音的共通。然而以此爲根據，便欲強人覺得這句話的意思是說，籐袴之草如脫掉之袴（註：日人所謂袴就是裙），這豈不是極不自然而且沒意思的嗎？這眞可以說是"所求者奢"的了。

第二節　機智

這裏要說的滑稽聯想，和前節的雙關趣語稍異，其連結物不僅借助於字音，是依據內容的意義，恃論理的智力的作用，喚起滑稽的興趣的。正如只當山頂上是個深林而登上去，登到一看，却是平凡的麥園而大喫一驚。雖不能完全否定其文學的價值，但應該知道智識分子之多，是要減殺其興味的幾分的。我們佩服其聯想之妙，突破法之巧。英語稱這叫 Wit.

I do love thee so,

That I will shortly send thy soul to heaven.

—Richard III, Act I . sc. i. ll118 - 9.

這便是一個適當的例。卽以"愛"這個內容爲中樞，思想一轉，文意爲必然的論理所引導，而歸到"故我欲送你之魂上天堂"這個斷案。其徑路完全是智的。卽依據所謂三段論法的。"吾人欲所愛的人幸福""魂魄上天堂是幸福""所以我要使我所愛的你的魂到天堂去"，然而"欲上天堂者非死不可，故我不得不殺你"。

North. Have you forgot the Duke of Hereford, boy?

Percy. No, my good lord, for that is not forgot

Which ne' er I did remember: to my knowledge,

I never in my life did look on him.

—Richard Ⅱ， Act Ⅱ. sc. iii. ll.36 - 9.

興味是爲利用"忘掉""忘不了"這種文字的意義之有變化而聯想之而生。試說明如下：

"not forgot" 有二義。Remembering =not forgetting = never remembering。普通是用第一種，不用第二種。然而這裏，棄掉普通人所期待的 (1), 從天外請來 (2), 突然使人駭異。駭異的人，旋即佩服其有理，擊案稱是。從而這種趣味，叫做"稱是趣味"。因爲是訴之智力，叫你在心裏稱是，然後纔發生趣味故也。

Anne. Villain, thou know' st no law of God nor man:

No beast so fierce but knows some touch of pity.

Glos. But I know none, and therefor am no beast.

—Richard Ⅲ， Act I. sc. ii. ll.70 - 2.

將其化成方式，卽由 "Every beast knows some touch of pity" 這個連結物，生出

(1) Those that are without pity are no beasts.

(2) Man ought have pity.

這兩個意思，是很明顯的事。Gloster 不過是取第一以奪第二之膽吧了。何以奪第二之膽，此與前例所說者無異，故略之。

以上所舉諸例，雖難以說盡是以所謂滑稽趣味爲第一目的的，然如其聯想之突兀，或依意外的論理而達意料不到的結論，都是滑稽的特色，用得妙，都可以充分發揮其滑稽的本質。試斟酌下舉二例：

The reigning bore at one time in Edinburgh was—: his favourite subject, the North Pole. It mattered not how far south you began, you found yourself transported to the north pole before you could take breath; no one escaped him. Sydney Smith declared he should invent a slippution. Jeffrey fled from him as from the plague, when possible; but one day his arch – tormentor met him in a narrow lane, and began instantly on the north pole. Jeffrey in despair and out of all patience darted past him exclaiming' D—the north pole!' Sydney Smith met him shorthy after, boiling with indignation at Jeffrey's contempt of the north pole. "Oh, my dear fellow", said he, "never mind; no one minds what Jeffrey says, you know; he is a privileged person; he respects nothing, absolutety nothing. Why, you will scarcely believe it, but it not more than a week ago that I heard him speak disrespectfully of the equator!"

北極是大家所知道的，赤道也是大家所道知道的，兩者的關係也是大家所知道的。Sydney Smith 利用這種關係將附隨於其一方的偶然的一時性，任情應用另一方，故聽之者爲其突兀所駭異，同時又不得不首肯其自有道理的緣故。正如聽到有人誹謗我時，我就憤然；這時有一個人來安慰道：「那個人，不論是誰，他都要說幾句壞話。就如那一天，他就把一個蘋果痛罵了一頓。甚至蘋果，他都罵到了，所以你的壞話，他還有不說的嗎？」

We were all assembled to look at a turtle that had been sent to the house of a friend, when a child of the party stooped down and began eagerly stroking the shell of the turtle. "Why are you doing that, B—？" said Sydney Smith. "Oh, to please the turtle." "Why, child, you might as well stroke the dome of St. Paul's, to please the Dean and Chapter."

這不是物與物的關係。是存在於二物之間的「關係」，和存在於旁的二物之間的「關係」的聯想。故若示之以形式，即爲 Shell: turtle: **❶**dome: Dean or Chapter. 從而雖有多少過於理智之嫌，但因被聯想的 "關係" 之類似恰切，故不會麻煩腦筋。

Mrs. Jackson called the other day, and spoke of the oppressive heat of last week. "Heat Ma' am!" I said; "it was so dreadful here, that I found there was nothing left for it but to *take off my flesh and sit in my bones.*"

肉與衣服，同是包骨頭的東西，這一層兩者類似。依據這件共通性，把僅能適應於衣服的文字，卻推廣到肉上頭，就在這裏有其趣味。而其所以用不了多少智識的推理，是因其聯想之簡單。

機智的智識要素過重而達於極時，便成了謎，或成爲近乎所謂 Conundrum 的了。同時，其文學價值要大減，這是自明之理。一般社會，當於小智，搬弄小才，兢兢業業於區區的小事，失掉對人事自然的熱烈的同情；白眼觀世，任何事都想諧謔化的時候，無論是人事材料，或是感覺材料，都無法深搜厚求發揮文學的眞髓，又無由認識偉大崇高的智識分子，而況是在宗教的材料呢？在這種時代最受歡迎的，是機智即 wit; 人們遂至以被稱伶巧爲無上的名譽，而厭呆憨，傻氣等文字甚於瘟疫。末了，遂跑出一班人，作着拿小指尖搔肢人似的文章而引以爲得意。這種文學，常是都會的產物，而且不可不知道，那是產生於認定與隣人爭三文之利，和趁火打劫爲人生目的的徒輩之間的。像江戶時代的町人文學（註：江戶爲東京舊名；町人即市民階級），卽其適例。在這樣的文學，機智雖成一大勢力爲世所倚重，但是除此以外，可以說沒有多大價值。

---

❶ 當刪一冒號。——編者註

第五章　調和法

　　上述四種聯想語法裏面，前三者爲表現類似而結合兩個分子，第四是要介乎類似的連鎖，使人聯想非類似的。現在把這前者擴大，就成爲這裏要說的調和法；把後者敷衍起來，便成了下章所要論的對置法。前述的聯想法，是爲說明 a 而使用 b，調和法則反之，不過是爲提強 a 的文學的效力而配上 b 的。試舉一例來說，形容美人之憂愁說 "梨花一枝帶雨"，是以梨花解美人，故爲射入語法。不但以梨花形容美人，並且以梨花替代美人了。反之，若先敍佳人的暗愁，再配以苦於細雨的梨花，就成了調和法。這時候，不是一件材料，由於類似的功效，被改成別種材料的；雖有賓主之別，却是保持着兩者對立的形狀。所以在前面各種聯想法，是以兩者之一替代另一者，而在調和法，却是由同等或賓主的關係，以甲配乙的。故若提強調和法而至於極端，則不但要接近射入射出諸語法，有時並且要合而爲一了。單只是這裏應該注意的，是在調和法，兩者間的類似無須乎太精密。例如在謠曲本的一旁，描畫般若的臉，雖然可以成立爲調和，却不能以其一說明另一者，這是顯然的。（前段諸聯想法和調和法，由於讀者的觀察點，可以從一移到另一，自不待言。例如舉 "花笑" 一句來說，則純爲射出法，然若視其爲春日悠閒的景色的敍景中被點出的一句，則不外爲一種調和法。）

元來文學的材料中最薄弱的，是智的，超自然的二者，故欲使用此等時，勢不得不配更有力的感覺的和人事的內容，擴大全體的興味，自不待言。卽使是以人事的，感覺的材料爲骨子時，再附加其他各種材料之能相調和者，這也可以說是文學上不可缺少的一技術。卽配感覺的材料於人事的材料，偶人事的材料於感覺的材料，則不但能轉單調爲多趣，並且能叫起遠勝於那些材料各自獨立時的情緒。若不解此中妙趣，徒爲提高感興而疊砌同種材料，則着色過於濃厚，徒引人發生厭惡之情吧了。調和法便是教人以這種妙趣的技術。如漢學者的詩文評有所謂情景兼至，究竟也不過是賞其成功於人事的材料感覺的材料的調和的。由來日本人，一如有先天地愛好自然的傾向，自古以來，凡是詩歌美文，都未曾輕視過這調和。人事的背景，必有自然，自然的前景必有人事。泰西的人，耽於煙霞之癖者意外地少，從而他們的作品中，大有不以這種調和爲必然的要求之概，這在東洋人，可以說是值得注目的現象。試看下面所引雷渥那德 (Leonate) 的述懷。

I play thee, cease thy counsel.

Which falls into mine ears as profitless

As water in a sieve: gvie not me counsel;

Nor let no comforter delight mine ear

But such a one whose wrongs do suit with mine.

Bring me a father that so loved his child,

Whose joy of her is overwhelm' d like mine,

And bid him speak of patience;

Meesure his woe the length and breadth of mine

And let it answer every strain for strain,

As thus for thus and such a grief for such,

In every lineament, branch, shape, and form:

If such a one will smile and stroke his beard,

Bid sorrow wag, cry "hem!" when he should groan,

Patch grief with proverbs, make misfortune drunk

With candle－wasters; bring him yet to me,

And I of him will gather patience.

But there is no such man: for, brother, men

Can counsel and speak comfort to that grief

Which they themselves not feel: but, tasting it,

Their counsel turns to passion, which before

Would give preceptial medicine to rage,

Fetter strong madness in a silken thread,

Charm ache with air and agony with words:

No, no; 'tis all men's office to speak *patience*

To those that wring under the load of sorrow,

But no man's virtue nor sufficiency

To be so moral when he shall endure

The like himself. Therefore give me no counsel:

My griefs cry louder than advertisement."

——Much Ado About Nothing, Act V. sc. i. ll.3

- 32.

這是誤聽 Hero 爲品行不正而大憂的雷渥那德，應酬他哥哥 Antonio 的忠告的話。讀了這一節，我們所認爲最大的特點，是在其智的要素的過重。他的論理的筆法，固然不是沒有叫人點首稱是的地方。可是沒有什麼可以切實地動人心，沒有什麼至情可以引我感。要之，是由於敍述之非"詩的"。自我們的嗜好說，既然取詩的形式，既然取嚴肅的無韻詩，整容見人，於其內容也不得不期待其稍爲感情些，稍屬詩的。例如寺僧吧，一旦披上緋衣，而登法壇時，便須使用一種相應於時與所的特別的調子，而說相應於時與所的崇高的法話，這纔算是合乎身分的。若儘說着些蘿蔔怎麼樣呵，或談着些理髮館中的話，便無須乎着緋衣，上法壇了。詩形卽是緋衣法壇。用詩形表現出來的，便須是詩想之徒以非文學的成分爲主，而懶於配置第一、二種材料，何異坐在法壇上談家務呢？徵之日本的文學，古人自不待言，便是今人，當這樣的時候，也沒有把人事對自然的配合置諸等閒。走到極端時，往往免不了阻礙寫實的目的。例如謠曲文學，可以攻擊的地方儘多，但是在這一層常是和我們的期待一致。例如《籐戶》的主角，悲哀失子一條；和俊寬獨自被留在鬼界島，而說自己的悲運一條。這兩條都疊上多數緣語，而且意思不明的地方也不少。然而頗能於人事配以感覺的材料，又點綴極切實的自然風景，把奇遇詩化，在這一層能保持一種特有的調和，頗足以引我們的興趣。依我的觀察，莎翁的例在滿足智的方面，優於謠曲，謠曲之例在動情方面，似勝莎翁一籌。其以情動人的原因之一，的確是在其借人事感覺兩材料，實行多少的調和－雖不十分完全。

我想，在感覺的材料之中，自然界的景物，巧動吾人之情的事實，不論洋之東西，都一律可以承認的；在英文學，欲尋皈依大地的有象而歌頌其美者，已經有邱塞。再往前找，又有貝奧武爾夫 (Beowulf)。（參照 Moorman *The Interpretation of Nature in English Poetry from Beowulf to Shakespeare.* Biese, *The feeling for Nature.*）因此，以爲自然詩的發達，完全是近世的現象，這決不是正當的見解。然而他們英國人的自然觀，無論如何不像日本人那樣熱烈。他們的詩歌，不受非以風露鳥蟲爲材料不可的壓迫。不，多數的人，似乎對自然殆不抱任何趣味。我在英國時，有一次找人要去看雪而惹其笑。又曾說月亮是着實可愛的東西而使人驚駭了。有一次問一個朋友，爲什麼他家的庭院中不置石頭，他答道："便是有人替我置石頭，我也打算立刻將其搬到庭外棄掉"。又有一次，我指着路旁的松樹，問一個同行的朋友時價幾何，他說大約五磅；我想，實在太賤了，這在日本，很足以爲王侯弟宅之飾哩。後來再問他，說五磅不是做庭樹之價，乃是做木材之價。我被請到蘇格蘭，在那裏所住的，是一所宏壯的邸宅。有一日和主人散步果園，看見樹間小徑鋪滿着青苔，我便誇讚一番；但是我記得主人的答語是說："我打算近日間吩咐園丁將這些青台❶掘掉"。這不消說是沒有文學趣味的人的例，故因以繩一般，雖是過當，不過這種人在英國多於日本，似乎是無可爭辯的事實。從而表現於彼國文學的自然，在我們看來，難免覺得不充足。反之，我們爲上代以來的習慣所支配，信以爲文學的八成是由天地風月構成的，一旦要吟詠作文，不問自己有沒有趣味，便滿堆着草露，蟲聲，白雲，明月之類。其狀恰似暈和尚，一壁放下蛸腿，一壁上法壇大唱念佛。他們僅機械地以爲文學非如此不可，所以甚至把生自其他方法的效果，一概牲犧，也從頭至尾非拿出詩語——如啼鵑，海藻，閨裏月之類——不能已。這是東洋人的弊病。而考其弊之所由來，便是因其過重自然。從而認爲不以自然的色彩爲調和之配偶者，殆沒有作爲美文的價值，這是當然的。接到沒有這種調和的泰西的文學時，感到不滿，這也是當然的。

　　若認自然爲調和的一種要素，來比較東西，那末我相信這裏所論的，大體上沒有誤謬。但是調和的材料，範圍並不是這樣狹小的。其應用的範圍，亦非限於一句一節。若將其敷衍起來，也可以介乎各章，而至於一貫一部長篇吧。例如小說作家，爲提高其作品的興趣，不

---

❶ "台"，當爲"苔"。——編者註

解調和之法，妄把一樣的境地堆疊起來，這就顯係破了此法的了。依
鄙見，如李查特孫 (Richardson) 的 *Clarissa Harlove* 或 *Pamela*，便陷
於此弊了。一味想提強情緒，集中同種材料（但是這裏所說的材料，比
前面所舉那些材料，稍爲廣義）於一卷之中，以強讀者灑同情之淚，這
不但是下策，並是近乎要使知趣的讀者皺眉的了。在人事關係時尚且
如此，獨能再作品之上不如此嗎？而若窮究其根源即是基於不得調和
之法。特洛拉普 (Anthony Trollope) 在他的自敍傳裏面，這樣說過：

　　“任你重疊多少可怕的事件，那可怕也止於可怕而已，是不會直
接觸到活動於作中的人物的，故決不能稱爲悲壯；而且一會兒，就要
失掉使人駭怕的力量。欲搜集這樣的似而非的悲劇的材料於一篇之
中，一點也不困難。現在假定這裏有一個女人被殺害。再假定其被殺
害，是在你所住那一條街，而且是你的隔壁；而且兇手是那婦人的丈
夫，佢們的結婚又是僅僅在一星期前；而況他是將妻活活燒死的。若
這樣地進行下去，材料自不至有窮盡。再說，他的前妻也受了一樣的
待遇而死，而且這個罪人將到刑場時叫嚷說，他唯一不甘心的事，是
沒有加一樣的毒手於第三個妻。若以爲羅列這種材料，小說的能事已
盡，則天下之愚莫甚於此的了。”

　　特洛拉普所說的話，不消說不是調和的辯論。然若考其精神，就
說那是巧妙地指摘了不置調和於眼中之弊的言論，也似乎無妨。

　　現在再就一句一節的調和論。詩歌文章的目的，是在喚起讀者的
感興。這是在前篇論過的根本大義。假若附隨於一件材料的感興不充
分時，勢不得不附加別的材料以補其缺了。然而同種的材料（雖在一
句一節時亦無所異）的反覆，弊病甚多，已如上述，故用感覺的材料
（在日本人，尤其是用天地間的景物如花鳥，風月之類），以助人事的
材料，用人事以配感覺的材料，此二法不可不謂之調和法的祕訣。既

謂兩個以上的材料綜合而能生出完全的感興，這裏便不得不達到莫名
其妙而且有趣的結論了。若說生出完全的感興，組織〔F+f〕+〔F' +f' 〕
之〔f+f' 〕的 f 和 f'，性質上不但決不能矛盾，並且須互相幫救；有
時甚至可以得到這樣的形式：f+f' =2f 或=2f'。卽在調和的目的上，F
和 F'，反而希望其性質不同，f 和 f'，儘量地希望其類似。亦卽是需
要〔f+f' 〕的調和近似，却不很置重〔F+F' 〕的關係和接近的理由。依
靠感情的論理（如其可以如此說）以求感情的一致，這雖是要緊，但
是認識材料的性質之一致，却可以不理會。換言之，就要碰着這樣的
命題：智的論理，不是調和的必然的要求。我們往往在文學上遇見意
義不明，而興趣却又饒然的作品，完全是基於這種道理。其最顯著之
例，可以見之於俳文學。俳句是在僅僅十七字之中，壓搾❶儘量多的
文學內容，故無論如何沒有用充分的接詞以示文字之關係的餘裕；因
此，若以智的解釋對之，意思不貫串的作品很多。然而俳句家不但誦
之而已，並且自作之而不以爲奇，這是在無意識中不誤感情的論理的
緣故。几董之句有"名月呵，朱雀的鬼神絕而不出"，這也是其一例。學
者往往對這樣的句子，加以牽強的解釋，如其無法解釋，便怕貽人笑
柄，說他學識不足，這實在可笑。包子的眞價在其美味，至於他的化
學的成分，是吃包子的人可以不問的。英文學裏面，有時也有這種作
例；不過大體上，因爲是理勝情的國度，所以不消說是包子含多少智
的要素。現在雖不能舉出適當的例，若如：

The King with gathered brow, and lips

Wreathed by long scorn, did inly sneer and frown

With hue like that when some great painter *dips*

---

❶ "搾" 當爲 "榨"。——編者註

His pencilin the gloom *of carthquake and eclipse.*

—Shelley, *Laon and Cythna*, Can. Ⅴ. st. xxiii.

也許可以說是決不能以理推之的調和的一例。至於——

Buried bars in the breakwater

And bubble of the brimming weir.

Boby's blood in the breakwater

And a buried body's bier.

Buried bones in the breakwater

And bubble of the drawling weir.

Bitter tears in the breakwater

And a breaking heart to bear.

—Rossetti, *Chimes*, st. vi.

究竟是不是依據調和法，雖似可疑，但她在形式上沒有表示關係的接續語，隨便掇合了各詞，有如日本的俳句，而具有一種興趣，這是因爲文字的內容，於情緒沒有乖戾。關於調和的辯論，大體約略盡了。下面要移到作例。

And Gareth loosed the stone

From off his neck, then in the mere beside

Tumbled it; oilily bubbled up the mere.

—Tennyson *Gareth and Lynette*, ll.841 - 6.

試看這一句裏面，畫着一條線的部分，是怎樣地與前後的"蒼白的波浪"，"半生半死的日輪"等字句相調和，而彼此提高了價值呵。

Tis thought the king is dead; we will not stay.

The bay – trees in our country are all wenter'd.

And meteors fright the fixed stars of heaven;

The pale − faced moon looks bloody on the earth.

      —Richard II, Act Ⅱ. sc. iv. ll.7 - 10.

這是配景物於人事的，尤爲日本人所歡迎。

Gather ye Rose − buds while ye may,

  Old time is still a flying:

And this same flower that smiles to day,

  Tomorrow will be dying.

…………

Then be not coy, but use your time;

  And while ye may, go marry:

For having lost but once your prine,

  You may for ever tarry."

      —Herrick, To the Virgins, to Make Much of Time.

這個調和，不但是得了對於其兩分子卽少女與薔薇的情緒之調
和，兩者的性質也頗近似，故殆可以稱之爲射入語法。

The man moon is setting behind the white wave,

And time is setting with me, Oh!

      —Burns, *Open the Door to Me, Oh!*

Aft hae I rov' d by bonie Doon,

  To see the wood − bine twine,

Ane ilka bird sang o' its love,

And sae did I o' mine,

      —Ib., The Banks o' Doon.

像此二例；是配了自然的調和的，可以說是我們最歡迎的了。且
其接近於射入法一層，類似前例。

At Aershot, up leaped of a sudden the sun,

And Against him the cattle stood black every one,

To stare thro' the mist at us galloping past,

—Browning, *How They Brought the*

Good News etc.

這裏面 "leaped" 一字，很能調和三個馬上武士拼命疾馳，故妙。或如：

In the afternoon they came unto a land

In which it seemed always afternoon.

All round the coast *the languid air did swoon*,

Breathing like one that hath a *weary dream*.

Full－faced above the valley stood the moon;

And like *a downward smoke*, the slender stream

Along the cliff to *fall and pause and fall* did seem.

A land of streams! Some, like a downward smoke,

Slow－dropping veils of *thinnest lawn*, did go;

And some thro' wavering lights and shadows broke,

Rolling a *slumberous sheet of foam below*,

They saw the *gleaming river seaward flow.*

—Tennyson, *The Lolos－Eaters.*

這樣吟唱時，便覺那萬念俱空，入了醉生夢死之境的人，和這種景物調和得不能離開。

一如上面所說，調和法在文學上雖有殊勳，可是一旦若誤用她失其配合之自然時，立刻令人起厭，以致頓減其價值，此與滑稽法無異。元來人之最屬 "詩的"，不在依據思索，依據商量，考定結果之時，却是在一任眞摯之情言動得刹那之際。置結婚於背景的 "相看"，以派差爲目的的會談之類，在其壓情僞眞一層，離開詩的 Mood 很遠。然而詩的 Mood, 未必包含詩的表現。以爲經過所謂意識的工夫，以致失掉天眞而多斧鑿之痕——這樣的非難，不過是由讀者（卽作者以外的人）客觀視之而云然，不是深究作者之心，而行主觀的糾明的意思。猶之乎無論是怎樣地違逆自然而用的語言動作，倘能使聽者，看者，認其無傲而不生疑問，他們便沒有考勘其心裏的必要；文學者之技，倘能入神而與自然一致，也就無須乎詮索其所以能達到這步，究係無意識的，或是苦心經營的結果了。愛硯石者依"眼"評價之。眼有自然的，有人工的。一代名工，往往所摸之眼，能超乎自然。賞鑑者乃評之曰，"與天成逸品不分上下"。這是眞能知硯的人。眞能知文的人，亦出於同一轍。舉一例於下爲證。

The Danube to the Severn gave

    The darken' d heart that beat no more;

    They laid him by the pleasant shore,

And in the hearing of the wave.

There twice a day the Severn fills;

    The salt sea – water passes by,

    And hushes half the babbling Wye,

And makes a silence in the hills.

The Wye is hush' d nor moved along,

And hush' d my deepest grief of all.

    When fill' d with tears that cannot fall,

I blim with sorrow drowing song.

The tide flows down. The wave again

    Is vocal in its wooded walls;

    My deeper anguish also falls,

And I can speak a little then.

              —Tennyson, *In Memoriam*, st. xix.

我非常愛此數節風韻。至其調和法，是否渾然而無絲毫痕迹，則不能沒有多少疑問。至於詩人的心事，自不得而知。而且也沒有加以忖度的必要。這裏所謂有無痕跡❶的疑問，不過是就出現於此數節的文字說的。詩人在第二和第三兩節，敘述潮水盈滿兩岸，水聲停歇的狀況，以配派溢自己胸中的暗愁的難以說出；到了第四節，潮水漸退而兩岸發出水音，以比詩人之憂愁消失而稍堪談說。我之所以疑問其有無痕跡，即爲這一聯的配合，故意似的叫人覺得那是正合乎預定。（一）承 "The Wye is bush' d" 的 hushed，我憂亦歸平靜，其表示景物心情兩者的相似，雖像是與上例中朋斯的 "The wan moon..." 裏面，兼用 setting 於我與月者類似，但是彼有內部的調和，而此則不然。即潮水云云與憂愁云云，不是一般可以發出同樣之感的，不過是用 hush' d 一字，僅能於表面上結合吧了。（二）即使退一步，認此兩者的配合爲得宜，但也不能承認他特地選出 hush' d 一字，而以此一字爲楔子繫接兩者的必要與效力。（三）再進而至於後節所謂的潮落憂亦退云云的聯想的調和，映到前段，反留其雕琢之痕，使人不由得懷疑這位詩人是否誠實了。潮來潮去，乃是自然的結果。憂則不語，憂去而言，這也似無什麼奇怪。然而拿前兩者來配後兩者，使其雙雙對峙，而又裝得像是自然，我們就厭其太巧了。我們覺得這是一件不痛

---

    ❶ 此 "痕跡" 中 "跡" 當爲 "迹"，下同。——編者註

快的事，因爲作者欺瞞我們，他做得好像是後一對的配合係從前一對的配合的必然的結果生出來的。因爲"潮上時，我有憂愁時，兩岸無聲而我亦無語"這個偶然的配合可以成立，所以"潮退時，憂消時，兩岸有聲而我亦有語"這個配合，是必然的結果——詩人無視我們的知識，強我們相信這個結果，這是使我們覺得可氣的地方。

例如說"雷聲大震，我也大鳴不平"，這就算了。再加一句"電聲歇而我不平亦停"，那就發見其包含詩人所作爲於兩者間的人工的因果了。詩人並沒有捏造這種因果，以強讀者的詩感的權利。不但無此權利，偶一不慎，便要暴露其本無欺人之技而欲欺人之拙。丁尼孫之例卽近乎此。

如果想做這種配合，而又想儘量地緩和不自然之感，便須不強讀者以人工的因果。欲除人工的因果觀念，便不可不廢棄"因此""從而"等一切關於因果之接續詞。不但要在字面廢除，且不可不在意義上廢除。必須努力不使"因此""從而"的觀念，在讀者腦裏生爲二對的聯鎖。必須雜然橫陳之，至其因果之類，須像毫不關知似的。例如說"潮上而岸有聲，我有憂兮寂不語；潮落而浪有音，我欲唱哀歌！"，便多少似能免自理智的壓制，而與讀者以取捨的自由。再將其譯成普通的聯想法，作爲"我憂似潮，滿卽無音，退卽鳴！"，這不過是假定有這種性質之憂，而拿出恰適於形容帶此特別性質之憂的潮水而已，故毫不覺其不自然。

要之，在調和法所應置重的，不是道理的脈絡，乃是情理的脈絡。假如欲說"我樂而飼鳥鳴，我病而飼鳥不鳴"，倘在中間置一個接續詞"因此"以整道理的脈絡時，詩人便失了詩之用，讀者便沒了詩之功。若一樣在中間置一個接續詞"因此"以整情理的脈絡時，我與鳥便爲莫名其妙的同情所支配，足以盡其於難以說明的乾坤之外相憐的景象。至於丁尼孫之例，其所配於詩人者，不是接近我們的禽鳥，乃是遠隔我們的潮水。以理解之卽事近荒唐，若以情解之——我因爲無法以情解之，故加以非難。倘若讀者雪萊的 *Sensitive Plant*, 檢其成功之所在，然後再讀我對於丁尼孫的非難，我的存意就可以明白了。

試論下舉一例，以結此章。

The sea is calm to - night,

The tide is full, the moon lies fair

Upon the Straits; —on the French coast, the light

Gleams, and is gone; the cliffs of England stands,

Glimmering and vast, out in the tranquil day.

Come to the window, sweet is the night air!

Only, from the long line of spray

Where the ebb meets the moon - blanch' d sand,

Listen! You hear the *grating roar*

Of pebbles which the waves draw back, and fling,

At their return, up the high strand,

Begin, and cease, and then again begin,

With tremulous cadence slow, and bring

The eternal note of sadness in.

—M. Arnold, *Dover Beach*, ll.1 - 14.

靜寂的海，漲上的潮，明朗的月，在平穩的海灣裏，獨自聽那嚙着磯邊小石的浪音。去去又來來的潮音，阿諾德說那是永遠的哀痛之音。若謂此哀痛之音，配以四圍的光景而保持調和，那麼他以 grating roar 形容此音，便似失當了。grating roar 乃是騷然的字面。乃是不沈著的字面。乃是轟然活動的字面。其形容所謂永遠的哀痛之音，是否恰到好處，姑置勿論。若點出這種殺伐的音響，於可以說是寂寥，沖融，平靜的光景中而謂其調和，那末，我就不得不懷疑他對於配合所有的興趣了。然若謂其為欲使讀者集注意於所謂永遠的哀音，而一心一意憬幢此音，故意將四圍弄成靜寂；即或謂其為欲僅將在寂然的夜裏只此一件動的感覺，提高到極度，而使用激烈的 grating roar, 那末，於周圍的狀況不調和的此二字，便在其不調和之點大有效力了。讀者可以發見此二字，從全節所處的平地，高高被釣而懸其半空之中。我不知阿諾德之意，故不曉得應如何處理此二字。不過論到這裏，却不得不承認我們所需要的，始終不只是尋常的調和法，有時是用"萬綠叢中一點紅"的配合，較為有利了。於是，調和法便一轉而入對置法了。

第六章　對置法

　　配偶同種或類似的 f 的技術，叫做調和法，而配合異種尤其是相反的 f 時，便可種之爲對置法。調和法是第一、二、三種聯想法的變相，對置法是將第四種聯想法擴大的，這一如前面所說。第四種聯想法，是以依靠某件共通性的幫助，連結意外的二物，對照其差異爲主眼；而對置法也依靠一樣的方法，以喚起一種興味爲能事。試再比論此幾物互相的關係如下：

　　調和法之於對置法，類似第一、二、三種聯想法之於第四種聯想法。猶之乎第一、二、三種和第四種同以兩要素之間的共通性而成立，調和法和對置法也不是沒有極其接近的地方。不但如此，自或種意思說，甚至視後者爲前者的一局面，也不是一件困難的事。假若置階段於調和，其一端須是完全一樣的兩物的配合，另一端又須是完全不同的二物之連結。對置就是指此一端，換言之，就是消極的調和。兩者的關係，似死與生。自一方面論之，生與死不是相隔離的二物，死不過是生的一個變相吧了。憂苦亦是生，憤怒也是生，一樣地意識的內容空虛時也的確是生。恰如在 x=a, x=b, etc. 的時候，x=o 也無疑是 x 的一個價值。對置的時候也一樣。aa 是重複的配合，ab 是最密接的配合；下卽自 ac, ad, ae 等而至於 az，都是一種配合；而對置法不過是此極端的調和。因此，對置法與調和法，其間雖有顯著的境界，但是深究其根本，其區別可就頗曖昧了。

是這樣的，對置法在其形式，雖然無妨看做調和法的一種變相，但自其性質論之，本旨是在積消兩極的配合，所以自然而然就要打破所謂調和，這是不消說的。在前章主張調和之必要的我，又把當然要打破此調和的對置法拿到這裏，而謂爲文學上必需之具，這恰似朝主活人，夕號殺人，一見非無矛盾之概。然若通讀下面所詳述的論旨，大約就可以明白此兩者，在結果不是互相排擠的吧。元來對置法有三種：第一種是用 b 的 f 來緩和 a 的 f 的；第二種是對置的結果（卽感興），自然而然與調和的結果一致的；第三種是類似兩述第四聯想法，帶有多少滑稽趣味的。姑稱第一爲緩勢法，第二爲強勢法，第三爲不對法。

第一節　緩勢法

亘乎人事天然兩界，有緩勢之必要，這是任何人都不能疑的。正如睡眠之對覺醒。又如酸菜之於肥肉。鰻魚爲最富於脂肪的濃厚的食物，故用清新的泡菜爲之緩和。鰻魚馆子的泡菜也是特別的講究，以此足見此中消息了。以西餐爲常食的西洋人，似是以食後的水果爲不可缺少的副食物。這也不過是依從自然所命令的緩勢法吧了。文學上的緩勢法，也是應自然的這種要求而成立。儘哭着，儘發着怒，這不是我們人所受得起的；我們的能力緊張，超過適宜之度，而痛苦將達意識的極點時，作家有時便投一服清涼散，使人蘇生於苦悶之間。昧者徒架屋上屋，踢促然欲求讀者的眼淚，欲使讀者發怒，使人沒有些絲餘裕。這樣一來，不但是碌碌自忙其忙，至死而不解自然。往往搬弄失敗的下策，却瞋怪人之不服己。這是世上迂物，而又是文迂。像那小說中，於主旨以外又插入許多閒話，爲的便是要達到這種目的。或將話頭分岔，甲乙並提，也是基於此法的。釣者若拉線急而且直，線就斷而魚逃脫。世態如此，文章亦然。

　　緩勢法是在相當的面積中始生出必要的，故不能求其適例於一語一句之中。試取例於長篇。司各脫所作 *Bride of Lammermoor*, 是敍述男女相思的作品。敍述戀愛的失敗。敍述悲痛的最後。在大體上是極其酸鼻的悲劇。於是作者便拉了一個滑稽人物，散點各處。得此人物一個，全篇的緩和的分子便成立了。緩和的分子成立，卽讀者的興味上沒有窘窮切迫的不安。莎翁的《羅克伯斯》，特別是利用此法，救滿幅鬼氣於一髮之危。莎翁在開章第一頁，便請來一羣妖魔，首先拈出全篇的定音之後，繼腥風以暗雨，加燐火於鬼氣，認眞使魍魎之影，跳躍紙上，把讀者嚇得屁滾尿流。遂使讀者，驚心於迎送，動魄於去來，恐怖之念一步也離不開。當此之時，俄然現出一片碧空於天際，投進一脈和氣於驚忙裏。讀者之神於是乃漸鎭靜，而得片刻之安。讀者試想一想下面所引一節，是怎樣地滿是和怡之氣。而且想一想其前一節，是怎樣地暗澹吧。再想一想其後段是怎樣地光怪陸離，是怎樣地鮮血淋漓吧。倘沒有這一節，我們就將不堪其毒氣的猛攻，半途掩卷而他顧了。

Duncan. This castle hath a pleasant seat; the air

　　　Nimbly and sweetly recommends itself

　　　Unto our gentle senses.

Banquo. This guest of summer

　　　The temple – haunting martlet, does approve

　　　By his loved mansionry, that the heaven's breath

Smells wooingly here: no jutty, frieze,

Buttress, nor coign of vantage, but this bird

Hath made his pendent hed and procreant cradle:

Where they most breed and haunt, I have observed,

The air is delicate.

—Macbeth, Act I. sc. vi. ll.1 - 10.

第二節　強勢法

　　強勢法不是爲緩和 a 而用 b 的，乃是從新加入 b 這件材料，來放大 a 的效果的。即其爲對置法的一種，雖與前節所說的緩和法無異，不過由於着眼點的差異，遂有如此分類的必要。所謂着眼點的差異是什麼？以 b 之及於 a 的影響（即從 a 的 f 扣除 b 的 f' 的結果）而視對置時，即成爲緩和法；再以 a、b 所有的 f, f' 爲獨立物而視對置時，即成爲強勢法。何則？因爲這時候，a 在文學上發展而成 2f, b 也一樣變化成爲 2f' 故也。換言之，不是〔f - f'〕，是 f 因有 f' 故成爲 2f, 而 f' 因有 f 故成爲 2f'。而其結果，不期然就酷似調和法了。比諸食物。菜蔬是食物之粗者。然而置之於某時某所時，這粗食便忽而價值等於大牢。所謂某時某所，就是說，農夫終日忙於耕稼，苦勞一日囘到家裏吃飯。對置的強勢法，就是配 b 於 a 之前，使 b 擔任某時某所的。普通的 a，終於是 a，不能動移牠；若一旦對置之以 b 時，a 的價值便於倏忽之間飛騰了。強勢法雖是對置。却與調和法同其歸趨，原因即在此。魚是食之美者，熊掌也是食之美者。於魚之外加以熊掌，而領略來自兩者相乘的佳味，這就類似調和法。強勢法的變價，不是待配合物之加算而後達其目的。是使前者的性質反映於後者

241

之上，使後者之質變貴的。方法之異不待說，結果的憂劣也無須論，唯其所指目的，兩者是一致的。懂得畫的人大約都知道，爲集視線於一點白，只有兩種方法，一是加筆於白其物，一是加筆於白的周圍。而且兩法於結果一致，這是大家所知道的。白上加白，欲使其色益發清白，這一法類於調和法。重疊暗色於周圍，不動歷來的白，唯暗中使其放出皓然異彩，這便似強勢法。

　　我說，或成爲強勢法，或成爲緩和法，其異只在着眼點，這也可以用例輕易說明出來。比如這裏有百金，以與貧人。那末，此百金既達緩和的目的，又適強勢的主旨了。若自貧者得此百金而救其窮，又得慰其痛苦這層看去，無非就是緩和。若自貧者因陷於饑渴，故其視此百金有如常人之視萬金這層看去，百金的價值，頃刻化成萬金，故不外爲強勢法。這樣地兩者的差異，往往雖不過是起於觀察點的不同，可是一旦異其觀察點，其所喚起的情緒，於程度，於種類，都各有顯著的特色，所以特地分出此節。以下要舉實例。

Go thou to Richmond, and good fortune guide thee!〔*to Dorset*〕

Go thou to Richard, and good angels guard thee!〔*to Anne*〕

Go thou to sanctuary, and good thoughts possess thee!〔*to Q. Elizabeth*〕

I to my grave, where peace and rest lie with me!

Eighty old years of sorrow have I seen,

And each hour's joy wreck'd with a week of teen.

　　　　　　　　　　　　　—*Richard III*, ActⅣ. sc. i. ll.92 - 7.

　　這是自然的對置。並不是請幾個旁人，特地使其來反映自己的境遇的。向旁人說話，說到自己時，纔生出映帶之妙，使最後一句有勁兒。洮更司之描寫 Little Nell，便是用了這樣的筆致。

But all that night, waking or in my sleep, the same thoughts recurred, and the same images retained possession of my brain. I had, ever before me, the old dark murky rooms—the gaunt suits of mail with their ghostly silent air—the faces all awry, grinning from wood and stone—the dust, and rust, and worm that lives in wood—and alone in the midst of all this lumber and decay and ugly age, the beautiful child in her gentle slumber, smiling through her light and sunny dreams.

—Dickens, The Old Curiosity Shop, chap. i.

置美麗的 Nell 和美麗的 Nell 之夢，於老屋子，老傢具，灰塵，蟲子，和五彩剝落的黑暗裏。實在有如點金於地上！至於愛略脫所用以描寫 Tina 的對置，確是天下妙文。其文如下：

In this way Tina wore out the long hours of the windy moonlight, till at last, with weary aching limbs, she lay down in bed again, and slept from mere exhaustion.

While this poor little heart was being bruised with a weight too heavy for it, Nature was holding on her calm inexorable way, in unmoved and terrible beauty. The stars were rushing in their eternal courses; the tides swelled to the level of the last expectant weed; the sun was making brilliant day to busy nations on the other side of the swift earth. The stream of human thought and deed was hurrying and broadening onward. The astronomer was at his telescope; the great ships were labouring over the waves; the toiling eagerness of commerce, the fierce spirit of revolution, were only ebbing in brief rest; and sleepless statesmen were dreading the possible crisis of the morrow. What were our little Tina and her trouble in this mighty torrent, rushing from one awful unknown to another? Lighter than the smallest centre of quivering life in the water − drop, hidden and uncared for as the pulse of anguish in the breast of the tiniest bird that has fluttered down to its nest with the long − sought food, and has found the nest torn and empty.

　　—Eliot, *Scenes of Clerical Life, Mr. Gilfil's Love − Story*, chap. v.

　　雪萊的 *Stanzas written in Dejection, near Naples*, 或華茨華斯的 *The Leech - Gatherer*, 可以說完全是用此法構成全篇的。不過其巧拙，自不相同。華茨華斯：

The birds are singing in the distant woods;

Over his own sweet voice the Stock − dove broods;

The Jay makes answer as the Magpie chatters;

And all the air is filled with pleasant noise of water.

　　　　　　　　　　　—The Leech - Gatherer, ll.4 - 7.

　　首敍快樂的自然，至後半纔說 "I saw a Man before me unawares: The oldest man he seemed that ever wore grey hairs" (ll.55 - 6), 點綴孤客，實行兩者的對置。但因其插入種種主觀的感慨或理智的教訓於中間，故可謂近於沒却對置之效的了。元來，他似是要避開突兀的對置，用一種感想，以繫對置的兩材料間，而暗作自甲移乙的地步。這是他用意周到的地方，其實却是他失敗之點。對置必須突兀。突兀然後能爲強勢之用。若珊珊移步，自一極至一極時，兩極之差一時射不到眼裏，所以我們終於要看漏其反照。像下舉數行，自對置法說，不但無效，反而是有害的。

But, as it sometimes chanceth, from the might

Of joy in minds that can no further go,

As high as we have mounted in delight

In our dejection do we sink as low.

　　　　　　　　　　　—I bid., ll.22 - 5.

至於雪萊，則完全與此相反。不用任何連鎖於兩材料之間。其自甲移到乙，恰似從光明的天空落下，忽而墜入暗窖之中。從而其生自對置的感興，亦極其顯著。

The sun is warm, the sky is clear,

　　The waves are dancing fast and bright,

Blue isles and snowy mountains wear

　　The purple noon' s transparent might,

　　The breath of the moist earth is light,

Around its unexpanded buds;

　　Like many a voice of one delight,

The winds, the birds, the ocean floods,

The city' s voice itself is soft like Solitude' s.

—Stanzas written in Dejection, near Naples, st. i.

敘述優麗溫潤之景至此，突然下一轉語 "did any heart now share in my emotion"，直捷就入失意的抒情，故此一節——

Alas! I have nor hope nor health,

　　Nor peace within nor calm around,

Nor that content surpassing wealth

　　The sage in meditation found,

　　And walked with inward glory crowned—

Nor fame, nor power, nor love, nor leisure.

　　Others I see whom these surround—

Smiling they live, and call life pleasure;　—

To me that cup has been dealt in another measure.

—I bid., st. iii.

大有條從平地跳上十丈高處之概。又如著名的朋斯的——

Ye banks and braes o' bonnie Doon,

    How can ye bloom sae fair!

How can ye chant, ye little birds,

    And I sae fu' o' care!

Thou' ll break my heart, thou bonnie bird,

    That sings upon the bough;

Thou minds me o' the happy days

    When my fause Luve was true.

也是用了同種的對置法，近乎成功天籟妙音。再看最後的一例：

He goes through shrubby walks these friends among,

Love in their looks and honour on the tongue;

Nay, there' s a charm beyond what nature shows,

The bloom is softer and more sweetly glows; —

Pierced by no crime, and urged by no desire

For more than true and honest hearts require,

They feel the calm delight, and thus proceed

Through the green lane—then linger in the mead—

Stray o' er the heath in all its purple bloom—

And pluck the blossom where the wild bees hum;

Then through the broomy bound with ease they pass,

And press the sandy sheep − walk' s slender grass,

Where dwa fish flowers among the gorse are spread,

And the lamb browses by the linnet' s bed;

Then' cross the bounding brook they make their way

O' er its rough bridge—and there behold the bay! —

The ocean smiling to the fervid sun—

The waves that faintly fall and slowly run—

The ships at distance and the boats at hand;

And now they walk upon the sea − side sand,

Counting the number and what kind they be,

Ships softly sinking in the sleepy sea;

Now arm in arm, now parted, they behold

The glitt' ring waters on the shingles roll' d;

The timid girls, half dreading their design,

Dip the small foot in the retarded brine,

And search for crimson weeds, which spreading flow,

Or lie like pictures on the sand below;

With all those bright red pebbles that the sun

Through the small waves so softly shines upon;

And those live lucid jellies which the eye

Delights to trace as they swim glitt' ring by:

Pearl − shells and rubied star − fish they admire,

And will arrange above the parlour − fire, —

Tokens of bliss! — "Oh! horrible! a wave

Roars as it rises—save me, Edward! save!"

She cries—Alas! the watchman on his way

Calls and lets in—truth, terror, and the day!

　　　　　　　　　—Crabbe, *The Borough*, Letter xxiii.

這個對置的主材，不過是最後二行，其餘二三十行，可以說是這個主材，爲提高自己的價值而戴在頭上的。這是以過去的順境配現在的窮境，所以敍說過去的行樂愈詳，刻畫目前的憂愁之念愈深，遊於山而興尚不盡，故遊於野；遊於野而歡猶未極，遂游於水。在砂暖而波清處，與佳人攜手品貝評藻，忽而大浪掀來，佳人大叫阿郎救我！駭然睜眼一看，元來不是佳人，却是獄吏警護的聲音，而自己身坐監牢房之中，徒待死日之來到。結句雖僅僅二行，但截然劃出明暗二境，翻一筋斗，從一處墜到另一處，故其動人轉覺深刻。

【附】假對法

世人大都認此法爲尋常一樣的對置，考之事實，却不盡然。若自形似說，雖與上面諸節略同其趨向，然若稍加以心理的解剖，便知其既非〔f-f'〕這種緩和法，也不是 2f 或 2f' 這種強勢法。究竟其所喚起的結果，和調和法所喚起者無異，示之以公式，卽可以作爲〔f+f'〕吧。是對置而又無對置之實，故稱之爲假對置。像那《馬克伯斯》的門警的話，足以爲其適例吧。門警的話，不消說帶着滑稽。而在弒逆之血未乾時，他登壇了。故自其性質看，或自配合看，都是對置。儘管是對置，試解剖其結果，却又不是緩和法，也不是純然的強勢法，能夠把這件事論透而釋然時，假對法便自然分明了。在未論此事之前，先要引出門警的話：

Here's a knocking indeed! If a man were porter of hell – gate, he should have old turning the key. 〔*Knocking within.*〕Knock, knock, knock! Who's there, i' the name of Beelzebub? Here's a farmer, that hanged himself on the expectation of plenty: come in time; have napkins enow about you; here you'll sweat for' t. 〔*Knocking within.*〕Knock, knock! Who's there, in the other devil's name? Faith, here's an equivo-cater, that could swear in both the scales against either scale; who commit-

ted treason enough for God' s sake yet could not equivocate to heaven: O,
come in, equivocater. 〔*Knocking within.* 〕Knock, knock, knock! Who' s
there? Faith, here' s an English tailor come hither, for stealing out of a
French hose: come in tailor; here you may roast your goose. 〔*Knocking
within.* 〕 Knock, knock; never at quiet! What are you? But this place is too
cold for hell. I' ll devil — porter it no further: I had thought to have let in
some of all professions that go the primrose way to the ever — lasting bonfire.
〔K*nocking within.* 〕 Anon, anon! I pray you, remember the porter.

—Act Ⅱ. sc. iii. ll.1 - 25.

諸家之評此節，區區不一。或以此完全爲後人所僞作，非莎翁所
知 (Coleridge 說)。若此說爲眞，則評家終於沒有插一言於其間之餘
地了。主張門警的冗語，依然係出於莎翁之筆者，有 Hales 和 Clarke
二家的意見，頗得我心。Clarke 說，"門警的獨白，是對置而調和者"。可
謂言簡而意明的話，他所謂對置和調和，究竟是不是像我這裏所用的
意義，雖不得而知，然自普遍的見解說，可知其離開我的見解不遠。繼
殺人的腥血以醉漢的囈語，這顯然是對置；而且此囈語，又不能緩和
前段的鬼氣，所以不是緩勢法。再則，此囈語又不映帶前段的鬼氣，而
提高做一種囈語的滑稽價值，所以也不是強勢法。總之，此一段狂
語，不過有瞻前顧後，添加痛切的色彩於四圍的光景的功效，故可爲
調和之用。所謂四圍的光景，卽指暗澹而陰鬱的空氣。被點綴於此空
氣中的數行諧謔，雖具有諧謔的形態，但自其風韻說，却不外是添趣
於暗澹，加味於陰鬱的一種調和劑罷了。我的議論便以這件事實爲憑
證出發。如果有否定這種事實的人，那麼他在根本上和我異其感受的
能力，所以不必多說。

現象，不是以訴之視聽爲終局的目的的。我們的腦筋，對於經過

視聽而認識的諸現象，非附以一種解釋不能已。所謂解釋，是在視覺聽覺以外，發見某種意義於此現象的，不過是此現象帶到我們腦裏的內部的消息吧了。獲得這種消息的人，不單是觀察了世相，而且着實是看破了實相的人。所謂實相，不只是宗教家所謂的絕對（如果有絕對）。是指老幼男女各應其分，橫解而又豎解之，以得其眞。而且解釋之所以如此分門別類，不是因爲同一現象分門別類感動他們，是在視此同一現象的着眼點因人而分歧。這個着眼點的分歧，再往上溯，便歸到經驗的分歧。甲的經驗與乙不同，牠命令甲如此着眼，這般解釋 a 這個現象；乙的經驗又異乎甲，牠命令乙如此着眼，這般解釋 a 這個現象；所以我們的對於現象的解釋，終於可以說是爲我們得自經驗的惰性所支配的了。讀文章猶如看世相。理會得一字一劃之浮到表面上的字義尙不能已，有時逼於惰性的要求，還想從自然而然馴致的着眼，看徹此一字一劃，發見其內面的意義。或者想賦與以內面的別種意義。門警的狂語之陷於諧謔，已如上面所屢說的了。然而諧謔，不過是橫亘於字面的尋常的意義吧了。我們讀此劇至此獨白之間，已在不知不覺之間養成牢固的着眼點了。得了這個着眼點的我們，由於這樣地馴致的惰性，欲將劇中的事件，大小一般地解釋下去。而這時候的惰性，無非就是悽愴之氣，畏佈之念。居於悽愴之氣，住於恐怖之念的人，接到這種諧謔時，看了露出於這種諧謔的表面的字義，將儘字義解釋呢，或將依從惰性所命令而求內部的消息呢？如果要求內部的消息，將在滑稽的背後點出何物？點出之物，非悽愴之氣，恐佈之念不可嗎？

由着眼點生出來的解釋的差異裏面，最普通的是正意反意兩面。解成正意者，指鳥爲鳥；解成反意者，指鳥爲鷺。兩者之色儘管如此相反，但是舉一而餘者却已拈到指頭爲暗示，這是由於牠們的性質偏處二極，彼此互爲反撥之力甚強。因此，市井俗漢，往往利用此法爲挪揄他人之具。所謂挪揄，不過是指着使他人想到其着眼點之非一，而使其彷徨於其解釋的歧途。這是表示俗流的語言，有容納此兩面解釋的餘地，同時又充分足以證明他們的解釋，大多傾瀉到此方面的。門驚的科白，由正意解之，顯然是滑稽。然若自反意斟酌其意義，卽不過是潛伏於滑稽之對極的一團情緒吧了。此情緒裏面，不消說是含着鬼氣的情緒。而其鬼氣，無非是一貫全劇，包圍讀者的精神；因此，突然點出門驚的科白時，讀者不但不加以正意的解釋，甚至探索其反意的工夫都沒有——全局的精神，終於驅使他們，覺得這滑稽是凄愴的，血腥的，可怖的。

以正反兩解論辯此事時，我們可以在狂人的語言發見最有力的佐證。大凡狂人所說的話，多是沒理路，無秩序，不規則，突兀而不得要領。若以正意解之，不墮於滑稽者恐怕很少。釋之以反意時，卽又沒有不帶暗淚銷魂之趣的。我在英京時，會在小劇場觀看伶人之扮演 Ophelia. 劇場中的看客，不讀書不識字的人，聽到狂女的科白，連發笑聲不已，這便是由正意解釋 Ophelia 的話，從那裏面發見滑稽之趣的。

How should I your true love know

　　From another one?

By his cockle hat and staff,

　　And his sandal shoon.

—*Hamlct*, Act IV. sc. v. ll.23 - 6.

猝然跑到王妃之前唱這種歌——從正面解釋之，不消說免不了滑稽之感。對於 "How do you, pretly lady?" 之問，答道：

Well, God' ild you! They say the owl was a baker' s daughter. Lord,

251

we know what we are, but know not what we may be, God be at your table!

—*I bid*., Act IV. sc. v. ll.41 - 4.

這話若照正面看去，自然也是滑稽的一家人了。華茨華斯敍述爲夫所棄的 Ruth 說：

I, too, have passed her on the hills

Setting her little water – mills

By spouts and fountains wild——

Such small machinery as she turned

Ere she had wept, ere she had mourned,

A young and happy child!

大人而演此兒戲——自正面看去，我們的感覺，依然難免滑稽。由是觀之，謂笑 Ophelia, 笑 Ruth 爲逸乎常情者，何異不許正解狂人的言行？以理論之，正解是常，反解是權。而所以以權易常，不過只爲前後的事情使我們如此而已。沒有受這種事情之敦促的人，要將 Ophelia 的狂態滑稽化，那可以說是化得是。至於點一掬酸味於背後，使悲慘之氣漲溢於狂言綺語之間，這是知字識文，放棄自己於得自劇之發展的惰性，然後纔能做到的。到此，反解始與四圍的狀況相映，渾然漸入自然之域。所以 Ophelia 的科白，元是非滑稽莫屬，而有教養的人却視之爲悲慘，這是他們理解莎翁故也。是他們理解莎翁，棲息於他所作爲的空氣之中故也。棲息於此空氣之中者，任何人都要被自然要求由這個着眼點解釋她的科白，這是由於他們之反解此科白而至於不能想像其中有滑稽分子，可以明白。如果明白這樣解釋 Ophelia 是自然，且這樣解釋又是反意而非正意，便可以知道解釋門警的科白爲悽愴者雖是反意，却是極其自然而且平允的了。以此意見

爲平允時，便可以知道他的一節，是具對置的形式，而不過爲調和之
用的了。

欲於文學史中求此種作例於古人，多至指不勝屈。下面所引一
節，通讀之際特別引我的興味，故引用之。讀者若想見獄卒那種手不
停地磨斧的狀況，再連結之以其高聲放歌小調子而毫無顧忌的樣
子，而考兩者的對置，是怎樣地收着調和之效，或許會首肯我說之不
虛吧。

"Take care of yourselves, masters," observed Mauger. "I must attend to business."

"Never mind us", laughed Wolfytt, observing the executioner take up an axe and after examining its edge, begin to sharpen it. "Grind away."

"This is for Lord Guilfo d Dudley", remarked Mauger, as he turned the wheel with his foot.' I shall need two axes to－morrow.'

"Sharp work", observed Wolfytt, with a detestable grin.

"You would think so were I to try one on you," retorted Mauger. "Ay, now it will do," he added, laying aside the implement and taking up another. "This is my favorite axe. I can make sure work with it. I always keep it for queens or dames of high dagree－ho! ho! This notch, which I can never grind away, was made by the old countess of Salisbury, that I told you about. It was a terrible sight to see her white hair dabbled with blood. Poor Lady Jane won' t give me so much trouble, I' ll be sworn, She' ll die like a lamb."

"Ay, ay," muttered Sorrocold, "God send her a speedy death!"

She' s sure of it with me, returned Mauger, "so you may rest easy on that score." And as he turned the grindstone quiekly round, drawing sparks from the steel, he chanted, as hoarsely as a raven, the following ditty:－

The axe was sharp, and heavy as lead,

As it touched the neck, off went the head!

Whir – whir – whir – whir!

And the screaming of the grindstone formed an appropriate accom-

paciment to the melody.

Queen Anne laid her white throat upon the blook,

Quietly waiting the fatal shock;

The axe it severed it right in twain,

And so quick – so true – that she felt no pain!

Whir – whir – whir – whir!

—Ainsworth, *The Tower of London*, chap. xl.

第三節　不對法

　　強勢的對置,是加 f' 於 f, 意在提高 f 的一時的價值,所以是 f 本位。緩和的對置, 一樣也是加 f' 於 f, 意在放低 f 的一時的價值, 所以也是 f 本位。自兩要素的次序說,在強勢法,普通是爲其賓的 f' 先出, 爲主之 f 從之;在緩和法卽反之, 爲主之 f 出後, 爲客之 f' 乃繼之, 這是通例。在假對法, 是 f 和 f' 相依始能生出新的 f" 而以此爲目的, 故其本位不獨在 f, 而又不獨在 f', 其爲兩要素所共有似無可疑。此節所要說的不對法, 在於 f 與 f' 之間難以定本位一層, 類似假對法。示之以公式, 假對法是 f 與 f' 合而生出合一的一種 f", 故可以用 f+f' =f" 來表示;然在不對法, 不但兩要素的本位不能定, 又無兩要素合而爲一的形跡,所以既失強勢,緩和二法所共通的特色, 又不能帶假對法的性質。換言之，這裏的 ff' 兩要素，無緣無故地對立，這樣地對立而不生任何感應。再換句話說，此兩要素，不能相乘，不能相除，也不能加減。我們試驗點此兩要素，審議之，拈定之，終於無法將其打成一團。然而牠們却居然對立而不顧忌。其對立的態度，有如受了天地開闢以來卽非對立不可的大法的命令；既已對立之後，猶與未對立以前無異，堅持“吾不關焉”的態度。我們看了這樣無緣無故的兩要素，如此猝然被結做一處而駭然，而將發生不調和之感的一刹那，却爲這無緣無故的兩要素，泰然自若，像沒有顧及其不調和般，兀然永遠對立的大量所打動，忽而去掉不調和的着眼點，站在矛盾滑稽的平面，自喜能脫免自偏促的規則的拘束。而其結果，便成爲哄笑，成爲微笑，這便是不對法的特性，有此特性，故不對法與前面所敍說第四種聯想法，隔編互應，比如說：“比乾哭而諫紂王”。點出一個哭字，始足以使人首肯其妥當吧。現在試用欠伸二字代替哭字如何？再代之以“嗑着啤酒”如何？或進一步作爲“比干掐着鼻屎諫紂王”如何？比干的忠諫與掐鼻屎的行爲，超然對立於普通的對立所豫期者以外——我們駭然於這種旁若無人的對立的結果，便透過不調和惡感，大有入解脫的天地之概了。

　　試求之作例，不一而足。*Tom Jones* 裏面，有描寫 Molly（她是窮人家的姑娘）因爲格外盛裝而逛廟，致惹四隣的嫉妬，終於演出一場活劇的狀況：

Ye Muses, then, whoever ye are, who love to sing battles, and principally thou who whilom didst recount the Slaughter in those fields where Hudibras and Trulla fought, if thou wert not starved with thy friend Butler, assist me on this great occasion. All things are not in the power of all.

—Bk. IV. chap viii.

　　其所描寫，是匹夫匹婦之爭。而其描寫的態度，却似起詩神於九天，傳神來的興趣於人的莊重典雅之筆。此兩者正是不該對立，然而却無視一切習慣，置天下的嘲笑於不顧而對立。不因其對立而形成强勢的 f，也不產生緩和的 f。而又不合兩者而從新產生一個新 f。牠們不相冒不相應，分別對立，支離地對立，滅裂地對立着。有如圍裙之與緞袍對立。然而不對法尙不止於此。欲以《源平盛衰記》的調子敍述泥水匠的鬥爭的 Fielding 接着又說：

As a vast herd of cows in a rich farmer's yard, if, while they are miked, they hear their calves at a distance, lamenting the robbery which is then committing, roar and bellow; so roared forth the Somersetshire mob an hallaloo, made up of almost as many squalls, screams, and other different sounds as there were persons, or indeed passions among them: some were inspired by rage, others alarmed by fear, and others had nothing in their heads but the love of fun; but chiefly Envy, the sister of Satan, and his constant companion, rushed among the crowd, and blew up the fury of the women; who no sooner came up to Molly than they pelted her with dirt and rubbish.

—I bid.

這是借荷馬之文敍叫化子之叫聲的，其矛盾超乎思考安排，而且不相招呼地對立，故其爲不對法，是成功的。然而矛盾走過這一段，又進了一步：

Molly, having endeavoured in vain to make a handsome retreat, faced about; and laying hold of ragged Bess, who advanced in the front of the enemy, she at one blow felled her to the ground. The whole army of the enemy (though near a hundred in number), seeing the fate of their general, gave back many paces, and retired behind a new - dug grave; for the churchyard was the field of battle, where there was to be a funeral that very evening. Molly pursued her victory, and catching up a skull which lay on the side of the grave, discharged it with such fury, that having hit a tailor on the head, two skulls sent equally forth a hollow souud at their meeting, and the tailor took presently measure of his length on the ground, where the skulls lay side by side, and it was doubtful which was the more valuable of the two. Molly then taking a thigh－bone in her hand, fell in among the flying ranks, and dealing her blows with great liberality on either side, overthrew the carcass of many a mighty hero and heroine.

—I bid.

打扮做一個良家小姐，刻意欲揚其風格，却突然發怒，表露本來的面目的拳鬥之間，這也是一種不對法。然而作者的技術還不止於此。欲置此悍婦，而借神聖的寺院，這是不對法。敍述粉糅喧騷之後，順便附記說，當夜有人出殯，新鑿一墓穴，這是不對法。Molly 奮然拿起地上的骷髏，投擲敵人，這是不對法。妙齡的女子，擺着死人的枯骨，猛勇地躍入敵陣，這是不對法。而且乎全章，使用荷馬的文體而毫不遲疑，這是不對之尤其者。

被用於這對置的兩要素，其性質上不得太悲酸，也不得太嚴肅。至少也要是容許滑稽趣味所需的道德觀念之抽除的。沈默者忽然一變而成饒舌不知底止，其為不對法，固足以引起興味，但是溫順者，急變而至於殺害他人，這似乎不能認為不對而滑稽視之。冥想遐思而顛墜於泥溝，其為不對固非不成功，然若陷於深井而慘死，諧謔之趣便要頓失了。從而得到不深刻的材料而對置之，或失慎而使用深刻的材料為平淡的材料是可以的。試翻開 Tristram Shandy, 讀一讀下舉一節：

Now whether it was physically impossible, with h If a dozen hands all thrust into the napkin at one time, － but that some one chestnut, of more life and rotundity than the rest, must be put in motion, － it so fell out, however, that one was actually sent rolling off the table: and as Phutatorius sat straddling under, – it fell perpendicularly into that particular aperture of Phutatorius's breeches, for which, to the shame and indelicacy of our language be it spoke, there is no chaste word throughout all Johnson's Dictionary – let it suffice to say, – it was that particular aperture which, in all good societies, the laws of decorum do strictly require, like the temple of Janus (in peace at least), to be universally shut up...

The genial warmth which the chestnut imparted, was not undelectable for the first twenty or five – and – twenty seconds; – and did not more than gently solicit Phutatorius's attention towards the part: – but the heat gradually increasing, and, in a few seconds more, getting beyond the point of all sober pleasure, and then advancing with all speed into the regions of pain, the soul of Phutatorius, together with all his ideas, his thoughts, his attentoin, his imagination, judgment, resolution, deliberation, and ratiocination, memory, fancy, with ten battalions of animal spirits, all tumultuously crowded down, through different defiles and circuits, to the place in danger, leaving all his upper regions, as you may imagine, as empty as my purse.

—Vol. IV. chap. xxvii.

　　一方面想像那應該是嚴肅的學者，另一方面想像那燒熱的栗子轉墜於股間的情形，這種不對法的趣味，任何人都要承認的吧。然而不可不知道，其感興之所以深，是因其只是燒栗子這種平淡的材料。若代之以毒蛇，則滑稽之趣便不得不消滅於瞬息之間了。毒蛇之害人，絕非燒栗子所可比擬，所以我們的注意，爲其怎樣地加危險於人的掛慮所制，終於不能發見不對法之存在了。無論是用燒栗子的時候，或用毒舵的時候，不對都照樣存在。然而不可不知道，不對的效力是由於兩者的選擇如何，而有如此之消長。

　　我們發見此種不對法於個人身上時，禁不住滑稽的快感，所以有時爲貪得此滑稽的快感超乎自然的供給，而用人工製造這種不對法以取快。人工的不對法，依兩種形式出現於現實世界。其一是惡作劇，又一是撒謊。使用這兩方法時，我們能使他人陷於矛盾。例如拿放風箏的繩子，去繞盛裝的紳士的帽子，使其掉到泥土之上。依此兩種形式應用不對法於實世界時，我們在做放置他人於矛盾的責任者這一層，不得不實行多少的不道德。故其目的物，必須是極灑脫的人，他做着目的物而能以自己的矛盾爲有趣；或是神經遲鈍，不感到這種矛盾的人；或由於某種事情，有受這種矛盾之不便當與不體面的價值的人。一旦濫用這種形式而毫無顧忌時，我們在無暇嘗得生自目的物之矛盾的滑稽感之間，反要弄得忌嫉那犯了此不道德的破落戶了。外國的所謂喜劇，因爲滿是這種不對，故令人讀之反要生出不快之念。這是因爲他們爲利用此法與讀者以滑稽感，竟然強把不該苦於矛盾之境的溫厚篤實的人，拉到窮境而不顧。敢於作出這種不道德的作家，是輕佻的作家，讀這種作品而覺滑稽者，是輕佻的讀者。淳樸之風衰，浮靡之風使一世墮落時，始出現這種作品。所以這種作品，是開化的產物，又是都會的產物。

第七章　寫實法

　　我在前段，舉出六種可以說是我們所用的文學的手段，加以敍述了。先述四種聯想法，次論及調和、對置二法，所以這裏要再易一章，論辯寫實的一法。

　　大凡可以爲文學的材料的，都可以改成［F+f］這個公式，這一如本書開章所說的了。而上面所檢點的六種手段，不過是用了比較地有組織的方法，調查了這個所謂文學的材料，不以［F+f］孤立，加之以［F' +f'］這件新材料，而生自兩者結合的變化之類的。所以此六種所共有的特色，是在爲表現一材料而請出又一材料。至少，沒有兩個以上的材料時，這種手段便不能成立。

　　現在再將六種類別而論其傾向如下：（一）不可不知道那被連結起來的二材，在同一地方活動，大多把我們的對於 F 的情緒，提高到普通的程度以上。四種聯想法裏面，第一，第二，第三聯想法，和對置法中的強勢法屬之。（二）不可不知道那被連結起來的二材相尅，有時竟把我們對 F 的情緒，放低到普通的程度以下。對置法中的緩和法屬之。（三）不可不知道有兩種時候，二材相合而不偏於 F 也不偏於 F'，兩者相依而生出不屬於 F 也不屬於 F' 的一種（整個的）情緒。調和法與假對法是。（四）不可不知道聯想法中的第四，和對置法中的不對法，雖有二材之連結，可是不由於這個結合，生出任何渾融的一種情緒。

約而言之，我們希望受自某個 F 的情緒之變化，而加之以 F' 時，走向強烈或濃厚的方向的有六種，走向消除，低減的方向的有一種，而無關 F、F' 固有的情緒，猝然得到完全新出的情緒的，舉出兩種。最後總結一句，上面所說文學的手段，是加 F' 於 F，而大半的目的是在使其強烈，濃厚起來，現在我所要說的寫實法，實在是對於這個最多的方法而起的。所以我的所謂寫實法，在其意義，也許和世人所豫料者不同。我在前段所敍述的文學的手段，不過是解釋這個問題的：這裏有文學的材料，我們要怎樣表現，才最能將其詩化或美化（或滑稽化）？至於材料其物的取捨，因爲不在上述的手段裏面，故無關乎本問題，這裏不論。寫實法在這裏是文學的手段之一，無非是前段所連續下來的，故不得不限制其意義於同一型中。換言之，怎樣地把所賦得的材料表現來便是寫實法，而其效果怎麼樣？本章的主旨，便是要解決這個問題。至於材料其物之是否寫實的，須到後段的衍義，始成爲問題，這是不可不知道的。

The brazen throat of war had ceased to roar.

——Milton, *Paradise Lost*, Bk. X1.1.713.

這是大膽的“詩化”的語言。詩化二字，未免太曖昧，故若用我一家的術語，便是聯想法中的射出語。射出語的效果已詳於前，故這裏不必多說，不過其效果如何且勿論，其證明一件不可抗爭的事實，却是顯然的。日本人不消說，歐洲人不消說，便是英國人，便是和彌兩敦生於同時代的英國人，在日常談話之時，不使用這種語言，這件事實任你如何抗辯，也終於無法否定。既不是日常人的談話，其難以由此想見日常人，自是不待說的了。詩人對着紙筆，構思築想，要用什麼形容語來表現這場戰爭，而拈定之後始有這種理會。從而這種理會是專屬於詩人的專賣。不是庸人所關知的。形容這樣的戰爭，集注千軍萬馬之聲於一行數字之間，這種技巧，須待詩人始能做到，故詩人之所以為詩人，也許是一決於此構想的成否的吧。然而詩語終於是詩語。牠是經過一定的思索勞力之後纔成立的，在這一層，牠不能說是自然語。（蠻人裏面，詩語意外地多，這個與此問題無關。）從而在能使人髣髴戰爭一層雖有所得，同時在其離開我們日常的表現法一層，可以說是已陷於不自然之弊的了。所以使用這種語法，表現所賦得的材料，其所賦得的材料，雖然將呈出腐草化而為螢之概，但其醇化的程度愈高，其離實世界的表現便愈遠了。如果有人，想使現實世界的表現活動於眼前，自然不得不把得自這種語法的方便犧牲，而使用易入吾人之耳的表現法（雖然是平凡的），這就叫做寫實法。

因此，前段所說文學的方法的大部分，和寫實法完全異其目的。例如描寫美人（將美人此為所賦得的材料）。前段所說諸法的目的，是在研究怎樣地安排這個美人的服飾，怎樣地安排這個美人的頭鬢，怎樣地安排這個美人的背景，或使其站在怎樣醜的女人的旁邊，纔會益發發揮其天生麗質。這樣地加過人工然後出現的美人，於嬋妍之態，也許有遠超乎途上的美人的地方吧；但是愈超之即愈異乎我們常人，故自一方面說，却要失掉我們的同情。因為途上的美人，未必帶着詩人所考案的服飾，雲鬢，背景和配合走在途上呵。我們雖不是不喜歡具備此等條件的詩國美人和畫裏的美人，但因為相逢而不能切實覺得她是我同胞，所以希望遭遇以吾人之血、之肉造成的美人。天外異方的佳人而又是碧眼金毛，她和寄居於自己的親戚家的一姑娘比較起來，窈窕之度，後者雖大不如前者，但是自己的同情，却始終是落到後者身上。因為後者，自人類言與我親，故自人類（置美醜於不論）憂其利害之心切故也。以此一例，足窺全豹。於是我們明白，我們既不辭遊於詩人所建造的蓬萊，畫家所創造的桃源，受那陶然的幻惑，却又樂得看見我們親聞親見的日常生活的一部分，照原形搖曳於眼前，把我們搬入寫實的幻惑之中。

　　徵之上面我所說俊寬的話，也可以明白此間消息。俊寬的話，是用謠曲所通用的一種法子詩化的（巧拙姑置勿論）。因爲有這種法子，他的話雖然提高了那裏面所包含的 F 的情緒的價值，可是因此，我們難免把視俊寬爲我友之念消滅下去。因爲我們的朋友之間，用這種手段表現這種思想的人，一個也沒有。從而俊寬的話，於發生詩的幻惑出人頭地一步，同時於發生寫實的幻惑，不可不說是落人一步的了，不單是俊寬，活動於莎翁劇中的人物，都是恬然說着這種語言而不顧忌的。所以莎翁所寫的人物，自寫實法看去，而使用最不自然的話的（心理作用的自然，情緒的自然等，與此問題無關）。降而至十八世紀，此種語言終於作弊，而至於沒有發展的餘地了。他們爲表現月這個 F 而用 Cynthia's horn 兩字，由此可見其累贅。

　　當舉世醉心於此法而不暇他顧之時，華茨華斯忽然出現爲詩壇的革新家了。他在著名的 *Lyrical Ballads* 三版序文說：

The principal object, then, proposed in these Poems was to choose incidents and sitiuations from common life, and to relate or describe them, throughout, as far as possible, in a selsction of language really used by men,……

　　所謂 "Incidents"，所謂 "Situation"，都不是此刻我所要議論的。至於他說，用普通人實際所用的語言作詩，是他的目的，這似乎和依據我這裏所說的寫實法運句是一樣的（他的主張未必如此，通讀全序者自知。）不過這種事實，不但可以使我所認爲必要的寫實法之存在益發堅固，其方向又和前段所述諸法異其趨勢，殆有背道而馳的傾向，故可以做爲一例，來證明當舉世受着一種弊害，而將不堪其累之時，必至馳向他方以救之（所以讀到華茨華斯之詩的人，誰都可以發見其具備我所認爲寫實法之效果而述說的條件）。

寫實法是照樣蹈襲實世界之表現法，故有縮寫實世界於紙上之便，這話是事實。然而這裏所謂的實世界的斷片，並不是組織自將由寫實法給敍述之材料的斷片。試就前面所引彌爾敦的一句來說，並不是說倘若用不背寫實法的，活人世界的表現法以代此詩語，那時爲表現之內容的“戰爭”，就會成爲現世界的戰爭，鮮明地印到我們的瞳子裏面的。若自印象說，任何人也許都不能發見超乎彌爾敦的表現法吧。單只是此句之惹“詩的感興”強大，故覺其應該是經過相當鍛鍊於構思築想的鎔爐，鏘然落到紙上的，同時認定那斷然不同於街頭的寒暄之詞，而與活人世的關係疏遠吧了。故謂其與活人世界，這是不消說的。上面說下來的寫實法的辯論，大多是從此點比較彼此的。因此，關於其餘的文學的手段的巧拙，不在本問題之中。

然若把放置於問題外的巧拙也算在裏面，和寫實法對比時，其辯護不但止於使實社會之人物活躍之功德，則卽之所賦得的材料其物的表現的價值，也可以照樣議論。前段所說諸法，盡是積極的技術，所以完全成功時，雖似能使天來的妙趣，淋漓於一句之間，然若一經失却正鵠，縱橫出斧鑿之痕時，天巧便陷而爲人巧，人巧便墮而爲拙巧，用意愈深，露醜也就愈甚了。於是愈加以彫琢，面目就愈糟，終於把俗語所謂的礙眼或討人嫌的東西，塗布滿紙而不顧。這不但是在表現上暴露其弄巧反拙，反而是要低落到拙之下的了。囘頭過來看一看，寫實法如何？寫實法，因其爲自然的語言，因其爲最不經意的表現，因其爲造次顛沛的科白，故在技術上是最拙的了。不，寧可以說是近乎無巧拙可論的無技藝的。指馬爲馬，呼牛爲牛。近乎沒有任何奇異的。是純然無技藝的表現。不過因其無技藝而又無他異，故無光彩陸離之射人，但是較之淡粧濃抹失度，粉飾的俗氣使觀者膽寒而肌上豎起寒毛者，勝過無數倍。寫實法是笨拙的表現。是不藏掘的表現。所以，粗而野，率眞而質直。是簡易而單純的表現。只自表現法說，寫實也似是不能埋沒。"逃去如雲似霞"，這是比較複雜的表現。"逃去很遠"，這是寫實的表現。而厭前者之文飾者，必愛後者之眞捷。敍月而謂 Cynthia′s horn, 這是出於聯想的表現法。有人或許壓其離事實之月太遠吧。"如鈎之月"，這也不過是聯想法。最後說"三日月"，天下沒有比這再簡單的表現法，沒有此這再質直的表現法。而且有的人，有時候一定偏好後者。

　　關於應如何處理所賦得的材料的問題，寫實法的功效已如上面所說的了。倘若進一步就材料其物的取捨，論寫實法的好壞，應該說的話自然是很多。不過表現的寫實法的長處，與取材的寫實法無異，兩者都是在劃活人世界的尋常生活於方寸，使其活躍於我們跟前，以引我們的對於比隣的同胞似的興趣同情。我們的比隣，不住英雄，所以寫實家所描寫的人物不是英雄。不是英雄而引吾人的同情，這不是因其人物偉大，是因其與吾人同屬平凡。（因其平凡，故近於我，近於我，故多同情。拒絕此種同情者，猶如不同情於朝夕相與的親友的相片。）我們的比隣，沒有什麼奇事。所以寫實家所敍述的事件，多屬平淡。有時甚而流於瑣末之事。我們之有興趣於平淡的事件，猶如同情平凡的人物。在我們的日常世界推行的事件，很少像小說般發展，或像小說般綜合的事。所以寫實家所作的結構（結構雖不是材料，不過順便說一說），在結構方面很少價值。（結構之爲結構而有價值。因其超乎普通故也。因爲是超乎普通，故不存在於常住實世界。故結構之爲結構而值得推賞的，在其成於超自然的一層，缺欠自然。卽使在技術上近於完全的寫實的幻惑，也難免反爲其所損傷。）寫實家所描寫的景物，無須乎新奇。只消捕捉橫亘於日常眼前的事物，因而爲我們所親愛者就夠了，至其理由，因與前者一樣，故不贅。

寫實家是如此平凡的，不，是不好求奇尋異的。而我們，不過是於其平凡處，不好求奇尋異處，感覺興趣吧了。考之莎翁之劇，大有以捕捉異常之人，描寫異常的事件，爲劇的本旨之概。像殺我父者爲我叔父，通我母者亦我叔父，不但如此，且幾次三番遇見被殺害的我父之亡靈的哈姆雷德，便是我未曾遇見過的人物，又如挺出可憐之身，着男裝的法服，不諳一字的法規，却能在法庭說服執拗的猶太人的 Portia，也是我在夢中也見不到的女流。又如殘忍不孝的 Lear 的二女，或如陰險奸譎的 Iago，也是在我的朋友間所找不出的非常識之徒。這些異常的人物，遭遇異常的事件而行爲的心理作用，究竟自然或不自然，這不是我所關知的。又如生自兩者的離合曲折的技術上的興味，也不是我所要說的。不過這種異常之人，異常的事件，亘百年而少有偶發於我們身邊的機會，所以使我們疑心那是另一個世界的事，在這一層，難免不自然之譏。難免不自然之直譏，這一層是寫實家所不敢做的。在這種意思，寫實派反乎漫浪派。在一樣的意思，寫實派反乎理想派，又反乎古典派。我不想軒輊兩者。我只是要比較其長短，以明兩者各有其主張，使世之愛好文學的人，知道應依作品而異着眼吧了。（此章特以寫實爲題，故詳說之較深，而無解說餘事的餘地。待他日再說。）

我這裏論表現的寫實，順便論及取材的寫實，遂逸出本章的領域外，所以這裏就要舉出二三實例，以結此章。十八世紀末的詩人克剌布 (Crabbe)，於表現的形式雖然已是不得不寄於頗普 (Pope) 一派的籬下，但其取材之平易卑近，實足以爲寫實法的一家。

[*Farm — Servants at Med.*]

To farmer Moss, in Langar Vale, came down

His only daughter, from her school to town;

A tender, timid maid! who knew not how

To pass a pig — sty, or to face a cow:

Smiling she came, with petty talents graced,

A fair complexion, and a slender waist.

 Used to spare meals, disposed in manner pure,

Her father' s kitchen she could ill endure;

Where by the steaming beef he hungry sat,

And laid at once at pound upon his plate;

Hot from the field, her eager brother seized

An equal part, and hunger' s rage appeased;

The air, surcharged with misture, flagg' d around,

And the offended damsel sigh' d and frown' d,

The swelling fat in lumps cong omerate laid,

And fancy' s sickness seized the loathing maid.

But, when the men beside their station took,

The maidens with them, and with these the cook;

When one huge wooden bow! before them stood,

Fill' d with huge balls of farinaceous food;

With bacon, mass saline, where never lean

Beneath the brown and bristly rind was seen;

When from a single horn the party drew

Their copious draughts of heavy ale and new;

When the coarse cloth she saw with many a stain,

Soil' d by rude hinds who cut and came again—

She could not breathe; but, with a heavy sigh,

Rein' d the fair neck, and shut th' offended eye;

She minced the sanguine flesh in frustums fine,

And wonder' d much to see the creatures dine.

—The *Widow' s Tale*, ll.1 - 30.

　　讀過頗普之詩的人，再來看這一篇，便知其於用韻之末彼此雖有類似的地方，但一比較其實質，却有雲泥之差了。所敍的是農家之事，而又不是由他們所想像而成立的，帶着古典的臭味的農家。是兼有勞苦和污穢的農家的廚房。謂誦之而興詩趣，這是誦者之罪。只消在眼前想一想他們的生活狀態，是怎樣地樸素而且亂雜就夠了。克刺布所賦給我們的，不是空想的詩，乃是鄉村的實景。讀者若爲此實景而感額，寄同情於村野之人，他的目的就算是達到了。至於食膳的敍記，試通讀基茨的 *The Eve of st. Agnes* 中的一節，或 Moore 的 *Lalla Rookh* 中的 *The Light of the Haram*，與此相照，然後知道動詩家毛穎子之法，決非一種的了。克刺布所希求的，是寫實的幻惑。此兩家所指向的，是詩趣的幻惑。（現在爲避煩計，不一件件加以比較，請就原詩去看。）此外如在 *Petcr Grimes* 的河岸的風景，*Strolling Players* 裏面伶人學技之狀，以至 *The Smoking Club* 裏面醉漢之語，沒有一個不是擺脫所謂詩境，毫無顧忌地寫出實世界的斷片的。

　　奧斯騰 (Jane Austen) 是寫實的泰斗。在其寫平凡而活躍的文字而技入神一層，實在超乎鬚眉的大家。我敢說，不能欣賞奧斯騰的人，終於無法理會寫實的妙味。試舉例證之：

"My dear Mr. Bennet," said his lady to him one day, "have you heard that Neitherfield Park is let at last?"

Mr. Bennet replied that he had not.

"But it is", returned she; "for Mrs. Long has just been here, and she told me all about it."

Mr. Bennet made no answer.

"Do you not want to know who has taken it?" cried his wife, impa−tiently.

"You want to tell me, and I have no objection to hearing it."

This was invitation enough.

"Why, my dear, you must know, Mrs. Long says that Neitherfied is ta' en by a young man of large fortune from the north of England; that he came down on Monday in a chaise and four to see the place, and was so much delighted with it that he agreed with Mr. Morris immediately; that he is to take possession before Machaelmas, and some of his servants are to be in the house by the end of next week."

"What is his name?"

"Bingley."

"Is he married or single?"

"Oh, sing' e, my dear, to be sure! A single man of large fortune, four or five thous and a year. What a fine thing for our girls!"

"How so? how can it affect them?"

"My dear Mr. Bennet," replied his wife, "how can you be so tiresome? you must know that I am thinking of his marrying one of them."

"Is that his design in settling here?"

"Design? nonsense, how can you talk so! But it is very likely that ho mey fall in love with one of them, and therefore you must visit him as soon as he comes."

"I see no occasion for that. You and the girls may go, or you may sent them by them — selves, which perhaps will be still better, for, as you are as handsome as any of them, Mr. Bingley might like you the best of the party."

"My dear, you flatter me. I certainly have had my share of beauty, but I do not pretend to be anything extraordinary now. When a woman has five grown up daughters, she ought to give over thinking of her own beauty."

"In such cases, a woman has not often much beauty to think of."

"But, my dear, you must indeed go and see Mr. Bingley when he comes into the neighbourfood."

"Is is more than I engage for. I assure you."

"But consider your daughters. Only hink what an establishment it would be for one of them. Sir William and Lady Lucas are determined to go, merely on that account; for in general, you know, they visit no newcomers. Indeed you must go, for it will be impossible for us to visit him, if you do not."

"You are over scrupulous, surely. I dare say Mr. Bingley will be very glad to see you; and I will send a few lines by you to assure him of my hearty consent to his marrying whichever he chooses of the girls; though I must throw in a good word for my little Lizzy."

"I desire you will do no such thing. Lizzy is not a bicbette than the others and I am sure she is not half so handsome as Jane, nor so good — humoured as Lydia. But you are always giving her the preference."

"They have none of them much to recommend them, replied he;

'they are. all silly and ignorant like other giris; but Lizzy has something more of quickness than her sisters."

"Mr. Bennet, how can you abuse your own children in such a way? You take delight in vexing me. You have no campassion on my poor nerves."

"You mistake me, my dear. I have a high respect for your nerves. They are my old friends. I have heard you mention them with consideration these twenty years at least."

"Ah, you do not know what I suffer."

"But I hope you will get over it, and live to see many young men of four thousand a year come into the neighbourhood."

"It will be no use to us, if twenty such should come, since you will not visit them."

"Depend upon it, my dear, that when there are twenty, I will visit them all."

—Austen, *Pride and Prejudice*, chap. i.

取材既淡淡然，表現亦灑灑而不用絲毫的粉飾。這眞是我們起居衣食的尋常的天地。將這種尋常無奇的天地放在眼前，客觀地樂其機微的光景。如其謂不能樂之，那可以說是慣於吃喝飯茶之易，而忘掉了平凡之大功大德的話了。那班所謂詩人墨客之流，動輒以爲非捕捉驚心動魄的事於天外，而馳驚心動魄之筆於紙上，則不算是文章。然而驚心動魄之事，是將尋常一般的人置於千載一遇的異境，然後能舉發展之實的，從而他們所謂的深刻，所謂的痛切，所謂的熱烈，或和日常飯茶的活計似無關係的活劇，也不過是這尋常一般人所作爲的權化吧了。倘若有人主張那不是尋常一般的人，那麼他們所描寫的人

271

物，和平凡的我們之間，便沒有一縷緣線可繫縛同情了；所以深刻，痛切，熱烈，也都是天外的深刻，痛切，熱烈，而無關乎現實世界的感情了。連篇累牘，也不過能買讀者的一笑而已。因此，無論所描寫的是什麼非凡異常的活劇，演之者也終不得不是平凡的現實社會的一員。至少不得不假定是這個平凡的一員，在特殊的境界，現實特殊的作爲的。不，不必假定，隨便拉出比隣街坊的幾個人，置諸這種特殊的境遇時，便不得不置“他們也要實現和篇中人物一樣的特殊的作爲”這個基礎爲背景，與讀者的胸間以終局的安慰。所謂安慰，就是說，想到平凡的我們讀者，若一經走入非平凡的境界時，也終於不得不現出非平凡的作爲，而不問書中所敍述的，是怎樣地離開我們的平生，也承認其爲有條件的事實。從而此等非平凡的行爲，在質的方面，便不得不和平凡的日常行爲，渾然融和而呈出好似一脈流水的本末之觀了。篇中非凡的人物的動作，是平凡的吾人之動作的自然的連續，並不是在兩者之間，有截然的溝渠，將其劃成二區的——使我們覺得是這樣。

攜着這個結論，再囘到寫實的領域時，我們便覺得好像替他們帶來了一種嶄新的主張似的。奧斯騰所描寫的，並不只是平凡的夫婦的無意義的會話。並不是把無興味的活社會的斷片，髣髴於眼前，已盡其能事的。夫婦的性格，躍然飛動於此一節，這是懂得文字的人所不能否定的。夫之鷹揚而婦之細心，夫之馬馬虎虎而婦之神經質，夫之不越和諧之範而禁不住揶揄之戲，婦之顧念兒女的將來而急於咫尺之謀：一概似都托各自的生命於筆端。夫婦之壽固不得而知，遭逢之變也難以料想，唯據此一節，容易就可以想見佢們的平生了。卽此一節，在其能縮寫夫婦的一生於一幅之間這一層，意義最深。不唯因其爲縮寫，故意義深長。實在是因爲我們由此縮寫，捉住佢們性格的常態時，也可以豫知其變態呵。在所謂有爲，所謂變轉的浮世，命運的排布若超過一定度時，佢們說不定也要進入特殊境界，去演特殊的活劇；然而這種活劇，不是已被包含於此節所表出的佢們性格的常態中了嗎？因爲佢們的對於一切命運的飛躍，盡是脫化自這個常態的，而非獨立自這個常態故也。如其獨立起來，我們便失掉連絡之感，我們便不得視一人爲二人或三人了。不得不視爲與我們無關的，星的世界的人物了。因此，如果兩者，都一樣要引起我們的同情，與吾人以終局的安慰，便不得不說此常態，是包含一切隨境遇而變化的一切可能性的了。若說包含不允當，我們就說，不得不斷定其於徹底的深處，具有任何時都可以喚起這些可能性的資格。因此，這一節的描寫，不單是在縮寫佢們的性格的常態一層，有其深刻處；深刻是在其併包藏可能的變態一層。如果容許這個斷案，那麼主張倘非借驚心動魄之事，搬尋常人於異常的世界，則不能穿人生之微，不能深刻，似是近乎錯誤。所謂殺人不見血不干休，所謂非叱風雲阿雷霆則不壯，所謂非剜骨剔眼不哭。這樣的話可以說，但是以此爲深刻，却要令人莫名其妙。眼前的奇事大可以動人，故也許深刻吧。但是也可以說，露骨而欠含蓄，故淺薄。世有所謂一笑而藏萬斛之淚者。在不見哭則不以爲哭爲人，此笑也許沒有意義吧。我却以爲這一類的繞是深刻的。明乎此間消息的人，自可知奧斯騰的深刻。知道奧斯騰的人，自可知可以有藏伏於平淡的寫實中的深刻。

　　寫實家的表現法既如彼，其取材法又如是。若再看那與取材的範圍以限制的構事法，其目的就愈分明了。Marianne 是病人，Elinor 是看護病人的人。奧新騰敍其光景這樣說：

The repose of the latter became more and more disturbed; and her sister, who watched, with unremitting attention, her continual change of posture, and heard the frequent but inarticulate sounds of complaint which passed her lips, was almost wishing to rouse her from so painful a slumber, when Marianne, suddenly awakened by some Accidental noise in the house, started hastily up, and, with feverish wildness, cried out—

"Is mamma coming?"

"Not yet!" replied the other, concealing her thrror, and assisting Marianne to lie down again; "but she will be here, I hope, before it is long. It is a great way, you know, from hence to Barton."

"But she must not go round by London," cried Marianne, in the same hurried manner. "I shall never see her, if she goes by London."

—Sense and *Sensibility*, chap. xlili.

這一節不過是將病者當發熱之時，半屬無意識地說出來的迷亂之語，照樣直敍的。

然而呈示神經之異狀的病者的話，可以有兩樣的解釋。她是失了平生之我的。失了平生之我者，非得了平生以上之我，便墮於平生以下之我。判之以常識，體熱昂上而彷徨於精神昏迷之境，這是自然的趨勢，所以如 Marianne 的關於母親的妄語，最適當是認爲發現了平生以下之我的。然而站在詩歌的空想鄉，觀察此現象時，不妨有別種觀念。在遺失日常的自我的一刻，放已靈的幽光於千里之外，除兩目雙耳的視聽以外，能知物象的先後，而道破旁人所不能解的玄妙的豫言——這樣解釋，也不是沒有高遠之趣。二者何從的問題解決時，寫實派和浪漫派的問題也可以解決了。奧斯騰是寫實家。做一個寫實家的奧斯騰，是怎樣地利用此少女的囈語呢？我以爲要說這一層，最好是說一說與此類似時的浪漫派的態度。

眞 (Jane) 和她的情侶別後，正是思念之情難禁的時候；一個月明之夜，獨坐一室之中，忽聽遙遙有呼我之名者。側耳聽之，不是出自室中，不是來自庭際，亦非從天上掉下來，亦非從地下攢出來。然而又是人聲，是我情侶之聲。是我情侶痛苦，瘋狂，哀懇呼我之聲。作者 Brontë，借女主人翁的嘴敍其行動說：

"I am coming!" I cried, "Wait for me! Oh, I will come!" I flew to the door, and looked into the passag: it was dark. I ran out into the garden: it was void.

"Where are you?" I exclaimed.

The hills beyond Marsh Glen sent the answer faintly back, "Where are you?" I listened. The wind sighed low in the firs: all was moorland loneliness and midnight hush."

—Jane *Eyre*, chap. xxxv.

眞之聽吾名於空裏，猶如馬利安之談說遠方的母親。其敍法已表現兩作家的好尚，而不一其步趨，但所引用的部分之空許兩樣的解釋，兩者無所異。雖容許兩樣的解釋，但 Brontë 之斷然採取玄秘主義，此考之後段的照應可以知道。

同書第三十七篇說："As I exclaimed' Jane! Jane! Jane!' a voice - I cannot tell whence the voice come, but I know whose voice it was - replied, 'I am coming! wait for me!' and a moment after, went whispering on the wind, the words—' Where are you??'…' Where are you?' seemed spoken amongst mountains; for I heard a hill - sent echo repeat the words." 這是情侶羅徹斯特告訴眞的話。由是觀之，此女所聽的，不是空裏的幻音，此男所受的，不是夢中的妄答；乃是離羣百里，想思之念呼應於靈界，超絕了肉體五官的諸緣。在二二而四的世界，看此不可思議的因緣時，我們必爲事之異常所駭，而爲之逡巡者再而三。然

而一旦放下現實的俗念，委棄全身於醍醐的詩味而不顧時，即知壺中自有天地，蓬萊亦在咫尺。這便是浪漫派的興致。(G. Reade 在其所作 *The Cloister and the Hearth*，似乎也用這個浪漫的方法，努力欲使讀者浸淫於超乎自然的情緒，Chap. lxx, lxxix, lxxx，盡可見其觸到這種超自然的消息。不過此等異常的事，因其異常而半面有使興懷杳遠的功力，然若用之過多，讀者便終於不信作家了。蓋因在質上屬於異常者，任是反復多少次，也免不掉玄秘之感，而且其效果勢必平凡故也。一天到晚盡說着怪力亂神，那怪力亂神也終於是怪力亂神，其使人恐怖的程度，似乎是愈說愈要減少的。所以任是什麼浪漫派的作品，像感應之類，也只有一而無二，Reade 在這一層，的確可以說是失敗的。)

我們既在構事方面，看徹了浪漫派的作戰法，現在帶了這件新智識再回寫實家之壘，來此較彼此的參差。奧斯騰的寫實主義，是待到馬利安的讕語到後段如何映照，然後纔發揮的。少女的話是關於她的母親。我們試檢少女發出此言之時，她的母親是在什麼樣的狀態，這個問題便自然而然解決了。Colonel Brandon 這個人爲報少女之病，而接其母到了 Barton.

The shock of Colonel Brandon's errand at Barton had been much softened to Mrs. Dashwood by her own previous alarm; for so great was her uneasiness about Marianne, that she had already determined to set out for Cleveland on that very day, without waiting for any further intelligence, and had so far settled her journey before his arrival, that the Gareys were then expected every moment to fetch Margaret away, as her mother was unwilling to take her where there might be infection.

—*Sense and Sensibility*, chap. xlv.

少女之靈與其母之神，沒有超乎自然的感應，此由於這一節的證明，似無可疑的餘地。換言之，作者似乎沒有採取一種策略，借馬利安之病，喚起形而上的作用於空冥之奧，來翻弄讀者的詩魂。因此，馬利安是尋常的子女，而其母亦難免爲尋常之母。唯因其尋常，故知其與我們同衣，共食，一起行動。因知之，故我們對於她們，能夠不遲疑地與以無異乎對於一般同胞的同情。

我說，馬利安是尋常，又說母親是尋常；不但如此，我還要說馬利安所害的病也是尋常。*Pride and Prejudice* 裏面，也有妙齡的子女淹留他家，感冒風寒的例）大凡小說裏面，篇中人物害病時，其病極少是尋常之病。也有以此病爲緣，受佳人之看護而成立愛情的。也有拋棄財貨和機運而主人翁陷於困厄的。也有一日伏枕成爲十日不歸之客的。總之，都是因果纏綿之病。回頭過來看一看我們的平生，我們雖不時害病，但是普通少有與大影響於我們的生活狀態的。我們有時也因爲傷風而吃些清淡的食物，有時也因爲腳氣而吃小紅豆，有時也因爲眼疾而廢讀書。可是未曾有人從小窗投入藥餌之料。也未曾遇見一個看護婦，她恰巧從前是我鄰家之女。也未曾由於曾爲我父的重利所苦的醫師的藥方，獲一生於萬死之間。總之，我們的病是爲病而病，其餘沒有任何瓜葛。因此，尋常的病，在小說上難免爲不需要之病，不過是例外的病而已。而奧新騰所插進去的病，正是這種不需要而又是例外的病。只是不需要的，不足以搖動全篇的主旨；因此，不得不想見其爲眞實之病。裝着平凡以欺讀者，這是寫實家的慣用手段，奧斯騰卽其尤者。

這是在取材法（附構事法）上，寫實派和浪漫、理想諸派的區別。元來所謂浪漫，所謂理想，是當論寫實的取材法時，始用以爲配稱的，當論寫實表現之時，不過是將其對置於六種文學的手段而已，尚未道及有所謂浪漫，理想的表現法。現在回頭過來，檢驗表現的諸法，我想一如我們在取材得到浪漫，理想對寫實的形式，作一個浪漫的表現，理想的表現對寫實的表現的形式，看一看是否能把前述六種手段總括於浪漫的、理想的表現之下。爲觀察此事，最好是作一個表，能一眼比較六種特性，理會概括之便於刻下。

文學的手段　文學的效果

文學的手段	文學的效果
第一種聯想法 （攝出法）	f+f '
第二種聯想法 （攝入法）	f+f '
第三種聯想法	f+f '
第四種聯想法	x
第五調和法	f+f '
第六對置法 （a）強勢法… …+ff ' （b）緩和法… … ff ' 附：假對法… +ff ' （c）不對法… … x	
第七寫實法	f

　　表中列記左側的，是文學的手段，在右側者，是將依此手段而顯著的效果，改成公式的。f 照例是附隨於所賦得的材料〔F〕的情緒，f' 表示生自配於所賦得的材料〔F〕的新材料〔F'〕——這是從作者腦裏得來的——的情緒。×是 ff' 的關係上不能改成公式的。

　　現在試檢上面的公式，除了不能比較的兩個×，和第六之中屬於（b）的〔f-f'〕外，都屬於〔f+f'〕這一樣的公式。約而言之，我們所列舉爲文學的手段的六種的大部分，於其趨勢取着同一步武，這是顯然的。

　　將代表大體上的趨勢的〔f+f'〕這個公式，譯成尋常的語言時，卽將現出什麼樣的意義呢？這件事一明白，我們的問題就容易明白了。我以爲 f, 是"旣與性"，而又是"旣與量"。因爲不能滿足於這個旣與性和旣與量，故配之以 f. 假如以 f 爲具有尋常一般的旣與性和旣與量的，那麼作家的手段，便是加之以 f' 這件新情緒，似欲尋常的 f, 濃化釀酵而成超乎尋常的。換言之，似乎是想法子欲將所得的一千金，利用而成二千以至三千的，或者是加 f' 的熱於所得到的冷水，欲使其生出七十度或八十度之感的。在這一層，能依〔f+f'〕的那幾種文學的表現法（我們前就取材上和寫實法對比者），可以斷言是和浪漫、理想諸派同其傾向的了。何則？因爲後者，雖對於"旣與 f"，沒有加工夫，却是自始卽使用具有高度的 f 的材料，卽自始就厭惡冷水，而帶着含有九十度熱的材料來，故自其效果說（至少自其傾向說），彼此有相通的特點故也。在取材上所命名的浪漫，理想諸派的特色，和具有在表現上概括的〔f+f'〕這公式的諸法，在這一點一致時，我們以爲僅用於取材上的浪漫，理想的用語，不僅限於取材，也具有當然可以冠於此等表現諸法之上的性質。於是一如在取材法以浪漫諸派對寫實派，我們還要在表現法，以浪漫理想對寫實，而欲使此等浪漫理想的用語中，含蓄可以改成〔f+f'〕這個公式的文學表現法的特色。這種約束成立時，便可以發見我們所謂的寫實，所謂的浪漫、理想，都具有兩樣的意義了。而且可以發見，由於兩者的結合，會生出種種變形。有表現屬於寫實，而取材屬於浪漫者，有取材屬於寫實，而表現屬於浪漫者，有兩者都屬於寫實的，也有兩者都屬於浪漫的。示之於表如下。

　　取材始自寫實，經過許多階段而達浪漫派（附理想派）的高度。表現也始自同地點，又經過一樣的階段而達一樣的高度。文章自一句之末以至一節一章之末，盡是取材與表現的結合，故此兩法之數愈多，其結合之數也愈多，這是無可爭辯的。而浪漫，寫實二法，不過是取其兩極而命名的，故兩者之間，自要發生不勝按次羅列的變形——有的接近此，有的接近彼。而此變形的每個，又盡分成取材、表現兩者，而且是組合此兩者的任何一者始作文章的，所以我們在實際上評文、品詩時，無疑是爲未經較爲錯雜的解剖的嗜好所支配的了。

	取材法	表現法
浪漫派	120	120
	110	110
	100	100
	90	90
	80	80
	70	70
	60	60
寫實派	50	50

　　記在表格內的數字，是亘乎取材，表現二法，將諸流派所能生於讀者心上的情緒的分量，比例地表示出來的。位於下端的寫實派，取材於普通的事物。普通的事物，少有生出異常的 f 者。假定以 50 表示這種 f 的數量。至於寫實派的表現法，不消說是不需任何潤澤和粉飾，故其 f 也位於下端，亦以 50 示之，自是，取材變一次，便增加十，增加二十，而至於百二十。所謂百二十，不過是表示高度而已，不一定非百二十不可，此猶如五十雖非五十亦無不可者。在表現法這邊，去寫實一步即加十，二步而加二十，終而至百二十，此與取材法無異。

　　寫實派的得點雖在最下位，可是在其近於自然之點，在其不僞造現實之點，在其天眞爛漫之點，在其不求巧之點，最後，在其能於平

淡之間寓意外的深意之點，實足以與浪漫派對立，而其缺點，卽在陷
於平凡，在墮於無味，在終於勃窣，在沒有任何風俗。浪漫派（附理
想派）之長處，卽在其刺激強烈，在其新鮮，在其具有縹緲的風韻，在
其能緊張血肉，在其收張胆刮目之功於讀者身上。若論其弊，又不一
而足。或陷於不自然，或招人生厭，或成爲幼稚，成爲滑稽的霸氣，成
爲滅裂的突兀。我們的嗜好究偏於何者，此決於時勢，年齡，性別，以
及天稟的資質。依利薩伯朝的文學，是最屬“浪漫的”的。後人既駭
嘆其想像之豐富，又將嘲其無限制的飛躍。老人是受不起架空的刺激
的；他們看見青年舞劍而歔欷，被酒而長歌，既賞其勇，又不得不憐
其稚氣。女子是好愛最高級的；甚至擁有三個五個兒女的母親，也嗜
讀荒唐無稽的小說而不恥。奧斯驣之草 *Pride and Prejudice* 的時候，年
過二十僅僅二三，而且足以爲寫實的泰斗，君臨百代。這是表示此數
者，都是受着時勢，年齡，性別，天稟的支配，上下彷徨於我們的嗜
好的兩極之間的，因此，什麼樣的結合，能產生亘乎百代最爲完全的
文字，這是不能用呆板的法子斷定的。我們雖能這樣地決定批評的項
目，至於批評的標準，却不能立定。若必欲定之，最允當是在各項目
裏面立定。將在一項目中可以樹立的標準置在桌上，妄欲用以律應該
屬於別的項目的性質時，便易差之毫釐，謬以千里了。這就叫做批評
家的昏迷。

第八章　間隔論

文學的大目的在那裏，姑置勿論。爲產生其大目的所必要的第二目的，就歸到幻惑二字。浪漫派之取材於天外，驅筆於妖嬌，這是宿怪異於鏡裏，而因其怪異使吾人不能轉眼看其他，寫實派之藉事於卑俗，馳文於坦途，這是顯露親交於鏡裏，而因其親交，使吾人不欲眼轉看其他。使不能與使不俗，於興致雖不一，但此效果之存於幻惑是無可疑的。生起幻惑之法雖不一而足，但前段分章講究的，都不過是發揮"文藝上之眞"，誘致幻惑之境於讀者腦裏的方法。可是於表現於取材，亘乎浪漫，寫實兩端所論的，盡是內容方面（世人或以爲表現屬於形式，這是錯誤。我們所檢點的表現諸法，不過是以〔F' +f〕配既與性〔F+f〕，而論彼此的影響的，所以我們的所謂表現法，無疑是僅用於卽乎文章之內容的用語。）幻惑固然是以卽乎內容性而產生爲常，但亦不能不待乎形式。形式是指兩個以上的文素——與內容無關——的結合狀態。將這種狀態的範圍縮短，僅在句子上面議論時，便和文法上所謂句的構成法一樣了。例如比較 Great is Diana of the Ephesians 和 Diana of the Ephesians is great, 而定其產生幻惑之度。英國哲學者斯賓塞 (Spencer) 會在其所著《文體論》，詳論此事。進一步就複雜方面時，便成爲主賓的地位和長短的議論了，我們前論調和法時，分開主材和客材，而論其長短的比例，這是雖然受着須議論內容的限制，實則插入了形式之論的。又前在對置法裏面述說緩和強勢兩種時，一樣分開主材和客材，而論辯此兩材的地位，在兩種方法是相反，這也一樣是在內容論中，偷偷帶入形式上之說的。須知在這個程度的複雜期的形式之及於幻惑上的效果，是如此之大。若再加複雜之度，亘乎一章一篇之長而立論時，形式論便一變而成結構論了。變成結構論時，問題便不止住於幻惑之上了。蓋因結構自爲結構而能存在，以充吾人之形式美感的要求故也。首尾相應如常山之蛇，此其一。能收拾前段於末一章而絲毫滲漏，此又其一。明暗互用，使人樂其變化而不覺其錯雜，此又其一。層層如剝筍皮，此又其一。一離一合，將最後一抹而入縹緲之境，此又其一。（餘淺學，說內容而不能及形式，觸到形式的一部，而不能詳說結構的大本，實在抱歉！）故自此點看去，結構的目的是在滿足我們的美感；卽其目的，不是卽乎事物，卽乎人物，使吾人滿足美感，是在滿足形式上的美感；因此，於僅卽乎事物與人物始能適用的幻惑，沒有直接的關係。

　　內容的幻惑法，雖不充分，在前面數章，總算說過了。（我自始卽說是不充分，並不是客氣的話。蓋因我所說的幻惑法，是一時的幻惑法，不是貫串一定時而起的幻惑法故也。例如篇中的人物，自始至終使讀者生起幻惑之類，其方法，必要和條件，絲毫也不能論及；欲敷衍前章使我的論旨貫徹到此項，尚需要超乎我所有的閒功夫呵。）形式的幻惑法，到了結構，便發見其失却直接的影響了。於是，我所能說的幻惑的諸法，雖不完全，總算近乎略盡了。不過還有一事尚附帶說一說，卽間隔論是。間隔論在其“機械的”一層，寧可以說是屬於形式方面，但不是純然的結構上的議論。不是要考量生自章與章，節與節之關係的效果，寧可以說是要論作中人物對讀者的地位的遠近的。但是作中人物，不唯對讀者非保持或種地位不可，對於作中事件和其餘的人物，也非保持或種地位不可；故若僅置讀者於眼中，使其站在適當的地位，那麼在買讀者的歡心一層雖顯著，可是作家在另一方面，却不得不斷然受更其大的犧牲了。從而其應用，不像前段諸法那樣普遍，這是應該知道的。

取材的幻惑，一決於材料其物的性質。表現的幻惑，定局於技術其物之巧。間隔的幻惑，爲距離其物的遠近所支配。間隔的幻惑，不在質不在技，只在地位。因此，不能像前兩者那樣占優勢。而又不能任意使用，故不像前兩者那樣方便。然而理論上終於不能否定其功力，這是事實。例如格鬥。地隔千里，時隔百年，讀之於故紙堆裏，自無任何興趣。然而把時間或空間的懸隔除掉，將其移到現代，或將其移到本國，因而添加幾分活氣。及至卽時卽席觀之，始有擊案之槪。於是讀者和作中人物的距離，在時空兩間，如其沒有別種阻礙，卽能接近起來，以此爲產生幻惑的捷徑。

在時間上縮短距離的一法，爲作家所慣用的，是歷史的現在之敍述。爲何人之創意，雖不得而知，但其爲常套的慣用手段，試讀坊間的修辭學便知。此外有無縮短時間的妙法，我未曾考慮過。不過現在再來談說這種陳腐的技術，也不過是多使紙筆受一番災殃吧了，所以置之不論。

和歷史的敍述併立，爲吾人所應注目的，是空間縮短法，然此有不如彼之值得一般的顧盼之槪，但或者是因爲這方面，不能發見可以匹敵歷史的現在的便法吧。我想，在普通的作品，照例是須待作者的介紹，始知作中事件和人物。著者所謂的他或她，必定是表示對作者保持一定的間隔的；而作者與讀者，也站在一定的間隔；所以我們和作中人物之間，顯然是有兩重距離的了。猶之乎在電話上和他人說話，不過是仰待電話司機生的幹旋，始通彼我之意。我們的耳目，居常欲自聽自看以誇其聰明，然而待作者的指摘始知他或她，這就等於被奪了我耳目的聰明了。我們被阻止耳目的自由的活動，失掉了一切可以誇我能力之非凡的機會；那裏有一個作者，而我不得不遙遙在作者背後望著作中人物，這時便要疏遠作者所指教的這個那個，這是勢所難免的。由是觀之，空間縮短法的一種，是把介在中間的作者的影子藏起來，使讀者和作中人物，面對面對坐着。欲成就此事有二法：把讀者拉到作者旁邊，與作者置於同一立腳地，此其一。這時，讀者之目與作者之目合一，其耳亦與作者之耳化爲一，所以作者之存在，不足以妨讀者的聰明，二重的間隔遂縮短而減其半。或者不拉讀者到作者旁邊，只用一種方法，卽作者自己動起來，和作中人物融化，絲毫不遺留介在其間而獨存的痕迹。這時，那作者便成了作中的主人翁，或成爲副主人翁，或成爲呼吸著作中空氣生息着的一份子。從而讀者有一種方便，可以不受作者的指揮干涉，直接和作品接觸。

　　如果取此二法，欲從哲理上加以解釋，我們自不能不發見其題目之深廣，而且其超越我們此刻正要敍說的，卑近的形式間隔論的領域，是很遠的了。何則？因爲此二方法，實在是表示作家對作品的二大態度的呵。因爲這是可以稱使用第一法的作品爲“批評的作品”，稱遵循第二法的作品爲“同情的作品”，而用以爲分別一切小說爲二大類的方法呵。批評的作品，就是指作家之敍述作中人物的行動，是和佢們保持一定的間隔，而用“批判的眼光”的作品。欲依此方法而得成功，作家自己便須有偉大的，強烈的人格，而放射其見識、判斷，和觀察於讀者，使他們閉口無言拜倒作家座前。須用我千里眼奪他們之明，用我順風耳殺他們之聰，用我金剛力粉碎他們的平凡的人格，使其甚至一字一句之末悉從吾意，始能成事。同情的作品，是指作家不主張自我的作品。卽使主張自我，也離開作中人物無可主張的自我。換言之，兩者之間找不出任何間隔，同情之極遂油然渾化於一處。欲依此方法而得成功，作家不必有批判好惡作中人物的行爲動作的見識與趣味，也無乎超然於第三者的地位，維持公平的判官的態度於嗜好之上。只消與作中人物盲動就夠了。作中人物，無論怎樣愚蠢，怎樣淺薄，怎樣偏狹，作家也不必管。愚蠢者，徹底同情其愚蠢的地方，淺薄者，一味同情其淺薄的地方，偏狹者，滿腔同情其偏狹處，而其同情之眞切能像同情自己之甚，於是纔能沒却作者的自我而動讀者之心。

爲討論形式的間隔論而舉的兩種方法，到此乃逆行而爲作家的態度，爲心的狀態，爲主義，爲人生觀，繼爲小說的兩大區別。欲深通此間消息，而行相當的哲理上的議論，須待許多材料和思索和解剖綜合的過程。以我現在的智識和見解，對於這一層，不能加以一言半語。我只能提出這個大問題，向青年學徒指示研究的餘地，實在抱歉！

哲理的間隔論不是我所能做的，所以不得不再回到前述的兩方法，從形式方面，檢驗此方法是以什麼樣的形狀出現於作品上面，我想，第一法是在打破讀者和作者（與作中人物分開獨立的）的間隔，故自形式上看去，難以發見與此相當者。至於第二法，因爲和作中人物發生關係，故能變更此等地位，縮短與作家的間隔；縮短的結果，得到零的答案時，作家便一變而化成作中人物，所以讀者和作中人物，便離開作家對坐起來了。總之，所關係的，是讀者、作家、作中人物的三要素，而出現於形式的，此三要素中只是作中人物，故若有能移動者，除此以外再無任何可移動的了。

變更所謂出現於形式上的作中人物的地位，不過是將稱爲他或她而疏視之者改稱爲你，或進而改稱爲我吧了。從而頗爲呆板。然而僅僅變更這種稱呼便能縮短間隔，這是任何人都不能否定的事實。所謂他，是指示被稱呼的人物不在現場的用語。被目爲他的人物，比呼之者離得遠，這是語言上的約束如此。因此，改他爲你時，不在現場的人物，便忽而跑到眼前了。然而你，是與我相對之語。呼之以你時，彼此之間猶難免有一定的距離。較之他，雖加一層親密，但不過也是維持彼此對立的形狀吧了。不過，你一變爲我時，一向所認爲他人者，俄而成爲一體，沒有一絲隔膜了。因此，他是把作中人物置在離讀者最遠的位置的。你是在將其拉到作家眼前的一層，能縮短其距離的。最後到了我，作家和作中人物便完全同化，故其距離讀者最近。

改他爲你的方法，即如依所謂信牘文體 (Epistolary form) 的小說出現於文界。用信牘構成一篇小說時，作中人物彼此以你爲稱，所以讀者能介乎呼你之人，與被呼爲你之人對坐。然而信牘文體，在這一層雖有利益，可是在別的方面不得不冒很大的不便，故自理查孫以後，少有踏襲此法的人。沒有這種不便而能常用此形式的，只有劇本。劇本是從頭至尾成立自問答的，所以作中人物不得不以你稱呼彼此，而能充分獲得來自這一層的利益。有人告訴我說，他翻開小說時，有會話的地方就看，沒有會話的地方就不看。他的這句話，就說是表現一般讀書界的嗜好，似亦無不可。即依此可知間隔縮短法是怎樣地有動人的效力了。但是作中人物互相呼你，和作家呼作中人物以你者不同。作家呼你時，讀者雖不過是站在作家旁邊看你而已，但是作家能呼作中人物爲你，故顯然是與眼前的人物，一起生息於同一空氣之中的了。於是作家，遂不能不爲作中人物的一員，故自幻惑的程度說，和篇中人物互相呼你者無異。

至於作家，能始終一貫呼作中人物以你，這須是作家變而爲我出現於作中之時。我在前面所舉作家和作中的一人同化，即指此。作家若用此法，我們和作家（即所謂我者）便直接相對，故事事切實而能免自隔窗紗望庭砌之憾。如其要在文學史上求這種作例，其數多至不勝舉。世人似因其陳腐，反欲疑其效果。普通所謂寫生文，似乎都是用這種方法作文的。至其主張如何，不得而聞，故似不必加以議論；但依我的見解，他們似有不得不如此的原因。他們所描寫的，情節多屬散漫。卽作中人物，少有描畫一定的曲線，呈示一定的歸着，多數是散漫而無收束的，雜然的光景，故爲興味之中心者，非觀察者卽主人翁莫屬。在別種小說，被觀察的事件人物能發展、收束，故讀者能以此爲興味的中心；可是在寫生文，在被描寫的事物，並沒有能使人滿足的興味的段落，故若失掉可以目爲中心的說話者（卽我），一篇的光景便立刻失掉支柱而至於瓦解了。所以讀者，便只有跟着這個我（不是看做作者，是看做作中的作人翁，）循之以行迷途吧了。這個要緊的我，不可不爲讀者所親。故不可不是我，不可是他。

卑近的間隔論，約略說完了。不過這，依然也是一般的理論而已。至於這個理論的應用，不消說是千變萬化，唯有待作家的手段始能發揮。試在下面舉兩三個例，爲其證明。

Palgrave 所編著的 *Golden Treasury of Songs and Lyrics*，是大家公認爲一代名著的，卷中在 CXXXVIII 和 CXXXIX，相繼載着 Goldsmith 和 Burns 的小詩一篇。兩詩都是吟咏少女失身污節，托殘喘於噬臍，踟蹰於天地間的窮狀，這是應該明白的。因取材相同，易於比較，故引用之。

When lovely woman stoops to folly

And finds too late than men betray, —

What charm can soothe her melancholy,

What art can wash her guilt away?

The only art her guilt to cover,

To hide her shame from every eye,

To give repentance to her lover

And wring his bosom, is—to die.

　　　　　　　　　　　　　　　　　　　　—O. Goldsmith.

Burns 的詩，爲一般人所知的，故殆沒有引用的必要，但爲一目瞭然兩者的差異起見，不妨畫蛇添足。

Ye bansk and braes o' bonnie Doon

　　　How can ye blooni sae fair!

How can ye Chant, ye little birds,

　　　And I sae fu' o' care!"

Thou' ll break my heart, thou bonnie bird

　　　That sings upon the bough;

Thou minds me o' the bappy days

　　　When my fause Luve wsa true.

Thou' ll break my heart, thou bonnie bird

　　　That sings beside thy mate;

For sae I sat, and sae I sang,

　　　And wist na o' my fate.

Aft hae I roved by bonnie Doon

　　　To see the woodbine twine,

And ilka bird sang o' its love;

And sae did I o' mine.

Wi' lightsome heart I pu' d a rose,

Frae aff its thorny tree;

And my fause luver staw the rose,

But left the thorn wi' me.

—R. Burns.

同時讀完此兩詩，試問何者最能動讀者之心時，若讀者說兩者相同，就沒有議論的餘地了。若謂 Goldsmith 的詩動人之情較切，我就說聲"是嗎"，就完了。然而讀者一反其批評，主張道，Burns 的痛切非前者所能及，我可就要問道，Burns 何以痛切？讀者若囁嚅、逡巡，而謂不能把自己的所感羅列於語言的平面世界，那我就不欲爲讀者費無用的口舌，以較兩者的長短了。G. 的詩冷靜，其肅然而說窮愁有如木入之舞，石女之泣。至於 B. 的詩，滿腔盡是悲哀。傾日月，貫山河，所餘者不過悔恨兩字而已。這是兩詩所訴於我的感受之差。我們不可不出發自這種差異。不可不出發自這種差異，而求其對象於兩作之上。（一），B. 的詩，滿是感覺的材料，如謂鳥，謂草，謂河，謂薔薇。（二），B. 的詩多用射出語，如呼"岸呵""鳥呵"之類。（三），B. 的詩，在敍述禽聲的和諧，望岸頭的碧蕪，以對我孤愁暗淚一層，合乎強勢法。此三者皆爲 G. 所沒有的，以此足以決兩者的優劣而有餘。然而此三者姑無論，尙有於一瞥之下斷定甲乙者，是爲第四。（四）B. 的詩，得了間隔法。作歌者是 B.，唱者是少女。而此少女與作者，於詩中相會合而爲一，所以讀者不是隔着詩人所圍繞的籬落，望着煢煢少女，而能與此不幸之女相對於咫尺。反之，在 G. 的詩，不能在詩中與爲主角的薄命女相見，僅介乎詩人，依其冷靜的口吻，傳聞其近況吧了。其缺少慟哭之態，欠乏哀痛之音，自不待言。

世俗所謂的敍情詩，不是在敍說事物，描寫性格，一如其名稱所示，是歌咏感情的。既然以歌情為主旨，勢非痛切不可了。歌情而欲其痛切，歌者便非自己不可。因為自己纔有最痛切的情緒故也。因此，敍情詩都以我起筆，以我擱筆。我就是作家，不然就是與作家合一的主人翁。所以在敍情詩，我們始終能在間隔最縮短的距離，嘗得詩中之趣。

再舉一例來說，我少時讀司各脫的 *Ivanhoe*, 到 Robecca 伏在盾後，從壁間向 Ivanhoe 報告戰況一章，睜着眼不能睡，挑燈達旦，此刻還記得很清楚。當時所希望的，只是在樂書，不是在解事，故終於沒有在腦裏反問何以動吾心如此之甚，過了長久的歲月。及至後年，漸在思索路上，數往往來來的蒼頭白首，類別紅絹青衣，始回頭看看十年的昔日，猛悟思考之有未徹者；拈定之後，沈思疑想者再三，猶不能明白理會其全部。現在又遇到這個間隔論，我覺得舉出這段話來，頗為適宜。若辯而不得釋然，敢請大方之家為我揮棒三十。

我所要說的，是在書中第二十九章。欲引用全文，無奈太長，因此，要費幾句話以補其不足。讀者，（一）須記住主人翁 (Ivanhoe) 臥病呻吟於床蓐間。（二）須記住有美一人，侍奉藥湯而獻殷勤。佳人之名叫做 Rebecca.（三）須記住此兩人是居住於城中的一室。（四）須記住有敵人逼到城下。（五）須記住戰事之發生與戰爭之烈。（六）須記住 Ivanhoe 強欲扶病而起，而 Rebecca 強阻之。（七）須記住佳人挺身，倚於窗間向 Ivanhoe 報告堞下的亂戰。（八）須記住眼下的光景，介乎佳人嘴裏，於問答之間發展下來。這裏所引用的，不過是其一節吧了。

"Holy prophets of the law! Front de – Boeuf and the Black Knight fight hand to hand on the breach, amid the roar of their followers, who watch the progress of the strife—Heaven strike with the cause of the op-pressed and of the captive!" She then uttered a loud striek, and exclaimed, "He is down! —he is down!"

"Who is down?" cried lvanhoe; "for our dear Lady' s sake, tell me which has fallen?"

"The black Knight," answered Rebecca, faintly; then instantly again shouted with joyful eagerness— "But no—but no! —the name of the Lord of Hosts be blessed! —he is no foot again, and fights as if there were twenty men' s strength in his single arm—His sword is broken—he snatches an axe from a yeman—he presses Front－de－Boeuf with blow on blow—The giant stoops and totters like an oak under the steel of the woodman—he falls —he falls!"

"Front－de－Boeuf?" exclaimed Ivanhoe.

"Front－de－Boeuf!" answered the Jewess; "his men rush to the rescue, headed by the haughty Templar—their united force compels the champion to pause—they drag Front－de－Boeuf within the walls."

—chap. xxx.

　　若單以記述之屬於浪漫，解釋此種幻惑，尚不得謂之完全。把間隔論提到這裏，放到念頭，始能突過牢關，而覺神思漸定。普通的記述，須待沒有被融化於作中的作者之媒介，始能接納之，這已如上面所說的了。以事爲記事，以作爲作家，以讀爲讀者，示三者之間隔於圖卽：事—作—讀。（此爲第一圖）若由於記事的性質和作者的技術，達到幻惑的高潮時，而能猝然遺置作者的存在，當面熟視記事，間隔便縮而成事—讀。卽示讀者和作者合一之興致的。（此爲第二圖）若作

者以我敍事，代表篇中的一人行文的時候，自始卽無須乎承認作家的
存在，所以間隔，自始卽無異第二圖，可以以⑪－⑳示之。試把此三
圖式畫在心裏，帶回爲吾人之問題的引例，爲比較之料。在 *Ivanhoe* 的
時候，相當於上圖之⑪者，是城下戰鬥之景。是黑兜白毛的騎士。是
長幹偉驅的惡僧。是伏而彎之弓，鳴於空之矢。是劍光，馬影。是叱
咤之聲，甲冑之浪。而敍此動靜者，不是作者，是明眸皓齒的佳人
Rebecca. 因此，這時候的圖式，不是⑪－⑭－⑳，乃是⑪－Ⓡ－⑳。換
言之，應以 Rebecca 代替作者，始能得到相當的圖式。幻惑
_{生自技術，記事之內容}
的，不是生出間隔的 熾烈之時，讀者爲作者的筆力所魅，竟不記得支持
一定的間隔，進而近之，近而進之，遂站在和作者同一平面，同一地
位，以作者之眼去看，以作者之耳去聽，所以作者和讀者之間，甚而
一尺的距離也不餘留了。而此時的作者，不就是 Rebecca 嗎？此時的
幻惑，不是頂點嗎？我們進而不得不接近 Rebecca, 終而不得不和
Rebecca 站同一平面，同一地位。最後又不得不以 R. 之眼去看，以
R. 之耳去聽。R. 和我們之間，非至於不餘一尺的距離不已。然而
Rebecca 乃是作中一個人物。她在敍述戰況一事，執了作者的職務，同
時又出沒於作中，逶迤沿着事件的發展，流到最後的大團圓，在這一
點難免爲記事中的一人。因此，我們和執了作者的職務的 Rebecca 同
化，同時又已經和記事中的一人的 Rebecca 同化了。於是我們可以看
見 "*Ivanhoe*" 的記事，畫着重圈循環。畫外圈的是司各脫，Rebecca 活
動於此環中；而畫內圈者是 Rebecca, 堞下的交刃活動於其中。我們受
了幻惑，髣髴戰況於眼前的結果，便和畫內圈者站在同時同所而不
覺。回頭一看，身已被擒於外圈裏面，和作中人物一起旋轉了。翻身
試找司各脫，他却遙遙站在圈外，不共吾人同利益般好像在長嘯。

　　因此，這時候的間隔的幻惑，不消說不是有隔岸觀火之感似⑪－

⑭—⑳者。也不是在作者爲我代表作中人物這種意思的⑪—⑳。乃是讀者闖入記事其物之中者。以圖示之，卽非⑭不可。非是記事，讀者共生息於一圈之中，而無間隔者不可。進一步說，不但記事和讀者打成一片，尙須是遙遙置眞正的作者於後方者。從而這種特殊的吾人的幻惑，是來自這種自覺的：我們對於記事，較之操縱記事的作者對於記事，於親密之度勝過很多。自行活動於記事中，視圈外的作者爲外人——是來自這裏的幻惑。示之以圖，似得⑭—⑭這麼一個變形。

鄢陵之戰，是左氏文中之白眉，爲讀書人所讚嘆不已的。其文曰：

楚子登巢車以望晉軍；子重使大宰伯州犁侍於王後。王曰：騁而左右，何也？曰：召軍吏也。皆聚於中軍矣？曰：合謀也。張幕矣。曰：虔卜於先君也。撤幕矣。曰：將發命也。甚囂且塵上矣。曰：將塞井夷竈而爲行也。皆乘矣。左右執兵而下矣。曰：聽誓也。戰爭？曰：未可知也。乘而左右皆下矣。曰：戰禱也。

讀此章者，一見而知其於間隔法和 *Ivanhoe* 暗合。倘置間隔法於度外，而欲稱此文之妙，則稱之者雖日以繼夜，亦終不能道破其所以妙吧。

Rebecca 的記述，是眼前的戰爭。楚子所求說明者，也是眼前的事。所謂眼前，指的不僅是咫尺的距離，還指着現在。於是我們前此所謂陳腐不值一顧的"歷史的現在法"，若以某種變形，爲某種敍述所包含時，是否也能構成有力的幻惑的要素？要解釋這個問題，只消發見上面所舉二例之中，於發生幻惑之上，時的間隔所担任的比例，值得多少就夠了。欲發見此比例，我以爲檢查沒有含有此間隔法的作例，以明其效果，最爲捷徑。

求之英文學史上，可以得到彌爾敦的 *Sawson Agonists* Samson 應 The Phllistine 之請，展示脅力於其間；這時他以爲時機不再，發誓說要一舉鏖殺敵人。這是彌爾敦的正敍。至於抱柱撼屋，跑哮跳躍，壓殺滿堂大衆於梁桷之下的壯舉，却是借他人的嘴，去告訴他的父親。其語整齊，有段落，不亂次弟。一問一答，遂入主眼的事件。其言曰：

> At length, for intermission sake, they lsd him
>
> Between the pillars; he his guide requested
>
> (For so from such as nearer stood we heard).
>
> As over－tired, to let him lean a while
>
> With both his arms on those two massy pillars,
>
> That to the archéd roof gave main support.
>
> He unsuspicious led him; which when Samson
>
> Felt in his arms, with head a while inclined,
>
> And eyes fast fixed, he stood, as one who prayed,
>
> Or some great matter in his mind revolved:
>
> At last, with heat erect, thus cries aloud:　—
>
> "Hitherto. Lords, what your commands imposed
>
> I have performed, as reason was, obeying,
>
> Not without wonder or delight beheld;
>
> Now, of my own accord, such other trial
>
> I mean to shew you of my strength yet greater
>
> As with amaze shall strike all who behold."
>
> This uttered, straining all his nerves, he bowed;
>
> as with the force of winds and waters pent
>
> When mountains tremble, those two massy pillars
>
> With horrible convulsion to and fro
>
> He tugged, he shook, till down they came and drew

The whole roof after them with burst of thunder

Upon the heads of all who sat beneath,

Lords, ladies, captains, counsellors, or priests,

Their choice nobility and flower, not only

Of this but each Philistian city round,

Met from all parts to solemnize this feast.

Samson, with these immixed, inevitably

Pulled down the same destruction on himself:

The vulgar only scaped, who stood without.

—ll.1629 - 59.

表現的巧拙，非我們所關知，取材的警凡亦非我們所欲論，我們對於這段敍述，只論其間隔（尤其是時間的）就夠了。論間隔也一如別種批評，以讀後的感得爲基礎而發生，所以我們，不得不表示我們對此節的幻惑的程度，然後究其所以然。先說，讀了這一節，是否能生出間隔上的幻惑一如讀 *Ivanhoe* 那樣？這是先決問題。他人的感得，非我所能揣摩的，然若依我一個人的見解，毫無客氣地加以批評，此節所出現的彌爾敦的間隔的幻惑，較之司各脫，好像大有遜色。我讀了這一節，難免如有介乎盲詩人自己的嘴，聽着 Samson 的末日之概。故若以圖示此時的間隔的幻惑，便知其不能超出事－作—讀的價值。讀者應同意於我這種評價。蓋非如此，我就要失却批判的基礎，而終不能進出一步故也，讀者若同意我的評價時，我便要進一步囘到詩句其物之上，詮索這個比較地不多的間隔的幻惑出在那裏了。詮索之，先得兩點：（一）Samson 的死狀，雖是詳敍於報子口中，可是，始自此節的三十餘行前，一直到最後的 "The vulgar only…" 一句，一氣呵成，半途沒有滯留。元來，我們接到記事之主體 Samson 的死，爲縮短彼我的間隔起見，不得沒有作中人出而語之者，又不得沒有作中人從而聽之者，此徵之 *Ivanhoe* 之例可知。然而此二人，不得僅作一種形式存在。不得不是帶着相當的責任，爲盡一定的義務而存在。所謂一定的義務，相當的責任，不是別的，是在這兩人不斷地向讀者證明其活動於作中，而使讀者反復這種記憶：所聽的 Samson 之死，不是從作家聽的，是從作中的人聽來的。欲使其反復，便須使語者與聽者互相多問多答。多問多答（關於記事說）是使他們活動的唯一的方法。如其放掉此法，如其不使語者於幾次的反問遮斷話頭，而使其像驅自行車於坦坦曠野般進行，讀者只知道記事的自然和沒曲折地開展，而終於要忘掉有語者，有聽者。忘掉此兩者時，作者自己敍述之，或使作中人物敍述之，於間隔上沒有絲毫的差異，這是易明之理。因此，若在間隔上有所縮短，那便是存於我們和 Samson 的死狀之間的間隔，不是存於我們和報子之間的間隔。縮短我們和報子的間隔而兩者相合時，我們始能進入記事的外圈中，受一種幻惑；故此間隔旣然如故存在，卽使能接近第一記事 Samson 之死狀，見之於眼前，幻惑的程度也不很高，這是彌爾敦的間隔的幻惑之所以不多的第一個理由。

（二）便和時間發生關係了；這一層，實爲此問題的主腦。報子的話，只說 Samson 的過去的死狀，而沒有說現在的他的壯烈的末日。述過去與說現在比較起來，於時間的間隔有差異自不待言。試考究把間隔縮短到現在，卽能收什麼樣的效果於讀者的心頭，然後可以說是說明了我前此就此節所斷的間隔上之幻惑的價值。在 *Ivanhoe* 之例，我們的興趣，第一便最多落到敍記事的 Rebecca 身上，這是不可爭辯的。蓋因我們欲聽城壁下的戰況，而說給我們聽的，又是 R. 故也。不過所以這樣解釋，意思是因爲要聽戰況，故抱興味於爲其方便

的 R., 和留意此佳人而以此爲目的者不同。暫定這個是第一種。在這
種時候，記事其物是我們的目的，故記事愈有趣，我們便愈表滿足之
意（與別事無關）。而欲其有趣，戰爭便須起於現在，這是一種方法。我
的主張此事，不是僅在附隨於通俗的修辭之一的"歷史的現在"的，普
通的意義。因爲止於時間的縮短，若把話材變成事實，點上活動的一
睛，的確也有其功效；但是我的主張，是在現在法認定有超乎這樣爲
一般所承認的功效故也。由於現在法逐漸開展的事件，不但對於讀者
是未知數，則在說之之 Rebecca 也是未知數。不但在 Rebecca 是未知
數，如其事件的發達未達其期，除了所謂命運這件怪物之外，天下還
有誰知道呢？因爲不能知道，所以讀者的注意不消說，便是 Rebecca
的全副精神，也傾瀉於全局面，這是自然之理。未知數者不定也。不
定者，或將成爲甲，或將成爲乙。因其結果之或將成甲，或將成乙，於
我們的興味，與以大影響時，話者的全身便盡成眼睛了，聽者的全
身，便盡成爲耳朵了，命運的棋子每下一子，便一喜又一憂。蓋因爲
"命運或將一如我所期變化乎？"的投機的希望所束縛故也。發生於
利百加 (Rebecca) 眼下者，不是戰爭嗎？所謂戰爭，指的是敵方與我
方；敵方與我方，指的是勝敗。The Black Knight 乎，Front - de - Boeuf
乎，這不但是讀者屏息吞聲所欲知的，也是利百加明目張膽所欲知
的。而利百加之所以如此熱心，是由於勝敗之數未定的現在的光景。是
由於每發展一分，便有一分的結果，而以一分一分的結果發展下去的
刻下的狀態。大勢既定，追懷往昔而報之讀者之時，其所將報的事，在
讀者雖然依舊是未知數，但在報之者的胸間，已屬於既知數了。無論
其事是如何痛切，命運既判然刻在時間的表面，便須覺悟非人力之所
能抹殺的了。在這種覺悟跟前，談說過去的心情，較之刻刻看着現
在，進行着，說着現在的利百加，於情緒的強烈之點，不能同日語。報

告 Samson 之死的人的態度，是報告既知數的態度，故屬於覺悟的態度，不是豫期煩悶的態度，從而依據此報子的語言想像當時的，讀者的神經，不消說是比較地不能緊張的了。上面是就我們讀者的興味集注於第一記事時而論。倘若不以利百加，因其爲第一記事之報道者的方便，故於我們的利害有關係，而假定是因爲她自己浮沈旋轉於外圈中，所以惹讀者的心，那末，現在法的效果，似要增加進一步的價值了。當此之時，我們的主題，已不是戰爭其物，而移到利百加之上了。從而我們的對於戰爭的興味，可以說是僅僅在其影響之及於利百加之點。勝敗比較地不重要。勝敗之重要，僅僅在其反射到利百加之上，構成她未來的生活的一部分。從這個立腳地觀察的戰爭，不得是過去的。倘若假定爲過去已了結的，其影響也不可不說是已定的了。從而其及於利百加的結果，也可以斷言是已定而不能動的。既然是結果已定的戰爭，其加於利百加的未來，是做未知數加入，故雖由她的嘴裏敍述出來，也不能一聲聲帶痛心苦慮的餘韻，引導我們到前方去。若將其改成現在，便一如第一種時候，爲介意其不知將發展向未知數的何方之餘，我們便一如中了催眠術的患者般，不遑左顧右盼而前進。這就是在第二種時候，現在也勝似過去之所以。而彌爾敦的敍法，自這兩種立腳地看去，都沒有必須有的時間的間隔之縮短。這是其感興之不及於 Ivanhoe 的地方，也足以說明現在法之需要的理由吧。

　我爲就現在法的效果定其價值，取例於 Sam son Agonistes 了，而發見此例，不獨在時間上的間隔，異於 Ivanhoe, 在其他的間隔，也與此不同了。從而關於現在法的價值，不能下一個判然的斷案一如當初的豫期，實在抱歉。不過我相信，由於這個解剖，已能使讀者明白時間的間隔，有時也必要的了。

第五編　集合的 F

　　我們已經從我們的意識，取出可以成爲文學的材料的性質，用許多例證加以說明了。次又將這些材料，彼此比較考量之，而依其特色，將其分類爲四種了。分類之後，又論述發生於這些材料中的互相的關係，兼自表現方法上，講論彼此頂替，甲乙相合之法，終於自表現倒行，入了取材的領域。這其間，我們論了“文學的材料多多跑入其意識”的文學者的 F，以與科學者的 F 對置了。此編所要詳論的，是關於這個符號 F 的事。

　　我們在這一編，要論 F 的差異。F 的差異，包含時間的差異，空間的差異，起於個人與個人之間的差異，起於一國民與一國民之間的差異，又包含古代與今代，或今代與所豫期的後代的差異。像前面所說文學者與科學者的差異，不過是其一部分的研究，不過因爲這一部分的研究特別必要，所以在前面講述吧了。

　　我在這一編，要論 F 的差異。然而 F 的差異，是如此之複雜而多方面，從而說之不能沒有遺漏，論之不能精細。譬如張數罟於洿池，不能捕盡所有的魚鼈，是自明之理。但是我所要說的，是文學。因此，我所說的，只要能觸到此間消息，解釋幾分文運消長之理，騷壇流派之別，思潮漲落之趣就夠了。欲其完備，須待後之君子。

我在這一編要論 F 的差異。回頭看一看卷首，從新喚起 F 的記憶，再進行研究，這爲的是警戒輕率，綢繆未雨之意，故請讀者，不要因爲似有多少重複而責之。一分鐘之間的意識的內容，描一彎之浪而高低。其頂點是意識最明顯處，我們依心理學者之說，以意識之焦點一語命名之。我們用 F 爲此焦點之符號，同時限定 F 的範圍，假定其爲僅能帶認識的 F 者。故 F 不單獨發生，而帶某種情緒發生時，便添之以 f 而得〔F+f〕這個公式。文學的材料而出現於意識裏面的。非有或種情緒不可——因爲有這樣的條件，故其結果，一定具有〔F+f〕的公式。然而〔F+f〕乃是 F 的一種，故卽使僅舉 F, 如其沒有附記不帶 f, 似乎無妨認爲包含文學的 F. 我將得自一分鐘的 F 擴大，應用於亙乎一日，一夜，半年，五十年，構成我們的意識的大波動，而且說，把個人的一期一代的傾向，表現於 F 這一個字，較爲方便。我並且說，橫貫一代，將個人與個人所共有的思潮綜合起來，捉其最強烈的焦點，將其縮寫於 F 一個字，最爲合適。此編所要說的，主爲關於這個集合 F 的類別，推移，變遷。而除非是特別不行於文學之範圍的理法，則不加以分別說"在文學……" 云云。所引例證，或者要及於他方面，但因文學的集合 F, 也爲此理法所支配，所以我相信不至發生矛盾。況此集合的 F, 不過是將個人的一分間的 F 之意義擴大的，故關於後者所能說的理法，除了特別的時候不計外，也可移以應用於前者。我們有時也許要借後者之例，直捷拿來說明前者的活動。蓋爲省煩故也。

第一章　一代間的三種集合的F

將一代間的集合意識，大別之爲三。卽模擬的意識，能才的意識，天才的意識是。這裏所謂的意識，不待說是指意識的焦點（卽 F）。而此種區別，是就內容的形質，生自存乎此三種之間的關係的，並不是列舉其內容的實質所得的結果。實質是依時代而推移的，故若不卽乎一期而檢之，再無說明的方法了。

（一）模擬的意識，指的是自己的焦點之易被他人所支配。所謂被支配，無非是指當去甲就乙時，自然而然和他人齊步武，同去就。總之，於嗜好、於主義、於經驗，模倣他人而發生。模倣，於社會之構成，是必需有如膠油者。倘使社會而缺模倣的一種性質，便將四分五裂糅然瓦解於須臾，一如不爲引力的大律所支配的天體了。所以學者說：“社會卽是模倣。”我們之愛好模倣，是甚至於使學者說出這種話的了。Mantegazza 在其所著 *Physiognomy and Expression*（八四頁）說：“試在稠人之間嚷道：着火，着火！或再以舉手搔目之狀拚命地跑吧。在第一種時候，多數的人也許將停步問故吧。在第二種時候，大衆也許將忘掉自製，應聲而跑吧。動作較語言屬於機械的，而且機械地生出模倣。如果有人不信我的話，就請他當陰晴未定之時，站在大街上忽然撐開雨傘；或坐在叫客馬車裏面，把手插在褲袋裏假裝要給車錢吧。你也許可以看見撐雨傘，掏錢者決不止一兩人吧。這不

過是爲機械的勢力所制，而模倣他人吧了。" Mantegazza 就動作所說
的話，不消說也可以應用於動作以外的複雜的思想。我以爲我們之所
以一樣有這樣的性質，是基於生存競爭的大理法；倘若在這一層受了
水平線以下的天賦，便要迷於所以適乎社會之路，而遭遇失敗於尋常
人事的命運了。嬰孩的生育，雖似仰待於乳母之恩處爲多，然若使嬰
孩而缺模倣他人之性，也許將有許多不達鬢髮之齡即行夭折的吧。每
日吃三頓飯，這是模倣。入夜而眠，這是模倣，起居有節，也是模倣。進
退有度，也是模倣。避車於途上，避馬於市間，而不致毀傷髮膚，也
是模倣。模倣之必要有如是之甚。大人之生存於社會，而不時常招惹
不測之變，是表示其思想、行爲、言論之適合其社會者。所以小兒之
模倣大人，是爲製造適當的資格以生存於社會的普遍情形。從而我
們，爲模倣他人，受自然的命令出現於此世上。社會的存在，足以證
明這種模倣性，是在什麼樣的程度運行於個人與個人之間而有餘。

　　模倣在使滿足社會的成立與維持的根本義，是這樣地必要。我們
把生存上必需的模倣性，適用於別的方面，於是居然做了第二義的模
倣了。所謂第二義的模倣，是指本無必要，却爲好奇心而模倣他人。例
如小兒模倣其父，奴婢之模倣其主。在或種時候，甚至模倣病態的嗜
好，遂舉世悉陷於非常識。像十九世紀初，大逞其威的厭世文學的潮
流是。勃蘭得斯 (George Brandes) 說："發生於十九世紀初的厭世
觀，帶着一種病患的性質。而此病患，不是將犯一國民中之一個人的
性質的，是一如在中世紀傳播全歐那個宗教教狂似的時疫。René 不
過是此病疾侵犯天稟的英才最早而最著之例吧了。"如果有人說這不
是模倣，那我就要答道：普通的模倣，是故意的模倣；而此時的模倣，乃
是受自然的命令的模倣；是爲超自己的意志所強迫的模倣。

　　模倣是爲去掉社會的不平，而使各人整然列於平等的；在錯雜的

表面，添上一律之觀，彼此互通而生甲乙無二致的結果而後已。因此，當於這種意識的人，其爲個人，不形成他人的目標，故生存上少有冒險之虞，而在比較地安全之境域。多當於這種意識之人的社會，於現狀維持之上，最爲方便。因爲僅遵守歷來的習慣，把守父祖的遺業，覆現傳來的嗜好，與比隣鄉黨的知已同進退，同去就，同好惡，而秩序十分整然故也。富於這種意識的人，在平常的時候，構成社會的大部分。因爲是大部分，故以數論之最爲有力。不單是在數字上，多半在實力也占優勢。但是翻過來以創造力 (Originality) 的多寡爲本位而評這種意識時，其勢力可就很貧弱了。照普通的例，都稱富於這種意識的人爲平凡，爲庸俗。蓋因一味模擬他人，唯與他人一樣是務故也。自文學上說，他們便成爲無可無不可的詩人，的小說家了。歌他人所歌者，美他人所美者，人之所謂詩，所謂小說者，彼卽以爲詩，以爲小說。——模擬的集合 F 之意如此。

（二）然而模擬，是將模擬者和被模擬者對立起來，然後能用的話。模擬者的 F, 已在（一）述其大意了。欲使模擬者成其爲模擬者，便須供給之以可以爲其目的的 F. 這種 F, 不必是傳授自同時代的人，燦然於意識的頂點，習慣也可以，讀書也可以；不過也不是沒有得其所範於鳩首於一代之中，吞吐同一界之空氣的儕輩的事。這種積極的 F, 將何以名之，我雖不得而知，不過現在姑稱之曰能才的 F, 以供指示之便。

關於這種 F, 欲敍述其實質，一如開頭所說，頗屬困難之事。因爲他們，也和我們在一分間一樣，始終推移着不滯留於一處故也。因此，欲知他們的實質，便須劃出既與性的一時期，在其域內始能加以具體的說明。卽雖是具體的，但因爲是只限於一時期，而不能轉用於他時期，故在離開時空二間的概論，不過是自其形質，加以抽象的說明吧了。

我們的意識的特色，無論是一分間，一小時或一年，都始自朦朧的識末，達到明晰的頂點，逐次又增加朦朧之度，自識末降下到識域。這樣地完成了一波動之曲線時，又反覆如上的過程，重描一個波動，波動。只要生命繼續，社會存在一日，牠就描曲線一日而不停止。因此，F 必定帶推移之意（想像沒有活動的 F 之時，我們不得不離開記憶的觀念。只是因為不能停留於一個 F，左右顧盼而結連前後，所以我們和 F 便合而為一了。而且甚至不能認識其為一）。要相❶看那個要推移的 F 時，我們至少得不想像 a, b, c, 為連續的三個 F 的狀態。現在假定一時代的集合意識（模擬的）在 b, 那末在其前的 a, 便不過是在識域的近旁存一渺冥的幽影吧了。同時，可以假定在其後的 c 的狀態，將從識域下起來，於冥冥之間準備着漸次要來搶奪這個頂點了。換言之，b 此刻雖然占着意識的焦點，但是牠有着早晚非讓天位於 c 不可的命運，而又不願從焦點降下。因此，b 的傾向，一壁逐漸變化成 c, 一壁形成意識的內容進行。當此之時，天下大眾的 F, 大都向同一方向移動，所以能夠動得早一步的人，便能早一步達到大眾的目的地 c. 能動得早二步的人，便早二步達到大眾的目的地 c. 能才的 F, 普通是先大眾十步或二十步，達到大眾將到的次囘的焦點，囘頭指揮大眾的。落後的大眾，不能忌其落後，而半途囘踵趄轉別的焦點的方向。蓋因 b 的傾向，具有非推移到 c 不可——雖不問遲早——的命運故也。例如從北平到天津，或坐火車，或走路。非到天津不可，這是條件。如其因不及火車之快，便主張不到天津，這只是無視當初的條件吧了。因此，能才之意識的波動，照例是每個波動都走在天下大眾之前。此波動之不並行，有時雖然也是出於自覺的苦慮計畫之餘的，但

❶ "相"，當為"想"。——編者註

是多半的時候，不過是爲身心的因果所束縛的意義。例如在講堂聽講義時，講義的題目，講述的巧拙，堂外的天氣，室內的空氣，都一樣影響學生，有時會使他們生起厭倦之情。這時候，厭倦雖是一般聽講者必須到的命運，至於達到的遲早，則不能豫知。便是最初意識呵欠的能才，也沒有爲發揮能才於呵欠之上，走在旁的聽講者之前，把厭倦的波動跳進一級，把呵欠的意識顯然安置於焦點之理。一樣地最後呵欠的人，也不一定是以凡才自甘的。也許要自慚甚至呵欠的模擬也立在人後吧。然而無奈機緣未熟，不能悟得呵欠，故不得不碌碌而受是末之嘲——似是這樣。

　　能才的 F，比模擬的 F 先到模擬的 F 必須到的地點，所以在數目上大不如後者之多，可是在逐漸將其吸收到自方這一層，占有優於後者的勢方，世俗評這種人物，爲敏於見機之士，或爲達觀時勢之才。元來所謂世評，似乎沒有分別偶然走在前的，和有意走在前的。而前者之比較地多，這似乎更沒有想到。日俄戰爭之時，有豫知戰後工業的勃興，收買極多的股票，以致千萬元之富者。這顯然是具有這種 F 的人。單只是商業上的事，不但是出於經營計慮之餘的，並且不得不賭多大的危險，所以和詩人之作詩，文人之作文大不相同。創作之士，站在趣味之上。趣味不是思索。只是時好和流行和自己相接觸，一樽芳醇自熟於胸裏時，便應機而吐馥郁了。而且多半是不自知的。若在內無所釀酵，則雖用智周至，設計綿密，企畫盡合乎理，而欲以先天下的好尙，也因爲隨智所命而馳筆，依計所定而着句之事，而終將失敗，這是顯然的。能才的 F 之成功於文壇者，自古以來舉不勝舉。拜倫一朝在床上揉着睡眼，發見他自己之爲名士。吉卜甯 (Kipling) 之由印度的小話得名，也是這一類的。（像那著名的 "Maric Corelli" 之擁勢力於文學界，與此大不相同。其所以有勢力，不過是以具有一般的集合 F 卽模擬的意識之人爲讀者，而受多數的歡迎吧了。因此，讀者愈多其作更愈庸俗。）

（三）第三種意識，名之曰天才的 F. 如果有人說，你試就實質，把天才的 F 和能才的 F 區別區別看，我想任何人都不能明瞭地定之吧。不過我要將帶有以下的形質的人一括起來，名之以天才的 F.（希望讀者不可拘於能才與天才的用語，而描畫無用的葛藤於胸間。）

能才的 F 得爲社會所歡迎，飾成功之桂冠於頭上，反之，天才的 F，不但不能擅聲譽於俗衆，有時並且要和一代的好尙相背馳，而遭遇不能相容的不幸。所謂大聲不入俚耳，所謂對牛彈琴，又所謂馬耳東風，都是表示天才的 F 之迥異乎庸衆的話。我們不得不再囘到焦點意識的波動說，究明此種 F 不和其他並馳的所以。

滯留於模擬的意識的 F，咫尺之前有一片黑暗時，在能才的腦裏，已在胚胎 F 將要推移的次期的 F'，這是一如前節所說的了。假如當能才在豫想 F' 之時，有人已經意識 F' 於焦點，這個人便是早能才一步知覺時勢的了。假如有人不僅意識 F'，並且豫想次期的 F"，不僅豫想，並且意識之，更進而及於 F'''，不安於 F'''，並且及於 F''''，而終於達到 F^n，這個人便是在多數民衆固定於 F，而少數能才在豫想 F' 之間，已經跑過許多波動，到了 F^n 的了。F^n 雖是 F 遲早必到的路站，但自具有現在之 F 的多數判斷之，因其間隔過遠，故不能四顧其現在意識的周圍，找出 F^n 的影子，因此，不但不能加以評價，並且將加以排斥。同類相聚而得意。因爲具有在同類之中，將緣故最遠者疏遠之，驅逐之的賦性故也。以天才的 F 之失敗和壓迫爲事實，而欲依焦點意識的理論解之，似乎也可以用這種說明爲說明的一方法。依此說明我們所得的，凡人和天才的差異如下：凡人和天才，依意識 F 的遲速而決定。凡人和天才的距離，是 F 和 F^n 的間隔。F 沿着自然之流，自有必到 F^n 的傾向，故不能在其質決定兩者之差異。因此，凡人和天才的差異，不在其所意識的內容之質，是在其先後。但是先後，並非無關乎質，故若以嚴密的用語正之，卽是起於發生波動時之影響（而不是起於別的原因）的意識的內容之異。猶之乎一個人的幼時和壯時之異。就一人而言，故兩者爲同一物，然非經過一定的時間，幼年不能達到壯年，所以兩者，自其受時之支配一層看去，是異物。而若示少年以那少年於二十年後非達到不可的體軀姿容的相片，也因其距離過遠，所以不但看見自己而不認識自己，反而要憎惡之，這就是凡人對天才的態度（由這種解釋看去）。

我們不信這種解釋是不對的。然而不能以此爲唯一的解釋。凡人和天才之異，自焦點意識的原理論之，似乎還有容納兩種解釋的餘地。若依前節的解釋，天才的意識波動，和一般的推移，僅異其 Stage 而已，至於推移的過程與次序，不但絲毫不矛盾，並且是十分合致不相背的。然而我們，旣容許這種解釋，又相信這樣想像是自由的。

（甲）在天才的意識焦點中，有一個可以稱之爲核，而爲他人所不能發見的東西，爲此焦點的 F 的主腦。這個主腦，如何發現，又如何在現在的狀態，這不是我們所要論的。我們所要論的，只是這個核的存在。假定核的存在之後，我們又要說：天才的 F，也一如常人推移，構成不斷的波動。不過將此波動的起伏，切取短短的一曲折，而檢其焦點時，我們常要碰到特殊的現象。特殊的現象，就是說，任何焦點裏面，此核都做着纖素保持其地位。於是，在從 F 移到 F' 從 F 變成 F" 方面，和常人無異的焦點，只爲了一個核的存在，在任何焦點，就都呈示異乎常人的奇觀了，而此核，在數學上卽所謂恆數 (Constant)，於其量與質，始終一貫影響許多焦點，故本應與他人一樣的焦點，也爲此一核，不但隨時隨處生出異乎他人的結果，並且與駁雜而散漫的

F 的變化以一種統一。

前項所說天才，因其看到千里之遠，聽到千里之外，故與凡人異；依這種解釋則不然，天才是因其無論在什麼地方，什麼時候，都毫無客氣地用這種自己所特有的核去看，去聽，故與凡人異。而因為此核是恆數，故當造次顛沛之時，也不能離開他的意識，所以雖反乎常見，背乎常識的時候，核的影響，也已經在無暇顧及其反背之間，把一般 F 變化而生出自家特有的 F 了。而且往往把這個當作非與普通共通不可的 F. 於是他們，有時便招流俗之怒，或買其嘲笑。或者因其特色與一種神經病者類似，所以往往被混同。自古以來，偉大的系統，常是集零碎的事實而成。常人的意識，一任煩瑣的現象之紛紛然去去來來，托耳目的生命於朝三暮四的活計。因此，不過為色相所驅役，浮沈於物華，漩迴流轉而已。日日所遭遇者雖是千端萬緒，可是一任其千端萬緒雜然明滅。那絡繹接踵者，也終於無所異乎映照車馬行人於鏡裏。唯拈定這個核而始終不動者，應此核之形，隨此核之質，集攏那浮游不停的塵埃，或為一元之會，或為二元之會，或為萬有皆神之會，或為/物質不滅之會，或為樂天之會，或為悲觀之會。為此會而貫串天地時，橫斷人生時，耳目所觸者，便和常人無所異而其所意識者，則迥然異乎常人。有以方為核者。他不但以盤為方，以硯為方，並且非以盆為方，以月為方，以日為方不能已。蓋因他們的解釋，盡為方的核所支配故也。他們不管何事，都從方出發故也。他們以圓為方之變形故也。視三角為四角之缺一邊者故也。認菱形為角度歪斜之角故也。這樣地，天下沒有不是成立自角者。有以三為核者。據他們所說，天地是合人而成三體。現在合過去，未來為三世。日餘夜，歲餘冬，時餘雨而成三餘。不但如此，一是從三減二者，四是加一於三者。這樣地，宇宙沒有不是以三成立的。孝子見飴而思養其親，因其核存於親也。乞丐獲飴而思釣錢，是其核在錢故也。Falstaff 是具有滑稽之核，以橫斷天地的人。Don Quixote 是具有騎士之核，以縱貫一生的人。達爾文是具有進化之核，以看鳥獸，看妻子，看天子的人。蕪村是具有俳句之核，以看日月，看星辰，看奴婢，又看王侯的人。他們每次意識，都以此核爲主腦。因此，意識起於一波，滅於一波，而其內容又與凡人無所異，但始終受此核之影響，生出一種特色。因爲有此特色，所以常人感着威嚴的地方，他倒覺得可笑，常人所尊敬的，他倒侮蔑，常人覺得莫名其妙的，他卻名其妙。所以天才之所以有和世俗不相容的意識，似乎可以假定是起因於此核之存在。

（乙）再回到意識焦點的議論，加以第三種說明如下：常人的意識，依從支配常人的原因，由 F 推移而 F'，由 F' 而 F"，而無所止境。天才的意識，不依從支配常人的原因，自 F 推移而 A，自 A 而 B，而無所止境。欲解說此事，有一個方便，是先假定天才和常人，有戴共通的 F 於波動的頂點之事，而究明其向別途分歧進行的樣子。

常人的意識，於一定時間停滯於 F 之後，而終於要移到 F' 之時，有些人的意識，有時不肯和常人同推遷，停滯於這裏的時間超乎普通，而又他顧。其何以生出如此的遲速，現在不必論。我想，他人欲移而我獨主張不移，（不是故意主張，是受自然之命而主張。）不可不說是證明爲焦點的刻下的 F，特別在此人比較地強烈的。意識強烈的 F，心被奪而至於不響應別的刺激時，在普通的時候，不是待此強烈的 F 降到識末，逐他人之後塵，不怕遲到而赴 F' 的。何則？因爲 F 愈強烈，他便愈有能在這個 F，見他人所不能見，聽他人所不能聽，或感他人所不能感，想他人不能想的傾向故也。故若這個個人生出須移向他處的機會，這時，其傾向不是普通人已經移到的 F'，反而是近於與此不同道的 A. 而 A，是爲強烈地意識 F 的結果，出現於次

311

同的波動的，故如無特別原因，可以斷定不是來自 F 的外部，反而是發現自 F 之中。如果是發現自 F 的內部，那自不是與 F 無關的或物，而爲 F 的一部，不過左不出是在上次的波動，比較地沒有明瞭地被意識的。這就說是 F 的一部也可以，或說是 F 的屬性也可以，或說是 F 的屬性與屬性的關係也可以。

常人的意識是自 F 而 F'，可是或種人則不然，是自 F 而 A，這已經說明了。而 A 的性質，也已經說明了。現在試依據前項所說的意義，復依據前項所說的關係，觀察在 A 的意識之再赴 B，在 B 的意識之再赴 C 時，我們也許將發見這個人的意識焦點的連續，和常人的意識焦點的連續，其間所共有的只是一個 F，每經一波動，便多分歧一次吧。而常人的意識，可以說是平面地離開 F，這個人的意識，可以說是立體地離開 F. 所謂平面的，是指因爲不固執 F，故隨應外界的機緣而不厭散漫，朝着外部延長波動。所謂立體的，是指因爲固執，故發見新焦點於 F 的內面，又於其新焦點內發見新焦點，貫穿 F，深深向下層徹其波動。

如果容許此兩種延長法時，我們便可以發見前者多行於所謂外行人的大部分之間，而後者多行於所謂內行人的藝術家，專門學者們之間了。而若此延長法超過或程度，至於不停止於內行人之域時；進一步說，僅在 F 的內面擴大波動，而絕不求焦點於外部時；即他們具有狹隘而深奧，綿密而周到的知識與情緒於專攻的題目，對於其餘的人事天然，完全不在意時，我們就顯然可以想像一種畸形兒而且是天才的一個人物。這一個人物，因爲是天才而兼是畸形兒，所以不解世間的習慣。不諳俗流的體節。有時甚至普遍一般的道德心，他都沒有。因此，難保其不爲社會的大多數所厭忌。

有些高等的專門學者。竟沒有任何可以令人尊敬的氣韻。有些著名的藝術家，竟絲毫不重正義。這班人，都是享有天才之榮，同時又得畸形兒之業，生到此世的。他們既不惜犧牲爲畸形兒，在内部擴充其 F, 故在其專門的學科或技術，銳敏幾達凡人的千百倍。有人說，替善 (Titian) 在尋常人看出一色的地方，他已經鑒別百色。這就叫做專修之功。這是最有榮譽的一例。若其所專門而無任何可取，徒在那一方面有天才，則不獨是天才的不名譽，並且是要顯揚其爲畸形兒之醜於一代的了。如實業家，有專門射利的天才，有偷盜的天才。有騙人的天才。有濫用金力，或利用權力，欲加迫害於貧與弱的天才。這就叫做有害無益的天才。有害無益的天才，沒有可以抵償的功德，不獨爲等於以流毒於社會爲目的天才，並且和旁的值得尊敬的天才，同兼有爲畸形兒之弊，所以像狂犬般撲殺之，投諸坑内，這是全社會的責任。

　　我根據焦點意識之說，對於一見像是莫名其妙的天才的 F, 提出了三樣的說明。三樣之間，應以何者爲正當的解釋，或三樣可以共存，我終於不能知道；但是我的解釋，不能超此三樣之外，所以天才的說明，就此終結。

　　模擬的意識，能才的意識，和天才的意識，是亘乎一代之間的各階級可以適用的三大區別。但是這種區別，只是爲方便計而立的，故考之事實時，不消說要發見他們是不蟄居於我們所說這樣截然的範疇内，經營未曾逸出門外的機械式生活的。模擬和能才之間，可以舉出應該認爲兩者之雜種的一族；而能才與天才之間，也可以舉出兩者的混血兒吧。這樣地分三爲五，裂五爲九，攤九爲十七，一層一層把區別的領域縮狹時，此三種意識，便終於沒有構成明確的段落，一如暈墨以熨白紙，無須分明去辨異同，甲流而入乙，乙融而和丙。而文學者，可以算爲社會階級之一，所以他們也享有這種意識的特性，各在三種之間占着一點地步介在，這是明白的事。（諸君如欲知 F 的發育過程，須參考 Baldwin 的 *Social and Ethical Interpretations in Mental Development*. 欲就實例看看天才之風貌的，可以翻 Lombros 的 *The Men of Geuius*. Gustave Le Bon 的 *The Psychology of Socialism*，雖是通俗而沒有深奧的學說，但因爲便於明白集合的人心之活動狀態，故應通讀之。）

是後，對這三種意識，下一個總括的評論。

（一）模擬的意識，在數目上最占優勢。因此，自利害關係說，最屬安全。可是說到獨創的價值，完全沒有。從而沒有赫赫之名，與草木同泯滅。

（二）能才的意識，於數大不如（一）。然而他因爲有豫想（一）的目的地，而爲一波動的先驅者之功，故大都是社會的寵兒，這是他的特色。自利害論之，不消說是安全。但其特色，與其說是獨創的，不如說是機敏。機敏不過是遲速的關係，所以照例是除了遲速以外，不能與社會以影響。用通俗的用語以品此種人，才子二字最爲破適當吧。世俗時或誤認才子爲天才，這是由於爲一時的成功所眩惑，而不能解剖其實質。

（三）天才的意識，在數目上遠不及前二者。而且因其特色是突兀，所以最危險。在多半的時候，尙未達其成熟期，便早爲俗物所蹂躪了。（而且此俗物，又是自稱天才謳歌者。此俗物謳歌歷史上自古傳來的天才，問道：爲什麼天才不出現於今世呢？爲什麼不出現於今世呢？然而一面卻把許多天才踐踏於足下而不自悔。此卽其所以爲俗物。）然而天才的意識，照例是非常的強烈，所以除了和世俗衝突而夭折者外，都是非現實其所思不能已。從這一點看去，天才是最頑愚的人。若其所思實現，其獨創的價值爲社會所承認，先前的頑愚便一變而成偉烈的人格，從頑愚的腦袋放出赫赫之光了。然而他自己，不問其是偉烈，或是頑愚，不過是爲自己的強烈的意識所支配而實現之吧了。故你若忌惡天才實現他自己，你不可忠告他，不可反對他，不可嘲罵他，不可徒費無用之勞。你可以出其不意，起而撲殺之，你如果忌惡日蓮，便將日蓮殺掉，此爲上策。若忌惡耶蘇，便將耶蘇釘殺，此爲上策。困於陳蔡之野的孔子，終於不失其道，被開除學籍的雪萊，不能推翻其無神論。如果使他們，隨着世俗所說而去來退進，在那一點還有其天才在呢？

第二章　意識推移的原則

對於橫斷一時代的意識而類別的三種，與以形質上的說明，已如第一章所說的了。本章的目的，是要論一時代的集合意識，向着什麼樣的方向變化？爲什麼樣的法則所支配？

（一）一時代的集合意識之傳播，爲暗示的法則所支配。暗示，是指甲傳播於乙而使其踏襲的一種方法——無論是感覺，或觀念，或意志，進而至於複雜的情操。暗示法的最強烈的證明，可以見之於被催眠者。對着他們說"水熱極了"，他們便抱着冰甌，苦悶有如抱湯婆。置輕如羽毛者於掌上，而暗示之以其重，則大有支九鼎而不堪其重之概❶了。這是人所共知，而這方面有專書，舉例甚詳，故不必辯明。處於常態的人，也往往有受這樣的暗示之事，這也似乎是事實。據某醫生的報告，曾經有一次要施手術於一個神經質的女子時，爲準備施以魔醉劑而爲其掛上假面，尙未置藥而她已陷於睡眠的狀態，失掉知覺了。這是常人而最易受暗示的。特殊的人不說，似乎是小孩最易，而女子次之。普通的男子，雖似大減其度，但其存在是不可爭的。Pascal說，若我們屢次叫他人爲愚人，僅以"屢次"，便足以使他人把自己當作愚人。僅使他人告我說我是愚人，便足以使我相信自己是愚人。人是被造成如此的，他說。

---

❶ "概"，當爲"慨"。——編者註

　　以上雖不過是依靠暗示的方法，使創造事實於想像世界的特別的時候而已，然若使我們，稍能敷衍暗示的意義，那也就似可以說，在日常的時候的日常人，也不斷地受着暗示，而在變化其意識了。

　　欲說明此事，我們不得不再囘到焦點波動的議論，考察 F 向 F' 推移的狀況。並非專門家的我，竟欲進入這個問題，這雖似離開水際，喚喝於轍下的鯽魚，但因其與全章的主意有關，故有敍述卑見——門外漢的理論——的必要。我們可以假定，當意識 F 於焦點時，與其相應的腦的狀態在 C. 而 F 向 F' 推移時，C 也隨之而推移於 C'，這是無可疑的。意識，任是區別至於微塵之細，也終於不能變成腦裏的物質的狀態，這雖是不消說的，但是兩者的關係，是把任何精細的變化，都依相應作用互相地在說明，這與其說是當然，不如說是必然的假定。若然，則 C 是產生 C' 的一個條件，而 C' 是相應於 F' 的腦的狀態，所以 C 又是產生 F' 的一個條件了。而 C 沒有不受任何刺激（內，外）而移於 C' 之理，所以產生 F' 的必需條件，便要歸到 C 和 S（刺激）了（若謂刺激不充當，無妨改用他語）。此 S 的性質雖是未定，不過我們覺得將其限於一種是不合理，故推定其爲種種。於強弱之度，於性質之差不一樣的 S, 冒犯 C 時，在任何時候，C 都沒有以一樣的難易之度對 S 反動之理。有時其反應 S 速而且強，有時其反應 S, 又是遲且弱。於是認定 C, 是在牠自己有斷然的特殊傾向的，也是不得已的結論。具有斷然的特殊傾向的 C, 而再有選擇兩個以上的 S 的自由時，最先便迎接最便於傾向的 S, 抱合之以構成 C'，而構成 C' 的結果，便終於意識 F'，這是必然之理。而我們既然住在這個現象世界，支持身體臟器的活動，那末此 S, 從外部又從內部，時時刻刻欲侵犯 C, 這是很顯然的；故 C 之推移到 C'，便不得不推却許多 S 了。許多 S 被推却時，最適於 C 之傾向的幸福的 S, 便抱着 C 而生出 C' 了。試將此過程，譯成關於意識的話，便成爲這種意義：F 推移到 F' 時，普通不得不經過 S 的競爭。而此 S, 也可以從具有意識的內容的方面去看,所以上面的命題，可以改成：F 推移到 F' 時，普通不得不經過許多Ⓕ的競爭。Ⓕ不是指存在於焦點者之意，是兼稱存在於識末或識域以下者。這樣地當 F 移到 F' 時，接到許多Ⓕ的請求，而採用其中之最優勢者，或最適合 F 於者，故在此點，我們的意識焦點，似乎可以說是受暗示法之支配的了。何則？ 蓋因 F' 不是突然追着 F 跑上焦點的,在我們明瞭地意識之之前，已經微爲其所暗示故也。

（二）我們已經假定 C 的傾向，又假定 S 的強弱了。而且假定 S 的性質是應有差異的了。假定 C 的傾向，同時又不得不假定 F 的傾向。假定 S 的性質的差異和強弱的程度，同時於 F', 也不得沒有一樣的假定。從這些假定出發，我們可以得到兩三個演繹，而其所演繹，不但徵之日常的事實是事實，卽縮其範圍，限於文學考其應用，似乎也可以得到饒有興趣的結論。

（甲）沒有加以強有力的 S 時，F 便依隨自己所有的自然的傾向，移到 F'。而所謂自然的傾向，不過是說，依隨最多重疊了經驗之度的次序，移到最多重疊了經驗之度而追隨自己的 F'。 換言之,我們的意識推移，照例是將由習慣之結果所連結的內容，排列於由習慣之結果所得秩序進行而反覆之。例如一輛洋車跑上我們的焦點時，我們便依習慣的結果，接着把洋車夫置在焦點。而普通人的意識，在常態是不受特別之 S 的，所以多只是依從這種傾向推移。在這一點，他們的意識可以說是出發於模擬，約束地進步的。模擬的意識和約束的意識，於其內容與次序大多是一致的，所以似乎無妨以一代他。試應用之於文學而說明時，其例證舉不勝舉。有人以爲“鳥鳴”之後，非想起“東風”不可。說到“是日也”，似乎一定隨帶“天朗氣清”。到後段，也許還要觸到這個問題。

（乙）F 依從自己的傾向，最易達到 F' 的時候是在（甲），不過，在不然的時候，普通都是選擇抵抗力最少的 F' 而移之。意即從許多暗示之中，選擇損害自己之傾向最不厲害的 F'，讓之以焦點。損害自己之傾向不厲害的 F，於其性質的某部分，應該是與自己接觸的，這是當然的推論，故知 F 所要移去的 F'，總在什麼方面，和 F 是類似的這個豫想之無誤。（能才的意識和模擬的意識之關係，類似（甲）和（乙）的關係，這是讀者已經明白的吧）既明白 F 和 F' 便於類似之推移，便可以認爲我們前所敍述的所謂文學的手段也者，何以必要，何以浮到作家腦裏，何以與讀者以快感的問題，自然而然是得到解釋的了。我們在前面說過四種聯想法爲文學的手段。而試檢其特性，不過也是藉一種 F' 來說明既與性的 F 吧了。說明，究竟是說明什麼 F 的部分的呢？這雖不得而知，但既能說明之，F' 這件材料，在或種意思類似於 F，是無可疑的了。既然類似，便一定是對於 F 的傾向，抵抗力少，而係 F 的最易推移的狀態之一了。於是我們也可以說，其所以訴之這種手段的意義，不只是加 F' 於 F 而擴大其效果，並且是因爲便於推移，故將其按次排列的。（第四種聯想法，只是由於音便而被排列的，故於其效果的性質，與前三者大不相同，這是一如前面所說的了；然若自推移之便〔在或種意思〕說，不必將其作爲例外。）在四種聯想法可以說的話，於調和法，於對置法，只消加以多少變改，也照樣可以應用，故略之。於是我們便達到一種結論了。卽：F 的推移不得突兀，而以按次序爲便。此結論是怎樣地支配時勢的消長，後段也許有例證。

（丙）假若有於 F 有一定的傾向時，完全不能依這種傾向實行（甲）的發展，或不能多少使這種傾向滿足而實行（乙）的發展，而推移於完全無關，或性質上相反的 F' 之事，那末此 F'，在無視 F 的傾向一層，便不可不如此強烈了。不然，則不得不待 F 的發展遞次循行，自消其勢了。試想一想（一）的時候，當起居坐臥之際，談笑歡樂之時，取我們的意識相連續的部分來檢驗，一天到晚，其例不難得。至其比（甲）或（乙）孰多，固大有賴乎個人之資性者，不過富於身心之活動的人，比較老朽後退的人，似乎比較地敢行這種推移。而卽乎構成這種推移之前後的 F 和 F' 來說，其一般地共通而支配任何人的，是 F 和 F' 在或種意思對照的時候。蓋因認定其他各方面相同時，在 F' F" F'"……F^n 裏面，與以最強烈的刺激的，非與 F 構成對照的 F' 莫屬故也。在（乙），是因爲帶有類似的性質，可以不逆 F 之傾向而走上焦點的，在這種時候則不同，因爲帶着與此對照的性質——因其刺激最著——，突襲 F，占其根據而成爲 F'。在一代時運之推移的這種消長，暫時不說，而在文學上舉出卑近之例來證明，這是我的責任。我在說明（乙）時，用了四種聯想法和調和法。現在要解釋（丙）時，照樣舉出我所謂的文學的手段以例之，我相信在明白兩者的關係一層，便於讀者。我以對置法爲文學的手段的第六種，而分對置法爲強勢法，緩和法，假對法，不對法四種了。假對法屬於（乙），故此地沒有討論的必要，至於強勢法和不對法（尤其是強勢法），似乎可以說，完全是基於這種推移法的手段。強勢法的主意，雖然在於 F 之後置 F'，而依對照，擴大後者的價值，但所以擴大之者，無非是因其刺激之強，而其刺激之強，無非是 F' 壓倒 F 的原因。換言之，不可不說是便於 F 推移到 F' 的原因。至於不對法，雖多少不同，但大體上可以用一樣的論旨加以解釋，故爲避煩起見略之。（二）的時候，嚴密地論之，似乎不成問題。蓋因假定當無關係的或反對的 F'，欲取 F 而代之之時，須待 F 的發展遞次行而自消耗其勢力故也。F 的發展遞次循行，意卽 F 爲 A 而又爲 B，所以 F 推移到 F'，這中間橫亘着許許多多的 A、B，難以認兩者爲直接之推移故也。然若稍爲變更觀察點，從他方面解釋之，卽在事實上值得我們的思考了。F 既然消耗自己，卽似有 F 推移之意，然若假定 F 依然沒有從焦點動身，而 F' 却已徐徐從識域下出到識末，又從識末漸次走上焦點；那末，兩者的關係，自結果看去，可以說是同一了。有頓悟禪機者，據說自己近於悟而不自知，多年修養之功，一朝達到機緣已熟，遂俄然一新其天地。此種現象不限於禪。必定是我們在日常生活，常常可以遇見的狀態（因爲我們不承認須特地附與特別的權利於禪）。只是因爲變化未至以前，不能自覺那正在內部昂騰的新意識，故若遇到這種推移，便說是突然。表面是突然，內部的實際却是逐漸，是徐徐的推移。一代時勢，反而名此種推移爲反動。若依這種解釋，反動便不是突然的，而是逐漸的了。自時勢而看的 F 的推移，現在不必詳論。試依前例，以出現於文學界的現象例之，那末，我在文學的手段裏面所說的對置法中的緩和法，約略是表現這種推移的。緩和法，無非是加 F' 於 F，而削 F 之勢的。削其勢，是表示 F 之過重 (F 不動時)，或表示 F 之極度 (F 動的時候)。F 過重的時候，與其對照之 F，便以急速度逐漸趕到焦點；F 極度的時候，與其對照之 F'，便應其度逐漸迫到焦點，故至於 F 之消耗自己的結果，是同一的。於是緩和法，不但有緩和的效果，並且是在 F 的推移上最方便的組織之一。

　　我爲要究明集合意識的推移，先囘到爲其基礎的波動之原則，說明其推移的法則，而且證之以我所謂的文學的手段了。而且發見我所舉的表現法，都能應用於此的了。但是最後的寫實法，因爲不是以 F' 說明 F——合兩材料而成——的方法，故終無利用之之機。蓋因推移，是至少非得 F 和 F' 的二狀態不能論的題目故也。

試將我們在此章所得推移的法則一括之如下：

（一）我們的意識的推移，爲暗示法所支配。

（二）我們的意識的推移，在普通的時候，經過許許多的 F 的競爭。（有時在 F 與 F' 兩者之間，也有競爭。）

（三）此競爭是自然的，又是必要的。如其沒有此競爭的暗示時，我們便不過是——❶

（四）依習慣，或依約束，反覆意識之內容和次序而已。

（五）推移，以逐漸不急劇爲便。（反動，表面上急劇，其實却是逐漸的。）

（六）推移急劇時，以在前後兩狀態之間有對照爲妙。（對照之外，有與此同等，或同等以上的刺激時，則不在此限。）

焦點波動之說，可就我們的意識的一分鐘而言；可就一分鐘而言者，也可就一小時，一日而言；可就一小時，一日而言者，亙乎一年，亙乎十年，亙乎個人的一生也可以說，這是我們的假定。可就縱貫個人一生的推移而言者，也可就橫貫同時的個人與個人而互相意識的推移而言，這也是我們的假定。最後，集合同時代的互相意識的大意識，沿着澎湃的時代的湖流，流下百年，流下二百年，推移而發展永遠的因果，也不悖此理，這是我們在卷首開章所假定的。這個假定錯誤時——事實的證明，否定這個假定於現實世界時——我的理論便根本地推翻了，所以再無加以一言半語的餘地。單只是刻刻檢之於方寸的靈臺，或年年而顧自他的行徑，或進而察一代的精神；更放大眼孔，繙開過去的歷史，追尋時運消長之跡，而明我所假定之距事實不遠；那末，我就敢於把在前段所得的原則，應用於自己的一生，應用於他人的一生，應用於合自與他的一代，終於應用於一代一代重疊，莫名其妙地

---

❶ 此後或有文字，但原稿无。——編者註

運行的浩蕩的過去的歷史——幾萬萬的羣衆，各自活動而又做一團活動，做一團活動而又做一團推移，而明記所謂天命二字於可怕的，不可抗的勢力的漩渦中的，過去的歷史。

第三章　原則的應用（一）

　　將在前章所得原則二三，應用於事實，例證集合意識的推移，這是本章的目的。例證要取之個人，又取之一代。因所論在文學，故多將其限於這個局部；不過有時也及於人之活力的一切發現。不是不顧慮其混雜，爲的是要表示彼此相通，應用之範圍不限於此。

　　暗示是自然，又是必要。試讀一般歷史時，我們也許可以發見，於某一代的"活力發現"有異樣之特色吧。不單是一般歷史，在文學史上，這種現象之顯著，也是無可疑的事實（觀察文學者個人，亦不失此例）。也有，某時期（或某作家）比較地富於感覺的材料，以發揚作家自然之美爲文學的生命。也有，某人事的材料占優勢，黃卷青帙，無非忠孝之譚，把其他材料壓倒。也有，心爲超自然之風行所奪，遂不承認沒有神奇怪異的作品爲文藝。也有，以爲非有一縷的哲理於彼此的交涉，寓機微之眞於斷蓬之變則不是作品的。這些，不過是粗枝大葉吧**❶**了。至於複雜而不易睹，陸離而不易捉者，讀者評家僅認識其特色而已，而不能言之，言之而不能徹，徹而不能簡明，徒遒迤顧望而終於胡言亂語起來。然而這是讀者評家之罪，不是因爲時代沒有特色。是因爲特色儘管不明，却爲他們的腦裏所自覺。是因爲一如對於浸在水中的地圖，髣見山村水廓般，模糊然落到眸中。取漢詩以比

---

　　❶ "吧"，疑爲"罷"。——編者註

西詩時，任何人都要發見其風韻之不同。不過，叫你把你所發見者指明於你的掌上時，你就趑趄而囁嚅吧了。若萬一有人不承認兩者的不同，那末，他就不是評詩的人，而又不是讀詩的人了。因爲他們的殘廢，已超過色盲之度而入失明之境故也。所以說：這種特色，雖明暗不一，繁簡有異，難易不同，但一定是存在的。（明瞭地意識此特色，是批評家的第一義務。明瞭地意識其特色之後，比之於一期前的特色，比之於一期後的特色，始能就此特色的地位，此特色在某種意味的價值，和特色的推移，明白一部分的實則，這是批評家的第二義務。）

　　特色的存在既明，特色的推移也就是事實上不可爭的了。推移的原因，亘乎個人意識的一部分，和個人意識的全部，和集合意識，頗爲簡明。用主觀的俗語以斷之，終於得到兩字厭倦這個平凡的解釋吧了。Marshall 在 *Pain, Pleasure and Aesthetic* 裏面說，快感和苦感的區別，有關乎時間。所謂有關乎時間，意卽此兩感，不一定於性有不同，抱住一者而經過一定的時間，便自然而然變成他者了。從這一點觀察的快感和苦感，不具自始卽異的客觀性，不過是依感受之之吾人的組識，把某種快感延長而越過適宜之期，先前的所謂快感便逐漸陷於苦感罷了。我並不是心理學專家，所以沒有取 Marshall 之說，仔細究其是非的能力與權利。然而試檢之我的日常，徵之他人的平日，再大而考之文運隆替之跡，似可證其言之不誤。單只是世上，往往也要發見與此法則矛盾的現象。然若試加以委曲的觀察時，是容易可以發見這種心理，在某圍中依然在循環的。我寄居倫敦的客舍時，同居者有一個八十餘歲的老人。與其說是老人，不如說是機器反爲適當的老人。不但起臥飲食有一定的時間，甚至散步的時間，場所，看報的時間和椅子，也絕不容有毫釐之差——其生活有如此之循規。他從多大時開始這種生活，雖然不得而知，但是在我們是經過一二星期便非改變不可者，他却永年反覆着而且像是自然。我最初觀察這位老人時，得到"他何以甘於這種單調的生活？"的問題，而且以爲這個問題，無論如何是無法解釋的神秘的問題。然而稍稍進入老人的圈內窺其動靜，便容易可以發見不必像最初駭異那樣，作別世界之觀了。這位老人，生息於這個單調的圈內，一步不出圈外，所以在從圈外觀察的我們看來，是單調得不可思議；然其在圈內，有相當的變化，而且求着變化，是不可爭的事實。例如看報。看同一報紙於同一時刻，同一地點，其單調自不待言；但是報紙的內容，一年三百六十五日，日日不同，是很明白的。像這個老人，雖是容易碰不見的異例，至於這一種人而稍異其類者，則舉不勝舉。例如專門家之於專門，藝術家之於藝術，都是這一類的。藤井竹外是詩人，一生所作，不出二十八字。狙仙是畫家，而只好畫猿。其他有以虎鳴者，以竹以蘭爲生命者。也有從少時就讀 *Faust* 而讀到幾十遍之多者。最有興趣的，卽如淨瑠璃，如落語，如謠曲（譯者注：此三種皆日本俗文學），都像是造下一定之圈，循環於圈內而不知厭足者。然若稍加追求，便知其與倫敦那位老人一樣，都是在單調之中求着變化而進行的了。所以說，特色非推移不可。而其原因，不能逸出"厭倦"二字。"厭倦"雖然過於平凡，但人是爲這種平凡所支配的，所以也無可奈何。這樣地文學上的趣味，也不能止住於一處。必定不得不發展而推移。推移是爲厭倦所支配，故未必有去卑就高之意。（趣味之推移而未必有發達之意，既應用 Marshall 之說於此方面，便不得不容許之爲必然的結論。）只是說，不得不推移。而推移，在事實上是眞的。

視推移爲不得已，而推移在事實爲眞時，我們便得到兩個命題。一曰：暗示是必要的。沒有暗示時，便不能推移。不能推移，卽是痛苦。二曰：暗示是自然的。有暗示，故推移；而推移，是事實故也。若使馬

爾薩斯的人口論沒有推移，我們便終於不得不在歷來的形式，反覆其
所說了。出了一個達爾文，得一道暗示於此，便朝釀暮酵，十年猶不
已。而一旦機緣熟時，便發而爲進化論，使天下大勢推移於這個新 F.
是達爾文的推移，而又是天下人心的推移。沒有這種推移時，我們的
理性便停滯於一處，而受許許多多的痛苦。卡萊爾的文章，奇警勁援
而富於自己的表現法，堪稱一代之雄。然而他，終於不得不推移，推
移而更加錘鍊之功時，便不得不出現爲梅列笛斯 (Meredith) 了。於是
卡萊爾，使自己的文章走入天下的意識，同時又爲梅列笛斯垂暗示，使
現代小說的泰斗，進文脈之波動於一瀾之頭。卡萊爾也許不會死滅
吧，可是後人，於這種文章，是不會無窮地甘於卡萊爾而謳歌之的。試
示之以稍屬機械的暗示，卽如 Holinshed 之於莎翁，Arthur 故事之於
丁尼孫。得到這些暗示而最初實現之者，稱爲先覺者。先覺者所實現
的意識得勢，普遍地感染了模擬的意識時，一代的集合意識，便爲此
先覺者刺激其波動，朝着一種新境界推移。十八世紀的古典派，漸次
離開意識的焦點，終於爲了浪漫派而降到識末，這在文學史中是最好
的實例。自由平等，四海同胞的觀念，冒着法國大革命的大狂瀾的集
合意識，在一般民衆的意識界的頂點，飄揚大旗時，文學界的意識亦
與其相呼應，與政海的風雲相徵逐，這也是昭著的事實。Dowden 的
The French Revolution and English Literature 很詳細地論着兩者的關
係。這時候的推移，乃是政治的集合意識，傳播於同時代的文學的集
合意識的，橫斷面之波瀾。假使文學界不容納這種推移的趣味時，詩
歌文章便一概失掉生氣，而呈太倉之粟，陳陳相因之概了。卽使有千
個能才，百個天才，也不能刺激約束的意識，而成就一輾轉之推挽
了。因此，我們之爲此特性所支配，是我們之可以成爲能才，成爲天
才的唯一條件；而生於推移比較地劇甚的時代的人，一朝而成名博譽

者卽爲此。同時，在推移緩慢，而多粘着性的意識的時代，英傑奇才也往往與凡骨相伍，終生於坎軻之間。

推移之自然而且必要，一如前面所說的了。而支配推移者，不過是“厭倦”二字而已，這也說過了。因此，試比較當期的 F 和次期的 F' 而判其優劣時，後者未必優於前者，是必然之理。尤其是在以趣味爲生命的文學爲更甚。在科學方面的 F'，大多利用前期的 F 而加之以新的東西，而且應理性之要求而加入此或物，所以自一種意義說，可以說 F' 比 F 發達。至於趣味的推移，與其說是加或物於前期，不如說是樹立新的或物，欲脫離前期的傾向居多。單只是因爲沒有完全脫離前期的自由，所以結果便具有和前期類似的特色。因此，F' 未必是 F 之發達者。（檢驗趣味的推移，辨其推移是發達性，或是單純的變化，頗屬有益的問題。我學淺，還沒有向這一點深加詳論的材料和見識。唯以粗雜的現在的腦筋判斷之，我想可以這樣說：F 的推移，行於同一圈內時，每推移一次，便有一次的進步；而若行盡此圈中的推移，或者中絕，而由某種特殊狀況，推移到別的圈中時，F 和 F' 在進步發達的意味，是毫無關係的了。）我之所以特地重視此點，是因爲世俗之人，看了時代好尚的變遷，不認爲只是爲好惡所支配的結果，而誤解每變一次，趣味便發達一次的。換言之，是因爲他們誤解以爲自己現在的趣味，是最完全而且是唯一的標準。以現在的趣味爲標準而律其餘，是自然之理而毫不足怪，不過應該注意，這個標準是僅能在同圈內做標準，而不能應用於他圈內——他們不明此理，竟欲以自己現在有的這一線的趣味，把屬於他線的趣味也批評下去。自己現在所有的標準趣味，多是應屬於一圈之中的趣味。而若把自己在此圈內得此趣味（至於爲標準）的發展的波動，倒過來檢驗時，便可以發見，不僅有此圈中的趣味，在層層的波動的倒行處，有他圈在。因此，自己不過是通過趣味的幾圍，而入了現在的圍中，而在現在的圍中，特地得了現在的標準趣味罷了。然而回顧自己意識的過去，直以其爲過去，便認爲過去的趣味不及現在之進步，這可以說是極大的錯誤。橫亘於自己之過去的趣味，不只是在程度上變化的，也是在性質上變遷的，這不待智者而後知。現在不僅以此刻的程度，批判同性質的過去趣味，竟進而斷定異性質的過去趣味，斷定之而認爲幼稚，這卽使是僅屬於自己意識內批判，也的確是越俎代庖了。

Sir W. Conway 曾經論道：“藝術的歷史，雖表示藝風 (Style) 之相襲，却沒有表現長久的發展的遞次。開化，有時也許一步一步進行。國民的法制，也許可以不斷地趨於複雜，不斷地增加效果。教育也許能及於下層。生活的程度，也許能提高。可是藝術自爲藝術，不過是取自家特有的進路罷了。開化無論怎樣進步，天下也不會有第二個 Sophocles，第二個 Shakespeare，第二個 Raphael 吧。並不是藝術之士不出現足與他們等其名聲的人。然則在他們的領域，不能超過他們，而且不能和他們爭霸。偉大的藝術家而屬於自今而後出現的，其偉大不得不是另一樣。末[1]來的大派別，不可不新翻花樣表現新理想，而不表現舊理想巧於舊時。

“各藝風雖發展而凋零，但是藝風與藝風，不過是相襲而已，並非互有優劣。一時期的理想，表現該時期的國民的歡悅。而歡喜，並無所謂發展。情緒永遠是一樣。不過是由種種不同的刺激而發揮吧了。”

“……自上代以至今日，他們變更其理想，自一期移到一期，自一刻遷到一刻。一代的信仰，不是次代的信仰。由熱烈的說法之功德所建立的，只是爲不信者所掃蕩吧了。能在端靜之中發見的永遠的念

---

[1] “末”，當爲“未”。——編者註

頭，表現於勝利背後的軒昂的氣慨，或形體之完全，或高人之偉風，或
超人之莊嚴，或無限之慈，無窮之愛：這些和這些以外的百千物合而
爲我們所崇拜，我們所思慕，我們所生死的理想。我們是畫之於畫，刻
之於像，歌之於歌，自上代以至於今日的。"*The domain of Art*（一三
八頁以下）

　　Conway 之說，足以證我的所論而有餘。不過他的目的，是在說
明理想的相襲，所以一圍內（卽就一理想）的推移，似乎沒有論到。而
我所特別置重的，是在這個斷案：我們現在的理想，多半的時候是繼
承一理想的主張，而在其圍內實行某程度的發展，所以卽使認此發展
之度爲標準，其應用的範圍，也不過是在此圍內的遞次的期程罷了。何
則？因爲我們常出發自這一點，任意批評橫亘於同圍內的物象，末
了，終於忘其權限，侵入他圍而不以爲意故也。文藝界內的這種侵入
罪行於各處，而且似乎到處被承認。侵入的人，固不明自己的犯法，被
侵入者也甘於受他們的宣告，而無雪冤之意。試按這種迷亂的狀況一
考之，我們總要覺得其於交錯處不承認人爲的標榜，從而生出千里之
差，是極其自然的了。大凡可以上趣味的批判的物象，不問其爲繪
畫，爲詩歌，當判斷之的時候，無須受"非站在一定的圍內不可"的
命令。度是計長短的圍。量是議輕重的圍。坐在度的圍而欲議輕重，那
是做不到的；坐在量的圍而欲計長短，那也不過是徒勞吧了。於是乎
計長短，議輕重者，不得不站在一定的圍內。然而詩歌繪畫，無論其
風格是怎樣地屬於別派，我們也有站在我們任意的圍內，逞其言說的
自由。所謂有自由，意卽站在任何圍內，都可以加以或種批判。而在
我們的意識上最站❶優勢的，不外是現下安置於我焦點的趣味。而此
趣味，大多是指存於某一圍中的，某程度的趣味。例如現今的一派，以

---

　　❶"站"，當爲"占"。——編者註

發揮關於人生的一種眞，爲小說的理想。這些（包含日本和歐洲）人
們的意識的焦點，凡是關於趣味者，都爲此標準所支配，所以有一種
傾向，對於任何文章，都想從這方面加以批判。最奇怪的，是被他們
批判的作品，任何作品都從這點充分被批判的事實。蓋因作品與作品
之差，沒有姿態形質之差，一如液體與固體那樣，難以用對一的標準
律他故也。然而人生之眞，不過是從趣味觀察的標準之一罷了。除了
說是現代的潮流受好惡的推移，使人們暫時停止於這個理想之外，並
沒有任何進步之意。以人生之眞爲標準是不得已的，蓋因我們的多
數，爲一種因果所制，而承認其爲現代的趣味故也。發揮人生之眞的
方法和批判之之鑑識，也並非不會進步，蓋因我們的趣味，做一種意
識在同一圍內，能行一定的發展的推移故也。一切作品，也不是不能
以此標準來批判；蓋因一切作品，以此唯一的標準，總算可以批評故
也。然而發揮人生之眞，是我們卽乎現代的趣味，（卽現代思潮），而
現代趣味是從過去發達的，故以爲用這一種標準，批判一切其他作
品，而且以爲批判得公允，這我們可以說，他們是不懂得趣味上的意
識推移之原則，而誤認他們的趣味，是自幼時到今日，在一脈一圍之
內發達，而人世的趣味，也是從上古到現今，在一脈一圍之內發達的
了。我在前編，將出現於文學的材料排列起來，分之爲四種。分爲四
種，是否妥善，雖不得而知，然若有難以合一的四種材料，那就容易
得到對於四種的理想了。得到四種的理想時，就可以說是得了四種的
標準。而人生之眞，不過是其一種，卽屬於智的材料的理想（而且是
智的材料的理想之一）罷了。從這種理想，批評表現這種理想的作
品，那是可以的。然而欲以這種標準，批評以表現他種理想爲目的的
作品，這便是犯了侵入罪。不是故意的侵入罪，乃是認不淸境界的昏
迷的侵入罪。抱着對於教師的理想，來討議做一個教師的我，那是可

以的。然若用一樣的理想，來評論做一個朋友的我，做一個父子的我，做一個市民的我，我就要對他說道："欲以一樣的標準批評異樣的我，並不是不能批評，但顯然是不能認識彼此目的之不同的批評。"

我說過暗示的必要，又說其屬於自然了。我又說過，推移的原因可以歸到厭倦，所以說，推移未必有進步之意。所以又說，現在的趣味，未必可以爲較過去爲發達之證。又說，即使可以爲發達之證，也只能在其趣味所屬的圈內可以這樣說。站在這個圈內，以律屬於圈外者的誤謬之所以，也說過了。於是我們就碰到這個問題了：應如何來做賞鑑的批判呢？本章的目的，不消說不在講這個方法，不過行文到此，自然驅我出於此途，所以要略說幾句，以結本章。

現在的趣味，在任何人都是標準。意非謂其有標準的資格，謂其不以此爲標準時，則無可爲標準者，所以自然成爲標準。現在的趣味而帶應被限定於一圈內的性質時，不能逸出圈外爲標準。若現在的趣味而能爲多樣，便應隨時隨地置多樣的許許多多的圈於焦點，而以認爲在各圈中所能達到的最高度的趣味爲標準，規律同圈內的其他。具有隨時隨地置多樣的圈於焦點的自由之人，叫做廣大的作家，又叫做廣大的批評家。因此，狹小的作家的作品，一言可以道盡其特色，而狹小的批評家的批評，隻句可以掩其主張吧。廣大的作家和廣大的批評家，須有推移的自由，和推移的範圍。推移的自由，由於天賦。推移的範圍，歸於多讀，多索，多聞，多見。

第四章　原則的應用（二）

　　沒有接到適當的新暗示時，我們的意識，便依約束的次序，反覆約束的內容。當舉出這個原則時（第二章），我們已示之以兩三實例了。本章的目的，是要特地加以詳述，暗爲第五章的基礎。我們遇事而達到某點，看物而至於某域，或讀書而及於某句時，有時便依據過去的記憶，豫料此某點、某域、某句之後，自然而然應帶出的後文，於後文尚未帶出的刹那。若此豫料中鵠，能意識吾人所欲者，這時我們的推移，便如在盤上轉球似的，不感絲毫障礙而得神意之安吧。蓋因能不逆依暗示的反覆，而得推移之易的傾向而進行故也。這時候的豫期，來自記憶，故此時的暗示，不帶新的性質，這是很明顯的。試補足第二章所舉之例，十指不足屈。若人說“蛙的臉”，“水”的一語便衝我口而出，人未語盡而已上了我的舌端。這無非是記憶強制我們的豫料。若將“水”一語改成“雨”，過渡的接續已就不滑溜了。意義雖無異，但因暗示新奇故如此。再把全句改成“鵝翼與水”。這只是文字之異，意義依然不改舊態。然而沒有人能夠剛一聽到“鵝翼”，立刻就下一轉語“水”的。也一樣只是爲了暗示之新奇。人一說出“天有不測風雲”，我便一定豫料“人有旦夕禍福”。以理推之，有旦夕禍福者，何必限於人？狗也可以有，貓也可以有，耗子更可以有。然而必定說人有旦夕禍福，這無非是記憶強制我們的豫料。更從別的方面舉例吧：近頃的思想，從西洋輸入的，每年不知有幾十種。欲表現之以國語，便須用所謂新成語。非把新樣的內容加以新式的排列，不消說是出於不得已。然而始現於國語也，他們必誹謗之，謂其不具成語之體。他們爲記憶的豫料所制，似乎已經把"甚至他們所慣用的熟字，也曾經是生硬"一事忘掉了。豫料之支配他們，是如此之甚。

考之歷史，希獵的公民權，似是非其父母享有公民權者，則不易得。而此特權，又是一代比一代難得了。若以今人的眼光看，一定是要詫異他們何以甘於這種限制，而不要求特權之擴大的吧。可是他們，因爲是由記憶給養成的，故以暗示爲必然，而豫料這樣的秩序。日本當德川氏之世，所謂士人也者，佩雙刀橫行天下，其視農工有如土芥之賤。彼所謂士人也者，以此爲當然，而農工之流也伍於獸類而恬然，這也只是意識的推移，不懂得超出豫料以外的。柏拉圖，阿里斯多德不消說，其他希臘的著作家，都承認奴隸制度之弊，但是未曾有出而反抗的人。羅馬的學者亦然。《新約全書》亦然。他們因爲在約束的圈內，反覆約束的推移，所以大約是視奴隸制度爲社會上所不能免的不滅的要素。法國革命當時，打破巴士提爾，把多數囚徒放到青天白日之下，然而他們的大部分，被放免而不感任何喜悅。這也不過是爲了習慣自然，他們的意識循環於黑暗的圈內，至於受不起新的推移故也。

考之十八世紀的詩形，不用 heroic couplet 以馭想者，殆屬罕見。這不過是豫料所命者，杜塞他們的創意，而使其不得不出於千篇一律的一途而已。不只是在詩形如此其避用語之新而唯典據是尚，實出人意料之外。他們是不屑呼鋤爲鋤的。吟詠女子，必須是 Nymph. 吟詠男子，便無不是 Swain. 詠獵犬則始終不能不利用 loud huntercrew 的文字。一代的風氣，產生數百豫料於詩界，而逸出這個豫料之外者，則被擯斥其失却詩人的性格，欠缺詩意的穩當，不具詩形的本體。約束是如此之頑強的。

再就文藝的風格說，上面所引 Conway 之言，似已道盡了。詠星慕董，婉孌綽約，然後被目爲有詩品；有這樣的時期。有以爲藏道心於內，露仙氣於外，虛靈空豁，超絕塵世，然後獲其理想者。有以爲非描寫驚風駭浪，奪人之胆者，不成其爲文。又有極殘酷地壓迫殘酷之極，使觀者慘蔽鼻面而不顧忌的 Elizabethan 劇者。又有淫縱猥褻，除男女情交之外不知世上復有何事的復古劇。時代的精神，驅我驅人，葬萬人於一渦之中，旋轉而盤回，使人眩目聾耳而不已。他們不是不推移。單只是把意識的車輪，放在約束的鉄軌之上，以馳習氣的陳圍，所以似馳而實却等於不動。站在圍外者，指示之而呈奇異之觀時，反要爲其所嗤笑丁。豫料之束縛我們，有如是之牢。

豫料之弊，在陷於沈滯，在流於固陋，在不容新生命，在千篇一律，在如鸚鵡之呼應，在屋上架屋，在"徵兵檢查"的態度。然而這是脫免漩渦囘流之災，囘顧往時於背後者，始可以說的言辭。不是吸其習氣，染其習氣者所能說的話。同其臭味，同其傾向，同其步武的某種趣味，既爲社會一般所歡迎，則此趣味，對於此社會的此時期，不失爲正當的趣味。蓋因他們爲因果的大法所支配，不能理會超乎此以上的趣味，不能理會超乎此以下的趣味，而又不能理會此外的趣味故也。他們要能解脫自此趣味，便須在波動之上獲得新暗示，曳着推移之線走向別乾坤。爲得新暗示，便須待於強烈的刺激，或期於循環的推移自己消耗其勢力，而向外圍的推移發達。發見外圍的推移的片影於意識之上時，不可不說他們的趣味，是在容納此片影那個程度，失其地步的了。而他們的趣味，可以說是在失其地步那個程度，失却正當的資格的了。這樣地舊趣味的地步失却一次，正當的資格也跟着失却一次，幾經推移之後，始完全進入別圈內，這時舊趣味在他們，就完全失掉資格；所以趣味之正當與不正當，自體其趣味的時代說，除了依意識之之強烈或微弱以決之外，別無判之之法。於是，站在某趣味之圈內者的正當的趣味，和站在圈外者的正當的趣味，完全異其質，而且彼此都有不可動搖的根底與地盤。同時，甲所認爲正當者，或乙所認爲正當者，都只在自己是正當，而此正當的資格，不能擴大及於他。並不是因爲難以據理說明，所以纔這樣地說明的，蓋因雖聞其理而首肯，也只是於理承認他人的趣味爲正當，而趣味其物，依然應承認自家圈內之物爲正當故也。因果支配趣味。爲因果所支配的趣味，在因果繼續之間是正當的。如其欲使此趣味不正當，與其說明趣味的性質，打動他人的理性，不如使其趕快擺脫此因果。使擺脫因果之法，不一而足。與以強烈的刺激，促其轉向趣味的推移於別圈，這是一種。使其循環的推移急激起來，而使其圈內推移的傾向迅速地消耗，這是第二種。至於壓迫這種傾向，使自然的推移不自然地變成不能推移，這是策之最下者。而彼治者之於被治者，嚴父之於蕩兒，教師之於學生，警吏之於人民，始終弄此愚策而不顧。——然而這，不是本章的目的，故不多言。

豫料之弊，已如前面所說了。至於其效果如何，早爲天下所公認，故不必說。前論模擬意識時，已道其大半了。這裏所說，不過是補足之意。社會之於吾人，是怎樣地需要，這只消舉出社會之存在這件事實答之，已就充分了。社會的制度幾變，社會的秩序幾轉，社會的組織幾遷，但是自有歷史以來，未曾看過反抗社會其物而加以破壞的事；所以學者附人以社會的本能，欲視之與集合動物爲一。社會破壞不得，從而欲使社會鞏固的願望，乃是出發自此本能的，我們的共有性。社會不鞏固時，便不能與旁的社會競爭，不能競爭時，社會便顛覆了。顛覆時，便失掉保存自己的大目的了。因此，社會的鞏固，於社會爲必要，而社會，於個人爲必要。僅說社會的鞏固；欲加以說明時，也許要用幾萬言吧。但是取此茫漠的一語，譯之而成心的狀態，似乎可以說是組織社會的個人意識之一致。意卽個人意識被統一（在某一點），構成社會的意識之安固 (Solidarity of Social Cousciousness)。失却此安固時，社會卽將滅裂、瓦解了。個人主義或許會在某點，出乎意外地發達吧，但是與這種個人主義併行，在另一面維持社會的意識之安固，這不但是我們對於他人的義務，並且是對於我們的義務。自覺此義務時不待言，便是不自覺時，我們的意識，大部分也是行着循環的推移，甲乙相呼應的。而此呼應，普通是暗中胚胎社會的意識之安固，而且在歷來既定的圈內推移；所以我們在或種意思，可以說是都墨守舊慣，奉行故事，互相運轉社會於現狀而滿意的。若設想個人主義之極端時，個人與個人，於意識的一切方面不合致時，社會是成立不了的，何況是文藝？甲所作的小說，除了甲一人以外沒有讀者，乙所作的新詩，除了乙自吟以外，終不能有一人與其呼應了。於是，卽使奇想警句多如春草，也終於沒有印於活字以煩書鋪的必要，而文學界便寂然入了永久的寂寞。這不是事實。既非事實，便可知彼我是互相接觸，融化的了。既知接觸、融化，便可知其意識的一部分，是互相在同一走馬燈裏，循環着同一支燭火的了。

第五章　原則的應用（三）

　　我已經在第三章，述說新暗示之自然與必要了。在第四章，又說了豫料之自然與必要。既明白兩章所說者都是自然而必要，那末就可以了悟我們在一面有欲逐新之念，另一面又慕舊之念的了。而若有這兩傾向同時活動，影響及於意識的波動之事，那麼為此兩傾向所支配而出現的頂點的內容，理論上便非像下面這樣不可：不得完全新，也不得完全舊。蓋因欲移於新的時候，舊的就抑之，欲復於舊的時候，新的就驅之故也。於是便需要第五章了。第五章所要證明的，是"我們的意識的推移，以逐漸為便"的原則。

　　承認此種推移於實例時，我們便在世事、學界、文壇，到處可以碰見。即如發明，雖大有一朝而驚動天下人耳目，而得燦然的光耀於一忽之概，然若深深追尋其流統，察其所承繼，其淵源之遠，大多是出人意料之外的。試取一個進化論檢之，也不出此例。欲說上代希臘的古昔，固是邈遠，不過只討究近世進化論的發達，也可知其非是一朝一夕之產物了。其始於蒲豐 (Buffon.1707- 1788) 至於伊拉斯莫斯·達爾文 (Erasmus Darwin)，經過達爾文，傳於拉馬克 (Lamarck)，承拉馬克之後，逐出了達爾文 (C. Darwin)，這是人所共通的。而且進化論，並不是到達爾文而盡其發展的。有斯賓塞 (Spencer)，有窩雷斯 (Wallace)，有赫克爾 (Haeckel)，有赫胥黎 (Huxley)。終於出了貝特

遜 (Bateson), 出了魏司曼 (Weismann); 暗示的傳授, 沒有不是徐徐逐漸的。學者鏤骨刻心不可終日，直到白髮皓然，而且不過是追逐前蹤，誇一步之進吧了。我們的創意，是如此之微！（一步之進，不消說是比較學者與學者之意。然若以一流的學者對庸夫俗子，其差豈止於三千里呢？讀者不要因爲推移非緩慢不可，所以比較克爾文爵士和倫敦的巡警，而謂兩者之間大有逕庭。）

　　學理的推移，哲論的變遷，高遠而複雜，即使是依此原則而動，也難以敍說其徑路於一目之下。至於圖案花樣之劃刻整然者，能兩相對照，瞬息之間尋得其發展之跡，故當證明我們之說，未必不能供給我們以最方便的材料。哈頓 (Haddon) 是就大不列顛新基尼 (British New Guinea) 的蠻人，研究其裝飾藝術的人。他曾在他的著作 *Evolution in Art* 說：“暗示與豫料，是及於意匠術的動靜二力。前者發端而且變樣。後者具有欲保存既已存在之物的傾向。在藝術的表現，產生我們所謂的截然的生活史 (a distincive "life - history") 者，即依此兩種作用。生活史成立自三期，生、長、死是。中期，普通是包含可以一括於所謂進化一語之下的變形。我們以爲認定原始、進化、衰頹三期爲藝術的發達的程序，較爲方便。”哈頓之說，不但於圖案花樣得其肯綮，並且足以移之以說明一般的推移。如其所舉圖畫，即呈示於一目之下，知其意匠推遷之自然而有次序，故其爲此原則的實例最適切而興味最多，這一看下面所引的圖可知：

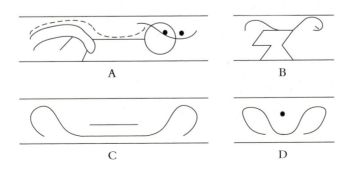

A　　　B

C　　　D

上圖是表示鱷魚模樣之變化的，其推移係由繁而簡。試按次檢查 A, B, C, D, 便可以發見其推移之緩慢而有連續吧。

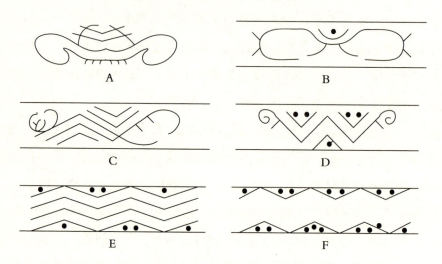

上圖也是表示鱷魚模樣之變化的，從 A 之寫生式，經過許多次序而至 EF 的幾何式模樣。而且應該注意其間毫無突然的變化。

A 暗示 B, B 暗示 C, 遂達於 D 或 F, 故試比較 A 和 D, 或 A 和 F 時，便恰如以竹接木了。兩者之類似雖如此之隔離，然試互相對照推移之二程次時，便知其進化之非偶然了。弄辯鬥論者固執不相讓，各自以爲不離根據地，然而彼此，却於徵逐之際，不知不覺之間移其地步，不斷地轉其舌鋒。一小時之後拭口沫囘顧起點，卽已在遠遠的遙處，好像與刻下的話頭無關似的。他們沒有自始卽敢於行此突然的推移的勇氣，只是乘騎虎之勢，不自覺地輾轉更換，而且自以爲停住於一處而不疑；一旦驚悟舌頭之糜爛，始恥自己逐流光而滑脫之過於急速。A, B, C, D 以至 F 之狀，宛然似此。暗示之逐漸，至此終於不可爭。

Muirhead 曾經在駁慮梭的"人生於自由"時，帶便論了書籍上之語言的"社會的所得"說："世上往往有號稱著書者。他們署其名於卷頭，而將其參考書目揭於序中或篇末而無顧忌。依我的意思，把參

考書目揭在最前，置自己之名於卷末，在多半的時候是近於事實。"蓋
因著者所做的，或著者所能做的，不過是將依無數年月的勞力而供給
於他的材料，再鑄於新型故也。在這種意思，一如愛瑪孫所說，大家
一樣都是剽竊者。各物盡是剽竊。即如房子也是剽竊：這似乎是在諷
刺他們之欲嶄新而不能嶄新的。不過是在著書方面，道破暗示之逐漸
吧了，藝術評論家說："任何大藝術家，無論是 Phidias, Michael Angelo,
Rembrandt, Velasquez, 都終於不能思念完全新樣的美的理想，或表現
之"，這不過是說暗示之不會突然從天外飛來的。庇士特拉妥做雅典
王時，猶維持梭倫的法規於形式之上，而不敢破壞之。以愷薩之英
邁，尚且不改共和政體的組織。甚至一世怪傑如拿破崙者，當初也似
乎沒有要蹂躪行於改命時代的主義形式之意。這是在政治上，證明暗
示之逐漸的。

　　文學界的潮流，漲落雖不一，高下雖不同，但要之也不離此原
則。這裏要舉為例證者，即為英文學史上浪漫古典二派的興廢。兩派
的動靜，在英文學史上普遍地為人們所知，至於其定義，學者之說不
消說是區區不一的。現在已沒有考其特性，辯其異同，以明吾人對此
兩派的觀念的餘地。我們只要稱所謂古典派為古典派，稱所謂浪漫派
為浪漫派，考察彼此隆替起伏的動靜，試行此原則的應用。

　　考之所謂古典派的由來，一如大家所知道，是在十七世紀半得到
窩勒 (Waller)，出了登安 (Denham)，漸漸興盛，繼入十八世紀到頗普
(Pope) 而大成的。這種特異的活動何由而生？試請教專門學者的言
說，容易就可以明其消息吧。當時的文學的權輿戈斯 (Edmund Gosse)，
在其所著 *From Shakespeare to Pope, an Inquiry into the Causes and
Phenomena of the Rise of Classical Poetry in England* 說："問者說：'十
七世紀的文學，何以屏居於圈中，何以拿人為的法則束縛自己？何以

拿無味陳套的題目自製了自己？' 答曰：'因爲用變態之型，怪異之型鑄詩故也。因爲用荒唐不可解之辭作詩故也'。"若欲將戈斯所說的話，對照日本的現狀，使讀者易於明白，卽如因爲所謂新派的歌，於格調於意境，極盡放縱不羈，故終於弄出崇尚平正而有典型者。借著者的話敷衍之，爲的不過是"十七世紀的詩人，倦於奔放自由的氣慨，惡恨劇詩家的狼籍，膩於敍情詩人的接吻和薔薇和香料，終於不願像放逸而不懂所謂檢束的文士那樣，搖蕩於歷史之海，奔逸於宇宙之廣。燦然的依利薩伯朝的文星，跳躍鯨吼，激起滿天之風，遍吹文學界，所以繼之者天分不足，徒大其聲而傳響於空洞。"

古典派實在這樣地發生的。因爲是這樣地發生，所以有時不妨認其爲反動。然而這時候的反動，不是因爲強烈的刺激煥發於社會的一隅，遂使尚未展盡推移之序的浪漫的精神，半途而斃踣的結果；不過是不堪浪漫的精神之兇暴的威壓，意識的推移急轉而入別圍的。但是兇暴的威壓，是在短時間行盡長時間之推移——至少是與行盡長時間之推移有一樣的價值——，故由此威壓而急轉的意識的乾坤，和失其勢力於長時間的推移，逐漸轉化的乾坤無異。在這種意思，這個反動依然不過是漸次的暗示。何則？此反動之異於尋常的推移，只在時間之短，而在其短時間之中，了結長時間所通過的推移，故過程之次序，可以視兩者相等故也。

世俗認古典派的發生爲所謂反動，但是不足以打破我所主張的"暗示不可不是逐漸"的原則，以此已經明顯了。而況細檢其潮流的默移，事實又未必是這樣地急轉直下離開浪漫派呢？讀者若不信我的話，謂去看一看與此派有不少的關係的詩人而兼作劇家達味喃特 (Davenant) 的著述，和對他的評論，便約略可明其大體了。他着實在系統上是道地的舊派，而從事述作的人。不過，半途翻然有所悟，以爲自今二十年後，天下的大勢，必有謳歌窩勒，登安的一日；於是棄掉浪漫的衣冠，直奔赴古典之壘了。他第一部刊行的，是詩集 Madagascar. 依評家所說，他在此集之中，似乎尚沒有私淑窩勒的清新的詩風。降而至一六五〇年，著敍事詩 *Gondibert*, 卽見其格調一變，純然屬於古典派了。他實在是在過去十二年之間，於不知不覺之間，幾經感受暗示的刺激，逐漸脫出浪漫的舊疆，進入古典的新地域，捕住最後的焦點，實現於一篇騎士譚的。不與他一起推移詩的意識，而猶誤認他爲同志的浪漫派，看見他的權變於其新作，便交臂起而攻之了。其攻擊之烈，試讀下面的諷刺詩就可以明白：

I am old Davenant

With my fustian quill,

Though skill I have not,

I must be writing still

On Gondibert...

（攻擊 Gondibert 的批評冊子二卷，據說現在尚存於 Cosse 手上爲珍本。）上面的事實，雖似僅屬於達味喃特一家，然而將其與古典派的隆替連結起來，加以觀察，已足以說明推移的原則了。讀者第一須知道他的好尚，起初是在舊派（在這裏浪漫派是舊派），及後乃移於古典派。第二須知道他這個推移，費了十二年的時日。第三須知道時勢的推移不能隨着他，竟蜂起而攻擊他的古典的風格。最後須知道這樣地成了攻擊之目的的古典詩風，是到了頗普纔眩耀一世的。——暗示的逐漸，於是似乎是不能抗爭的了。

　　還有證明此原則，與我們以更其顯著之觀念的，卽入了次世紀，古典詩稱孤道寡於文壇王國時，第二的浪漫派樹出反旗與其反抗的狀態。新浪漫派（譯者註：這裏所謂的新浪漫派，不是我們現在所謂的新浪漫派，是指反抗古典派興於十八九世紀的浪漫派。）的意義，一言難盡。這裏僅總說其對古典派而出現的活動的表現。試一瞥此表現於文學史上，似是以 Cowper 的 *The Task, Lyrical Ballads,* 司各脫的長詩，一時掃蕩了舊風氣。然若仔細着眼窺其動靜，便容易可以承認變化並不如此之甚，乃是緩行徐回而達於此的了。試取例於全局，不只二三，而我的目的，却不在詳敍全局的發展。我想舉其最易看出而且有興趣的，以示推移之有次序。

莎翁是千古的大家，全歐的天才，這是衆口一致，任何人對此斷案，都似乎沒有異議的。甚至沒有真正信莎翁爲如此偉大的人，對此斷案也未曾抗議過。蓋因朝着衆口所一致者，挺身而誹議之，則不得不冒負薪赴火的危險故也。因與高高標榜其癡愚，呼號於天下者無異故也。因此，理解他的，不理解他的，都相聚而視他爲神聖，爲偶像，拜倒他老先生的座前，而欲於薰煙靉靆之間髣髴其音容，猶似唯恐不及，生於十九世紀，修養其鑑識於 Coleridge, Hazlitt 之批評的人，都以爲對莎翁的這種輿論，是亘乎萬古不變的了，然而回溯一世紀，回顧所謂古典派——反抗莎翁時代的浪漫的精神而起的古典派——横行天下的當時，詩聖的聲望，反而有出人意料之外者，如 Thomas Bymer, C. Lennox 之流，曾謂莎翁的作品，沒有一讀的價值。便是承認他之偉大的一流人，其崇拜他也不如此刻之甚，這是不消說的；寧可以說，對他有眷顧之概。有的說是生於野蠻時代，欠訓練，少習熟；有的說，結構不整齊；有的說，沒有悲劇與喜劇的分別；有的說，缺少三一如：都是現今的人所不說的。詩人哥德斯密之罵莎翁，是人所共知的。他說："我不是在相當的程度，贊賞我劇詩宗所有的美點。同時，我爲國家的名譽，再爲他的名譽，不得不希望他所描寫的許多齣幕之被忘失。失却一眼的人，始終不得不描畫其半面。倘使看了屬於輓近之再興的這些劇的人，想一想如果這些劇是今人所作，是否還是演勝過不演如何？或者要害怕，他們之所認爲可以者，不過只是聞其名，或只爲慕古之念而已。老實說，把那富於不自然的滑稽，饒於奇怪的想像，針小棒大地使其成爲無稽的莎翁的劇本復活，從而上臺，這可以說，不是爲這位詩宗建樹記念像，反而是要摧戳此記念像的。"(*An Inquiry into the Present Stqte of Polite Learning, chap. xii.*) 頗普的莎翁觀說："我對於莎翁要下一個結論說：他的劇本，雖多缺陷而無規律，然若將其與旁的精巧而整然者比較，即有如此較莊嚴的 Gothic 式古代建築，和清楚的現代的堂廈之概。後者都雅而綺嚴，然而前者，則剛健而厚重。……雖然是走過幽暗怪異的迴廊，始能達到，但其富於變化，而能接崇高之感是無疑的。試檢其局部，雖然並非沒有稚氣，布置也不是得其宜的，而不能與其莊嚴比例者也多，但是一括而察其全體，則雄偉崇高，足以使人自然而然低首。"至於他家的批評，糅然成堆，故現在爲避煩，不一一加以引證，不過由上面所說，大約已足窺其一斑了。總之，十八世紀時代的莎翁，雖由於前代的惰性被目之以大家，但似乎終於沒有對他加以絕對的敬意之念。他是待到哥爾利治的出現，待到 Schlegel 的出現，纔逐漸推移而成空前大詩人的。試將其與我所要說明的原則對照約言之，莎翁崇拜的暗示，雖似成於十九世紀之始，但意識的推移，是從百年前逐漸到此的。（往往，歐洲人的莎翁觀，將如何變化，不消說是無法豫知的。）

　　對於莎翁的評論的變遷之適於推移的原則，已如上面所說的了。我們所仰以爲浪漫派之明星史本廈 (Spenser)，也是通過這樣的途徑，而獲今日之地位的。論述十八世紀浪漫派之勃興的貝耳斯 (Beers)，在其著書中說，"浪漫派之所負於史本廈，似多於所負於莎翁者"。史本廈之浪漫的，不消說在古典派橫行世上的十八世紀，無由博渴仰的信心。以他爲文壇的明星，一樣似是始於十九世紀，但也一樣不是由於突然的暗示，一朝炳耀於意識之焦點的。卽如當時的大家，批評 *Chevy Chase*，批評彌爾敦，以趣味的先覺者自任的阿狄生 (Addison)，也不滿意他，此考之下舉數行卽明曰❶：

> Old Spenser next, warm' d with poetic rage,
>
> In ancient tales amus' d a barb' rous age;
>
> An age that yet uncultivate and rude,
>
> Where − e' re the poet' s fancy led' pursu' d
>
> Thro' pathless fields, and unfrequented floods,
>
> To dens of dragons, and enchanted woods.
>
> But now the mystic tale, that pleas' d of yore,
>
> Can charm an understanding age no more;
>
> The long − spun allegories fulsome grow,
>
> While the dull moral lies too plain below.
>
> —Account of the Greatest English Poets.

約翰孫 (Johnson) 是文名響於一代的人，他曾經在 *The Rambler*（一七五一年五月十四日）論道："模倣史本庽之談話與氣慨，並沒有什麼可以攻擊的。何則？蓋因 Allegory，自教化的方便說，最有感興者故也。然而關於他的文體與詩格，不能完全這樣說。他的詩調，甚至在他的生前，猶被目爲晦澀。甚至用古語，綴奇句，離俗流甚遠的 Ben Johnson，都斷定說他 to have written no language. 他的 Stanza 難澀而不快於耳，單調而易倦，冗長而易疲。這種 Stanza，原是模倣意大利詩人的，不是注意我國語的特性而創意的。意大利語因窮於語尾的變化，故爲得使用同韻的最大多數，而有置重於這種 Stanza 的必

---

❶ "曰"，當作 "白"。——編者註

要。然而我國語的字腳，欲綴有變化的同音二字以上，也常感其不便當。用韻是使我們用不適當的語言，表現我們的思想的——倘使彌爾敦這種觀察沒有錯誤，則跟着生自長句法的押韻之困難，此不適當之度便不得不增加了。……詩家若沈潛刻若，不惜時光，或能模史本廈的詩體而登其堂的吧。但是我們之住於人世，爲的並不是在搜集古人所遺棄而不顧者，或在模擬無用的長物”。他們之視史本廈，大抵如是。（如 Steele 在 *Spectator*〔一七一二年十一月十九日〕稱贊他，蓋屬於異例。）

　　一般風氣儘管如此與史本廈不能相容，可是模倣他的人却續出於十八世紀，這考之約翰孫的批評，就可以明白。於是我們，一方面可以從歷史上檢點這些模倣者，尋求推移原則之活動於其勢力消長之跡；另一方面可以參酌這些模倣者對被模倣者的態度，而發見其於褒貶之度，一樣是有變化轉換之次序的。斐爾普斯 (Phelps) 著 *English Romantic Movement,* 在書中特立 *Spenserian Revital* 一篇，詳說其顛末了。他說：“史本廈的模倣者，雖然這樣地接踵而出，但是我們有一個重要的事實，應該深加注意，卽其大多數，都不是誠實的模倣者。他們不單爲開心而誦讀史本廈，並且模擬其詩風以開心。其用 Spenserian form 的詩，而多諷刺詩和滑稽詩，卽是爲此。Augustanage 的精神，達其氣運的最頂點，而已經漸漸降下之後，猶逶巡停留於文學界甚久。而史本廈的模倣者，殆沒有不蒙此影響者。Thomson 的 *The Castle of Indolence,* 是此種述作中之超羣拔類者，而且作者，似是認定是混入許多諷刺於詩中的。Shenstone 初著 *The School mistress* 時，不但毫無誠意，並且怕世人目戲爲眞事。”據此看來，他們之模倣史本廈，決不是含有崇拜之意，反而不過爲開心吧了。不過有少數人士，誠意加以研究，而且爲消遣而弄筆學他的人，自然而一其向背，投入史本廈派的復活之中，推移之極，遂相率而入十九世紀。斐爾普斯作了自一七〇〇年到一七七五年的七十五年之間所出版的模擬詩之表，示了約略五十種。其是否娛樂的閑文字姑置勿論，唯史本瘦復活之有由來，有次序，有漸移，是無可疑的了。

我相信，我們接着可以取湯姆孫的 The Seasons，從兩三方面證明此原則的意義。（一） The Seasons 一如大家所知道，是分別春夏秋冬四季，按次吟詠四時的風光與景物的，所以談吐的主題，似乎可以說是在自然。英國詩人之對天地山川的眞情，是待到世紀末顧伯 (Cowper) 的敍述，始放清新的光輝於詩界；華次華斯承其後，解幽玄的喜悅於澗花澤草之致，青嶂翠巒之趣，而漸漸被一般承認其價值的；然而這，不過是外表吧了。若遠溯其暗示之流於半世，則其淵源反而是在乎此。我說詩中所含自然二字說明此原則，即爲此。（二） The Seasons 又包含多少超自然的材料。不但使人髣髴怪異於幽玄的境致，其顯然用鬼文字的地方，也不一而足。泣石女，舞木人而稱快，是浪漫派所得意的；約過半世紀之後，出了留伊斯 (Lewis)，出了拉得克里夫 (Radcliffe)，渴於怪者之毛骨爲之戰慄；降而至哥爾利治，便覺得在玄祕的堂奧，有隱約的虛靈隔世與我語之概了。哥爾利治所擅場的雋永空豁之趣，不消說是由於詩人性靈之微妙的活動的；但其發而爲 The Ancient Marincr, 爲 Christabel, 這不是爲了天火驀然墜到意識上，燦耀於焦點的。那不問其是否自覺，一定是由於暗示傳暗示，經過狐仙般若之妖，終成身心脫落的太玄，縹渺於波動線上的。在這一點，可見超自然趣味之自行逐漸推移發展；而撥其暗示之線，轉入十八世紀時，我們便在我們的過道，發見 The Scasons 之橫亘，而悟其含此要素之非偶然吧。（三） The Seasons 於調有沈鬱處，於想非無悲傷處。貝耳斯的所謂憂鬱派的系統，是經過楊 (Young)，叩林斯

(Collins), 格雷 (Gray)，到了世紀末，成爲 *Qssian* 的跌宕孤削，遂轉而至於拜倫的鬱紆慷慨。究其推移之跡，依然無疑是逐漸進步，而且可以證湯姆孫實在是與後人暗示的。（四） *The Seasons* 於其傾向，插入感傷的小話不少。這是他，和斯滕 (Sterne) 和哥德斯密 (Goldsmith) 共有的要素，似可認爲是一時風行天下的 Wertherism 的先驅。在這一點，似乎可以說，多少可以說明我的原則。（五） *The Seasons* 是這樣地與後代以種種暗示的，但同時又帶同時代的趣味，這是我們在研究上最有興致的事實。形式是無韻詩，而似是不逐時流，但是依評家所說，處處可以發見頗普的影響。又其以教誡的態度驅使神聖之靈，也無不是時好的感化。這樣地 *The Seasons* 裏面，流行於當時的風潮，和發達於後代的傾向，卜居於一處互爲街坊，故觀其全詩，便不難知其推移是怎樣地逐漸的了。

　　再轉眼看一看浪漫的潮流中，一件昭著的現象，足引我們之注意的 Gothic 復活；試考其發展的途徑，也可以發見其始終依循此原則。此復活，雖似是始於窩爾坡爾，至司各脫而燦然加一異彩於天下的趣味，但其暗示之所由起，決非突然。例如窩吞 (Thomas Walton) 便是酷好 Gothio 風致的人。然而支配當時文壇的，是古典的好尚；所以難免時代的感化，而不能解脫其好尚的他，自己作詩以疏其趣味之不合時流了。著名的 *Religues of Ancient English Poetry*，是蒐集民謠的第一部著述，爲文界所倚重的；倘使其編者拍息 (Percy) 生於今日，其所貢獻必定超羣拔類，而在這一點足提高其聲價吧。然而時代的趣味，似乎是在應使他大得其意的地方，反而要求抑損之辭。他在自序說：“在以都雅優麗著稱的現代，對於此等古謠之列籍於文界的資格，便是我也知其有多少疑問。然而此等古謠，大都率眞而有味，不弄巧而自入格，故假使缺乏高遠的詩趣，也足以存留。假使不富於想像，因而難以眩耀人目，但亦得以動我們之心吧。"這是爲時勢的意識所支配，不能一依自己所好而無所顧忌的。暗示之逐漸，可推而知之了。

最後要再舉一例，證明暗示之逐漸。當古典的世紀之半時，有一個人著了一部書，此書因爲帶有一種特色，故大足以引起文壇的注目。書名叫 *Essays on The Genius and Writings of Pole*，著者叫做窩呑 (Joseph Warton; Warton 合父與兄弟共有三人。他們都馳名於文壇，故易混淆。) 此書的特別，是在貶當時的大家頗普爲智才而非詩才。是在天下正模做古典派的格調唯恐不及之時，加以這樣大膽的批評。蓋因人們方以頗普爲雄糾糾的獅子而不能挨近者，而他竟放下迅雷不及掩耳的斷案故也。他說，在嚴密的意思，頗普的詩不能目之以第一流——他敍述其所以然，大爲浪漫派吐了氣燄。現今的批評家要說出這樣的話，並不困難，並且任何人都可以首肯，這是無疑的。然而那時候，頗普的勢力，有如赫赫的炎陽當空。對着高高蹲踞雲頭而下瞰羣小作家的詩宗，舞弄貶謫之筆，這除了 Dennis 一派的病狗以外，便只有窩呑一人了。世論之沸騰，並非無因。據作他的傳記的人所說，他不堪四面的攻擊，因之大爲沮喪，將未完之書束之高閣不見者二十五年，到了一七八二年，始得刊行二卷。突然的暗示之不爲世所容，於此可見。這樣的，雖爲公衆所瞻仰，負一世威望於雙肩的頗普，也不能奈何時勢的推移，到了十九世紀以後，漸失其地位，終至於不能與旁的大詩人並駕齊驅了。只有一個拜倫，獨稱揚他不已。一八一七年（九月十五日）寄一信給墨累 (Murray) 說："就詩一般而論，他 (Moore) 和我們 (Scott, Southey, Wordsworth, Gampbell 以及我)，都一樣是錯誤。我們似乎都是站在邪曲而無價值的革命詩統之上。能免此弊者，獨有 Rogers 和 Crabbe. 現代以至後代，也許終將與我同意吧。近讀古人之詩——尤其是通讀頗普之詩，益悟我說之眞。我曾取 Moor[1] 的詩，和我的詩，以及其餘二三家的詩，置之頗普的一旁，彼此加以對照了。而於構想，調和，熱情，想像諸點，發見昭著的懸隔於這個安朝的矮詩人和我們之間，爲之憮然者久。"被目爲革命的詩人的拜倫而發此言，雖似稍爲可怪，但他之私淑頗普，是無可爭辯的。至於文名噴噴響於全國的拜倫，下了這樣的繼案，而竟沒有絲毫響應，更屬可怪了。這是因爲時勢推移而集合意識離開頗普很遠的緣故。當意識的焦點不能離開古典詩風時，雖有窩呑出而爲浪漫派大吐氣燄，也不能奈何。意識的推移漸行，一旦離開古典派，則雖有意氣壓倒全歐的拜倫，出而麾衆呼號，也終無一人出而應之。欲在十九世紀再建頗普派，正和在十八世紀欲剿滅之一樣，是極困難的事業。所謂至難，不是正邪之辨，不是高下之意，不是合理悖理之別，只是爲逆集合意識的緣故。知道使水逆行於山頂之難，不知逆行意識的推移之難，像那些權威者，暴傲者，狂悖者，沒識者，往往有舞弄愚盲不堪目睹的小策，欺天下之耳目於瞬息之間，而誤認爲自然的傾向的。一味虛糜財帑，消耗精力，役使小人，驅使匹夫，欲搖動集合意識一如己意。天下並不是如此不值錢的。自然的法則，是隨着自然始能禦之。人的法則，頑強有甚於自然。僅以其爲人故，則謂能反乎推移的大法則而禦之，這是桀紂的再生，而又是一條大傻瓜。

　　推移之非逐漸不可，已能略盡其例證了。當說明推移之逐漸時，不能附諸等閑的，是所謂反動的現象。

　　（一）所謂反動也者，其實不過是逐漸的推移，這已如前面所說的了。俗人所以誤認爲突然，無非是因爲兩者於推移的過程順序雖無異，於其行盡過程順序的時間却有大差的緣故。而此時間的差異之發

---

　　[1] "Moor"，當爲 "Moore"。——編者註

生，是由於當時的意識的強度。欲使 F 推移得早，F 便非猛烈不可。受着猛烈的刺激時，我們即希望意識在比較短的時間推移下去，這不但是日常的經驗如此，即徵之集合意識也可以明白。即如文壇上的流行，流行之度愈優勢，流行的轉換便愈速了。即儘管是急速的漸移，却稱之爲反動，這是因爲心爲推移之速所奪，而從前後兩意識的波動轉移裏面，捕住最顯著的二焦點來相對的緣故。是因爲將此二焦點相對起來，以致將橫亘於兩者之間，而其特質稍爲不明者盡棄之故也。不是故意棄之，是因爲不自覺，故置諸等閑。

（二）有時，當時的意識雖未行盡推移之序，却從外部受到強烈的刺激，這時此刺激便壓迫對方而跑上焦點。而此刺激，如其在別的方面無須商酌時，以帶有與當時的意識相對的性質者爲便。這是我在第二章所論的，而且這種推移，在或種意思，無非就是純然的反動。例如優婉的戀愛小說行於一般，而世上的好尚對此尚未釀成厭倦之情，即欲使他們毫無留戀地棄此好尚，便須用足以使其棄掉的強烈的刺激，攻擊他們的波動頂點；而能與以這種強烈的刺激的（假定別的方面相等），非反乎當時的意識的剛健雄偉的趣味，或滑稽諧謔的作品莫屬。此推移在嚴密的意思，可以名之曰反動，故難以併入"推移非逐漸不可"的原則。自這一層看去，雖似有另立一章，以實例爲證而詳說的價值，但因學淺而乏材料，故須待諸異日。

（三）也有意識的推移雖逐漸而毫不與此原則抵觸，唯當其實現意識於外界時，却被目爲反動者。這種時候的推移亘乎內外兩面，不互相併行，故當敍述時，有將推移的次序分成二樣的必要。內面的進行，雖是自 F 而 F'，自 F' 而 F"，自 F" 而 F^n，但是實現於身外而變成足以引他人之注意的行爲時，僅限於 F 和 F^n 的時候——而此 F 和 F^n 帶有對照的性質時，推移依然非反動不可。例如男女之愛。今天覺得愛情冷些，明天想加以叱罵，其次想打其頭，而欲抉其眼，最後乃誓欲奪其命，終於表現出來。推移是這樣地有秩序，有次序，然若僅就表現於外部的動作論之，便有白首之愛一朝變成千古恨之概了。在這一層，這種推移正正❶是反動。試求其例於歷史，即如法國革命。法國革命是從根本推翻社會的根底，使和平的人民旋轉於殺戮之血的；試較之革命以前的光景，實有甚於晝之於夜，天之於地。有史以來，這樣的反動，諒必是人所未知的。但是這，不過是現實的反動吧了。若循着那授受於一般民眾腦裏的暗示的波動，從內面溯苦悶不平之流的時候，其淵源之遠，諒必有出人意料之外者。他們也許在五十年前，已在貴族的臉上吐了無形的唾沫，三十年前在心裏搥了權貴的後背，十年前砍了王者之頭於腦裏的斷頭臺。法國革命是有史以來的絕大反動，而又是有史以來的漸移的運動。——世之所謂反動，其屬於此類者恐怕不少。清明治平之世，文學界自無暴君，操觚之士不消說有立言的自由。因此，世上或文學的活動，自無類乎法國革命的現象了。然而古怪無名之士，有抱憤時之思者，然而機緣未熟，胸中策畫雖成，却徒盛入詩囊，袖手而若無其事。這樣的人，一旦獲到筆、墨，而能展開白紙，鏗鏘然一家之言落到案頭時，天下有時便目之爲反動了。然而這，也不過是現實的反動而已。在他本人，不消說只是逐漸的推移，只是自然的傾向。

（例外的反動而不能應用此原則者有一件。即指愛沒有任何原因，忽而變成憎，習沒有絲毫理由而變成愛者。詹姆士教授在其所著 *The Varieties of Religious Experience*，曾經舉過這樣的例。（一七九頁）說："有某甲，於兩年之間愛一女子，然而一日，忽而失却其愛而終不能囘復。於是這位女子寄給他的信和東西，盡投之火中而後

---

❶ 疑多一 "正" 字。——編者註

已。"斯塔巴克 (Starbuck) 則反之,在其所著 *The Psychology of Religion*
(一四一頁),舉出憎念突然變成愛情之例。有某乙,恨一個相知的女
教員,恨之入骨。一日,兩人偶遇於走廊。這位女教員,此時並沒有
特別的舉止動作,可是他,從那時無意中愛上她了。像這,似不能以
漸移的原則說明的。依詹姆士的解釋,似是以爲此現象,是識域下的
胚胎。這無異應用漸移論於識域下。不過關於識域下之事,可以立漸
移,什麼也都可以立,而終無驗之之期,所以此說雖近乎我說,我却
還是不能表示贊否。斯塔巴克以此現象爲特異的腦作用,無意地發達
而潰裂的。此說之可否,非門外漢之我所能知。在文壇上是否會發生
可以認爲這種例外之反動者,不得不知。所以不必加以議論。)

　　(四)第四種反動,在嚴正的意義是反動的,這一層和第二種相
近。當時的意識,儘管停止於焦點,可是極微弱,這一層類似已行盡
發展的第一種。換言之,有合併由刺激之強烈而生的第二,和起於焦
點意識之精力清耗的第一種。從而,也許沒有另立一項來說明的必
要。我們有時候,倦於當時的意識,而又由於習慣因襲的原因,不悟
自己之倦,事實上雖倦而心滿意足不動時,突然碰到強烈的刺激,立
即急轉於新意識,我們作爲常食的米飯,自幼時到老年,日日不變。老
實說,我們是陳腐至於不能棄下這樣膩人的東西而設想別物的。然而
我們,在普通的時候,竟沒有什麼不滿意地對着食桌拿筷子。何則?
因爲無論怎樣地陳腐,也不能從任何處得到可以代替米飯故也。我們
陳腐之極,終於忘掉陳腐,一天三次盛米飯在碗裏而不以爲奇。因
此,米飯一見像是大有勢力於我們,而其實却僅有極微弱的影響吧
了。假如有出現仙醬甘露以代之的一日,我們也許將棄彼就此,一如
棄草屨而踏玉履吧。忘掉 Rosaline 而趨赴 Juliet 的 Romeo,正是遭遇
了這種命運的人。

拉斯金在無意中和大自然之靈邂近，而獲妙機之契合時，其心境之轉化，實有類乎此者。他在 *Proeterita*（卷一，九七頁）敍述當時的狀況說：

我走到在城西的逍遙園，時已近黃昏。眺望萊茵，那平野展於西南，眼界豁朗。皋阜起伏，蜿延如波，到盡頭至大地之接於蒼天處──突然──。同行的人，沒有一個能看出那是雲彩──卽使是一會兒。看出那在顯明的地平線上發出鮮亮的，是水晶般受着落暉的薔薇而現出桃紅。我心所描畫者，我夢所追慕者不足以語，但覺隔彼此於無限的距離。──失樂園也未必如此之美，神聖的死國的圓滿之天界，也未必如此之莊嚴。

在像我這樣的少年，最初欲更其幸福地攢入人生的門戶，這是亘古及今想像不到的。個人的性癖，不消說有關乎一代的影響。若年代不同，卽使欲生這樣地仰慕山，這樣地愛好山中人的少年，也生不出來。對着自然，寄切切之情者始自盧梭；排除貴賤上下的分別，於靈於肉，汎愛雅俗者始於司各脫。拉封騰（La Fontaine）的聖伯爾拿（St: Bernard），展放其少年之眼仰視勃郎山時，也許將在勃郎山上發見聖母的姿容；Talloires 的聖伯爾拿，不見安栖（Annecy）的湖水，不過是看見 Martigny 和 Aosta 之間的死屍吧了。然而在我，這個阿爾卑斯山和阿爾卑斯的人民，其爲雪美，其爲人也美。我爲此人民，又屬我，不望岩石以外的天上的玉座，不願岫雲以外的天使之降臨。

"身健而情烈，不望爲自己以外的小孩，滿足於自己而不求自己以外之物；僅具有夠把人生視爲莊重般悲酸的經驗，而未曾嘗過弛解生活的筋肉般激甚的苦楚；而不但把最初映入我的眼中的阿爾卑斯山爲天地之美的現示，並且具有爲包含天地之美的大冊子的開卷一章的科學與情緒的我，這樣地於是夜下了沙夫豪繒的逍遙園。關於應該是神聖，應該是有實利的一切，我的命運，從此時以後終於不能移動了。我的心情和信念，到今日為止，我所有的高潔的衝動每有一次，和樂利他的思想，每一次萌於念頭，未嘗不回憶一次這個逍遙園和日內瓦湖。

說這種話的拉斯金，好像在未見阿爾卑斯以前，已具和阿爾卑斯有宿世之緣而生的。

阿倫 (Grant Allen) 是科學者而談哲理的人，而且好文學，嗜藝術。然而他之皈依藝術，其突然真是出人意料。有人在著書上敍述他說（因忘其出處，故不能明記書名與著者之名）："在初，他不過純然是一個科學者吧了。關於自然之推理的研究，他對於一切方面都有興趣，至於藝術之美，他一絲也不懂。他以藝術為迂愚不可近的東西，而以關於藝術的談論，為譫話妄語。然而他遊於意大利的時候，有一天在街上遇見雨，他無法避之，遂逃入 Uffizi 的畫館。當逃入之時，心裏想：知理解事的人，何能消時於此間？這樣地沒有任何目的彷徨館中的他，頃刻之後竟立在一幅畫之前，發見其有趣味了。於是他為要明白其為何人，於何時，何為而畫，遂買了一冊目錄。他的研究，繼及於此畫家所畫的他幅。終至其師和與其同時的畫家，一心一意瞧着，不知日光之移；這其間閉館的時刻已迫到，不得已乃出去。被趕出街外的他自言自語說：'究竟藝術是有興趣的東西。' 他舉餘生皈依藝術，即從此時始。"借佛家的話來說，阿倫實在是具有藝術賞鑑之因的。但因為缺着賞鑑之緣，遂茬苒費其歲月於勃窣道理之中吧。一旦遇驟雨，因緣和合，俄然如膠似漆。世上往往有這樣的現象，這是任何人都不否定的。"推移非逐漸不可"的原則和反動的關係，約略說盡了，所以要完結此章。

第六章　原則的應用（四）

本章的目的是在敍述"焦點意識有競爭"的原則。在前章證明推移非逐漸不可時，已亘乎人之活動的各方面，舉了種種例，所以本章所要說的事實，也可以說約略已爲前章所證明，而這裏所以別立一章，是因爲這個問題有趣味，而極能引我們的興趣的緣故。此競爭，暫時取個人意識，解剖地加以檢查時，便可以最明瞭地發見其眞相。這裏有一個 F 住於意識的波頭時，將取而代之者，卽繼 F 而起爲 F' 者，雜然聚到，大有不堪其擾之概。有時，F 所聯想，於質於形或於抽象的關係，簇然由識末相驅逐欲擴張勢力而向上，猶如水底的瓦斯，攢出波頭而恨其化爲泡沫之遲。有時，體內臟器的刺激，如胃痛，空肚，行屎送尿之感，忽而壓倒旁的事物而稱霸於頂點。有時，身外周遭之物，如炭火之熱，墨汁之色，樹梢之風，天日之麗，地殼之紋，森羅萬象盡迫到我身，強要我的注意。當一心一意在讀書之時，忽爲臭蟲所刺而一驚，這無異臭蟲占領了意識的天下；當一心一意在構想時，突爲奔馬而惶惑，這無非是馬爲王於意識的天下。我們的意識界，這樣地是不斷的修羅場，王霸的起仆，終一生而無盡之期。

一代的風潮也是這樣，文學界的流派也是這樣地明滅來去。當十九世紀初期，出現於文學界的浪漫古典二派之爭，卽是此種現象之最有興味者。尤其是其爭，爲自然的反響而出現於小說中，在特殊的這方面的研究者之我，是更其有興趣的了。試求之小說中，可得二例。一是加斯刻爾夫人 (Mrs. Gaskell) 的 *Cranford*, 一是塔刻立 (Thackeray) 的 *The Newcomes*.

Cranford 說：

When the trays reappeared with biscuits and wine, punctually at a quarter to nine, there was coaversation, comparing of cards, and talking over tricks; but by and by Captain Brown sported a bit of literature.

"Have you seen any numbers of *The Pickwick Papers*?" said he. (They were then publishing in parts.) "Capital thing!"

Now Miss Jenkyns was daughter of a deceased rector of Cranford; and, on the strength of a number of manuscript sermons, and a pretty good bibrary of divinty, considered herself Literary, and looked upon any coversation about books as a challenge to her. So she answered and said, "Yes, she had seen them; indeed, she had might say she read them."

"And what do you think of them?" exclaimed Captain Brown. "Aren' t they famously good?"

So urged, Miss jenkyns could not but speak.

"I must say, I don' t think they are by any means equal to Dr. Johnson. Still, perhaps, the author is young. Let him persevere, and who knows what he may become if he will take the great Doctor for his model." This was evidently too much for Captain Brown to take placidly, and I saw the words on the tip of his tongue before Miss Jenkyns had finished her sentence.

"It is quite a different sort of thing, my dear madam," he began.

"I am quite aware of that," returned she, "And I make allowances, Captain Brown."

"Just allow me to read you a scene out of this month's number," pleaded he. "I had it only this morning, and I don't think the company can have read it yet."

"As you please," said she, settling herself with an air of resignation. He read the account of the "swarry" which Sam weller gave at Bath. Some of us langhed heartily. I did not dare, because I was staying in the house. Miss Jenkyns sat in patient gravity. When it was ended, she turned to me, and said, with mild dignity—

"Fetch me *Rasselas*, my dear, out of the book - room."

When I brought it to her she turned to Captain Brown—

"Now allow *me* to read you a scene, and then the present company can judge between your favourite, Mr. Boz, and Dr. Johnson."

She read one of the conversations between Rasselas and Imlac, in a high - pitched majestic voice; and when she had ended she said, "I imagine I am now justified in my preference of Dr. Johnson as a writer of fiction." The Captain screwed his lips up, and drummed on the table, but he did not speak. She thought she would give a finishing blow or two.

"I cosider it vulgar, and below the dignity of literature, to publish in numbers."

"How was *The Rambler* published, ma'am?" asked Captain Brown, in a low voice, which I think Miss Jenkyns could not have heard.

"Dr. Johnson, s style is a model for young beginners. My father recommended it to me when I began to write letters—I have formed my own style upon it; I recommend it to your favourite."

"I Should be very sorry for him to exchange his style for any such

359

pompous writting," said Captain Brown.

Miss Jenkyns felt this as a personal affront, in a way of which the Captain had not dreamed. Epistolary writing she and her friends considered as her *forte*. Many a copy of many a letter have I seen written and corrected on the slate, before she' seized the half − hour just previous to posttime to assure' her friends of this or of that; and Dr. Johnson was, as she said, her model in these compositions. She drew herself up with dignity, and only replied to Captain Brown' s last remark by saying, with marked emphasis on every syllable, 'I prefer Dr. Johnson to Mr. Boz.'

It is said—I won' t vouch for the fact—that Captain Brown was heard to say, *sotto voce*, 'D—n Dr, Johnson!' If he did, he was penitent after-wards, as he showed by going to stand near Miss Jenkyns' s arm chair, and endeavouring to beguile her into conversation on some more pleasing sub-ject. But she was inexorable. The next day she made the remark I have mentioned about Miss Jessie' s dimples.

—Chap. i.

篇中 Captain 是代表新派的，Jenkyns 是追慕舊派的；而兩人的會話，都置焦點於其所好各不相下，故與其說是會話，不如說是戰爭。而此兩人的戰爭，不外是當時的集合意識的戰爭。*The Pickwick Papers* 之刊行於世，在一八三〇年前後，這是人所共知的。而且像 *The Pickwick Papers* 這樣的作品，是具有以前未嘗出現於文學界的特色，所以在反覆舊日的趣味而滿足，或推移而不能完全離古的人，和壓古而欲儘量地就新的人之間，不得沒有激烈的鬥爭，在能放眼大局，看百年於一眼之下的人，兩者的成敗，歷然有如睹火，沒有任何能蔽其明者；但是那些因爲盤桓於因果渦中，而被自然命令其慕古以

爲推移之次序的少數或多數的讀書人，不知大勢之非，不悟敗滅之
必，頑然視落日爲朝陽。因此，他們不得不戰。一旦事去時過，囘頭
一看，事事皆非，時時盡不可，於是乃喟然長嘆。而且不知其爲天運
的推移，却以爲人事計畫之不得其當。何則？蓋因趣味異乎道理也。悖
理雖可說之使其服於理，無奈趣味是好惡。好惡，在或種意思，不是
人的一部，乃是人的全體。不能插是非曲直之嘴以左右之，不能說成
敗興廢的利害以變其愛憎。只是因爲好所以好，而且是好之入骨，故
欲移之，便非把整個的人移去不可。要移動整個的人，非待趣味的意
識自然離開他以就此不可。有些人，當世事變轉之時，不曉得與他人
一齊移去，而且往往有些沒有任何移不得的理由，却抱住舊的，無聊
地抵抗新的人。此輩之至死不悟，大約是爲此。

　　塔刻立所寫的，也是將此戰爭作爲個人的會話，編入小說裏面的
新舊兩趣味的衝突。Colonel Newcome 住在印度很久，有一次囘到英
京，和他的兒子 Clive 的朋友相見，發見這班青年，於文學的傾向大
異乎自己而覺不平。著者敍其狀況說：

Sometimes he would have a company of such gentlemen as Messrs.
Warrington, Honeyman, and Pendennis, when haply a literary conversation
would ensue after dinner; and the merits of our present poets and writers
would be discussed with the claret. Honeyman was well enough read in
profane literature, especially of the lighter sort; and. I dare say, could have
passed a satisfactory examination in Balzac, Dumas, and Paul de Kock
himself, of all whose works our good host was entirely ignorant, —as in-
deed he was of graver books, and of earlier books, and of books in general,
—except those few, which, we have said, formed his travelling library. He
heard opinions that amazed and bewildered him: he heard that Byron was

no great poet, though a very clever man: he heard that there had been a wicked persecution against Mr. Pope's memory and fame, and that it was time to reinstate him; that his favourite, Dr. Johnson, talked admirably, but did not write English; that young Keats was a genius to be estimated in future days with young Raphael; and that a young gentleman of Cambridge who has lately published two volumes of verses, might take rank with the greatest poets of all. Doctor Johnson not write English! Lord Byron not one of the greatest poets of the world! Sir Walter a poet of the second order! Mr. Pope attacked for the inferiority and want of imagination; Mr. Keats and this young Mr. Tennyson of Cambridge, the chief of modern poetic literature! What were these new dicta, which Mr. Warrington delivered with a puff of tobacco − smoke; to which Mr. Honeyman blandly assented, and Clive listened with pleasure? Such opinions were not of the Colonel's time. He tried in vain to construe "O Enone," and to make sense of "Lamia". Ulysses he could understand; but what were these prodigious laudations bestowed on it? And that reverence for Mr. Wordsworth, what did it mean? Had he not written "Peter Bell," and been turned into deserved ridicule by all the reviews? Was that dreary "Excursion" to be compared to Goldsmith's "Traveller," or Dr. Johnson's "Imitation of the Tenth Satire of Juvenal?" If the young men told the truth, where had been the truth in his own young days, and in what ignorance had our forefathers been brought up? Mr. Addison was only an elegant essayist and shallow trifler! All these opinions were openly uttered over the Colonel's claret, as he and Mr. Binnie sat wondering at the speakers, who were knocking the gods of their youth about their ears To Binnie the shock was not so great; the hard −

headed Scotchman had read Hume in his college days, and sneered at some of the gods even at that early time. But with Newcome, the admiration for the literature of the last century was an article of belief, and the incredulity of the young men seemed rank blasphemy. "you will be sneering at Shakespeare next," he sail: and was silenced, though not better pleased, when his youthful guests told him, that Dr. Goldsmith smeered at him too; that Dr. Johnson did not understand him; and that Congreve, in his own day and afterwards, was considered to be, in some points, Shakespeare's superior. "What do you think a man's criticism is worth, sir, 'cries Mr. Warrington," who says those lines of Mr. Congreve about a church—

How reverend is the face of you tall pile,

Whose ancient pillars rear. Their marble heads,

To beat aloft its vast and ponderous roof,

By its own weight made stedfast and immovable;

Looking tranquility. It strikes an awe

and terror on my aching sight

—et Caetera

What do you think of a critic who says those lines are finer than anything Shakespeare ever wrote? A dim consciousness of danger for Clive, a terror that his son had got into the society of heretics and unbelievers, came over the Colonel; and then presently, as was the wont with his modest soul, a gentle sense of humility.

—*The Newcomes*, chap. xxi.

這不過是藉老 Colonel 和當時的青年，來敍述橫亙於兩者之間的趣味的不同吧了。自古至今，世之歡迎暗示，實有大旱之望雲霓，翕然一朝而推移者，大約是不算希奇。蓋因構成社會的個人，於天賦，於教育，於習慣，不能相同故也。因爲在此數點不能相同，故爲此不同所支配的意識的推移，也亙乎上下，極乎四方，不能同刻同次故也。因此，不但當獲一暗示之前，已發見多少鬥爭於個人意識的波線上，並且要使這暗示及於集合意識之上，在普通的時候，大都是要引起劇烈的反抗的。因此，若士而欲卓落不羣，不立他人籬下，不走他人門牆，毅然自立一家之言，便須豫先覺悟與世爲敵，便須有壓倒敵人的氣魄與精力。華次華斯說，任何作家，自其偉大而獨創的一層說，非創建得以使人愛讀我書的趣味不可。古來如此，往後也不得不如此：用我的話翻譯出來，他的所謂獨創的，不外是嶄新的暗示，所謂創建，無異打倒 F 而崛起的 F' 的意義。Chapman 的詩：

No truth of excellence was ever seen

But bore the venom of the vulgar's spleen.

卽指此。雖僅有先世人一分之才，而拔俗也不過半步，然而不展其材幹，不住止於其見地的人，不可不負"天不負已，而已負天"的責任。欲不負天者，有一分便須爭一分，有半步便須挑半步之戰。一分的人，半步的人，都一樣是爲經過此戰爭，授天意而生於世的。然而戰爭，終於不過是戰爭，戰爭裏面並沒有包含成功的意義。從而俊才奇傑，往往中途折挫而流入凡庸之羣。蓋因入了凡庸之羣時，就平安無事故也。因凡庸，爲處世方針之最安全的呵。俗語說"君子不入危邦"，就是爲此。君子是凡庸的驍將，和那班爲怕損失，掩埋財帑於土中以守貧之士同類。平安莫過於是，而癡呆也未有及之者。

君子之事，我不得而知。至於前面所論天才的意識，出處趨舍似乎不能像君子人那樣如意。他們是不顧成功與失敗，一心一意想現實自己不能已的。資性既如此，雖欲不被呼爲狂人，爲癡人，也無可奈何。而且天才所意識者，較之能才，距世俗更遠，故欲貫而徹之，便須敢行超乎水準線上的鬥爭。從此點觀察的天才，其爲人是最屬不幸，最可憐的。我們之謳歌天才，無非是將其遙遙安置於天的一方，以其既成事業的餘光射到我頭上而佪頭低徊、想像，終於激起思慕之情的。爲欲自進而爲天才，或羡之而欲得其地位而謳歌，這是大錯而特錯。今人所認爲天才者，試尋其過去的歷史，孤憤、窮愁、奮鬥、迫害的痕跡瞭然不可爭；而像在燦然滴滴之血，把痛苦的一生，鮮明地遺留給後人似的。但是這，不過是就傳於世的天才說的。至於那些不傳的，即罕見其不受世俗之反抗，漂泊湖海，沈淪溝壑如斷蓬者。自古至今，埋沒於草莽，湮滅於陋巷的天才，恐怕是多至舉不勝舉吧。謂天才出現。必受歡迎──至少死後必被歌頌──，這是世俗的斷見。因爲他們以爲除了傳到現代的天才以外，未嘗出過天才故也。依我所見，天才而生前無名，身後不存者，必不只十之二三。但是他們，不是爲名而動，也爲不名譽而動；因爲不動，則生活的意義於他們毫無故也。天才最富於固執心，所以他們的戰爭一定猛烈。而衆寡不敵是一般的原則，所以天才的大半，都繼續猛烈的戰爭到死而後已，而終於大半死於窮途。這裏要舉出他們的集合意識和一般人戰爭之例二三，以證實之。但是他們，都是天才而戰勝的。至其跌蹉者，世人不承認其存在，所以不消說是不能奈之何。

　　Lyrical Ballads（一七九八年）是詩界的刷新者，聳動文壇的；當時的集合意識對之抱着什麼樣的態度呢？我們試查考此事，便可知其戰況。*The Monthly Review*（一七九九年五月）評之說："集裏所收詩篇，以其空想的，以其流暢，又以其情操，雖然的確大能引起我們的感興，但是著者認爲沒有把在模倣的古昔民謠詩人的時代所夢想不到的（著者註：即現代所發達的），高等的作詩法來犧牲而鼓吹之的必

要。踏襲粗野怪異的邱塞的韻腳而自鳴得意，這不但是使詩歌墮落，並且要使英語墮落。假如現在，不把古詩人近代化，反把 Dryden, Pope, Gray 所詠的高雅的題目，和優麗明媚之調改變而成十四世紀的方言與作風如何？逆行過去有如此，試想一想我們的所得如何！欲模造古代的 Medal，錆是必要的屬性。然而欲模造三四百年前的詩，竭人工以添錆氣於現代之詩，這除了說是巧妙的贗品以外，沒有加以賞讚的價值。……」由此可以窺知其風潮如何。

同雜誌所加於哥爾利治的 *The Rime of the Ancient Mariner* 的評語是：「我們並非不承認微妙的風韻於此詩。但其荒唐無稽，而且支離滅裂是事實。一篇的意旨在何處，不得而知。有時要令人疑心那是使婚禮的來賓，不能入筵席的惡作劇。……」當時的羣盲，似乎完全不能了解空冥縹緲之致。

同雜誌（一八一七年正月）批評 *Christabel* 說：「鹵莽蕪雜對於這步，真是令人忍無可忍！而況又是受拜倫爵士似的天才的推賞呢！不過現在是詩道久廢，而不認破詩法者，反認守詩法者為迂愚之極的世界，所以不多說。……」因為他們認古典派的彫蟲篆技為醇正的詩格，所以評家會說出這樣的話。

澤夫立 (Francis Jeffrey) 在 *The Edinburgh Review* 誌上（一八〇二年十月）批評騷狄 (Southey) 的 *Thalaba the Destroyer*，謂其妖謠不堪讀說：「此種故事，或者有足以娛小孩子的東西吧。其富於奇蹟怪聞，事件層層疊出處，一見雖似能引人注意，但是這種注意，往往是跟着新奇之念，不久就消滅，而未與好奇之心以滿足之前，便先覺疲乏了。」由此可知所謂浪漫的話題之為當時所容的了。澤夫立在此評論中，不獨攻擊騷狄，同時還攻擊了一般新派。他以為新派雖是以簡易樸直為主旨，但他們的簡易樸直，並不是對虛飾的簡易樸直，是對

藝術（即在非藝術的意義）的簡易樸直。他又以爲下賤的農夫商賈的
情操，不是可以詠之於詩的。因爲非本來是詩者不可。讀了批評的權
威，睥睨一代的澤夫立的話，再拿來和現代的評論比較，殆難免有隔
世之感。

拜倫的 *Hours of Idleness* 是少時之作，固不足以代表他的詩才，其
瑕疵也有掩不住者，但是布魯安 (Lord Brougham) 在 *The Edinburgh
Review*（一八〇八年正月）評之說："這位貴公子的詩，是神人都不能
容許的一種詩。而他，嚴密地守住這一種標準，也不接近神也不接近
人。"像這，好像不是批評那席捲全歐的大詩人的評語。

奧斯騰 (Jane Austen)，此刻的人都認爲第一流作家而毫無疑
議，然若想一想他的著作是怎樣纔刊行於世，也就可以明白此間消息
了。奧斯騰原非藉賣文糊口的人。只爲消閑而親筆墨的結果，在十八
世紀末已經寫成了兩三篇小說。他寫了 *Pride and Prejudice*，其父一見
而稱善，薦之於卡得爾 (Cadell)。據說卡得爾甚至不屑一讀，立刻拒
絕出版了。父親也棄之不顧。從而一代傑作也不能行世，在書架上倒
臥多年，直至一八一三年。如 *Northanger Abbey*，其命運之薄倖，反有
過之者。買其稿者爲巴斯一書店，其價值僅十磅。而且這個書店，也
不知是和 *The Vicar of Wakefield* 的所有者一樣，後悔買其版權，或是
完全把這部書忘掉，過了好幾年還深深藏在筐底，而不付印；後來又
由奧斯騰的兄弟買回來了。他儘管已有了兩三種小說，其所發表的處
女作却是 *Sense and Sensibility*，便是因此之故。由於這部處女作，著
者所得的，不過是一百五十磅。而且奧斯騰，還認爲過於多。天才之
受冷遇，大都如此。然而到了一八一五年，出了 *Emma* 時，*The Quarterly
Review* 載一篇論文，大加推賞，其中一節說："著者之理解世間的才
氣，和使篇中人物活動的技術，在或點要令人想起那繪畫上的 Flemish

派。題目未必優雅，而且也决不崇高。然而不但能描寫自然，而達於自然，其精確而細緻，大有足以悦吾人者。因爲此特質充滿全篇，故難以抄其一節爲例證。"據此看來，似乎可以說，到了一八一五年，奧斯騰已經能打動文壇的意識，使其推移到自己的方向了。

守舊派之毒害新作家雖有如是者，但這尚不足以爲甚。詩人而受了最惡辣的毒鋒的，應推可憐的天才基茨。他發表 *Endymion.* 是在一八一八年。同年四月 *The Quarterly Review* 所加於作家的暴語，以其沒鑑識，以其驕慢，以其殘酷，永遠引了後代對於這位病詩人的同情。批評 *Endymion* 的人，自己說沒有讀基茨的詩。他說雖想讀却不能讀。而且他却批評道："著者是韓德的模倣者。然其不可解反過之，突兀彼此相等，散漫倍之，至於冗長而不合理，則十倍之。韓德雖厚着臉皮，自己占着批評的座位，欲以自家的標準律自家的詩，但其所說，尚有多少意義。至於基茨，因爲未曾主張其斷見，所以沒有提出詩例，以維持其主張的必要。因此，他的囈語，完全不可不說是狂醉。他不過是爲詩而作詩，至其爲韓德所影響的結果，其詩之狂，反而甚於韓德。"這是批評的開章。由此可見其富於侮蔑與嘲笑。我爲避翻譯之勞，又爲示其調子是怎樣地響於讀者耳中，特地儘原語引用最後的一節，以完結此不愉快的異例："But enough of Mr. Leigh Hunt and his simple neophyte. If any one should be bold enough to purchase this' Poetic Romance, 'and so much more patient than ourselves as to get beyond The first book, and so much more fortunate as to find a meaning, we entreat him to make us acquainted with his success. We shall then return to the task which we now abandon in despair, and endeavour to make all due amends to Mr. Keats and to our renders." 這是批評的末節。詩風漸移，行盡許多小波動，以至今日，謳歌基茨者比比皆是，讀此評論者，一個都沒有了。天命之弄吾人，實有如此之甚。（我想，詩之好壞，評之當否，姑置勿論。單說這位評家的態度，是陋劣可惡的。何則？試考其本意，既不是要啟發作家，也不是要率眞地敍述自己的嗜好，只爲阻害他人的感觸，壓抑新進作家的無力以開心故。假使基茨，曾與以相當的刺激足使評家出於這種態度，那末他的暴傲也就有幾分可以原諒了；然而基茨，對這個批評家未曾加過絲毫的無禮呵。沒有加以無禮是不消說，他並且在其自序自白說，自己才分不夠，經驗缺乏，而致禮於一般。然而這位批評家，竟抓住這位禮讓的作家——抓住其謙遜而辯疏之點——，大加嘲弄。文學界出了這樣的破落戶，不幸莫過於此。將其撲殺，這不只爲基茨，也是爲我們。而又是爲社會人類。）

　　着了 *Lorical Ballads* 買了世人之嘲笑的哥爾利治，當他自己批評丁尼孫時，竟洩出抑損之意，實在是奇異的現象；這正可以表示推移是一日也不停滯的，又可以證明新進作家不能沒有戰爭的。評語載於 *Table Talk* 裏面；說：“屬於寄贈的丁尼孫的詩，我尚未獲通讀之機。唯在我所過眼的範圍說，無疑是包含多量的美點。不幸，他似乎是不懂音律爲何物而作詩的。即使遵守在來的舊格去作，除非是詩律家，普通都難成格調。然而不想一想詩律所需何物，欲妄自樹立新格，非暴戾如何？我因爲萬分希望他的成功，所以要在這裏忠告他——事實上非如此，他便成不了詩人——，請他從今以後二三年之間，專據一二種舊式而明晰的詩格去作詩。例如 heroic coplets, 如 octave stanza, 又如 *L' Allegro. Il Penscroso*, 的 octosyllabic measure. 這樣一來，他便不知詩律爲何物，也自然能獲詩律的感覺，猶之乎 Eton 的學生，背誦 Ovid, Tibullus 而能作出相當的拉丁詩似的。” 由此看來，兩人對於詩律的觀念，似沒有一致。（最有興味的，是一八三一年一月的 *The Westminster Review* 所載 *Poems, Chiely Lyrical* 的批評。這位批評家,論詩之 real science of mind 的必要,斷言說,過去四十年間的詩,應依其所包含這種科學的精神的多寡,計其生命的長短。他例證缺乏此精神者之不易存在說："哥爾利治和華茨華斯的詩,大部分都死了,或正要死。然而這裏,有於其精神完全屬於哲學的而且詩的小冊子。云云"所謂小冊子,不消說是指丁尼孫的詩集。視他爲小孩的哥爾利治,反而有將被置於這個小孩之下的傾向,這可見丁尼孫在意識的競爭上,是正在要制勝的了。)

　　稍換方面,走入藝術的領域,也有一樣的傾向。當 Pre - Raphaelites 最初開展覽會時,所展覽的畫,一張也賣不出去,這是人所共知的。我曾經看了關於韓德 (Holman Hunt) 的書,書中有這樣的話:他最初出了 *Rienzi vowing to avenge the Death of the Brother*, 繼出 *Christian Priests escaping frem Druid Persecution*, 但是和其餘二家的作品,大受非難攻擊了。迭更司 (Charles Dickens) 在 *Household Words*, 其餘在報紙,雜誌,沒有不加以罵詈的。這是一八五〇年的事。第二年。韓德的 *Two Gentlemen of Verona* 一出品,世人之視他與密雷 (Millais) 便有如蛇蝎,因此,有兩三個批評家,甚而主張從 Academy 擯出他們的作品。著名的拉斯金,三次寄書於 *The Times*, 暴露評家的無智與不正當和嫉妒,把大衆的同情,轉移於二家之上,便是這時候的事。洛塞諦 (Rossetti) 平常就不理會世俗的批評的,而從這時以後,益發高踏不近俗了。密雷坦然照舊站在四面楚歌之中,韓德對於周圍的喧擾,毫無狼狽的樣子。拉斐爾前派最初樹出獨立的旗幟之時,其危險有如是之甚。

　　法國的名流彌列 (Millet), 也是落魄過其一生的;其最初出現爲寫實家之時,天下沒有人看他一眼。於是他,爲研究實際生活,去而隱於村野之間,處貧忘名,遂死於勞動者家裏。能理解他的,只有兩三個高尚的評家。他死而尚未葬屍土中，命運竟如此玩弄不遇的畫家，順逆之境變於一夜之中，著名的 *The Angelus*, 遂價值二十四萬元了。

和武涅 (Turner) 齊名，於山水畫出一機軸的坎斯塔布爾 (Constable), 也是生前不能如意成功的一人，這是人們所記得的。他之描畫 *The Hay Wain* 和 *The White Horse*, 大眾和評家都淡然不加理會，這是事實。他的朋友斐雪 (Archdeacon Fisher) 勸他送到巴黎說："卽使減少一點價錢，還是把牠送到巴黎去賣的好，因爲這樣纔可以使你博得名聲。因爲沒有任何批判力的英國民眾，聽見法國人將你的畫收爲國有，當多少有所警醒故也。你的誤會已經很久了，人不是看見畫好所以要買，是他人欲得之，所以要買"。果然，*The Hay Wain* 一出現於法國，瞬刻而聳動天下的耳目，終於受了一八二四年的金牌。此畫雖久已不存法人手中，但最初買此畫的，是法國人。

最悲酸的，是法國的所謂印象派 (Impressionist), 最初介紹自己於天下的初期的歷史。此派在今日之優勢，是國人所熟知的，尤其是摩內 (Claude Monet), 差不多沒有人不提他；可是試回顧四十年前，其所受他人的迫害，似乎是非常的。他們甚至出品 Salon 的特權都得不到；而且 Academy 派的人們，視他們爲狂人，評其作品，則謂其完全蔑視美術的法則，不但不加以絲毫保護，並且百方陷害，欲阻其發達。他們連一個獎章也無由得到，而欲想以公費收買其作品，連夢都做不到。到了最近，纔割了盧森堡的一室，陳列此派的畫；但是這事，據說也大受抗議而無法解決。一八六三年，此派的畫一概被拒絕陳列於 Salon 的時候，當時的主宰者憐之而與以特別室，名爲 "Salon des Refusés"。此時摩內的出品是日沒的光景，題爲 *Impression.* 觀者如堵，集到 Salon des Refusés, 大逞其嘲笑。"Impressionist" 之名由是而起。而其實，僅含有冷評之意。

發生於新陳代謝之際的鬥爭之例，這樣已經充分了，所以不再說。約而言之：暗示始終要戰。不戰而欲將暗示及於人，殆不可能。雖如丁尼孫這樣通俗的詩人，也難免戰幾合。新的暗示，離舊意識愈遠，戰爭便愈烈。總要歸於一途，或是新暗示打破舊意識，或是舊意識蹂躪新暗示。兩者的間隔過甚，則新暗示大都爲集合意識所壓迫，所追窮，終被剿滅，這是通例。而天才的意識，因爲多是以離開一般甚遠爲特色，所以他們，照理是不能成功，反要失敗。從而和禽獸一樣湮滅的天才，其數總要比爲後世所謳歌的天才爲多。

成功的意義。在不斷的戰爭這樣地繼續不已之間，有的倒，有的起，描畫永遠的波紋於無窮，這是常態。敗於此戰，不能爬上頂點而消滅者，叫做失敗；而名主宰於波頭者爲成功。所以成功，指的無非是排擠旁的暗示，自己爬上頂處樹出旗幟者。而此頂處，不久又要降下，所以自理論上說，同一的成功難以繼續一樣的長。我們的意識，無論是個人的，或是集合的，都以推移變化爲特色，這是事實所教給我們的，顯著的訓則。

什麼樣的意識會成功呢？這是隨時隨地而異，所以任何人都不能指示其內容。若將內容置之而自形式論，則已盡於前此所舉推移的原則了。不過前此所指示數種推移之中，特別引我們的注意的，是最調和於現下意識的自然傾向的新暗示勃興的一種。換言之，是指下面這一種：有一種東西，雖已潛伏於現下意識的邊末，洩出卽將起來的形勢，却依舊在明晦之間，使人感到而不說不語時，突然跑出一個人，將這一種不透明的東西，攫到掌中，乾乾脆脆將其道破。這一種東西，因爲已經伏在集合意識的波動線中，具有向上的氣勢，故若有人與之以明瞭的形體，附之以判然的秩序放到世上，天下便翕然起而響應之了。正當自己思念而不可得，憬憧而不能發見，欲實現之而困於其似

有若無之時，若有於推移具一波之長者，先登目的之堂，掀開本尊之
龕，麼面囘顧一世，一世也許將如餓者之待哺，如鐵片之趨赴磁石，如
點火於洋火，如傳電流於導體，忽然發見同一意識於焦點，燦耀亮於
炬火吧。

　　取例於文學界，卽如頗普，如拜倫，如司各脫，又如丁尼孫。現
在不一件一件求其實證於他們的傳記中，這裏僅舉其最有興味的。丁
尼孫死時，有一個無名氏某，寄書於 *The Speaker*，發表他對這位詩人
的感想說："所謂業務繁多的我——中年的商人——，費了一天半的
時間，僅僅爲參觀他的出殯，遙遙走了二百里，這是人們所詫異的
吧。自個人說，我的知道丁尼孫，也不過和知道塔刻立或迭更司是一
樣的程度，所以我既然視他爲朋友，幾千的人也可以視他爲朋友了。在
這種意思，他是我的朋友，是過去四十年間的朋友。試囘顧苦鬥無寧
日的此四十年，他——我此刻在送他的棺材——走過我的旁邊，不是
一刻時。他不但是我的朋友，又是我的教師。是教師，而又是我的先
導者。流轉四十年之間，我的心情不知幾經轉變，而每次轉變，丁尼
孫都未曾違背我的所期。我最初從北部來到倫敦之時，爲欲瞻仰那映
入傍晚空中的大都之光，倚靠車窗，這時忽然想到的，是 *Locksley Hall*
中之句。當我在浪漫的時候——任何人都非有一次浪漫的不
可——，爲愛而斷的 "我" 的絃索雖鳴而又消沈時，慰我心者是 *Maud*
和 *Enoch Arden.* 我求而終於獲之的理想的婦人，知道已爲 *The Princess*
所描寫了。婚姻既成而沈於幸福的永夜，將這一部詩集分給兩人之
間，而且手攜着手，被詩人引導着在花枝招展的路上行走。今日站在
The Abbey 的我，想着可以與天上的快樂比擬的昔日，是他的所賜而
不得不深深感謝他。他更改衣帶，裝飾兄弟的面貌，使我叫起重立於
社會的勇氣，是二三個月後之事。我在那以前，並不是沒有讀 *In*

Memoriam, 後來也讀了好幾次。然其深意之刻入我心，是當在冷淸淸的爐邊，在虛寂的椅子的一旁，挨着無人的臥床，拿在手上看的時候。"（譯自 E. L. Cary, *Tennyson, His Homes, His Friends and His Work,* P.255）一如這位投書家自己所公言，既非文士，也不是詩人，是和筆硯最無緣的實業家，由此也不難推知丁尼孫的詩風之適於時勢的程度。

能夠這樣地集一代聲望，受天下的歡迎，甚至以平生不親近文字的人爲讀者，不消說是成功之大者；但是不能以這個成功的程度，爲計量作家之才的尺度，自不待言。因爲依前章所說的理論，成功不外是指個人我的意識和社會的意識一致，而此一致，未必可以表示才之高低故也（卽使有時可以表示才之遲速）。既然不能作爲高低秀庸的尺度，所謂成功的意識，很多時候是不能斷定其爲天才的，或能才的，或凡才的。不但如此，依我前面所說的理論，天才的意識，常是富於獨創的內容，而帶很強烈的個性的色彩，所以不但難期其暗知現代意識之將來傾向，而輝揚於其傾向將見發展的方面，並且往往與其乖離，致買一般的嗤笑，這已明於前面的實例了。至於驚人有如狼烟之急，其被忘却也爲此之急者，十中七八盡皆如此。"現代的人而讀 Mrs. A. m. Bennett 的處女作 *Anna*（一七八五年）者，那裏有一個呢？而且此書，據說是出版當日就賣完了。或者，能讀同女士作的 *Vicissitudes abroad*（一八〇六年）者，能有幾人？然而在發行之日，出了三十六志的高價買之者，多至二千人。"這是教授刺里 (Walter Raleigh) 在其所著 *The English Norel*（二七一頁）裏面，告訴我們的事實。幾年前死了的央小姐 (Miss Yonge) 著了 *Sir Guy Morville* 時，牛津的學生之熱烈地歡迎此書的意氣，眞是駭人。據說如某團，沒有一個士官不買一本。據說洛塞蹄，威廉·莫理斯，本準茲之徒，都爭着拿書中的主人翁，爲自家的莫特兒。物換星移，纔經半世紀，而世人已無談說央小姐者，甚至 Sir Gug 的存在，似乎也已被忘掉了。留伊斯 (Lewis) 的 Ambrosio, or the Monk（一七九五年），聳動一世而有不朽的名作之稱；但是今人，徒聞其名，未見其書，只反覆 Monk Lewis 這個綽號，而憐命運之嘲弄他吧了。前面所引爲例證的詩宗丁尼孫，尚多少有類乎此者。他的戲曲，在當時大引文學界的注意，Spedding 之激賞姑置不說，愛略脫甚而以爲直可以摩莎翁之壘而毫無遜色。和愛略脫有深密之關係的留埃斯 (Lewes)，也與其同意。勃勞甯 (Browning) 批評 Queen Marry 說，"連微瑕的影子 (A shade of fault) 都找不出來"。厄賁 (Irving) 置 Becket 於莎翁的 King John 之上，哈同 (Richard Hutton) 認 Queen Mary 爲優於 Henry VIII. 今日的評家，推賞丁尼孫之詩者雖不少，但是對於他的劇本，沒有表示這樣的嘆服，却是顯然的。

同時，雖被兩三知己認爲天才，却毫不投世人之意而終於不成功者，也不少。例如勃勞寧，便是一個好例。著了 Paracelsus 之後十年，他曾致一書給他的朋友說："在福爾斯忒 (Forster) 未發表其批評於 The Examiner 誌上以前，一般的人都拿一種輕侮之意對此作品"。又說：The Athenoeum 的評家，不但謂其朦朧晦澀，並且斷定那不過是雪萊的模倣。"似乎是因了他的獨創的思想和造語，不能使凡庸任意享樂的結果，以致招了這種失當的侮蔑。關於他的著作中最以難解見稱的 Sordello，世上此刻還傳着兩三逸話，足以博吾人的一笑。其一說：卡萊爾的太太，最熱心讀了此詩，可是她苦於不能明白 Sordello 是男，是女，或是都會之名，或是書名。其二說：丁尼孫讀了此詩，僅僅懂得二行，一行是 "Who will, may hear Sordello's story told"，正是開章第一句；一行是 "Who would, has heard Sordello's story told"，正是結末之句。其三說：Douglas Jerrold 害病將癒時，得到醫生的許可，思獲一點讀書樂，偶爾從書架上抽出了 *Sordello.* 默讀幾頁，投書喟然長嘆說，病是快好了，可是腦筋終於不濟了！他是看了 *Sordello* 之不可解，誤以爲是自己的腦筋因病而衰耗的。評家哲斯達敦 (Chesterton)嘗爲之解釋說："書籍的批判，因時流而異其趣。有褒揚唯恐不及之時，又有貶譏唯恐不到之期。然而你也說我不懂，我也說不得要領，殆衆口一致嘆息如 *Sordello* 者，亘古及今，其例殆少見"。總之，勃勞甯之不可解，是由於他的意識離凡而不能與衆調和。但是這，終於不能作爲測量才的高低之具，評家併稱勃勞甯和丁尼孫，爲世紀的二大詩家。若以評家之言爲是，便可知不得以不爲世人所歡迎而作爲沒有天才的證憑了。所以說，成功不與才正比例；理論如此，事實也是這樣。

第七章　補遺

　　除前章所說推移的次序，種類，和例證以外，應該論的不消說是很多，但因時間匆促和材料的不足，不得已而不能詳論者，合之爲一章。

　　（一）及於文學界的暗示之種類。依暗示而推移的意識之波紋是五光十色，故欲具體地說明其內容，其難有如欲從實質說時天才的意識。然若將其分成大綱，特地限定於文學界時，似乎能夠分類舉其特性。蓋因暗示在文學界，構成文學的內容自不待言，而文學的內容又一如前面所論成立自四種材料，所以一切暗示，都應以此四要素之形注流而來故也。

　　但是關於這些暗示，究爲什麼樣的社會的狀況所影響的問題，這裏有說一說的必要。文學不過是人之活動的一種發露，而此發露不能單獨取自由的途徑，事實上其勢力及於別種活動之上，同時又受別種活動的影響。因此，欲論某件文學的暗示之原因結果時，僅置文學的潮流於眼中，而置別種活動於不顧，便難爲完全的研究了。自這點所看的文學，是社會現象之一，故始與旁的社會現象關聯，盡明其自動、反動，始能知之。因此，一切歷史家，同時非爲文學史家不可，而一切文學史家，也非爲一般歷史家不可。現在，試將人之活力的發露之大者粗別之，即爲：（甲）經濟的和科學的狀況，（乙）精神的（生自哲學和宗教等）狀況，（丙）政治的狀況等。這些大活動既然有關乎文運的推移，那末，文學和這些活力，不消說是絕不能離開的了。

（甲）當討論物質狀況和文學的關係之時，任何人都最先要着眼的，是伊利薩伯朝文學 (Elizabethan Literature)。伊利薩伯朝文學在英國文學史上爲空前絕後的盛時，這是人所共知的；而考其起因，不消說是多爲當時的物質狀況所支配的。（並不是說，除物質狀況以外，沒有任何關於文運的活力。例如宗教問題。到女皇卽位當時爲止，宗教的紛爭不絕，人心大爲之動搖。宗教是司人之生死的大活力，在未見適當的解決以前，民意不固定，有如乘汽球漂於空中。在英國似的有宗教之歷史的國民爲更甚。所以這個問題的解決，無疑大能提早文運勃興之機。）當時，隨着商業貿易的隆盛，民衆的經濟大趨殷富，這是史家舉出事實而證明的。跟着農事的改良，雖在嚴冬天氣也能飼養羊羣，遂不必一如歷來似的以醎魚爲常食；磚的二次發見（一四五〇年），促成房屋的改良，不富者也曉得使用玻璃，絨緞，枕頭，好尚自然華麗起來，氣象自然雄大起來，精神也漸漸生出自信了。這種自信的大活動，是一種昭著的現象，凡是一瞥當時之文學的人，立刻都可以發見。當此之時，英人正與西班牙人爭霸於海上，擊了所謂 Invincible Armada，使數百艨艟沈於海底。（此戰勝之多所負於物質的狀況，自不待言。）他們以爲：天下是我之天下。一任志之所之，旁若無人地發展我意，不顧前後左右那種雄心，成爲爛漫的詞藻，遠留其痕跡到二十世紀的今日。所以當時的文學，雖極囂張，放縱不羈，無視法則約束，但是沒有一點窘束之狀，沒有窮迫之態，沒有退嬰主義，沒有厭世主義，沒有隱遁主義——是傲然而進取的。覆滅 Invincible Armada 的氣魄，也近於躍然活動於文學之上。其次不能忘掉的，是所謂物質的膨脹的狀況。有史以來，他們生息着而以爲無

邊無涯地廣漠的世界，不是眞正的世界，只是其半面——是到此時他
們纔自覺了此事的事實。而其未知的半面，住着沒見過的人，有沒聽
過的獸在那裏走。草、木、禽、魚，都足以使飽膩於舊世界，而困於
無發展餘地的人們駭異：這不是大發見是什麼？此發見反射逆照而不
給與一轉於他們的精神，這是夢也做不到的。恰如以高牆圍繞一畝庭
院，長年起居坐臥於其間而晏如者，一朝揉擦睡眼，排戶一看，忽見
四壁，一夜之間崩壞，千里景物爭入雙眸。於是頓覺其宏豁的新境地
之有趣，又不得不想像在眼界盡處，有簇然誘我於視線之外者。換言
之，此新世界又喚起伏在此新世界背後的新新世界，而賦與國民以非
常豐富的想像力。此豐富的想像力，放一異彩於當時的文學，使後人
驚訝其華曄。

　　再引一例來說。十八世紀英人所成就的農業的發達，不能單視爲
文學的發達，其影響的確似是及於藝術。當此發達未實現時，和中世
紀無異，用牧草飼羊，所以入冬就不能飼養了。普通都是拿來宰。況
且是用草飼養，故那些得草之地，爲得草便不能供耕稼之用，實在太
不經濟了。十七世紀時，有人在荷蘭發見用大頭菜飼羊的方法。後來
有人將其移到英國，不但開冬季飼羊之法，並且擴大耕稼之地，農業
生產因之大見增加。這樣地他們之致富，是應該記住的事實，而此事
實的影響，發露爲 landscape gardening 的藝術，這也是無可爭辯的事
實。歷來他們的住宅的欠雅，其甚一如 Macaulay 在其歷史中所說；但
是至此，頓改舊觀，高柯大樹見於庭中，自然的斷片，自然而然形成
園景了。英國之以 landscape gardening 得名，就是在此時。影響不僅
及於造園術，他們又隨應其資材的豐足，裝飾自己的家室了。而飾之
以父祖或自己的肖像畫，這是讀過美術史的人所知道的。Reynold
Gainborough 之出現，正是此時，而所以促成肖像畫的發達，是因爲

受了這樣的獎勵。

（乙）次就政治與文學的關係說。政治的活力不但牽引我們之心，其於文學的影響，又是空前絕後的，是前此曾經引過二三次的法國革命。其所標榜，是在打破歷來的舊弊，絕滅人爲的階級，拋擲一切形式，而想享樂本來的自由與平等。世界歷史上著名的這個政治的活動，跑入當時的文學界，印了擦不掉的痕跡於紙上，這是前此已經論過的了。當時的英國作家而不受其影響的，差不多沒有一個。革命的進行，固然不得沒有帶出弊病，或走至極端而使人駭異，因而發生反抗的事雖非沒有，但在其種種方面，打動作家是事實。如 Godwin 的 *An Inquiry concerning Political Justice* 和 Wollstonecraft 的 *A Vindication of the Rights of Woman*，是在理論方面鼓吹革命主義的；而在純文學方面，當時知名的作家，沒有不是這樣的。朋斯 (Burns) 如此，騷狄 (Southey) 如此，哥爾利治也如此。騷狄的 *Joan of Arc* 是浪漫的而兼革命主義的著名作品。甚至沈着的華茨華斯，也認定路易十六世的受刑爲正當，而草了對於法國革命的辯護。其餘有穆爾，有蘭得，有拜倫。他們的詩中之充滿革命主義，是讀者所知道的。（本節止於舉例，故不能詳述，讀者欲知其詳，須參看前面所舉 Dowden 的 *The French Revolution and English Litevature.*)

（丙）其次，要就道德與文學的關係說一說。不過爲的只是要舉例，所以所說不過幾行。窩德 (A. W. Ward) 在其所著 *A History of English Dramatic Literature*（卷三，二六二頁和二六三頁），論莎翁以後至復古時代，出現於劇的道德精神之逐漸衰頹說：“這個墮落，於程度不消說是不得一樣，但是在當時的劇文學，無疑是一種特色，而終於出現爲道德的墮落了。有種批評家，以爲道德和藝術上的作品完全無關。然若把一國民的藝術生活的進步，置於一般歷史的進步的旁邊來想，任何人都必定達到反對的結論。一如在可以實行比較地完全的研究的希臘彫刻之歷史，可以發見希臘社會的一般歷史所含有的許許多多經驗反射到那裏似的，我國戲曲的歷史，自伊利薩伯朝到王政復古當時，於我國民生活的行路所指示的這期間的繼續，表示道德影響的隆替。謂 James 和 Charles 時代的劇，反射公私盡缺乏道義的理想的社會生活，這種議論，正如不顧存在於馬辛澤 (Massinger) 和夫勒折 (Fletcher) 之間，或存在於瑟力 (Shirley) 和福耳德 (Ford) 之間的道德的調子有大徑庭的，無益的議論。然而關於有作用到公私兩樣之關係的重要的束縛力的或物，於當時社會的特別的方面可以發見的無感覺，是時代的特色，同時又是當時的劇文學的特色。自個人說，馬邏 (Marlowe) 比福耳德，於一切方面，似乎非放縱不可。然而前者，對於德義的勢力，沒有加以絲毫輕侮之意，而後者之蔑視牠，比情慾的述敍更多多能使我們悚然。便是莎翁本身，依我們所知道的說，並未曾實現自由的市民的德義之最高理想。他所描寫的布魯特斯，便是將這種氣概具體化的，而且一半是修辭的，一半似是被包圍於悽愴的霧裏。然而，無論是莎翁，或和莎翁同時代的人，無論如何是不忍墮落到夫勒拆那個程度吧。夫勒拆所生息的，是不能呼吸自由之空氣的時代。是無論是慈悲或是殘忍，除了做支配臣下之身心的專制君主以外，不能思惟 A Prince 的時代。"

文學的意識之爲他方面的活動所支配而得新暗示有如此。關於此點，的確尚有使學者研究的餘地，唯我學淺而又沒有時間，所以不顧不完全，就此擱筆。

（二）關於新舊精粗的暗示的種類。文學上的 F, 連續地變化爲 F^1, F^2, F^3,……F^n 時，屬於 F^{n+1} 這個次囘的 F, 在牲質上應該帶什麼樣的性質呢？我們接到這樣的問題時，可以這樣答覆：（甲）F^{n+1}, 復活古代的 F,（乙）或結合古代之 F 者，（丙）加完全新的或物於 F^n,（丁）完全新的，（戊）F^n 和古代的 F 連結的，（己）最後，完全新者與完全舊者之連結。我們從理論上應該承認此六種。然而當實際時，要明瞭地從文學史中引出相當於此六種的例證，也許不是一件容易的事。例如現下的意識，於瞬息之間，忽變而成古代的 F, 或變爲完全新的 F, 這我在解剖反動的種類時，已說是例外，所以這裏不再說。若此例外，因強烈的外部的刺激而生時，一見大有爲暗示的急變所制之概了；然而試驗急變後的推移，似乎反而和漸移同其歸着點。以圖說明之，F 和 F'，於其質大有徑庭，依自然的傾向是終於無法轉移；然而由於某種強烈的刺激的結果，由 F 急變爲 F'——假定這樣而尋究變後的推移，總可以發見 F' 徐徐移步走向 F^n 吧。同時，如其沒有這個強烈的刺激，F 依從自然的傾向，一如漸移的原則變下去，總可以發見此 F 也徐徐走向 F^n 吧。總之，F 和 F' 終於都到 F^n，保持平衡然後已。

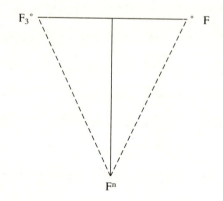

借一個俗世的例來說，有如一擲以賭乾坤。突如有成功之概時，人們都認其爲偉業。然而所謂偉業，成就於一朝而其變非常之急的時候，都是待到成就之後，一步一步又走近未成就前的意識，所以在幾年之後，便難以被認爲像先前眩耀人目那樣大的變化了。反之，以逐漸爲主旨而圖改革時，雖似乎沒有建樹赫赫之功的餘地，但是由於推移之自然，幾年之後，也就能收和所謂偉業一樣的效果了。敢於棄身擲命贊成法國革命的英國文人，漸漸走近舊態了。一味謳歌泰西的日本的文學者，若稍能得到一點沈靜的時間，不是也會再興日本式的嗎？徵之文藝以外的娛樂，或爲謠曲的風行，或爲"茶湯"的復活，或爲弓術、柔道的再興，或爲日本畫、木版書、古董的玩樂，而將注入歐化之時所吐棄的東西，再從拉圾坑裏檢出來而唯恐不及。而且此活力，是西洋主義和日本主義，在精神上獲得平衡而後已；所以所謂歐化主義，並不是像當初使我們愕然那樣猛烈的變化，却要和自初卽輸入西歐文物者，達到一樣的結果，這是很明顯的。——不過這和本題無關，只是順便說一說。

再回到本題。若將上述六種裏面，除去此例外，便成爲四種了：（甲）（現在）+（古），（乙）（現在）+（古+古），（丙）（現在）+（新），（丁）（規[1]在）+（新+古）。此四種，在內容雖各不相同，至於其推移之態，不消說只是爲前面所舉的原則所支配；插入於公式中的（新）這個符號，由於歷來所說的話不難略加推測，所以這裏僅選出（甲）（乙）二種卽公式中包含（古）這個符號者，弄一個簡單的例證。（甲）這一種，名之曰復興。英語所謂 revival 卽是。文學史上的復興，其例雖多，其最顯著的，却是 Renaissance. 這個懷古，求上的意識，是怎樣地勃發，怎樣地風行天下，怎樣地興後代的意識以影響，專門學者已有浩瀚的著作，言之甚詳，所以這裏不說。其小而引學者之注意者，爲十八世紀末的 Gothic Revival. 這個復興，是將無關乎希臘、拉丁之古典的中世紀的意識再現出來的；如窩爾坡爾 (Horace Walpole) 建造於 Strawberry Hill 的邸宅，似乎可以認爲這個復興的先驅。降而至司各脫，或於小說，或於詩歌，發揚個中趣味，鼓舞一世

---

[1] "規"，疑爲"現"。——編者註

的好尚，這是人所共知的。此外如馬克斐孫 (Macpherson) 之刊行 *Ossian*，拍息之輯集 *Reliques*，也無非都是爲此復興趣味所支配的結果。又如輓近，威廉‧莫理斯自己作了古代的雰圍氣，自己進而住在那裏面，兼使讀者逍遙於杳邈的過去之世界，亦不失爲其好例。（乙）這一種，名之曰連結的復興。（用字的生硬雖可非難。）一如公式所示，卽指異類的古代的兩個以上的意識——亦可謂之兩個以上的潮流——，和現代的潮流互相融洽者。例如彌爾敦的詩。試看他的詩題，無論是 *L' Allegro*，或是 *Il Penseroso*，或是 *Comus*，或是 *Lycidas*，沒有一篇不據古典。況且詩中所引以爲紛飾之具的神話上的故事，繽紛錯落地壓倒無智識的我們。據說他遊於劍橋時，愛讀了奧維得 (Ovid)，然則古典之影響他是不言而喻的了。反之，再看他所作旁的詩，無論是 *Paradise Lost*，或是 *Paradise Regained*，或是 *Samson Agonistes*，題面已經一新其面目了。至於詩中所敍述的內容，較之上面所舉者，頗覺迥然不同。我們於是知道彌爾敦之精通古學，而且浸淫於新古兩典的結果，兩者的精神合而煥發於紙上。他是一神之子，而又是多神之子。希臘與希伯來，奧維特與聖書：自常識說是不能調和的，然而時勢的變遷，使他毫無客氣地同時復活兩者，使其成爲左宜右有的自由。然而這個，不過是大體之論吧了。若加以精細的研究，展開批評之眼時，便可以看見《失樂園》一篇，已經包含許許多多過去和現在的意識而錯綜羅織着了。史家 Courthope 在其所著 *A Histoty of English Poetry*（卷三，四一三頁以下）列舉以下數項：（一）清教徒的神學，（二）騎士的故事，（三）意大利復興的精神等。

（三）暗示的方向與其生命。這一項也不能說得精詳。只要說幾句以辯其要點。文學界當某時期得到新暗示時，發露此暗示的書便陸續被刊行，這是通常的例。而這些書的內容，因爲都是爲同一暗示所促成，所以大都帶着類似性，這是其特色。此類似的作品裏面，何者最能保持長命呢？這個問題，在理論上或在實際上，都可以引起我們的興味。接到這個問題的人，十中似乎有八九要斷定說，這裏面最有價值的作品，生命最長。斷案者之言，未必不是眞。然而似沒有計算那不可逃逸的因數。對於作品的好壞的標準，無非是我們的趣味；而我們的趣味，儘管推移不停，却不一定是發達，所以被認爲最有價值的作品，無非是說在趣味尚未推移的今日有價值之意，嚴密地說，是不能通用於未來的斷案。卽使好壞的標準，有不可移動的根底，而今日的斷案，具有可以應用於後代之性質，以爲好的存留，壞的絕滅，也不過是幼稚的念頭。文藝之事姑置勿論，試就文藝以外的事加以觀察，也許立刻就可以明白吧。如在道德世界，吾人成敗之歷史，似乎昭然反射此間消息。有適當之才的人，應居於適當之位，富於道德心的人，應受衆俗的尊敬，這是千古以來的定論；然而千古以來的事實，却絕不是這樣地發展下來的。庸劣的人被目爲俊才，狡獪的人獲得君子之稱，而卑陋齷齪的人位居紳士之列，這無論是我或他人，或古或今，或最近之將來，或悠遠的未來，恐怕都沒有兩樣的世態。有史以來，被稱之以善人者之中，大約有許多壞蛋，被稱之以壞蛋者之中，大約也有許多善人。應歌頌其德，表彰其善的人，而泯滅不傳於今者，有多少人呢？想到此事時，就要令人想到文藝上的著作，陷於同一命運，儸覆甕之災，絕跡於坊間者一定是很多的了。以爲與荷馬著了同一程度之作品的人，非與荷馬同一程度地傳於後代不可，這不過是將運行於“應該這樣”的理想世界的法則，隨便就拿來應用於“就是這樣”的現實世界的單純的見解吧了。誰敢担保，超乎荷馬的名作而沒有湮滅的呢？人並不是這樣有眼睛的動物，而又不是這樣公平的動物；是做着“應該這樣”的世界之夢，而永遠徨彷於“就是這樣”的世界的冤大頭。

　　理想世界的法則，我不去說牠（除非是僅以作品的價值支配作品的生命）。現在舉出價值以外支配作品的事項二三，爲讀者的參考。

　　（甲）發露同一暗示的作品，前後被發表時，最先發露暗示者（恐怕是最先得到暗示的），換言之，最先發表其著作的，最爲長命。因爲接到第一部著作時的刺激，最爲明瞭而且痛切，所以這部著作，最多有爲一般所意識的傾向，而且便於將其惰性傳於次期故也。例如斯摩勒特 (Smolett) 之於 Picaresque romance. 考之歷史，自他染指於這種小說以後到一七六〇年前後，同種著作之成於他人之筆者，多至十三四種。然而欲求其傳到今日的，杳不可得。大有除斯摩勒特以外，再沒有寫冒險的傳奇的人之概。存於史上的既有十三四種，則史家所逸的，大約也少不了。而這些短命的作品裏面，未必沒有佳於斯摩勒特的，然而使斯摩勒特獨享盛名，這是因爲作品的壽命，不僅爲其價值所支配，也爲與價值無關的“時之前後”這個輕視不得的因數所左右。日俄戰爭當時，參加港口封塞的壯圖的人，前後不知有多少人，然而成了軍神的，獨有廣瀨中校一人。試問爲什麼獨以此人爲軍神？這除了答之以他的臨死時最壯烈以外，不得不舉“他頭一個着先鞭”的大原因答之。先鞭，不獨在封塞隊爲成功之機，在文藝界也的確是成功之機。在經濟界應乎需要而開供給之途的，最能引起世上與後世的注意。接踵而起的，卽使於質優之，於名於命也不能與其並駕齊驅，這是我們日常所見聞的。明治的元勳，沒有多大才學而代表日本的政治而毫無顧忌，便完全是爲此。這時候的暗示的命脈，大有擇一二代表者而托之以自己的一生之概。而爲其代表者的資格，與其說是依做代表之價值而定，似乎可以說多半依着鞭之先後而決。

　　（乙）屬於同一暗示之發露的作品，雖前後被發表，可是不想選擇代表者傳自己於後世——假定有這一種時，那末除了想像這個團體的各分子各留於後世，或想像其各歸湮滅之外，再無法解決了。但是各留於後世的機會，徵之事實，似乎很少有。試檢之我家，也許沒有既往數十代的祖先的位牌，悉數保存着的。或是合十人二十人爲一牌（代表的時候），或是一任古者自然失掉而不顧者居多。不說位牌，便是記住祖先代代的俗名而不忘掉的君子，無論如何也找不到。從而團體中的各個，各爲後世所忘之機，比各留存世後之機多得很。自十八世紀中葉以後，題某某冒險譚（Adventure of——）的冊子，跟隨時好，陸續出現了。什麼 *Adventure of a Lapdog*（一七五一年）呵，*Adventure of a Guinea - hen*（一七六〇年）呵，*Adventure of a Black Coat*（一七六〇年）呵，*Adventure of a Bank - note* 呵，*Adventure of a Cat*（一七八一年）呵，*Adventure of a Rupee*（一七八二年）呵，*Adventure of Flea*（一七八五年）呵之類，累累然大有不可勝數之概。可是一概短命，現在沒有一人去讀那些。試問何以不存代表者傳於後世呢？那只有答道：其爲當時所意識，沒有達到被承認爲有存代表者之必要。（作品本身的價值，不消說不論。）在這一種，屬於這一部類的各作品，都在同等的程度被認識，所以沒有足以特從其中擇出一部，使其代表他人的；強求之則比比皆是，所以原是應該設置的也終於不能設置了。然而欲盡記同類的各作品，是他們所受不了的。所以終於全部都忘掉了。例如佳人之擇婿。候補者不止二三十人，而且都有同程度的資格，故欲配之，則非盡配之不可，然而所需者不過一人，所以盡皆落選，留在佳人眼中者，終於一個也沒有。

（丙）也有發露同一暗示的作品，前後被發表時，前者也滅，後者也滅，僅出於中間者，強烈地打動人心，永遠爲世人所記憶。試解剖此心理如下：當初，因爲暗示過於珍奇，致使他人辟易，或因其陳腐，毫不投好奇之心；但由於一種事情，漸漸得勢，終於達到一定的時間，爬上一般意識的頂點；這時候投機而發表的作品，照理是比較地爲世人所歡迎的。而一度受歡迎的暗示，非逐漸循着意識線上下降不可，所以逸了這個時機而發表的，依然不能投世人的嗜好，終於受爛熟陳腐之弊，而完全不能買一般的光顧了。總之，在集合意識未達頂點以前，是屬於準備之期，故在這期間中所產生的作品，往往不過做了他人的犧牲，而以替後者開道爲能事。反之，頂點期以後所發刊的著作，已是在降下的時運，所以大有爲他人守株刻舟，撥那行將點乾的油燈，在漫漫長夜欲儘量多照一刻之概。教小孩以書時，初則厭之，漸來漸悟其趣味，又漸來趣味漸達其極。在此極度涵養趣味時所讀破的書，比較修養期所習得的書，總要深刻地，長久地印在他的腦裏。換言之，爲使書籍的壽命在小孩的腦裏保持得長久，可以說被教於修養期的書也很有效力。作品的興廢也有與此類似的地方。前面所舉 Gothic Revival 是始於十八世紀，徐徐運行，終於進入十九世紀，一般意識的準備略成時，司各脫的小說便炳焉照耀於頂點上了。

以上三種，示之以圖，（甲）像

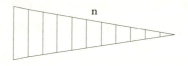

似的，起初優勢，逐漸衰退。（乙）是

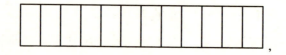

前後勢力無異同。（丙）是

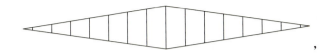

，

從一點逐漸膨脹，至中間而達其極，又狹其勢力至一點而後已。

　　本章所說，都是有敷衍而詳論其價值的。不幸因材料時間兩缺，不能如意，所以略述其大意爲補遺。

　　（文學論所應該的事項，不是已盡於以上五編。而所論五編，於其布置，繁簡，段落，推論等諸點，不滿我意的地方也頗多。況且忙中偷閑，隨寫隨印，好容易纔能完畢，所以沒有思索推敲的工夫，獲罪於大方之家，自必很多，請讀者諒之。）

編後記

　　《文學論》于 1907 年在日本出版，作者為日本近代著名作家夏目漱石，後為中國台灣地區著名作家和文藝理論家張我軍所譯，因此而被引入中國學界。

　　夏目漱石（1867～1916 年），本名夏目金之助，代表作有《我是貓》《哥兒》《旅宿》《三四郎》《其後》《門》等，其中，《我是貓》確立了夏目漱石在日本文學史上的地位。夏目漱石曾留學英國，對英國文學深有研究；他自 14 歲開始，便學習中國傳統古籍，故而又熟知漢學，可謂深諳東西文學之精髓。在日本，夏目漱石被稱為“國民作家”“人生之師”，他對個人心理的精確細微的描寫開了後世私小說的風氣之先，在日本近代文學史上享有很高的地位。同時，夏目漱石對中國近現代文學也有重要影響，魯迅等中國現代文學家對他的創作風格興趣濃厚、頗多借鑒。由於其重要貢獻，1984～2000 年，夏目漱石的頭像被印在日元 1000 元紙鈔上。

　　張我軍（1902～1955 年），原名張清榮，筆名一郎、速生、以齋、野馬、老童生等，台灣新文學運動的發難者和奠基者，故而被稱為“台灣的胡適”；同時，張我軍的作品有力地批判和揭露黑暗時代，因而又被稱為“台灣文學清道夫”。張我軍很早便研習中國古典文學，同時他又精通日語，是中國日語教育史上一位重要的教育家。張我軍對中、日兩國的文學都頗有研究。

夏目漱石敏銳地感覺到"漢學中所謂的文學"與"英語中所謂的文學"之間的差異，即受漢語影響的文化傳統（主要是中國、日本等亞洲漢語文化）和受英語影響的文化傳統（主要是英國、美國等歐美英語文化）中的"文學觀念"的差異。他認為，"漢學"中的"文學"既不是詩歌也不是小說，而是以儒學為中心，承載着政治和道德內容的思想載體，這與西方英語國家所謂"文學"觀念截然不同。因此在《文學論》中，夏目漱石着重探討的是"文學是什麼"的問題。在這本書中，夏目漱石參考當時最先進的"科學心理學"，超越了把精神和肉體嚴格區分開來的"二元論"的傳統，表現出鮮明的"一元論"傾向。他利用生理學和醫學的科學知識，來說明人類肉體上的感官知覺與其心理活動之間有着密切的聯繫，并將肉體上的感官知覺作為審視"文學"的前提，從而擺脫了國家和民族語言的束縛，使"文學"的觀念獲得了一種普遍性。《文學論》從一個數學式"(F+f)"開始。夏目漱石認為，所有的文學內容的形式，都可以用 (F+f) 來表示。其中，F 指的是作為焦點的印象、觀念，而 f 指的是附着於焦點之上的情緒，(F+f) 便是認識性的要素和情緒性的要素二者的結合，所有的文學內容便是這種肉體上的感官知覺和心理上的思想情緒二者的結合。夏目漱石這種"文學觀念"對於當時中西兩種文學觀念的融匯溝通，特別是對漢學傳統下的文學觀念產生了積極的影響，在漢語文學史上具有重要的開拓意義。

本社此次以神州國光社 1931 年印行的《文學論》為底本進行整理：首先，將底本的豎排版式轉換為橫排版式，並對原書的體例和層次稍作調整，以適合今人閱讀；其次，原書中有現代漢語的標點符號，同時底本文字不盡為繁體字，有個別地方已開始使用簡體字，故

書中文字有繁簡混用的情況。在語言文字和標點符號方面，此次整理
再版中，若非原則性錯誤，均以尊重原稿、保持原貌、不予修改的原
則處理；最後，對於原書在內容和知識性上存在的一些錯誤，此次整
理者均以"編者註"的形式進行修正或解釋，最大可能地消除讀者的
困惑。

文　茜

二〇一三年三月

《民國文存》第一輯書目